AF210437

instinct
MERCH MOVIE EDITION

BUCH

Im März 1979 verschwindet auf dem Parkplatz Heimkehle / Uftrungen in der ehemaligen DDR spurlos der dreieinhalbjährige Dirk Schiller. Die Ermittlungen der Behörden sind auffallend schleppend.

Als die Eltern bereits nach wenigen Monaten genötigt werden, die Todesurkunde ihres verschwundenen Kindes zu unterschreiben, weigern sie sich. Die DDR-Regierung bestraft die hartnäckigen Nachforschungen der Eltern, die sich um Hilfe auch an das Internationale Rote Kreuz wenden und schliesslich den Ausreiseantrag stellen, mit grausamer Härte: viereinhalb Jahre Haft in dem STASI-Gefängnis Bautzen II.

Nach 15 Monaten wird das Ehepaar Schiller von der Bundesregierung freigekauft und kann in die BRD ausreisen. Dirks Verschwinden bleibt jedoch ein Rätsel.

Diese wahre Geschichte diente dem zweiteilgen SAT 1 Spielfilm "Ich klage an" mit Heinz Hoenig und Thekla Carola Wied in den Hauptrollen, als Buchvorlage.

AUTORIN

Ines Veith ist Roman- und Drehbuchautorin. Sie studierte in Köln Fernseh- und Filmwissenschaft. Mehrere ihrer Romane wurden bereits verfilmt. In ihren Geschichten setzt sich Ines Veith meist mit Menschen auseinander, die ihre Unabhängigkeit verteidigen. 1998 gründete die Autorin *Merch Movie Development*, eine Stoffentwicklungsfirma für TV- und Kinogeschichten. Im Juli 2000 erweiterte sie die Firma um den Verlag *Merch Movie Edition*.

Ines Veith

DIRK

Von der STASI entführt?

Politdrama

Eine  Geschichte

Originalausgabe 1988 unter dem Titel „Wo ist Dirk, Herr
Honecker" erschienen beim Eigen Verlag Hemmingen

© **2000 Merch Movie Edition**

Alle Rechte liegen beim Verlag

Herstellung und Vertrieb: Libri BoD, Norderstedt

Cover: Viktor Veith

Gestaltung der Buchreihe: Amigo Grafik, Andreas
Mergenthaler

ISBN-Nr: 3-9801721-0-4

Mauer im Herzen
Gitter vorm Gesicht
Ich ertrage die Schmerzen
Doch ich schweige nicht

Zur Geschichte des Buches

Eigentlich sollte der »Fall Dirk Schiller« Thema einer Illustrierten-Reportage werden. Die Angaben hörten sich nach einem ungewöhnlichen Umsiedler-Schicksal an: DDR-Familie - Vermißtes Kind - Ausreiseantrag - Haft - Freikauf in die BRD.

Ich verabredete mit Frau Schiller einen Interview-Termin in einem Duisburger Lokal. Ihr Erkennungsmerkmal: Kurze rote Haare, apricotfarbene, seidig glänzende Steppjacke und eine schwarze Mappe unterm Arm.

Wir begrüßten uns knapp und suchten ein ruhiges Eckchen. Ich notierte den ersten Eindruck und das äußere Erscheinungsbild meiner Gesprächspartnerin.

Groß, schlank, modisch gekleidet, schüchtern zurückhaltend, gepflegtes Äußeres. Trägt kaum Schmuck, verwendet dezentes leichtes Make-up. Die großen blauen Augen verraten Tatendrang.

Zögernd begann Heidi Schiller zu erzählen, zeigte mir Bilder von ihrem vermißten Sohn, reichte mir eine Fülle von Dokumentationsmaterial und ein vierzigseitiges Manuskript, in dem alles protokollartig niedergeschrieben stand; über die Suche nach Dirk, den Kampf mit den Behörden, die Haft und die Ausreise in den Westen.

»Ich hätte nie geglaubt, daß so etwas in der DDR möglich ist!« kommentierte Heidi Schiller ihre Erlebnisse.

Unsere Gespräche nahmen kein Ende. Aus einer verabredeten Stunde wurden viele, aus einem Kännchen Kaffee, fünf.

Was mir Dirks Mutter zu berichten wußte, ging unter die Haut, sprengte bei weitem den Rahmen eines journalistischen Gesprächs. Als wir uns am Abend trennten, bat sie mich, be-

7

hutsam mit ihrer Geschichte umzugehen. Doch wie sollte das geschehen? In einer durchschnittlichen 150-Zeilen-Reportage ist kein Platz für Behutsamkeit und vielschichtige Information.

So entschlossen wir uns gemeinsam, nach langen Gesprächen, für dieses Buch, in der Ich-Form der Mutter erzählt.

Um die Privatsphäre all jener Personen, die mit dem Schicksal der Schillers verknüpft sind, nicht zu verletzen, wurden Namen und in wenigen Ausnahmefällen Schauplätze verändert und die Handlung romanhaft ergänzt.

Ines Veith, April 87

Ärger vor dem Urlaub

An den Kleiderständern der Kinderabteilung drängelte sich die Kundschaft. Im größten Görlitzer HO-Laden war am Morgen neue Winterware eingetroffen, wohl die letzte für diese Saison.

Ich wühlte mich bis zur Kleidergröße 110 durch. Dirk brauchte unbedingt einen neuen Anorak. Mindestens zwölf Geschäfte hatte ich im Laufe der letzten Monate schon abgeklappert und nirgends das Richtige gefunden. Warm gefüttert, über den Po reichen und natürlich modisch sollte er sein.

»Mensch ist der toll«, hörte ich hinter mir die schrille Stimme einer Frau rufen. »Wie aus dem Westen!«

Ich drehte mich um. Und tatsächlich! Das war genau der Anorak, den ich monatelang so verzweifelt gesucht hatte.

Ein langer, olivgrüner Stepp-Parka mit kuschelig weichem Pelzimitat an Kapuze und Saum.

»180 Mark«, stöhnte die Frau, »das ist mir zu viel. In ein paar Wochen hat den mein Holger ausgewachsen.« Kopfschüttelnd drückte sie den Anorak der Verkäuferin in die Hand.

»Zeigen Sie doch mal«, bat ich sie, ihn mir rüber zu reichen.

Die Qualität war wirklich außergewöhnlich gut. Das sah und fühlte man sofort. Ein wasserabstoßender Nylonstoff mit dickem, warmem Innenfutter. Der Kordeleinzug um die Taille gab dem Kleidungsstück einen gewissen Pfiff.

Nur die Größe. 116 stand auf dem Schildchen. Eine Nummer zu groß. Schade! Ich hielt den Anorak hoch, um mir Dirk darin vorzustellen. Natürlich war es unsinnig, einen Anorak zu kaufen, der nicht passen würde. Dirk brauchte ihn jetzt, für unseren bevorstehenden Winterurlaub.

Ich warf einen Blick auf die Uhr. Halb zwölf. In einer Stunde fing meine Arbeit an. Und ich mußte noch zum Friedhof.

Der »HO« war mir nur zufällig in die Quere gekommen. Hatte ich überhaupt so viel Geld dabei? Mit einem kurzen Blick überprüfte ich das Innenleben meines Portemonnaies. Zweihundertfünfzig Mark steckten noch in der Geldscheintasche. Ein Hunderter und drei Fünfziger.

Unschlüssig stand ich da. Was sollte ich tun? Ich schaute nochmals alle Anoraks der Größe 110 durch.

Nein, keiner war auch nur annähernd so hübsch.

Vielleicht würde er ein bißchen zu lang sein. Aber die Ärmel..... und um den Bauch herum; wenn man sich einen dicken Pullover darunter dachte.....

Ich hatte mich längst überredet und war schon auf dem Weg zur Kasse.

Naßkalte, graue Luft hing über dem Friedhof.

Es waren kaum Leute da. Nur ein paar alte Frauen, in wollene Kopftücher gehüllt. Für sie schienen Gräber eine magische Anziehungskraft zu besitzen. Stundenlang stocherten sie auf den rechteckigen Erdflächen ihrer Toten herum und verrichteten murmelnd Gebete.

Für mich war der wöchentliche Gang zum Friedhof jedes Mal ein schmerzvoller Weg.

Zwar schossen mir nicht gleich wie früher Tränen in die Augen, aber es tat doch noch sehr weh, zu wissen, daß von vier Kindern, die ich im Laufe von zehn Jahren geboren hatte, zwei hier beerdigt lagen.

Woche für Woche verfing ich mich in jenen tragischen Bildern, die zum Tod meiner beiden Söhne geführt hatten. Wie eine klaffende Wunde im Gedächtnis, an die man immer stößt, wenn sich die Gedanken mit der Vergangenheit beschäftigen.

Sicher, mit der Zeit war eine dünne Schicht darüber gewachsen. Der Alltag lehrt vergessen. Dirk und Silvia verstanden es mich abzulenken.

Aber wenn ich hier alleine war, ins Grübeln kam, wurden stets jene schrecklichen Erinnerungen lebendig.

Während ich mit einem Rechen die Erde des kleinen Doppelgrabes auflockerte und ein paar verfaulte Blätter wegsammelte, waren mir Heiko und Edgar ganz nah, als sei alles erst gestern geschehen. Ja, als seien Beide an einem Tag gestorben. Dabei lagen Jahre dazwischen.

Heiko war mein erster Sohn, überhaupt mein erstes Kind.

Ich war damals dreiundzwanzig Jahre alt und stolz, bald eine Familie zu gründen. Mein fast kindlich naiver Traum vom sonnigen Familienleben sollte sich nun endlich erfüllen.

Vieles wollte ich gegenüber meinen Erfahrungen mit dem Elternhaus verändern. Nicht so stur, so penetrant ordnungsbeflissen wollte ich sein. Alles lässiger nehmen, mich von den Ereignissen bestimmen lassen, statt die Monate und Jahre im voraus zu verplanen.

Vor allem hatte ich mir vorgenommen, für meine Kinder da zu sein und sie nicht in Kindertagesstätten abzuliefern, wie es mir und meinem Bruder ergangen war.

Doch es kam alles anders. Wie immer, wenn man zu viel plant.

So einfach und nahezu perfekt die Schwangerschaft mit Heiko verlaufen war, schon während der Geburt hatten sich die Komplikationen gehäuft. Sechsundzwanzig Stunden Wehen, ehe Heiko zur Welt kam. Trotz der Erschöpfung war ich glücklich, als ich sein gequältes Stimmchen hörte.

Bis mir Dr. Schwarze, ich erinnere mich noch ganz genau an die große hagere Gestalt mit den übernächtigten Augen, mitteilte, daß Heiko einen äußerst ungewöhnlichen Geburtsfehler habe. Seine inneren Organe, so erklärte er uns damals in knappen Worten, erfüllten vollkommen falsche Funktionen.

Es sei, so bedauerlich dies auch klingen mag, nur eine Frage der Zeit, wann Heiko sterben müsse. Maximal ein halbes Jahr Lebenschance rechnete uns der Arzt aus.

Nach dem ersten Schock hofften wir, daß sich die Ärzte geirrt hatten. Denn rein äußerlich sah man Heiko nichts an.

Bis auf die Haut, die fast immer kalkig weiß war, so als sei sie kaum durchblutet.

Er trank, aß und entwickelte sich wie andere Babies. War vergnügt, als ob ihm nichts fehle. Mochte am liebsten seinen Honigschnuller und ein Schmusekissen.

Als Heiko seinen siebten Lebensmonat erreicht hatte, glaubten wir fest an eine mögliche Heilung. Doch nur einen Monat später lag Heiko an einem Montag Morgen tot in seinem Bettchen. Er war ganz ruhig, ohne Todeskampf eingeschlafen. Auf dem Bauch, beide Ärmchen nach oben gestreckt, in seiner üblichen Schlafhaltung.

Ich weiß bis heute nicht, wie ich diesen Tag der Machtlosigkeit, der Depression, überwunden habe. Ich wußte, daß es sinnlos war, Fragen nach dem Wieso und Warum zu stellen, auch wenn der Schmerz über den Verlust eines Kindes solche Gefühle in einem wachruft. Es gab viele Eltern, viel mehr als ich vermutet hatte, die mein Schicksal teilten.

Über Monate hinweg wollte ich keine Kinder mehr, hatte Angst vor einer neuen Schwangerschaft, hatte Angst vor einer ähnlichen Situation.

Doch die Ärzte versicherten mir immer wieder, daß es nahezu ausgeschlossen sei, ein zweites Kind ebenfalls mißgebildet zur Welt zu bringen.

Etwa ein Jahr später entschlossen wir uns zu einem zweiten Kind. Silvia wurde geboren und sie war tatsächlich ein gesundes, kräftiges Mädchen, fünfzig Zentimeter lang und über drei Kilo schwer. Weil alles so glatt gelaufen war und Silvia nicht alleine aufwachsen sollte, planten wir schnell noch ein Kind.

Edgar!

Ein Junge und ein Mädchen, jetzt waren wir eine richtige runde Familie.

Bis zu jenem fürchterlichen Tag, als Edgar.....

Mit einem feuchten Taschentuch wischte ich über seinen

12

goldgeprägten, verschnörkelten Namenszug. Unser Edgar!

Er war knappe siebzehn Monate alt und hatte gerade entdeckt, daß ihn seine Beine auch schnell vorwärts tragen konnten. Wie ein Wiesel sauste er durch die Wohnung, drehte um alles, was mitten im Raum stand, seine Kreise, und machte erst halt, wenn er müde wurde.

Damit er sich nirgends verletzten konnte, hatte Rolf, mein Mann, alle Ecken und Kanten in der Wohnung mit Schaumstoff beklebt. Zur Küche hin hatten wir halbhohe, verschließbare Holzgittertüren angebracht, damit er den Gefahren erst gar nicht begegnen konnte. Doch als ob sich das Schicksal durch alle Sicherheitsmaßnahmen hindurch seinen Weg ebnen konnte, hatte es Edgar genau dahin geführt, wo ihm Gefahr drohte.

Ich war nur für einen Moment auf die Toilette gegangen und hatte mich noch vergewissert, daß Edgar mit seinem Teddy und einem Bilderbuch im Kinderzimmer spielte.

Plötzlich hatte es einen fürchterlichen Knall gegeben! Laut, aber merkwürdig dumpf.

Mir war sofort klar, daß etwas mit Edgar passiert sein mußte. Ich rannte hin! Da lag er! Mit dem Rücken auf dem Boden, eingeklemmt unter dem aufgeklappten Schrankbett. Nur die Arme und sein Kopf lugten hervor. Er schrie nicht richtig, sondern würgte nur so schleppend. Er mußte so fest an den Zierleisten gezogen haben, daß der Kasten nach vorne gekippt und über ihn gestürzt war.

Zunächst stand ich wie gelähmt da, ehe ich Edgar befreite und ihn mit zitternden Armen auf die Couch trug. Dann alarmierte ich den Notarzt. Es dauerte eine Ewigkeit, bis der Krankenwagen kam. Eine Ewigkeit ohne Hilfe. Ausgesetzt der Gefahr einer tödlichen Bedrohung.

Die Quetschung, die Edgar sich zugezogen hatte, wäre nicht lebensbedrohlich gewesen, aber er hatte sich unglücklicherweise erbrechen müssen. Der Auswurf war oberhalb der Lunge stecken geblieben.

Hätte man im Notarztwagen eine Absaugvorrichtung gehabt, hätte Edgars viel zu kurzes Leben gerettet werden können. So aber hatten wir während der Fahrt ins Krankenhaus alle hilflos zusehen müssen, wie er erstickte. Ich brauche nicht zu beschreiben, daß dies die grausamsten Minuten in meinem Leben waren. Ich hatte Edgars Händchen gehalten, mit meinen Daumen die Innenflächen gestreichelt. Doch auf einmal hatte sich die winzige Hebung und Senkung seines Brustkorbes verflacht.

Der scheue Blick des Krankenpflegers gab mir gleich zu verstehen, was geschehen war.

Doch ich ließ Edgars Hände nicht los. Die ganze Fahrt über hielt ich sie umklammert, als ob es mir gelänge, sein Leben festzuhalten.

Mir fiel nur auf, daß sein Gesicht auf einmal viel ruhiger und entspannter aussah. Fast unantastbar zerbrechlich. Den Mund leicht geöffnet, die Augen geschlossen. Dieses kleine zarte Gesicht. Ich habe es noch heute vor Augen. Die schmale Stupsnase und das vollmundige Mäulchen, ganz der Papa, hatten alle behauptet.

Als wir ankamen und mich der Krankenpfleger bat, Edgar loszulassen, hörte ich absichtlich nicht hin.

Erst, als er mir beide Hände öffnete, und ich machtlos zusehen mußte, wie sie Edgar auf der Bahre von mir weg schoben, nunmehr ohne Hast und Eile, klappte ich zusammen.

Die Zeit riß wie ein Faden, den man zu sehr gespannt hat. Ein Schock, wie man mir später erklärte.

Tagelang fühlte ich jenes eisige, starre Gefühl in meinem Körper, als ob Edgar mir ein Stück von seinem Tod abgegeben hätte.

Zu all dem Schmerz um Edgars Unglück kam die Qual der Mitschuld. Hätte ich Edgar in den Laufstall gesetzt, wie ich es immer tat, wenn ich ihn für Augenblicke aus den Augen lassen mußte, wäre das nicht passiert.

Als ich nach Wochen wieder ansprechbar war, hatten sie

Edgar bereits beerdigt.

Sarg an Sarg mit Heiko.

Seitdem ging ich dienstags vormittags ans Grab meiner beiden Söhne. Einmal im Monat, meist am Wochenende, gingen auch Rolf und die Kinder mit.

So in Gedanken versunken, hatte ich gar nicht bemerkt, wie schnell die Zeit vergangen war. In zehn Minuten mußte ich bei der Arbeit sein. Das würde ich nie schaffen.

Ich sah schon Doras gereiztes Gesicht vor mir. Dora war seit zwei Jahren meine Arbeitskollegin und scharf auf einen Posten als Kaderleiterin direkt im Werk.

Ich versteckte die kleine Harke im Gebüsch hinter den Grabsteinen und machte mich eilig auf den Weg.

»Genossin Ziegler wollte dich sprechen«, empfing mich Dora gleich mit einem giftigen Blick. Sie sagte zwar nichts über meine halbstündige Verspätung, aber ihre mimische Gesichtsakrobatik sprach Bände.

»Weshalb?«

»Was weiß ich!« antwortete sie patzig.

»Du sollst jedenfalls gleich rüber kommen.«

Ausgerechnet heute! Flink stand ich auf und machte mich auf den Weg.

Die Ziegler war unsere Internatsleiterin für den weiblichen Trakt.

Seit zwölf Jahren saß sie auf diesem Posten und hatte dafür zu sorgen, daß jährlich 45-50 Ingenieurinnen das dem Braunkohlekraftwerk angeschlossene Internat mit Erfolg verließen. Die Mädchen kamen meist nach der zehnklassigen Schulausbildung im Alter von sechzehn Jahren zu uns, um hier in drei Jahren zum technischen Ingenieur für Kraftwerksanlagen ausgebildet zu werden.

Vier Stunden Theorie und zwei Stunden Praxis standen sechs Tage die Woche auf dem Lehrplan.

Meine Aufgabe und die von weiteren fünf Kolleginnen bestand darin, die Mädels während der Freizeit zu betreuen. Als sogenannte Freizeitpädagogin. Es war eine sehr abwechslungsreiche und sehr befriedigende Tätigkeit, jedoch nicht ganz frei von Konflikten. Über sinnvolle Freizeitaktivitäten gab es oft geteilte Ansichten. Es war nicht das erste Mal, daß ich zur Ziegler zitiert wurde. Zögernd klopfte ich an ihre Tür.

»Herein«, hörte ich ihre spitze Stimme.

»Ah, Frau Schiller«, begrüßte sie mich kurz und bot mir mit einer knappen Handbewegung einen Stuhl an.

Dann räusperte sie sich und fingerte in einigen Papieren auf ihrem Schreibtisch herum. Ihre fettsträhnige franselige Intellektuellenmähne klatschte wie immer als Pagenfrisur um ihren faltigen aschfahlen Kopf. In ihr Gesicht hatte über Jahre hinweg ein derber und unnahbarer Charakter seine scharfen Linien gezogen. Das ausgeleierte Jerseykleid, in dem ihre dürre Gestalt steckte, gab ihrem gesamten äußeren Erscheinungsbild den letzten Rest.

Kein Wunder, daß die Klassen hinter ihrem Rücken dumme Witze rissen. Wie:

Die Ziegler weiß nichts von der Liebe,
deshalb hat sie 'ne häßliche Riebe.
Die Ziegler, die kennt keine Lust,
deshalb steckt sie im Dauerfrust.

»Ihr Verhalten enttäuscht mich sehr«, kam die Ziegler gleich ohne großes Vorgeschwätz zur Sache, wobei es nervös um ihre Augenbrauen zuckte.

»Ich habe erfahren, daß Sie letzte Woche mit der Klasse 11b im Hallenbad waren, statt, wie vorgesehen, am Politseminar teilzunehmen. Ich brauche Ihnen nicht zu erklären, welch wichtige pädagogische Aufgabe diese Seminare erfüllen. Sie gehören zu den Pflichtstunden und können nicht durch irgendwelche Freizeitvergnügungen ersetzt werden. Gewisse Mädchen aus Ihrer Klasse haben die letzte Zeit damit geprahlt, daß bei Ihnen die ML-Kurse geschwänzt würden. Damit mögen Sie sich vielleicht Pluspunkte sammeln, aber aus pädagogischer Sicht ist das unverantwortlich. Gerade bei Jugendlichen ist es wichtig, die sozialistischen Wurzeln zu hegen und zu pflegen. Ich kann und ich will so etwas in unserem Internat nicht dulden. Schließlich tragen wir die Verantwortung, daß sich unsere angehenden Ingenieurinnen in erster Linie ihrer politischen Identität bewußt werden. Es ist Ihre oberste Pflicht, Frau Schiller, die Mädchen in ihrer Freizeit dahinzuführen.«

Die Ziegler glaubte wirklich immer noch, daß pubertäre Mädchen, die ihre privaten Hirnreserven für fetzige Musik und flotte Schnittmusterbögen offen hielten, mit doktrinären Parteirichtlinien bei der Stange zu halten waren.

Lenins Traktate über den siegreichen Kampf der Proletarier hatten absolut keine Chance gegen Adriano Celentano und eine Portion Spaghetti. Das Italo-Fieber war momentan in Mode. Dagegen anzutreten hatte es der Russe aus dem vorigen Jahrhundert mit der Halbglatze und den schiefen Augen schwer. Kaum einer hörte zu, wenn der ML-Krüger zwei Stunden lang mit der gleichförmigen Stimme eines Yogi Lenins umfangreiche Schriften referierte.

»Wir waren die letzte Woche spazieren, nicht im Hallenbad«, verteidigte ich mich. »Nach drei Wochen Nieselwetter kitzelte uns der blaue Himmel förmlich in der Nase. Nirgendwo steht, daß die Richtlinien der Partei nicht auch an frischer Luft und bei Sonnenschein gepredigt werden können. Und ehrlich gesagt, Krügers Seminare sind wirklich eine Spur zu trocken. Die Mädchen brauchen ab und zu auch mal ein bißchen Abwechslung.«

Energisch schüttelte die Ziegler ihren Kopf.

»Disziplin ist eine unserer wichtigsten pädagogischen Zielrichtungen. Und Pflichtveranstaltungen, auch wenn sie nachmittags abgehalten werden, dürfen nicht geschwänzt werden. Das ist Disziplinlosigkeit. Und wenn Sie das unterstützen, ist es in besonderer Weise pädagogisch fahrlässig. Was den Stil der Seminare angeht, darüber läßt sich diskutieren. Aber einfach weg bleiben, widerspricht unseren Vorschriften. Ich bitte Sie, dies in Zukunft zu berücksichtigen und nicht mehr eigenmächtig zu handeln.«

Damit war also alles geklärt und ich hatte meinen Dämpfer weg. Dabei hatte ich es nur gut gemeint. Ich fand es einfach widersinnig, so starr an Programmabläufen festzuhalten. Aber das war es, was unseren Staat in allen Bereichen so wenig beweglich machte. Dieses geringe Maß an Flexibilität und Toleranz. Dieses Anketten an eigene Richtlinien, ohne über deren Nutzen nachzudenken.

Das ewige Planen von Plänen und der Druck vom Übersoll bewirkten, daß ein gesundes Maß an Pflichtbewußtsein durch eine oft sinnlose Überpflicht weggedrängt wurde.

Dabei war ich unbedingt der Überzeugung, daß der Sozialismus die beste Voraussetzung für eine gesunde Gesellschaft bot. Nur manchmal hatte ich den Eindruck, daß einige Altfunktionäre besser daran täten, ihren viel zu engen, eisernen Panzer aus stupiden Anordnungen gegen ein luftigeres Gewand aus freizügigeren Gedanken zu tauschen, um nicht dem Rhythmus des ewig Gestrigen zu verfallen.

Es tat Not, den alten Sozimief mal ordentlich auszudünsten, damit die frische Luft aus der Basis überhaupt spürbar werden konnte. Und wenn nicht wir Erzieher, wer sollte dann damit anfangen?

Aber ich fügte mich.

Mit der Ziegler war in solchen Fragen nicht gut Kirschen essen. Kritik oder gar Verbesserungsvorschläge stießen bei ihr auf einen Betonschädel und kamen nicht selten wie ein Bumerang auf einen selbst zurück. Und wer sich einmal Beulen geholt hatte, fand keinen, der geholfen hätte, sie zu kühlen.

Dennoch, und das wußte die Ziegler ganz genau, würde ich keine Gelegenheit auslassen, die Mädchen auch weiterhin etwas großzügiger anzupacken.

Noch hatte ich schließlich meinen eigenen Kopf, der mir später leider zur eigenen Falle werden sollte. Aber davon wußte ich glücklicherweise zu diesem Zeitpunkt noch nichts.

Die heutige Hektik nahm kein Ende.

Ich hatte gerade wieder meinen Schreibtisch erreicht und wollte mich über die Akten stürzen, als das Telefon läutete. Dora nahm ab.

»Für dich«, überreichte sie mir den Hörer.

Es war Rolf.

»Du?« fragte ich erstaunt. Es war nicht gerade Rolfs Gewohnheit, mich während der Arbeitszeit anzurufen.

»Ich muß dich nachher sprechen, dringend«, sagte er hastig. »Am Telefon geht das nicht!«

»Was ist passiert?« erschrak ich. Meine Gedanken waren sofort bei den Kindern.

»Nein«, beruhigte mich Rolf. »Es ist wegen der Ferien. Wir können nicht ins Riesengebirge.«

»Was!« brüllte ich zurück. »Nicht? Wieso denn?«

Ich war außer mir. In vier Tagen hätte es losgehen sollen. Alles war fertig.

»Beruhige dich«, beschwichtigte mich Rolf am anderen Ende der Leitung.

»Wir können einen anderen Platz bekommen, müssen uns aber sofort entscheiden. Deshalb muß ich dich unbedingt sprechen. Wenn ich nämlich zusage, müssen wir fahren, wenn nicht, ist der Ferienplatz weg. Der Klausewitz will bis heute abend eine Antwort.«

Der Klausewitz war der FDGB-Vorsitzende der Görlitzer Bezirksleitung, hatte zu Hinz und Kunz Beziehungen und hielt sich für die wichtigste Person im gesamten Betrieb und der Parteileitung. Er war ein Mensch mit einer lauten, keinen Widerspruch ertragenden Stimme und ich konnte mir richtig vorstellen, wie er Rolf unter Termindruck gebracht hatte, obwohl ganz sicher noch ein Tag Zeit gewesen wäre.

Es war mir zum jetzigen Zeitpunkt peinlich, Dora zu fragen, ob sie mich für eine Stunde vertreten könne, zumal ich schon am Vormittag wegen des Anoraks gebummelt hatte.

»Mußt du etwa weg?« fragte sie barsch, während sie mich hinter ihren Brillengläsern mißmutig beäugte. »Ich hatte vor, gleich ins Päuschen zu gehen!«

»Es geht um unseren Ferienplatz, ich soll rüber zur FDGB-Stelle. Also fast halb dienstlich«, gab ich ihr zu verstehen, daß sie ihr Päuschen nochmals verschieben mußte.

Schließlich brauchte ich wirklich kein schlechtes Gewissen zu haben. Was konnte ich dafür, wenn die vom FDGB ihr Wort brachen. Schon seit drei Jahren hätten wir laut der Satzungen einen Anspruch auf einen Ferienplatz gehabt. Dieses Jahr, so hatte man mir im vergangenen Herbst mitgeteilt, sollten wir endgültig an der Reihe sein. Es sollte unser erster Winterurlaub werden. Die Kinder freuten sich schon seit Wochen. Was war jetzt wohl dazwischen gekommen?

»Hallo«, begrüßte mich Rolf mit einem flüchtigen Kuß.

»Tja«, sagte er dann seufzend, »das Riesengebirge versinkt im Schnee und erstarrt in klirrendem Eis. Da oben muß der Teufel los sein! Stromleitungen sind zusammengebrochen, an einigen Stellen funktioniert sogar das Heizsystem nicht, zwei oder drei Orte sollen von der Versorgung abgeschnitten sein.«

»Aber bis Samstag«, unterbrach ich Rolf,» kann doch alles wieder ganz anders aussehen. Die können die Leute da hinten ja auch nicht wochenlang frieren lassen.«

»Kann«, zuckte Rolf mit den Schultern. »Wenn's im Riesengebirge morgen Tauwetter gibt, braucht das nochmal zwei Wochen, ehe sich das bei den Bürokraten beim FDGB rumgesprochen hat. Deshalb meinte der Klausewitz, wir sollten Ende Februar lieber in den Harz. Nach Stolberg. Das wäre sicher. Und genauso schön. Vom FDGB haben sie die Möglichkeit eine kleine Wohnung anzumieten. Wir müßten dann eben jedes Mal zum Essen ins Heim. Sollen nur ein paar Schritte sein.

Die Wohnung ist angeblich gemütlich, ein ausgebautes Dachgeschoß in einem Bauernhaus. Direkt dahinter eine große Wiese und davor ein Wald.«

»Du würdest also zustimmen?«

»Lieber da hin als gar nicht weg, oder was meinst du?«

Rolf holte ein altes zerknittertes Prospekt aus seiner Manteltasche.

»Hier«, zeigte er mir, »so sieht's aus.«

Viel war auf den schwarz-weißen, schlecht belichteten Bildern nicht zu erkennen, aber auch ich neigte dazu, das Angebot anzunehmen. Schließlich hatten wir uns schon alle auf den Winterurlaub eingestellt.

Nur die Fahrt. In den Harz war es mehr als doppelt so weit. Und mir grauste vor der endlosen Reise in unserem klapprigen, an allen Ecken und Enden verrosteten Saporosc. Es hatte seinen Grund, warum dieses Gefährt im Volksmund »Stalins letzte Rache« genannt wurde. Mir war schon nicht klar geworden, wie wir es schaffen sollten im Winter mehr als hundert Kilometer zu fahren, aber nun! Quer durch die ganze DDR! Irgendwo blieben wir bestimmt auf der Strecke. Dann die Kinder. Würden sie so eine lange Fahrt überhaupt durchhalten?

Wer jemals in solch einem Auto auf der hinteren Bank gesessen hat, weiß, weshalb der Vergleich mit der Konservenbüchse immer wieder herhalten mußte.

Rolf hatte deswegen keine Bedenken.

»Wir machen öfter mal 'ne Pause, dann geht's schon«, meinte er zuversichtlich. Er hatte immer ein uneingeschränktes Vertrauen zu unserem Sappo.

An das Klappern hatten wir uns gewöhnt, an die dauernden Fehlzündungen, wenn er kalt war, auch; aber was, wenn er unterwegs stehenblieb, seinen Autogeist aufgab? Für ein 14jähriges Blechvehikel wäre das noch nicht mal eine Schande gewesen.

»Ach, komm schon«, munterte mich Rolf auf. »Wird schon alles schief gehen. Vom Harz können wir wenigstens zu Fuß über die Grenze, zu den bunten Bonbons«, blinzelte er mir mit seinem unnachahmlichen Schalk in den Augen zu.

»Na und«, sagte ich, »was soll ich da? Ich will nicht abhauen, ich will einen schönen Urlaub, mich ausruhen, keinen Streß und dann geht's mir gut!«

»Also auf in den Harz!« umarmte mich Rolf und drückte mir überschwenglich einen dicken Kuß auf die Lippen, ohne meine endgültige Antwort abzuwarten.

Er schien jedenfalls einverstanden. Hätten wir damals die geringste Ahnung gehabt, in welch verhängnisvolle Situation uns diese Entscheidung treiben würde, wir wären dankbar gewesen, um den Rat, uns zu Hause verkriechen zu dürfen. So aber lief alles seinen »geregelten Gang«.

Rolf hatte ein paar Tage Entspannung genauso nötig wie ich. Sein Job als Fahrer im Kohlekraftwerk war oft mit Nachtschicht-Überstunden verbunden. Nicht selten mußte er abends noch mal los und kam manche Woche auf fünfzig bis sechzig Stunden. Nicht etwa für einen Überstundenlohn, sondern als selbstverständlicher Solidaritätsbeitrag für die Partei.

Solche Solidaritätsbeigaben hatten stets den Geruch von billigem Schmarotzertum an sich, aber jeder einzelne war klug beraten, sich den Mund nicht vorschnell zu verbrennen. Und weil's alle betraf, fühlte sich keiner wirklich betroffen. Das war das ganze Geheimnis der stillschweigenden Duldung solcher Maßnahmen.

Geflucht wurde höchstens zu Hause, in den eigenen vier Wänden, sofern diese keine Ohren hatten.

Überall gibt's was, beruhigten sich die meisten sehr schnell.

Wir mußten sowieso still sein, zählten den äußeren Umständen nach zu den sozialistischen Glückskindern.

Pendelten zwischen den paar Verwandten im Westen, die uns mit den leckeren Errungenschaften des Kapitalismus verwöhnten und einem grundsoliden kommunistischen Elternhaus, das uns an den Privilegien eines sozialistischen Einheitsstaates mitnaschen ließ.

Wir hatten Geld genug, bewohnten für uns alleine ein großes altes Fachwerkhaus mit einem riesigen Garten und führten ein wirklich zufriedenes Leben.

Wir hatten unser Eckchen gefunden, wo sich's in aller Stille jenseits von Fahne und Politik gut aushalten ließ.

Nie hatte ich, wie andere, den Wunsch verspürt, auszureisen, nie wäre es mir in den Sinn gekommen, meine westlichen Verwandten zu beneiden, wie man das oft von anderen Familien hörte.

Im Grunde gab's für mich keine Alternative zum Sozialismus. Dazu war ich zu sehr wie ein sozialistisches Bilderbuchmädchen aufgewachsen. Ich hatte Jugendweihe, war FDJ'lerin, Mitglied der deutsch-sowjetischen Freundschaft und hatte es im Schwimmsport immerhin zu den Bezirksmeisterschaften gebracht.

Das alles hatte mit dazu beigetragen, daß ich einen so guten Posten bekleidete. Denn Pädagogen, speziell Freizeit-Pädagogen, gehören in der DDR zur Elite und verdienen das Doppelte eines Facharbeiterlohns.

Nach der Devise: Wer sich um die Partei kümmert, um den kümmert sich auch die Partei. Allerdings nur, solange der betroffene Genosse von Nutzen war. Alte, Kranke, Behinderte und Meinungsabweichler wurden mit irgendwelchen Verdienstorden behängt und dann abgeschoben, aufs Wartegleis in Richtung sozialistische Einheitsbeerdigung, mit einer alten zugestaubten Fahne auf dem Sarg und der Internationale am offenen Grab.

Meine Eltern sollten das später selbst zu spüren bekommen.

Dankbarkeit ist eben auch im Sozialismus eine papierne Wegwerftugend, die sich beim geringsten Windzug schnell verflüchtigt.

Aber wo nicht!

Rolf hatte mittlerweile die Tüte mit dem Anorak entdeckt, ihn herausgenommen und hochgehalten.

Er fand ihn »knuddelig niedlich« und glaubte, wie ich, daß

er Dirk gut stehen werde.

Wir waren optimistisch. Immerhin hielt nun unsere Freude auf die Ferien noch drei Wochen länger an.

Endlich Ferien

Es war einer von jenen Februar-Wintern, die frostig, aber dafür sonnig und klar waren. Der Himmel strahlte in eisblauen Farben, der gesamte Harz war unter einer dreißig bis fünfzig Zentimeter hohen verharschten Schneedecke versunken.

Den schlanken, hochgewachsenen Tannen und Fichten, die rechts und links die Autobahn begrenzten, sah man ihre Krankheit nicht an. Der Schnee hatte alles zugedeckt und gab den Bäumen im frühen Abendlicht einen silbrigen Schein.

Die Fahrt war allerdings genauso anstrengend, wie ich es vermutet hatte.

In dicke Decken gehüllt, saßen unsere beiden Kinder im Auto und konnten sich vor Kälte und Enge nicht rühren.

Wir hatten jeden Millimeter mit Reisegepäck ausgestopft. Die Schlitten waren sowieso mangels Platz zu Hause geblieben. Nur die beiden roten Kinderski aus Plastik hatten wir quer über die Koffer verstauen können.

Dafür nahmen Flippi und Fluppi, die beiden Stoff-Bären im Innenraum auf der Hinterbank so viel Platz weg, daß bequem eine dritte Person hätte mitreisen können. Aber ohne ihre Lieblingsschmusetiere wären die Beiden niemals in den Urlaub gefahren. Es hatte schon Tränen genug gegeben, als sie am Morgen erfuhren, daß Prinz, unser Schäferhund, zu Hause bleiben muß.

Mir hatte es auch leid getan, denn Prinz hatte am Morgen gewinselt und gejault, als ob es ein Abschied für immer sei, als ob sein kleiner Hundeinstinkt schon geahnt hätte, was auf uns zukommen würde.

Dirk verstand sich besonders gut mit ihm, weil er im Gegensatz zu Silvia nie Angst vor ihm gehabt hatte.

»Ob Prinz auch nicht traurig ist, jetzt, wo's dunkel wird und keiner da ist?«

Silvia hatte dieselben Gedanken wie ich.

»I wo«, beruhigte ich sie. »Der wird sich von Omi kräftig verwöhnen lassen.«

Ich wunderte mich, daß Dirk dazu keinen Kommentar abgab.

Als ich mich umdrehte, wußte ich warum. Das Köpfchen schräg zur Seite gekippt, war er vor Erschöpfung eingeschlafen. Ich zog seine Beine etwas vor, lehnte Fluppi an die Tür, so daß sich Dirk bequem an den Schmusebär kuscheln konnte.

Wir hatten noch etwa eineinhalb Stunden zu fahren.

Stolberg war, soweit man das in der Dunkelheit beurteilen konnte, ein altes Städtchen. Es lag in einer Talschneise, links und rechts von Hängen umgeben. Eigentlich war es nicht mehr als ein Straßendorf, dessen Häuser wie Perlen an einer Schnur die Hauptstraße säumten. Das Kopfsteinpflaster glänzte im matten Licht der einstrahligen Laternen; die schmalen hochgiebeligen Häuser sahen adrett und sauber aus.

Wir mußten laut Plan den ganzen Ort durchqueren, ehe wir nach links, einen kleinen Bach entlang, in eine schmale Feldstraße abbogen. Sie war schneebedeckt und nur in den Fahrrinnen war das pulvrige Weiß plattgedrückt.

Glücklicherweise hatte Rolf noch vor der Reise neue Winterreifen aufziehen lassen. Trotzdem rutschten wir ab und zu seitlich weg.

»Fahr bloß langsam«, ermahnte ich Rolf. »Der Bach! Denk dran!«

Weiter unten machte die Straße einen Bogen, der über eine Brücke führte.

Genau vor dieser Biegung stand ein großer burgähnlicher Bau. Es war das FDGB-Heim »Comenius«. Dort sollten wir also ab morgen täglich unsere Mahlzeiten einnehmen. Es war hell erleuchtet, woraus wir schlossen, daß es tatsächlich voll belegt war.

Wir mußten laut Skizze noch etwa zwei- bis dreihundert Meter weiterfahren.

Und richtig!

Dort stand rechts von der Straße und dem Bach ein dem ersten Eindruck nach ziemlich heruntergekommenes Haus mit einer Scheune und einer anschließenden Garageneinfahrt.

»Das muß es sein!«

Rolf warf mir einen müden und enttäuschten Blick zu. Das Haus wirkte ein bißchen verlassen und schäbig.

»Wenn wir den Weg weiter fahren, kommen wir direkt in den Wald.«

Ehe wir uns überlegten, was wir zuerst tun sollten, Silvia war inzwischen auch schon eingeschlafen, öffnete sich die Tür an dem Haus.

Eine etwas korpulente Frau mit einem runden Gesicht, einer kitschig blauen eimerartigen Strickmütze auf dem Kopf und einer bis zu den Kniekehlen reichenden Strickjacke kam uns mit verschränkten Armen entgegengelaufen.

Durch die offen gelassene Tür konnte man einen Blick in den Flur werfen, der vollkommen mit Holz verkleidet war und im Gegensatz zur Außenfassade einen recht gemütlichen Eindruck erweckte.

»Sind Sie die Görlitzer?« fragte die Frau mit einem deutlich überbetonten Harzer Roller in der Sprache.

Ich kurbelte das Autofenster herunter.

Rolf hatte inzwischen den Motor abgestellt.

»Ja«, nickte ich und warf einen Blick auf meinen Zettel.

»Dann muß hier Feldrain 20 sein und Sie sind Frau Wolter, nicht wahr?«

»Wir haben Sie schon vor drei Stunden erwartet«, schnatterte Frau Wolter am Auto herum. Sie hatte nur Hausschuhe an, zwar knöchelhoch, aber die dünnen Nylons unter dem blauen Faltenrock boten bestimmt keinen Schutz vor der klir-

27

renden Kälte.

Inzwischen war auch Herr Wolter erschienen. Ein schmächtiger, etwas nach vorn gebeugter Mann, dessen Kopf in dem dicken, bis zum Kinn geschlossenen Parka fast verloren ging.

Beide schätzte ich altersmäßig so um die fünfzig.

Rolf war bereits eingestiegen und begrüßte unseren »Herbergsvater« mit einem kumpelhaften Handschlag.

»Ich helf' Ihnen die Koffer reintragen«, bot sich der schmale Wolter gleich hilfsbereit an, während seine Frau uns zum Abendessen einlud.

»Ich hab was Warmes vorbereitet, das werden Sie gut vertragen können«, rief sie uns eilig zu, ehe sie schnellen Schrittes im Haus verschwand.

»Das Auto können Sie da drüben parken«, deutete Wolter auf die barackenähnliche Garage rechts vom Wohnhaus.

Zuerst schnappten wir uns die Kinder und trugen sie hoch. Rolf die Silvie und ich den Dirk. Herr Wolter klemmte sich Flippi und Fluppi untern Arm und zeigte uns die Ferienwohnung.

Sie lag direkt unterm Dach, war winzig klein und hatte schräge Wände, aber es war wenigstens mollig warm. Das Dach war bestens isoliert, nirgends zog es.

Das beruhigte mich ungemein, denn im Stillen hatte ich befürchtet, daß wir bei den Temperaturen unterm Dach frieren würden.

Wir hatten sogar eine eigene Toilette und ein Waschbecken, durchaus ein Luxus im gängigen Ferienhausstandard der DDR. Zwei Zimmerchen und ein kleiner Garderobenvorraum, in dem auf einer Kommode Spiele aufgestapelt waren, sollten also für die nächsten vierzehn Tage unsere Heimstatt sein.

Während Rolf und Herr Wolter zum Auto gingen, um das Reisegepäck zu holen, legte ich unsere beiden Schillerlocken in die Betten. Es war alles pieksauber, die geblümte Bettwäsche war sogar gestärkt.

Ich ließ die Kinder in Pullover und Strumpfhose schlafen, fuhr ihnen nur noch mal mit einem warmen Waschlappen über Gesicht und Hände und ließ sie dann in Ruhe.

Als wir die Flurtreppe hinuntergingen, kam uns schon ein würziger Duft entgegen.
Zaghaft klopften wir an die Tür neben dem Eingangsbereich. Sie führte vermutlich zur Küche.
»Kommen Sie ruhig rein«, rief uns Frau Wolter von innen zu.
Sie hatte in ihrer riesigen Wohnküche, die noch mit einem alten Kohleofen bestückt war, sehr liebevoll den Tisch gedeckt. Wir setzten uns an die Stirnseite der hufeisenförmigen Eckbank. Es gab Wurstsuppe mit Majoran und gerösteten Brotwürfeln. Dazu legte sie jedem eine Portion gekochten Schweinebauch auf den Teller.
»Genau das Richtige, nach so einer Reise und an so einem kalten Winterabend«, nickte sie uns zu.
Es schmeckte vorzüglich und es tat mir fast leid, daß die Kinder schon schliefen.
»Gestern war ein paar Häuser weiter Schlachtfest«, erzählte uns Frau Wolter. »Alles ganz frisch. Es ist bei uns üblich, daß die Nachbarschaft immer etwas abgibt.«
»Zumal es nichts gesünderes gibt, als so eine Wurstsuppe, in der frisches Fleisch und Würste abgekocht wurden«, untermalte Herr Wolter.
»Da kann mir jeder Braten gestohlen bleiben«, griente er uns verschmitzt zu, wobei ihm der fette Schweinebauch fast aus den Mundwinkeln quoll.
Ohne Parka sah Herr Wolter doch wesentlich freundlicher und auch nicht so krummschmächtig aus. Er hatte zwar ein knochiges Gesicht und eine etwas zu lang geratene, knorpelige Nase, aber seine blitzenden, kleinen blauen Augen und sein nach oben gebogener schmaler Mund, strahlten eine innere Ruhe aus.

Seine tiefen Falten auf der Stirn, die großporige, unter den Augen runzelige, bräunlich trockene Haut mit dem ungepflegten, wahrscheinlich mit Naßrasur und nur einmal wöchentlich behandelten Bart, verliehen ihm jenen bäuerlich-ländlichen Ausdruck, der einem überall auf dem Dorf begegnete.

Hedda, seine Frau, wirkte im Gesicht, aus der Nähe betrachtet, noch recht jugendlich. Die kurzen Dauerwellenlokken auf ihrem Kopf machten ihr ohnehin voluminöses Gesicht noch runder und puppiger. Wie wir erfuhren, lebten die beiden schon seit ihrer Kindheit in dem Haus. Seine Eltern hatten hier früher eine eigene Bauerei betrieben.

Auch er selbst hatte noch bis in die sechziger Jahre den Hof in Eigenregie verwaltet. Hedda war damals als Landfrau bei seinem Vater angestellt gewesen.

»Und wie das so ist«, griente er wieder, indem er die Mundwinkel nach oben schob, »weil einen der Horizont nicht weiter als bis zum Kuhstall führte, blieb ich bei meiner Hedda hängen. Aber, das soll nicht heißen, daß ich's jemals bereut hätte«, fügte er noch rasch hinzu, buffte sie liebevoll mit der Faust in den Oberarm, um ja keinen falschen Gedanken aufkommen zu lassen.

Als in den sechziger Jahren die meisten bäuerlichen Betriebe zu landwirtschaftlichen Genossenschaften zusammengeschlossen wurden, war auch sein Erbe verstaatlicht worden.

Ihn schien das wenig zu stören.

Sein Vater, so berichtete er uns, sei allerdings daran gestorben. Habe sich in der Scheune nebenan aufgehängt.

»Er hatte mit den Kommunisten nie viel am Hut«, erklärte er, »hat die ganze Bande«, wurde er leiser, »für Schmarotzer und Nichtstuer gehalten, die sich auf Kosten der Fleißigen einen schönen Lenz machen. Als die Sache mit der LPG spruchreif wurde, hat er sich aufgeführt wie ein störrischer Esel. Zwei Generationen hatten sich wegen dem bißchen Land abgerackert und die Knochen hingehalten; waren froh, die Kriege einigermaßen unbeschadet überstanden zu haben. Und dann«, pustete Wolter schwerfällig vor sich hin, »die Enteignung, das war zu viel für ihn. Vielleicht fehlte ihm auch der Beistand seiner Frau. Meine Mutter war zwei Jahre vorher an Gallenblasenkrebs gestorben. Es war eine schreckliche Zeit. Du erinnerst dich?« wandte er sich an seine Frau.

»Und ob«, nickte sie beipflichtend. »Wir hatten schon Angst, daß sie ihn abholen würden. Aber dann..... hat Papa ihnen keine Gelegenheit mehr gegeben«, fügte sie seufzend hinzu, stand auf und holte zur Verdauung einen Klaren.

»Mein Vater war nicht der einzige in Stolberg, drei waren's insgesamt. Alle erhängt. Dann hat's doch eine Ruhe gegeben.«

»Und heute finden's die meisten gar nicht so tragisch«, ergänzte Hedda. »Früher haben wir viel mehr schuften müssen. Heute haben wir wenigsten unseren geregelten Tagesrhythmus. Und was nicht geschafft wird, bleibt eben ein oder zwei Tage liegen.«

Rolf grinste. Typisch sozialistisch, hörte ich ihn reden. Doch er schwieg.

»Haben Sie Kinder?« fragte ich. Bislang waren sie nicht im Gespräch aufgetaucht.

Wir erfuhren, daß sie zwei erwachsene Söhne hatten, einen beim Militär, den anderen bei einer KFZ-Werkstatt. Keiner hatte etwas mit der Landwirtschaft zu tun haben wollen.

»Die haben Angst, sich die Hände schmutzig zu machen«, sagte Herr Wolter.

»Aber wenn's ums Hamstern geht, sind alle zur Stelle«, lachte Hedda.

Ein kleines Stück Land, kaum größer als ein Schrebergarten, hatten die Wolters zur eigenen Nutzung und Tierhaltung behalten dürfen. Es lag auf dem Steilhang hinter dem Haus. Ein Schaf, zwei Schweine, acht Hühner, ein Hahn und ein Dutzend Gänse und Enten gehörten dazu.

Als die Kinder aus dem Haus waren, hatten sie genug Platz, den Dachboden an Feriengäste zu vermieten. Üppig waren die Einnahmen nicht. Pro Woche zehn Mark. Aber den Beiden ging's auch mehr um den Kontakt zu Fremden. Sie mochten sich nicht im LPG-Stall zuwühlen.

So verplauderten wir den ganzen Abend bis kurz vor Mitternacht, ehe wir total übermüdet in die Betten fielen.

Unsere beiden Schillerlocken lagen noch genauso da, wie wir sie hingelegt hatten.

Am nächsten Morgen stiefelten wir dann durch den Winterwald ins FDGB-Heim, wo von sieben bis neun Uhr das Frühstück gereicht wurde.

Wir mußten etwa eine Viertelstunde laufen. Unterwegs blieben wir an einem Andenkenladen hängen und deckten uns mit Wanderkarten, soweit vorhanden, ein.

Zum Frühstück gab es frische Konsum-Brötchen, sowjetische Marmelade, Kunsthonig, Butter und für jeden eine Scheibe Käse. Die Kinder bekamen wahlweise Kakao oder süßen Kräutertee.

Der Essensraum war wenig wohnlich eingerichtet, glich eher einer mit Stühlen und Tischen bestückten Bahnhofshalle.

Nach dem Frühstück kundschafteten wir die Gegend aus, gingen im Wald spazieren, bauten einen Schneemann, bewarfen uns mit dem weißen, teilweise verhärteten Naß und lasen uns durchs Informationsmaterial, um zu wissen, wohin es sich lohnte, Ausflüge zu unternehmen.

Natürlich standen die Besichtigung des Hexentanzplatzes, des berühmten Rathauses von Werningerode und die bekanntesten Höhlen auf dem Programm. Die Kinder waren besonders für die Höhlen zu begeistern. Das klang nach Abenteuer und entsprach so richtig ihrem Verständnis von spannenden Erlebnissen.

»Gibt's da denn auch Ungeheuer?« fragte Dirk aufgeregt seinen Vater.

»Nein«, nahm er ihn zu sich auf den Schoß, »die sind alle zu Eis und Felsen erstarrt und können sich nie mehr bewegen«, flüsterte er ihm geheimnisvoll ins Ohr.

32

»Nie mehr«, zog er die letzten Worte in die Länge, um ihnen einen Hauch von Ewigkeit zu verleihen.

Dirk liebte phantastische Geschichten und Rolf hatte die Gabe, ihm jeden Abend neue Geschichten zu erfinden. Meist waren sie mit irgendwelchen Tageserlebnissen verknüpft. Dirk war wie sein Vater; ruhig, verständig und besonnen, aber auch sehr willensstark.

Sein Dickkopf kam immer wieder durch. Dazu drückte er seinen Kopf so weit runter, daß er mit der Kinnspitze auf die Brust tippte. Dann zog er eine Flunsch und schielte ab und zu nach oben, um auszumachen, wie die Lage stand. Es sah meist so komisch aus, daß wir darüber lachen mußten.

Beim Spiel war er im Gegensatz zu Silvie sehr geduldig. Konnte stundenlang dasitzen, ein Puzzle zusammensetzen oder mit leeren Streichholzschachteln eine Rallye aufbauen und sich dann köstlich amüsieren, wenn sich die Schächtelchen nacheinander antippten und umfielen.

Hatte er allerdings seinen Bock, war es häufig schwierig, ihn umzustimmen. Meist ließ ich mir dann etwas einfallen, nahm ihn beiseite und erklärte ihm, daß sich nun in seinem Köpfchen ein widerwärtiger Bock eingenistet habe.

Ich tat dann sehr geheimnisvoll, besprach den Bock mit allerlei Hokuspokus-Sprüchen, wie »Ali Baba Manepekel, Schnupf di Wupf und Bock Krakekel, komm heraus du oller Bock, stör nur nicht den Dirk, hopp, hopp!«

Dann tat ich so, als ob der Bock in der Luft über Dirks Kopf schwebte, nahm ihn gefangen und verschnürte ihn in ein Paket, das wir pro forma auf Reisen schickten. Oder wir warfen den Bock in den Kühlschrank, daß er wie ein Ungeheuer in den Höhlen zu Eis erstarrte oder wir warfen ihn ganz einfach, wenn's mal schnell gehen sollte, die Treppe hinunter.

»Böckchen, Böckchen, geh geschwind, laß in Ruh das liebe Kind!« rief ich dann sehr pathetisch hinterher und es hatte, so erstaunlich dies klingen mag, immer die Wirkung, daß Dirk tatsächlich von der Last des Bockes befreit war. Ohne Streß und Schimpfe.

Es glich schon fast einer Zeremonie, an der die ganze Familie teilnahm. Manchmal war ich mir sogar nicht sicher, ob Dirk nun wirklich bockig war, oder ob er mir nur etwas vorspielte, weil ihm die Bockaustreibung so viel Spaß machte.

Außer Papas Geschichten hatte er nur ein wirkliches Spielhobby: Autos. Er kannte, besser als ich, sämtliche Marken, einschließlich der westdeutschen Fabrikate.

Seine Matchbox-Autos, die ihm meine Cousine regelmäßig aus dem Westen schickte, liebte er über alles. Er baute und malte Straßen, Autobahnen, Tunnel, Brücken, Tankstellen, Werkstätten und erfand immer neue Spielvarianten, um mit den kleinen Blechkarossen die verrücktesten Ideen zu verwirklichen.

Deshalb dauerte es auch so lange, wenn wir durch die Stadt spazierten. Fast an jedem Auto blieb Dirk stehen und betrachtete sich bewundernd alle Details. Hier im Harz, so nahe der westdeutschen Grenze, waren viel mehr unterschiedliche Modelle auf den Straßen vertreten als bei uns in Görlitz.

Auch auf dem Parkplatz vor der Baumannshöhle mußten wir erst mal einen Rundgang übers Autofeld veranstalten, ehe wir in die Höhle gingen. Ich konnte mich für solche Höhlen wenig erwärmen. Erstens waren zu viele Touristen auf einem Haufen versammelt, zweitens war mir das Ganze zu eng und drittens hatte ich Angst, daß die Kinder auf den schmalen Wegen ausrutschen könnten.

Da waren mir Wanderungen an frischer Luft schon wesentlich lieber, zumal wir mit dem Wetter Glück hatten. Es blieb zwar sehr kalt, aber dafür schön.

Wenn wir nicht zum Ausflug unterwegs waren, rodelten wir, gingen spazieren, setzten uns abends gemütlich bei einer Tasse Tee und Lebkuchen zusammen. Meist spielten wir mit den Kindern »Mensch ärgere dich nicht« oder »Der weiße Magier weiß alles«, ein Spiel, bei dem sich der kluge Magnet-Magier mit seinem Zauberstab solange auf einem Spiegel dreht, bis er bei der richtigen Antwort aus der Spielrunde stehenbleibt.

Die Zeit verstrich wie im Flug.

Es waren nur noch zwei Tage bis zum Urlaubsende. Am letzten Tag wollte Rolf noch eine Höhlentour unternehmen. In die »Heimkehle«, zwischen Rottleberode und Ufftrungen.

»Muß das sein?« stellte ich mich quer. Mir wäre am letzten Tag eine ausgedehnte Schneewanderung an frischer Luft lieber gewesen.

»Wir sind immer so früh dran«, argumentierte Rolf, »daß wir nach dem Essen noch bequem herumlaufen können.«

Bei den Kindern stieß Rolf natürlich auf vollste Unterstützung.

»Oh ja, bitte!« freute sich Dirk und schnurrte um mich herum, »laufen ist viel zu langweilig!«

Also ließ ich mich breitschlagen. Es sollte gleich nach dem Frühstück losgehen.

Die Heimkehle war, wie ich am Abend im Bett einem Prospekt entnahm, nicht nur als Naturhöhle interessant, sondern hatte auch eine große historische Bedeutung. Im Faschismus hatte sie eine wichtige Rolle gespielt. Erst als Unterschlupf für Widerstandskämpfer, später als Gefangenenlager für Häftlinge, die dort unter menschenunwürdigen und grausamen Bedingungen Flugzeugteile für das Junkerwerk in Dessau herstellen mußten. 8000 qm betonierte Fläche, bebaut mit Werkhallen und verbunden mit Fahrstraßen für Autos und Feldbahn, hatte die Höhle vollkommen ihrer natürlichen Gegebenheiten entfremdet.

Erst 1953 hatten Forscher wieder die Höhle betreten und ein Chaos an Holzpflöcken, ebenerdigen Betonpfeilern und Gerümpel vorgefunden. Seit 1954 war sie nach aufwendigen Restaurierungsmaßnahmen wieder für Besucher zugänglich.

Na ja, vielleicht doch ganz sehenswert, dachte ich, als ich gegen zehn Uhr die Nachttischlampe löschte.

10.3.1979

An der Höhle

Es war unser letzter Ferientag, gegen sieben Uhr morgens. Dirk stand bereits fix und fertig angezogen an der Tür, während ich einen kurzen Blick in den Flurspiegel warf, um meine schief sitzende Fellmütze gerade zu richten.

Draußen war es immer noch bitter kalt. Auch wenn der wolkenverhangene Himmel des vorigen Tages darauf hindeutete, daß Schnee in der Luft lag.

Fordernd griff Dirk nach meiner Hand und versuchte mich in Richtung Tür zu ziehen.

»Jetzt komm«, piepste er mich bestimmend mit seinem dünnen, verschlafenen Stimmchen an. Ich mußte innerlich grinsen. Die Augenbrauen zusammengeschoben, die Lippen vorgewölbt, stand er, mit seiner roten Astronautenmütze, die Arme auf dem Rücken verschränkt, wie Klein-Napoleon da. Doch so sehr er sich auch anstrengte, so richtig laut, mit Volumen krakeelen, konnte er nicht. Dazu war mein kleiner Zwerg zu sanft und zu zart. Aber recht hatte er trotz allem.

Rolf und Silvie warteten mindestens seit zehn Minuten draußen, froren sich wahrscheinlich die Zehen ab und holten sich rote Nasen.

Schnell noch ein paar Spritzer vom westlichen Fidji-Duft ans Ohrläppchen, dann löschte ich das Licht und ließ mich von Dirk die Treppe hinunterziehen.

Er war so schnell unterwegs, daß wir beinahe beide über den unteren Treppenabsatz gestolpert wären.

Das polterte so laut, daß Frau Wolter neugierig ihren Kopf aus der Küchentür steckte. Weiter traute sie sich nicht vor, denn sie war nur mit einem Nachthemd bekleidet und hatte keine »Püschen« an, wie sie ihre braun-beige karierten Hausschuhe liebevoll nannte. Ihre nackten Füße lugten nur wenige Zentimeter über dem Holztritt hinaus.

»Wo soll's denn so früh hingehen?« fragte sie spitzmundig, wohl noch ohne Gebiß, aus dem Türspalt.

»Zur Heimkehle, aber erst mal ordentlich frühstücken«, antwortete ich im Vorbeigehn.

»Viel Spaß«, winkte sie uns flüchtig zu, ehe sie wieder den Kopf einzog und in ihrer Küche verschwand.

Die Kinder fieberten während des gesamten Frühstücks danach, die Höhle nach allen möglichen Gestalten zu durchforsten.

»Die Beiden werden ganz schön enttäuscht sein«, machte ich Rolf Vorhaltungen, weil er unbedingt auf der Besichtigung der Heimkehle bestanden hatte.

Laut den Prospekten glich nämlich der Innenraum eher einer Fabrikationshalle denn einem romantischen Höhlenschlängelpfad.

Während Dirk mit beiden Händchen seine Tasse festhielt, um den heißen Kakao langsam zu schlürfen, phantasierte er von Hexen, Zauberern und kleinen Bergwichteln, die sich tagsüber hinter den Steinen verkriechen und nachts, wenn der Mond sein Licht durch die Felsspalten gräbt, essen, tanzen und spielen.

»Quatschkopf!« antwortete Silvie. Sie spielte sich gern als die Große auf, die nicht mehr an solch alberne Gespenstergeschichten glaubte.

»Und ob«, sagte Dirk ganz sicher und selbstbewußt, als ob er's genau wüßte, »nachts sind alle Höhlen lebendig.«

Appetit hatten er und Silvie kaum. Beide aßen nur das Oberteil vom Brötchen, mit ein bißchen Honig, aber ohne Butter.

Gegen halb neun waren wir soweit. In einer halben Stunde sollte die Höhle öffnen. Wir wollten die Ersten sein, damit es uns nicht wie bei der Baumannshöhle ging, wo sich die Touristen gegenseitig auf den Füßen standen.

Unterwegs zur Heimkehle machten wir an einem Konsum in Rottleberode halt. Ich hatte beim Vorbeifahren im Schaufenster frische Gurken entdeckt. Um diese Jahreszeit ein eher ungewöhnliches Angebot. Wir kauften gleich fünf Stück, noch vier Kilo Äpfel, und ein paar Süßigkeiten für die Heimreise.

Da Rolf im Parkverbot stand, warfen wir alles schnell auf den Rücksitz. Die Kinder mußten lachen, weil eine Gurke unter den Fahrersitz gekullert war.

»Ich besorg uns übermorgen eine Flasche Sahne und dann machen wir uns einen leckeren Gurkensalat«, schwärmte ich im Auto und machte allen den Mund wässrig.

»Hm«, schmatzte Dirk. Das Wort Sahne löste bei ihm ein richtiges Gaumenkonzert aus.

Wann gab es bei uns in Görlitz schon Anfang März frische Gurken, überhaupt frisches Gemüse?

Von der Hauptstraße, die Stolberg mit Ufftrungen verband, fuhren wir rechts in einen ausgebauten Feldweg, der zur Gipshöhle führte.

Genau an diesem Kreuzungspunkt war ein großes Gipswerk gelegen, dessen Förderbänder sich wie breite Gummischüre über die Hauptstraße zu einer Bahnanlage zogen, die seitlich oberhalb der Straße auf einer Art Dammgelände ihre Gleiskörper zu liegen hatte.

Wir mußten noch circa einen Kilometer fahren, ehe wir die Höhle erreichten.

Der Parkplatz war ziemlich groß, auch für Reisebusse geplant. Mindestens vierzig bis fünfzig Autos und sechs Busse hatten Platz. Das Gelände war nicht eingezäunt, sondern mit riesigen Baumgruppen umgeben. In der Mitte des Platzes stand eine Holzbaracke, die im Sommer, wenn viel Betrieb war, dem Parkwächter als Behausung diente.

Im Moment wirkte alles kahl. Wir waren die Einzigen. Ich kam mir ziemlich verlassen vor.

»Ob heute Ruhetag ist?« blickte ich zu Rolf.

»Wir gehen mal vor, nachsehen«, meinte er und forderte

uns auf, auszusteigen.

Wir mußten einen kleinen Hang hochgehen, denn die Höhle war nur von der oberen Seite des Berges zugängig. Die Kinder sprangen vor, wir stiefelten hinterher.

Der Eingang war bizarr ins Felsgestein gehauen, mit einer schweren, braunen Holztüre verschlossen. Daneben stand ein Schild mit den Öffnungszeiten. Im Sommer von 9.00 Uhr bis 18.00 Uhr, im Winter von 10.00 Uhr bis 17.00 Uhr. Wir mußten also noch eine gute halbe Stunde warten. Zu kurz, um etwas anderes zu unternehmen, zu lang, um hier stehenzubleiben.

Als wir uns umdrehten, um zum Auto zurückzugehen, kam uns Hand in Hand ein Ehepaar entgegen. Sie schienen wie wir von den Sommeröffnungszeiten ausgegangen zu sein, die aber erst ab April ihre Gültigkeit hatten.

Wir grüßten sie knapp und belächelten heimlich den großen, stämmigen Wuchs der Beiden. Sowohl die Frau, als auch der Mann, trugen graue Filzhüte, waren auffällig wuchtig und stark gebaut. Beide waren um die vierzig Jahre alt und mit grauen Tuchmänteln bekleidet.

Ihr blauer Moskwitsch parkte schräg links vor unserem Auto.

»Sieht aus wie der von Onkel Horst«, bemerkte Silvia.

»Ja, wirklich«, untermalte Rolf, »sogar die gebogenen Chromleisten an den hinteren Kotflügeln, das muß ein 74er Modell sein.«

Instinktiv warf ich einen Blick auf das Autokennzeichen. SE-49-28.

»Ein Leipzschger«, sächselte ich näselnd, »da, wo die scheenen Mädchen zu Hause sind.«

»Na, da muß die aber woanders herkommen«, witzelte Rolf, wobei er sich mit einer schnellen Drehung vergewisserte, ob ihn auch keiner belauscht habe.

Weil die Kinder noch ein bißchen im Schnee herumtollen wollten, liefen wir vor zur Brücke, die über die Thyra, einen kleinen Bergbach, führte. Links dahinter bog ein schmaler Pfad in ein Wiesenstück ab, das an einem zugefrorenen Bachlauf endete.

Dahinter begann der Wald.

Der Neuschnee knirschte unter unseren Füßen und animierte die Beiden zu einer Schneeballschlacht. Noch interessanter aber war der Bach.

Die Kinder stapften auf dem Eis umher und hatten ihren Spaß, auf dem Bach entlang zu schliddern. Silvia legte Wert darauf, die längeren Bahnen zu ziehen.

Rolf schritt währenddessen den Bach seitlich ab, klopfte mit dem Stiefelabsatz auf dem Eis herum, um zu prüfen, ob auch wirklich alles zugefroren war. Die Kinder hätten zwar nicht tief einsinken können, aber bis zu den Knöcheln wären sie bestimmt naß geworden.

»Noch eine Viertelstunde«, warf Rolf einen Blick auf die Uhr.

»Wir könnten noch schnell die Sachen im Kofferraum verstauen«, wandte er sich an mich.

Ich war einverstanden, doch es war schier unmöglich, unsere Kinder mitzulotsen.

»Ooch«, bettelte Silvia, »hier ist's so schön. Können wir nicht noch ein bißchen hier spielen? Wir wissen ja, wo ihr seid!«

»Na gut«, erlaubte Rolf. »Es dauert ja höchstens ein paar Minuten. Aber lauft nicht weg!«

»Und paß ein bißchen auf Dirk auf!« wandte ich mich an Silvia.

»Am besten, ihr baut einen Schneemann. Mama und Papa sind gleich wieder da.«

Arm in Arm gingen wir zum Parkplatz zurück. Auf der Brücke drehten wir uns um.

»Haben wir nicht schon große Kinder?« flüsterte ich Rolf stolz ins Ohr.

Hätte ich damals nur die leiseste Ahnung gehabt, was sich

einige Minuten später ereignen würde, ich hätte alle inneren und äußeren Kräfte bewegt, um das Schicksalsrad von uns abzuwenden. Dabei hätte es noch nicht mal einer Bärenstärke bedurft, nur eine winzige Entscheidung hätte anders ausfallen müssen. Wieso mußten wir unbedingt diese Sachen umräumen? Hätte Zeit gehabt. War eigentlich nicht wichtig. Sicher. Das sagte man sich hunderte Male. Hinterher! Aber im Augenblick war es eben so, wie es war.

Alles verlief wie von selbst.

Wir hatten oft die Kinder alleine spielen lassen. Manchmal länger als eine Stunde. Auch jetzt in Stolberg. Wie oft hatten sie draußen am Hang mit Stöcken und Tannenzapfen herumgetollt.

Silvia war zwar lebhafter als Dirk, aber sie hatte sich stets um ihn wie eine fürsorgliche Mutti gekümmert. Wir hatten damals keinen Anlaß zu glauben, daß dieses Mal alles anders sein würde. Wir vertrauten Silvia und auch der Situation.

Mit den Gedanken schon bei der Heimreise gingen wir zum Auto. Wir hatten hinter der Rückwand noch etwas Stauraum, wo wir alles stapeln konnten. Ich kniete auf dem Rücksitz und reichte Rolf die Lebensmittel.

Währenddessen hörten wir, wie der blaue Moskwitsch losfuhr.

»Die paar Minuten hätten sie nun auch noch warten können«, drehte ich mich zu Rolf, der inzwischen den Kofferraumdeckel mit einem leichten Knall zuklappte. Während er noch die Fahrertür verriegelte, ging ich bereits in Richtung Kinder, um sie zur Höhlenbesichtigung abzuholen.

Es war mittlerweile kurz vor zehn Uhr.

Auf der Brücke kam mir Silvia entgegen. Sie hielt einen Stock in der Hand, mit dem sie gedankenverloren im Schnee herumstocherte und Zeichen malte.

»Wo ist Dirk?« fragte ich sie erstaunt, weil sie ganz alleine ankam.

»Da!« drehte sie sich um und zeigte mit dem Stock hinter

sich, in die Richtung, wo sie eben noch gespielt hatten.

Doch Dirk war nirgends zu sehen. Alles leer! Ein krampfartiger Schmerz durchzuckte meine Brust.

»Wo?« schrie ich sie an.

Silvia, durch meinen Entsetzensschrei völlig verängstigt, fing zu weinen an.

»Da muß er sein ... eben war er noch da ... ich weiß nicht!« schluchzte sie.

Rolf, der mit einem Blick die Situation sofort erfaßt hatte, rannte vor, zu der Stelle, wo die Kinder den Schneemann bauen wollten.

Wir schrien und riefen aus Leibeskräften seinen Namen.

»Dirk!....Dirk!....Hallo!....Hase!....Dirk!«

Sein Name hallte über den Parkplatz und die Höhle.

Dann warteten wir ab, horchten, ob eventuell von irgendwo her sein Stimmchen zu uns drang.

Ich hatte solche Angst, daß er sich am Bach entlang in den Wald verirrt haben könnte, weil Silvia schon vorgelaufen war. Vielleicht war er in eine der Abrißspalten gefallen, die es hier rund um den Höhlenbereich geben sollte und litt nun entsetzliche Angst.

Ich malte mir tausende schlimme Gedanken aus und hatte nur den Wunsch, sein langgedehntes, zartes »Mami« zu hören, das er meist rief, wenn er mich brauchte.

Rolf ging tiefer in den Wald, während ich ihm mit Silvia an der Hand folgte.

Doch ein immer heftiger werdendes Schneetreiben machte es nahezu unmöglich, auf eigene Faust weiter zu suchen. Man konnte höchstens auf eine Entfernung von fünf Metern etwas erkennen.

»Er kann doch in den paar Minuten unmöglich so weit gelaufen sein«, schrie ich Rolf an, der wie ein gehetztes Wild, ohne Spur und Richtung, kreuz und quer sprang, in der Hoffnung, im nächsten Augenblick ein Lebenszeichen von Dirk zu hören oder zu sehen.

»Nein, eigentlich nicht«, gab er mit Tränen in den Augen zu.

»Aber wo um Himmels willen kann er stecken?« Er stockte, hielt seine Stimme an. »Der Bach, Heidi, der Bach! Er wird doch nicht....!«

Mir schnürte es die Kehle zu.

»Nein!« schrie ich, »niemals! Nicht Dirk! Weißt du nicht, er hat um jede Pfütze einen Bogen gemacht. Das ist unmöglich! Außerdem hätte er dann vor Silvia.....«

»Silvia«, wandte ich mich an meine kleine Tochter, nahm sie bei den Händen und blickte ihr ganz fest in die Augen.

»Bitte, Silvia!« versuchte ich ruhig zu bleiben. »Erinnere dich jetzt ganz genau, was du gesehen hast. Ist der Dirk vor dir hergesprungen, oder hat er noch unten gespielt? Bitte, das ist wichtig!«

Silvia sah mich mit großen, nassen Augen verzweifelt an. Dann schniefte sie wieder, wohl im Glauben, Schuld zu haben.

»Silvie«, versuchte nun Rolf auf sie einzureden, »keiner schimpft mit dir, wir wollen nur wissen, wohin der Dirk gelaufen ist, ob du etwas gesehen hast, ob er nach dir oder nach uns gerufen hat?«

»Ich weiß nicht, wirklich«, druckste sie stotternd herum.

»Er war noch da, als ich geguckt hab. Ich bin nur das Stück vorgelaufen, zu euch, wollte sehen, ob ihr kommt, da ist das Auto vorbeigefahren und dann hab ich die Mama gesehen und dann war der Dirk weg. Ich weiß selber nicht, wieso. Er hat da gespielt. Mit so einem Stock, wie ich ihn hab!«

Das klang ja alles sehr plausibel, was Silvie erzählte. Aber was half es uns. Ich wußte, daß Dirk nicht zu den Kindern gehörte, die einfach wegliefen. Schon gar nicht, wenn ein offenes Gewässer in der Nähe war. Ich hatte Beiden zu oft gepredigt, wie gefährlich es war. Dirk wäre im Zweifelsfalle eher an Ort und Stelle angefroren. Aber Tatsache war nun mal, daß er verschwunden war. Wohin, war zum jetzigen Zeitpunkt jedoch völlig ungewiß.

»Das hat doch alles keinen Zweck!« brüllte ich die Beiden an und rannte an ihnen vorbei zum Auto.

»Wo willst du hin?« rief mir Rolf nach.

»Die Polizei holen und einen Suchtrupp; wir schaffen das nicht alleine.«

Wie von Sinnen klemmte ich mich hinters Steuer, um zum nächsten Telefon zu eilen.

Ich weiß nicht, wie ich es schaffte, auf dem rutschigen Schneeweg so schnell vorwärts zu kommen, aber ich erreichte bald das Pförtnerhäuschen vom Gipswerk.

»Bitte«, flehte ich den Mann hinter der Glasscheibe an, »rufen Sie die Polizei! Mein Sohn ist oben an der Höhle verloren gegangen! Ein Kind! Dreieinhalb Jahre alt! Bitte, helfen Sie mir! Schnell!«

Der Mann bat mich herein und telefonierte gleich mit dem Notfallkommando in Sangershausen.

»Einen Kaffee?« bot er mir an.

»Nein, danke«, lehnte ich ab, »ich muß gleich wieder los! Sie verstehen!«

»Aber in Ihrem Zustand!« wollte er mich aufhalten. »Soll Sie jemand vom Werk fahren?«

»Nein, es geht schon«, winkte ich ab und fuhr wie in Trance zum Unglücksort zurück.

Vielleicht hatten sie ja Dirk inzwischen gefunden. Wir hatten die Kinder doch nur ein paar Minuten aus den Augen gelassen! Da kann einfach nichts passiert sein, redete ich mir ein!

Mein Kreislauf flatterte so sehr, daß ich das Pulsklopfen in beiden Handgelenken spürte.

Die Suche

Auf dem Parkplatz an der Höhle war inzwischen ein Reisebus eingetroffen.

Die Leute hatten sehr viel Mitgefühl mit uns, erklärten sich alle bereit, die Suche aktiv zu unterstützen.

Hinter jedem Baum schallte jetzt Dirks Namen.

Ich kam mir vor wie in einem Karussell. Alles drehte sich um mich herum, entfernte sich, kam wieder in vollem Umfang auf mich zu. Wie ein schneller Film in einem Rundkino, den man erfühlt, aber nicht richtig wahrnimmt. Dabei ging es um mein Kind! Um meinen Dirk!

Aber ich hatte nicht die Kraft, mir vorzustellen, was wirklich passiert war. Ich wartete auf einen Knall, auf einen Riß, auf sonst irgendein Zeichen, das diesen scheußlichen Spuk beenden sollte.

Doch stattdessen quälten mich völlig fremde Leute mit ihrem tatsächlichem oder auch nur scheinheiligem, nach Sensationslust gaffendem Beistand.

»Ich kann Ihre Situation nachempfinden«, umarmte mich eine Touristin und gab mir keine Chance, mich ihr zu entziehen. Ihr schräg zu mir nach vorn gebeugter Körper war seltsam verkrümmt.

»Mein Sohn ist vor zwei Jahren nicht von der Schule nach Hause gekommen. Mit dem Fahrrad verunglückt. Er ist im Krankenhaus gestorben, noch bevor ich eingetroffen bin. Ich bete für Sie«, hielt sie die gefalteten Hände empor, »daß Sie Ihren kleinen Jungen bald wieder in Ihre Arme schließen können«, flüsterte sie mit heiserer, hechelnder, tränenbenetzter Stimme. »Ein Kind zu verlieren ist das Schrecklichste, was einem passieren kann«, beugte sie sich noch näher zu mir und spuckte mir während ihrer Worte fast ins Gesicht.

Sie wollte mich sicher trösten, aber sie verletzte mich nur noch mehr. Was ging mich jetzt ihr Schicksal an? Ich hatte mit mir zu tun. Wer sollte besser wissen als ich, was es heißt, Kinder zu verlieren. Aber mir fehlten die Nerven, mich jetzt mit dieser Frau über unsere gegenseitigen Erfahrungen zu unterhalten.

Im Augenblick war mir jedes auch noch so gut gemeinte Gespräch eine schier unerträgliche Last. Wahrscheinlich, weil keiner mir wirklich helfen konnte.

»Bitte, lassen Sie mich allein!« verabschiedete ich mich knapp von ihr und rannte rüber zur Parkplatzeinfahrt, wo inzwischen der Suchtrupp mit Fahrzeugen und viel Lärm anrückte. Feuerwehr, Krankenwagen, Polizei und ein schwarzer Wolga, in dem drei Männer mit Hüten saßen, fuhren vor.

Ein älterer Herr, mit vorgewölbtem, rundlichem Bauch, stieg aus dem Wolga aus und kam in Begleitung von zwei jüngeren Männern, ebenfalls in Zivil, auf mich zu.

Zwei Vopos in Uniform folgten ihnen und stellten sich seitlich neben die drei Männer.

»Sind Sie die Mutter des vermißten Kindes?« sprach mich der Dicke an. »Haben Sie vorhin angerufen?«

»Ja«, sagte ich schüchtern und erwiderte flüchtig seinen Händedruck.

»Darf ich mich vorstellen?« zog er artig seinen Hut. »Bürgermeister Heine aus Sangershausen und das da .....«, deutete er auf den großen, hageren Mann in Zivil, »ist Leutnant Schulz von der Kripo Sangershausen und sein Protokollant, Herr Marx.«

Sie grüßten kurz.

Auch Rolf und Silvie, die sich inzwischen neben mich gestellt hatten, bekamen von jedem einen Händedruck.

»Können Sie uns Ihren Namen nennen und einen kurzen Hergang des Geschehens schildern?« fragte der Hagere, wobei er seine Nase kräuselte, um die runde Nickelbrille, ohne die

Hände zu benutzen, nach oben zu schieben. Er war noch jung, vielleicht knappe dreißig, hatte ein betont kühles, sachliches Auftreten, trug eine glatt gebügelte Hose mit scharfkantigen Falten und eine braune Lederjacke mit pelzigem Innenfutter.

»Ich gehe eben rüber zu den Leuten von der Feuerwehr, komme aber gleich wieder«, sagte der Bürgermeister und wäre mit seinen Lederschuhen fast auf einem Stück Eis ausgerutscht.

Ich konnte kaum sprechen, alles blieb mir im Hals stecken. Ich mußte um jedes Wort würgen. Die vielen Leute verwirrten und verunsicherten mich noch mehr.

»Was soll ich sagen?« fragte ich achselzuckend und suchte verzweifelt bei Rolf eine Antwort.

»Erst mal den Namen«, forderte mich der Protokollant auf. Er hatte schon einen Block und einen Kugelschreiber zur Hand.

»Schiller«, schaltete sich Rolf ein. »Mein Sohn heißt Dirk. Meine Frau, Heidi, ich heiße Rolf und das da ist meine Tochter Silvia«, deutete er auf das vor ihm stehende zitternde Kind.

»Vor einer Stunde, es muß so zehn vor zehn gewesen sein, hat Dirk noch da unten gespielt.«

»Wo genau?« wollte der Kripobeamte wissen.

Wir gingen zum Ort. Der Protokollant machte eine kleine Skizze.

In wenigen Worten schilderte Rolf, was passiert war. Unser Gang zur Höhle, dann mit den Kindern zum Bach und zurück zum Auto.

»Vielen Dank, das reicht fürs erste. Nachher komme ich nochmals auf Sie zu«, bedankte sich der Hagere und wandte sich an seinen Kollegen.

»Wir müssen drüben den Leuten Bescheid geben. Die einen sollen mit den Hunden im Wald suchen und die andere Hälfte beidseitig das Ufer an der Thyra abklappern. Einen Augenblick noch, Frau Schiller«, drehte er sich dann neuerlich zu uns.

»Können Sie mir vielleicht eine genaue Beschreibung der Bekleidung Ihres Sohnes geben?«

Der Anorak! Ich konnte nicht mehr, heulte nur noch drauf los. Diese Fragerei um Dirk machte mich fertig, preßte mir das letzte Restchen Luft aus der Lunge und machte mir das Atmen schwer. Ich hätte im Augenblick keinen Ton herausgebracht.

»Ein neuer, olivgrüner Anorak mit weißem Pelzbesatz an der Kapuze, den Ärmeln und am Saum. Dazu trägt er eine grün-rot karierte Hose und einen weißen Rollkragenpullover. Grüne Schnürstiefel, und, - ach ja, eine rote Astronautenmütze mit ebenfalls roten Fingerhandschuhen und einen langen, weißen Schal«, hörte ich Rolf sprechen, während er seinen Arm um mich schlang und meinen Kopf fest an seine Schulter preßte.

»Wir werden Ihren Sohn finden«, ermutigte mich der Protokollant.

»Er kann ja laut Ihrer Aussage nicht weit gelaufen sein. Kinder in seinem Alter verirren sich schon mal«, versuchte er mit aller Gewalt, uns zu trösten. »Vielleicht sitzt er ganz verängstigt hinter irgendeinem Baum.«

Aber es war schon über eine Stunde vergangen und noch immer kein Lebenszeichen von Dirk.

»Ist das Ihr Kleiner?« drängte sich uns ein breitschultriger, großer Mann auf, der vorgab, der Höhlenführer zu sein. Er hatte ein derbes Gesicht mit einem auffällig vorgelagerten Unterkiefer und einer breiten flachen Nase.

»Schrecklich«, begann er unaufgefordert zu reden, wobei er mit dem Fuß den vor sich liegenden Schnee wegscharrte, »das ist nun schon das vierte Kind, seit ich hier bin. Die anderen sind aber alle im Sommer in den Bach gefallen. Im Winter ist das noch nie passiert. Wie alt ist denn Ihr Kleiner?«

»Dreieinhalb«, antwortete Rolf, hakte mich unter und schleppte mich in eine andere Richtung. »Daß die nicht ihren Mund halten können«, fluchte er leise vor sich hin

»Dirk ist nicht in den Bach gefallen!« riß ich mich von Rolf los und rannte zum Suchtrupp.

»Heidi!« rief mir Rolf hinterher. »Warte doch!«

Ich setzte mich auf einen dicken unbehauenen Stein am Ufer und weinte in meine verschränkten Arme. Für den Augenblick tat es mir gut, mich einfach gehen zu lassen. Es entkrampfte, verschaffte meinem bis zum Zerreißen angespannten Kopf Luft.

»Mami«, heulte Silvia mit mir mit und schlang ganz fest beide Arme um meinen Hals. »Sei nicht traurig, der Dirk kann nicht weit gelaufen sein, hat doch der Mann eben gesagt.«

Ja, das hatte ich auch gehofft.

Aber die Zeit schritt unbarmherzig fort und mit jeder Minute wich ein Stückchen Hoffnung.

»Frau Schiller«, beugte sich eine zierliche, junge Frau, in einen blauen Steppmantel gehüllt, über mich. Ihr Gesicht war hübsch und gepflegt. Ich erinnere mich noch gut an die großen blaugrauen Augen mit den gezupften bogenförmigen Brauen. Wehmütig, mitleidsvoll und zugleich beruhigend begegneten sie meinem Blick, als ich meinen Kopf hob.

»Ja?« wischte ich mir mit einem Taschentuch über Augen, Nase und Mund.

»Ich bin Ärztin, Dr. Wieck«, stellte sie sich vor, »Gundula Wieck, ich möchte Ihnen anbieten, mit mir rüber zum Wagen zu gehen. Ich habe da einen heißen Tee für Sie vorbereitet und ein kleines Mittel zur Beruhigung. Es ist ganz wichtig, daß Sie jetzt nicht schlapp machen. Ihr kleiner Sohn braucht Sie am dringendsten, wenn er gefunden wird. Sie können natürlich ablehnen, aber ich würde Ihnen raten,......«

»Doch, doch«, unterbrach ich ihr Angebot und stand auf.

Wir begleiteten sie zum Krankenwagen.

Mit langsamen Schlucken schlürften wir den heißen Früchtetee. Silvie durfte sich hinsetzen, bekam Schokolade und etwas zu lesen oder zu malen. Sie konnte wählen. Silvie sah mich fragend an und erst, als ich ihr aufmunternd zunickte, griff sie zum Malpaket.

Dann setzte sie sich an einen kleinen Klapptisch und widmete sich den schwarz-weißen Märchenszenen.

»Ich habe hier eine Faustan-Spritze, völlig ungefährlich, stabilisiert den Kreislauf und hat eine beruhigende Wirkung. Wenn Sie jetzt die Nerven verlieren, hat niemand etwas davon.«

Für uns hatte sie Kekse hingestellt, aber ich hätte nichts Eßbares herunterbringen können.

Die Spritze bekam ich in den Arm.

Rolf weigerte sich. Er meinte, es gehe auch ohne Medikamente.

Nach etwa zehn Minuten setzte die Wirkung ein.

Langsam stieg wieder Röte und Wärme in meinen eiskalten Körper. Auch das penetrante Herzklopfen hatte sich verflacht. Nur die Tränen konnte ich nicht kontrollieren. Sie kamen stoßweise, versiegten dann für Momente, ehe sie erneut, ohne meine willentliche Beeinflussung, wie ein wilder Wasserlauf aus den Augen quollen.

Wieso jetzt Dirk? Wieso war er verschwunden? Wieso ausgerechnet jetzt? Wieso in diesen wenigen Augenblicken? Wieso bei uns? Hatten wir nicht im Leben genug durchgemacht? Mußte jetzt noch Dirk? Doch war das Schicksal haftbar zu machen? Ließ es sich packen? Und wenn ja, wo? Wie, wann und überhaupt? Gab es Hoffnung?

Fragen über Fragen, die auf den Körper, die Seele, den Geist wie Pfeile niederprasselten.

Wenn der Verstand aussetzt, nichts mehr abfangen kann, schutzlos den Mächten des Schicksals ausgeliefert ist, ohne Gnade, ohne Mut, nur noch den nackten Verflechtungen des äußeren Geschehens verhaftet.

Es war die Ohnmacht, die wie ein Eisengewicht alle inneren Kräfte ins Irrationale abzudrücken suchte.

»Ich möchte wieder zum Suchtrupp, du auch?« fragte ich Rolf, der nervös mit der rechten Zeigefingerkuppe über den Rand des Teeglases fuhr. »Wenigstens dabei sein. Hier mach ich mich verrückt!«

»Wenn du meinst«, nickte er mir zu.

»Sie können das Kind ruhig hier bei mir lassen«, bot uns die Ärztin an. »Ich kann verstehen, daß Sie raus wollen.«

Wir bedankten uns für die Hilfe und vor allem für die ruhige Hand dieser Frau. Sie hatte zwar nicht viel mit uns geredet, aber ihre besonnene Ausstrahlung, ihr gütiges Lächeln und ihre Fürsorglichkeit taten mehr wohl, als all das Geschwätz der Leute um uns herum.

Meine Beine gehorchten mir wieder, als wir rüber zur Thyra gingen, der Schwindel war so gut wie verflogen.

Mindestens ein Dutzend Feuerwehrleute stocherten mit langen Eisenstangen das Ufer ab, suchten nach möglichen Spalten oder einer Senkung.

Trotz der Kälte standen die Männer in ihren Gummianzügen bis zu den Knien im Wasser.

»Wenn er da reingefallen ist«, hörte ich den Kripobeamten sagen, der mir mit dem Rücken zugewandt dastand, »ist er sicherlich gleich ertrunken. Das eisige Wasser wird ihm sofort einen Schock versetzt haben. Bei dem Flußlauf kann es durchaus sein, daß er abgetrieben wurde und die sich hier umsonst nasse Füße holen. Vielleicht hängt er bereits unten im Fanggitter?«

Ich weiß, daß es ungerecht ist, aber in diesem Augenblick hätte ich ihm eine runterhauen mögen. Diese routinierte Kaltschnäuzigkeit traf mich wie scharfe Messerklingen, die sich langsam in meiner Brust herumdrehten. Die Vorstellung, Dirk hing im Fanggitter, tot, in diesem Wasser, ohne Hilfe, ohne Leben, ohne uns....!

»Ah, die Schillers«, drehte sich Schulz um, »gut, daß Sie hier sind. Ich wollte ohnehin gleich mit Ihnen sprechen. Am besten dort drüben in der kleinen Holzbaracke. Da haben wir wenigstens Ruhe. Hier draußen können wir sowieso niemandem helfen. Und ich kann Ihnen leider nicht ersparen, ein paar unangenehme Fragen zu stellen.«

»Was will er?« flüsterte ich Rolf zu.

»Keine Ahnung«, verzog er die Mundwinkel.

Wortlos folgten wir den beiden Männern, sagten aber vorher der Ärztin Bescheid, damit sie wußte, wo sie uns finden konnte.

Das Verhör

Hinter der Tür waren fünf Campingstühle in einem kleinen Holzverschlag gestapelt.

Wir nahmen jeder einen und setzten uns an einen alten Küchentisch, der als einziges Möbelstück mitten im Raum stand. Die beiden Herren von der Kripo saßen uns gegenüber. Der Protokollant hatte wieder seinen Block gezückt.

Schulz räusperte sich. »Zunächst«, begann er, »benötigen wir noch einige Angaben zu ihrer Familiensituation, ihrem Wohnort usw. Dann muß ich Sie bitten, mir einzeln zur Verfügung zu stehen.«

»Einzeln?« wiederholte ich fragend. Was hatte das zu bedeuten?

»Das erfordert mein Dienst. Sie werden sicher dafür Verständnis aufbringen, daß auch die Eltern eines vermißten Kindes zum Kreis der verdächtigen Personen gehören können.«

»Ein Verhör?« rutschte es mir heraus. Ich konnte es kaum glauben.

»Wenn Sie so wollen!« sah mich Schulz scharf an.

Mich packte verzweifelte Wut. Da steckten einem Angst, Furcht und Sorgen in den Knochen, da draußen suchten viele Menschen nach unserem Sohn und dann fiel dem nichts besseres ein, als.....

Ich verstand nichts mehr. Wollte mich wehren, gegen diese ungeheuerlichen Verdächtigungen. Bäumte mich innerlich auf.

Doch Rolf nahm meine Hand, drückte zu, ein Zeichen, daß ich still sein sollte. Erst mal abwarten, hieß das.

»Sie sind also in Görlitz wohnhaft«, las der Protokollant aus seinem bisherigen Bericht vor, »haben dort in der Wiesenstraße ein Haus und sind beide beim Braunkohlewerk beschäftigt.« Und, und, und.... »Ist das richtig?« fragte er bald hinter jedem zweiten Satz.

Rolf antwortete immer mit einem klaren »Ja«, während ich meist nur nickte.

Dann mußten wir alles bis ins Detail erzählen. Wie es zu unserer Reise kam, wo wir hier wohnten, weshalb wir heute morgen so früh da waren, warum wir ausgerechnet zur Heimkehle fuhren, was Dirk für ein Kind war, ob er schon früher weggelaufen war.

Besonders lang hielten sie sich bei unseren beiden verstorbenen Kindern auf.

Versuchten sehr genau zu ergründen, ob uns auch wirklich keine Schuld nachzuweisen war.

»Sie können sich gerne in Görlitz erkundigen«, betonte Rolf.

Wir brauchten diesbezüglich nichts zu fürchten. Hatten einen ausgezeichneten Leumund.

»Das werden wir auch tun«, erwiderte Schulz, während sein Kollege schrieb und schrieb.

Wir gaben, so gut es ging, Auskunft. Allmählich steigerten sich die Fragen und wurden immer bohrender.

»So«, lehnte sich auf einmal Schulz in den Campingstuhl zurück, »jetzt muß ich einen von Ihnen bitten, hinauszugehen. Uns ist es egal, mit wem wir anfangen.«

Wir entschlossen uns, daß Rolf zuerst aussagen sollte. Ich ging währenddessen zu Silvia in den Krankenwagen.

Dr. Wieck las ihr gerade eine Geschichte vor.

»Geht's Ihnen schlechter?« sah sie mich besorgt an.

»Nein«, log ich.

»Noch keine Spur?« fragte ich mit Tränen in den Augen. Die Ärztin schüttelte den Kopf. Silvia blickte traurig zu Boden.

»Ich muß wieder gehen, wir werden gerade verhört. Es kann noch ein bißchen dauern, mein Spatz«, umarmte ich Silvia.

»Sei schön brav, ich komme gleich, hörst du!«

Sie nickte stumm mit ihrem Köpfchen, wobei ihr Pferdeschwanz rauf und runter wippte. Die kleinen verweinten graugrünen Augen auf mich gerichtet. Sie wirkte nach außen hin ruhig, aber in ihrem Gesicht waren deutlich Spuren der Anstrengung abzulesen. Ihre lachenden Grübchen, rechts und links vom schmalen Mund, waren eingefallen, ihre zierlichen, dünnen Nasenflügel bebten.

»Mama«, rutschte sie auf ihrem Stuhl hin und her, »gibt es hier eine Toilette?«

»Komm mit mir mit«, schaltete sich Dr. Wieck ein. »Ich geh mit dir rüber zur Höhle. Da haben sie was für kleine Mädchen.«

Ich ging zurück zur Baracke.

Es dauerte insgesamt etwa eine halbe Stunde, ehe ich zum Gespräch hereingerufen wurde.

»Reg dich nicht auf«, sagte mir Rolf, als sich draußen vor der Tür unsere Wege kreuzten. »Wir müssen da durch. Auch wenn's im Moment schwer fällt.«

Ich fragte mich nur, ob das nicht alles Zeit gehabt hätte, bis die Suchaktion abgeschlossen war. Wie sollte ich mich jetzt in der Aufregung auf so viele Fragen konzentrieren?

Ich nahm also wieder vor dem Küchentisch Platz.

Dieses Mal ohne die wärmende seelische Rückendeckung meines Mannes.

Schulz kam gleich zur Sache.

»Welches Verhältnis hatte Ihr Mann zu Ihrem Sohn? Hat er ihn auch schon mal verhauen? Gab es hin und wieder Spannungen?« fragte er herausfordernd. Ich merkte sehr deutlich an seiner Fragestellung, worauf er hinaus wollte.

»Sie haben doch gerade mit ihm gesprochen, wieso haben Sie ihn nicht selbst gefragt«, wurde ich patzig.

»Weil ich es von Ihnen hören möchte«, ereiferte sich Schulz, mit jenem Tonfall, der keine Widerreden duldete.

Also holte ich tief Luft und versuchte, so weit es der Stand der Dinge zuließ, ruhig und sachlich zu bleiben, mich auf die nüchterne Beantwortung seiner Fragen zu beschränken.

»Mein Mann und ich«, versuchte ich laut zu sprechen, »haben uns immer Kinder gewünscht. Wir sehen es beide als eine große Bereicherung des Lebens an, Kinder zu haben. Deshalb ging uns der Tod unserer beiden Jungens Heiko und Edgar sehr nahe. Aber es hatte auch zur Folge, daß unsere Familie sehr eng zusammenrückte. Unsere ganze Sorge«, senkte ich meinen Kopf, um meine feuchten Augen zu verbergen, »galt und gilt unseren Kindern.«

Ich stockte für einen Moment.

»Ich weiß nicht, ob Sie Kinder haben, oder ob Sie jemals ein Kind verloren haben, wenn ja, würden Sie wissen, wie unmenschlich solche Fragen in diesem Augenblick sind, wie sehr sie sich erübrigen. Natürlich haben wir unsere Kinder nie geschlagen oder gar mißhandelt. Vielleicht haben wir mal geschimpft. Vielleicht gab's mal einen symbolischen Klaps auf die Hände, aber geschlagen, richtig bewußt geschlagen, als Erziehungsmittel, haben wir unsere Kinder nie. Wir hätten das niemals mit unserer Einstellung zum Leben, zum kindlichen Dasein vereinbaren können.

Überhaupt mein Mann, das kann ich mit reinstem Gewissen beschwören, war und ist ein vorbildlicher Vater. Und trotzdem....«, stockte ich, »fühlen wir uns schuldig. Unabhängig von dem, was Sie fragen, unabhängig von Ihrem Urteil. Was glauben Sie, wie oft ich heute daran gedacht habe, wie unsinnig es war, wegen der paar Sachen zum Auto zurückzugehen. Andererseits war es ganz normal, daß Silvia und Dirk mal einen Moment alleine spielten. Es hatte nie irgendwelche Schwierigkeiten gegeben. Und dennoch! Der Gedanke, zum rechten Zeitpunkt nicht da gewesen zu sein, verfolgt mich erbarmungslos. Aber was soll ich tun?«

Schulz hatte mir Zeit gelassen. Mich nicht unterbrochen. Wieder zuckte er mit der Nase, um die Brille nach oben zu schieben.

»Frau Schiller«, sagte er dann betont langsam, »ich habe nichts über Sie zu denken. Ich bin nicht da, um Ihnen irgendwelche Vorhaltungen zu machen, Urteile zu fällen, Sie irgendwie zu beschuldigen. Meine Aufgabe ist es, Fakten zu sammeln. Und dazu gehört in solch einem Fall auch, daß ich bis in die intimsten Winkel um Ihre Familienverhältnisse Bescheid weiß. Beweisaufnahme nennen wir das. Deshalb möchte ich Sie bitten, mir jetzt klar und präzise zu antworten. Sie können weitermachen«, wandte er sich an den Protokollanten, senkte seinen Kopf und sah mich über den Rand seiner Nickelbrille an.

»Neigt Ihr Mann zu Jähzorn?«

»Nein, überhaupt nicht«, antwortete ich sehr sicher und selbstbewußt. »Solange ich ihn kenne, ist er nie richtig aus der Haut gefahren.«

»Versucht er, sich zu beherrschen?«

»Nein, aber es hatte nie solche Anlässe gegeben.«

»Immer eitel Wonne, Sonnenschein?«

»Wenn man wie wir, wie ich schon sagte, zwei Kinder auf tragische Art und Weise verloren hat, klammert man sich automatisch an das Glück. Konflikte sucht man zu vermeiden. Das schmerzliche Leid um solche gemeinsamen Erlebnisse läßt keinen Platz für kunstvoll aufgetürmte Probleme. Man ist wirklich dankbar und froh um jeden gesunden Tag. Die Beziehungen zueinander haben ein anderes Gewicht. Ich weiß nicht, wie ich das ausdrücken soll. Aber gemeinsames Leid macht dankbar für jeden Funken Glück. Vielleicht ist das der Grund, weshalb es bei uns wirklich nie zu ernsthaften Ehekrisen gekommen ist.«

So schönfärberisch das auch klingen mochte, aber es entsprach der Wahrheit. Ich konnte mich nicht erinnern, wann wir den letzten größeren Krach gehabt hatten. Die einzige schwerwiegende Auseinandersetzung lag dreizehn Jahre zurück, noch bevor Heiko geboren wurde.

Damals hatte eine ehemalige Schulfreundin das Gerücht in die Welt gesetzt, ich hätte ein Verhältnis mit ihrem Freund. Rolf hatte darauf verunsichert und eifersüchtig reagiert. Es hatte für ein paar Tage in unserer jungen Ehe geknistert. Aber dann war alles im alten Lot. Wir hatten sogar genügend Humor, um über diese albernen Anschuldigungen zu lachen.

Als dann die Sorgen um Heiko anfingen, wurden wir viel zu ernst, um uns über Lappalien zu streiten, wie das in anderen Ehen der Fall sein mochte. Außerdem hatten wir auch keinen äußeren Nährboden für Konfliktstoffe; hatten eine große Wohnung und immer Geld genug. Es wäre unsinnig gewesen, jetzt den alten Tratsch aufzuwärmen, nur um Schulz einen Familienkrach zu liefern.

»Hmhm«, nickte Schulz, nachdem er sich vergewissert hatte, daß Marx alles notierte.

»Eins ist mir noch unklar. Sie behaupten, äußerst besorgte Eltern zu sein. Weshalb lassen Sie dann Ihren Sohn an einem fremden Ort, in einer völlig fremden Umgebung, allein?«

Hier hatte Schulz nun wirklich einen wunden Punkt berührt. Diesen Vorwurf mußten wir uns gefallen lassen. Aber hätten nicht tausende andere Eltern genauso gehandelt? War es wirklich so unverantwortlich, Kinder in dem Alter für einen Moment alleine spielen zu lassen? Es waren doch nur wenige Minuten, ein kaum nennenswerter Zeitraum.

»War es beispielsweise notwendig, daß Sie alle beide zum Auto gingen? Hätte nicht ein Elternteil bei den Kindern bleiben können?« ergänzte er seine Anschuldigung.

»Natürlich, das habe ich auch bereits vorhin erwähnt, war es nicht notwendig, die Sachen im Auto umzuräumen. Genausowenig, wie es normalerweise notwendig ist, ständig ein Auge auf die Beiden zu werfen. Wir ließen sie oft alleine spielen und hatten nie den geringsten Anlaß zu glauben, daß es gefährlich sei. Dirk ist kein wildes Kind. Silvia neigt fast eher dazu, mal hinzufallen, nicht aufzupassen, sich die Knie blutig zu hauen. Aber Dirk ist immer vorsichtig. Er geht den Gefahren eher aus dem Weg, als daß er unbesonnen in sie hineinrennt. Er hat sich zum Beispiel nie wie andere Kinder am Bügeleisen verbrannt oder am Herd, oder dazu geneigt, mit gefährlichen Gegenständen zu spielen. Feuer, Seen, Flüsse, Messer und Scheren sind für ihn tabu. Auch auf der Straße geht er immer ganz eng an den Häuserwänden, um ja nicht von einem Auto oder einem Motorrad gestreift zu werden. Und an Kreuzungen bleibt er immer von sich aus stehen. Sie kennen doch als Eltern ihre Kinder und wissen normalerweise sehr genau, was sie ihnen zutrauen können und was nicht.«

»Scheinbar nicht immer«, seufzte Schulz. »Sonst bräuchten wir jetzt nicht hier zu sitzen.«

Mein Körper zog sich vor Aufregung und Kälte zusammen. Ich fühlte mich wie ein verwelkendes Blatt, das sich naß und sturmgebeutelt zusammenrollt. Aber wie hatte Rolf gesagt, - du mußt da durch. Ich sammelte alle meine Kräfte und setzte mich kerzengerade in den Campingstuhl.

»Außerdem«, verteidigte ich mich, »muß man auch Kindern ein gewisses Maß an Vertrauen entgegenbringen. Silvia macht es Spaß, ihren kleinen Bruder wie eine Mutti zu umsorgen.«

»Hatten die beiden auch nie Streit?« fragte Schulz mit einem ironischen Unterton.

»Doch, natürlich. Wegen Spielsachen oder so sind sie aufeinander eifersüchtig. Wie alle Kinder. Aber im Großen und Ganzen kommen sie recht gut miteinander aus. Silvia war fast vier, als Dirk geboren wurde. Sie konnte bewußt an seiner Entwicklung teilnehmen. Das hat sich für ihr geschwisterliches Verhältnis positiv ausgewirkt. Sie kann sich als die «Große» aufspielen und Dirk genießt es, sich von ihr verwöhnen zu lassen. Häufig spielen sie Mutter und Kind. Dirk gehorcht ihr im Spiel manchmal mehr als mir.«

»Hatten Sie nicht Angst oder wenigstens kleine Befürchtungen, daß Ihre Kinder zur Thyra gehen könnten? Es ist schließlich bekannt, daß Kinder gerne Steine und Stöcke in fließende

Gewässer werfen, um deren Flußlauf zu beobachten.«

Ich schüttelte den Kopf.

»Aber nicht Dirk«, sagte ich. »Er hatte schon Angst vor Brücken. Vielleicht war das meine Schuld. In der Nähe unseres Hauses fließt auch ein größerer Bach. Wir hatten den Kindern so eingeschärft, da nie alleine, ohne uns, hinzugehen, daß sich eigentlich beide nicht sonderlich für Flüsse und große Bäche interessierten. Die Angst, da hineinzufallen, war größer, als die Spiellust. Deshalb bin ich so überzeugt, daß Dirk nicht in die Thyra gefallen ist. Er hätte ja eigens über den Wall klettern müssen. Schon das wäre gegen seine übliche Art gewesen.«

Der Protokollant zündete sich eine Zigarette an und schob die Schachtel zu seinem Kollegen.

Schulz lehnte ab.

»Und was glauben Sie, wo er ist?«

»Ich weiß es ehrlich gesagt nicht. - Am ehesten, schätze ich, ist er in den Wald gelaufen. Aber auch das entspricht nicht seiner Art. In ähnlichen Situationen, wenn er zum Beispiel im Kaufhaus war und keinen mehr von uns gesehen hat, ist er an dem Ort, wo er stand, stehengeblieben und hat so lang gerufen, bis einer von uns kam.«

»Gut, gut«, winkte Schulz ab und hatte es plötzlich eilig, mit Silvia zu reden.

»Würden Sie bitte Ihre Tochter holen«, sagte er bestimmend.

»Silvie?« fragte ich ängstlich. Was um alles in der Welt wollte er von dem Kind?

»Wieso Silvie?«

»Ein paar Fragen!«

»Aber Sie wollen doch wohl nicht.....«

»Nur kurz, zwei, drei Fragen.«

»Allein?«

»Ja!«

»Kann ich nicht wenigstens dabei sitzen? Sie verängstigen

das Kind ja völlig. Eine Einzelvernehmung kann doch auch noch zu einem späteren Zeitpunkt erfolgen. Wenn Dirk wieder da ist. Das muß doch nicht alles jetzt sein. Silvia leidet schon genug, weil ich sie vorhin wegen Dirk angefahren habe. Sie hat Angst, wie wir alle!«

Ich fing an zu heulen. Jetzt war mir alles egal. Von wegen Beherrschung! »Warum verwenden Sie nicht Ihre Energien, Dirk zu finden, statt uns mit belastenden Fragen zu quälen? Was glauben Sie, was ich jetzt darum geben würde, heute morgen nicht zu dieser Höhle gefahren zu sein!«

»Trotzdem müssen Sie es sich gefallen lassen«, fauchte Schulz zurück. »Schließlich haben Sie das Kind verloren, nicht ich.....Frau Schiller«, wurde er dann ruhiger, »es hat doch keinen Zweck, wenn Sie mir meine Arbeit unnötigerweise erschweren. Aber gut«, lenkte Schulz ein, »Sie dürfen dabei sitzen, sich aber nicht ins Gespräch einmischen.«

Als ich die Baracke verließ, stand Silvie schon draußen, an der Hand von Rolf.

»Was ist?« fragte er besorgt. Mein zerwühltes Gesicht machte ihn wohl stutzig.

»Sie wollen jetzt Silvia befragen«, sagte ich tonlos. »Ich habe durchgesetzt, daß ich dabei sitzen kann.«

»Silvia«, wandte ich mich dann an meine kleine Tochter, »du mußt jetzt den beiden Männern da drinnen ein paar Fragen beantworten. Wegen Dirk und uns. Das ist wichtig. Du mußt ganz ehrlich sein. Ich bleib ja bei dir.«

»Bleibst du auch die ganze Zeit?« sah mich Silvie ängstlich an.

»Ja, natürlich.«

Sie ergriff meine Hand und ging mit mir in die Baracke. Ich mußte mich ganz nach hinten setzen. Silvia sollte direkt vor dem Tisch Platz nehmen.

»Du bist also die Silvia Schiller«, begann Schulz, »und schon ein großes Mädchen. Wie alt bist du?«

»Sieben«, antwortete Silvia und verschluckte dabei die Endsilbe. Dann blickte sie sich um und ich nickte ihr lächelnd zu.

»Hast du deinen Bruder lieb?«

»Ja, sehr«, erwiderte Silvie nüchtern.

»Und deine Mama und deinen Papa, hast du die auch lieb?«

»Ja!«

»Und ihr habt nie Streit gehabt?«

»Ooch, manchmal schon. Aber nicht oft.«

»Wie habt ihr euch denn gestritten?«

Silvia zuckte mit den Schultern.

»Ich weiß nicht. Manchmal hat mir der Dirk was weggenommen, oder er hat gepetzt.«

»Habt ihr euch denn heute morgen auch gestritten?«

»Nein, gar nicht.«

»Silvia, du weißt, daß du die Letzte bist, die mit Dirk zusammen war. Kannst du beschreiben, was ihr gemacht, was ihr gespielt habt, wieso du auf einmal in Richtung Auto gelaufen bist?«

Silvia seufzte tief.

»Ich weiß genau, daß er da war. Er hat andauernd Schnee nach mir geworfen, deshalb bin ich ein bißchen vorgelaufen. Dann war die Mama da und....«

Bürgermeister Heine kam aufgeregt in die Baracke.

»Entschuldigen Sie die Störung«, wandte er sich an mich.

»Dirk!« sprang ich auf. »Haben sie ihn gefunden?«

Ich deutete seine Nervosität mit unserem Fall.

»Nein, leider noch nicht«, versuchte er mich zu beschwichtigen.

»Ein Gespräch für Sie«, wandte er sich an Schulz. »Im Auto!«

Schulz ging gleich los. Silvia setzte sich auf meinen Schoß. Der Protokollant ordnete seine Notizen.

Nach ein paar Minuten kam Schulz wieder.

»Herr Marx, wir müssen dringend nach Ufftrungen. Irgendein Vorgang an den Gleisen.«

Ich wunderte mich, wie eilig es Schulz plötzlich hatte. Erst hörte er nicht auf zu fragen, und jetzt konnte alles abrupt abgebrochen werden. Mir war es jedoch nur recht.

»Sie hören von uns«, reichte er mir knapp die Hand und strich Silvia über die Wangen. Dann ging er mit schnellen Schritten davon, ohne sich groß zu verabschieden.

»Heute ist der Teufel los«, klagte Heine. »Überall etwas anderes! Von Ihrem Sohn ist immer noch keine Spur! Er kann sich doch nicht in Luft aufgelöst haben!«

Silvie und ich standen auf und gingen mit Rolf rüber zum Krankenwagen. Ich fühlte mich elend, bat Frau Dr. Wieck um eine Tablette.

»Das gibt's doch gar nicht«, sagte auch sie. » Er kann doch nicht vom Erdboden verschluckt sein!«

Gegen fünf Uhr nachmittags sammelten sich alle mit traurigen Mienen. Ich dankte in erster Linie den Froschmännern, die unter Einsatz ihrer eigenen Gesundheit so lange ausgehalten hatten.

»Es tut mir leid«, sagte der Kommandant der Gruppe, ein sportlicher Mitvierziger. »Wir haben alles getan, was menschenmöglich ist.«

»Ich weiß«, sagte Rolf. »Meine Frau und ich wissen das zu schätzen.«

Allmählich verabschiedeten sich alle von uns und auch wir mußten fahren.

Auch wenn sich in mir alles dagegen sträubte, diesen Platz ohne Dirk zu verlassen.

Die Niedergeschlagenheit, die sich über uns legte, als alle verschwunden waren und wir unser Auto bestiegen, war verheerend. Der Gedanke, daß Dirk irgendwo einsam und vielleicht sogar verletzt liegen, sich nicht bewegen konnte, schnitt tiefe Wunden in unser Bewußtsein.

Es war grausam und qualvoll, die Angst, die Hoffnungslosigkeit stand jedem von uns im Gesicht geschrieben.

Rolf saß stumm vor dem Lenkrad. Sein Profil wirkte wie aus Stein gemeißelt. Die Härte dieser Stunden hatte sich wie eine dicke Betonwand auf unser Gemüt gelegt. Jeder Anflug von Fröhlichkeit, von Unbeschwertheit war erstarrt. Auch Silvie blieb stumm und rührte sich nicht.

Endloses Warten

Als wir die Außentür zu unserem Urlaubsquartier auf-
schlossen, lief mir gleich die Wirtin in die Arme.

»War's gruselig in der Höhle?« beugte sie sich zu Silvia.
Dann stockte sie. Unsere betretenen Gesichter verunsicherten sie und dann kam's auch schon.

»Wo ist Dirk?« warf sie einen Blick zur Tür.

Ich fing gleich wieder an zu heulen, konnte keinen Ton her-
ausbringen.

»Großer Gott, was ist passiert? Ein Unfall?« schlug sie ihre
Hände vors Gesicht.

»Dirk ist verschwunden«, klärte Rolf den Sachverhalt auf.

»Oben an der Höhle. Schon heute morgen. Wir haben den
ganzen Tag gesucht.«

Frau Wolter war wirklich betroffen. Auch ihr standen Tränen in den Augen. Wir blickten alle zu Boden und schwiegen.

»Wenn ich.....« knüpfte Frau Wolter den Gesprächsfaden
fort, »behilflich sein kann,....soll ich etwas zum Trinken oder
Essen richten? Sie haben ja sicher den ganzen Tag nichts bekommen.«

Ich lehnte ab, wollte allein sein, aber Rolf und Silvia nahmen ihr Angebot dankend an.

»Das ist ja entsetzlich«, wiederholte sie mehrmals.

»Gibt's denn gar keinen Anhaltspunkt, wo er hingelaufen
sein könnte?«

Rolf schluckte und schüttelte gequält mit dem Kopf.

»Nein, nichts. Sie haben überall gesucht. Sagen Sie, Frau
Wolter«, räusperte er sich, »kommt das in dieser Gegend häufiger vor, daß Kinder verschwinden?«

»Nein«, sagte Frau Wolter überzeugt. »Ich wüßte nicht.

67

Aber man erfährt ja auch nicht alles. Es ist hin und wieder im Sommer vorgekommen, daß ein Kind ertrunken ist, aber verschwunden, davon weiß ich nichts.«

Wir gingen nach oben. Rolf und Silvia wollten erst in einer halben Stunde zu Frau Wolter gehen.

»Willst du nicht auch was essen?« forderte Rolf mich auf, mitzugehen. »Die vielen Medikamente auf den leeren Magen, das kann nicht gut sein«, meinte er besorgt.

»Ich kann nicht«, erwiderte ich. »Es ist gut so. Laß mich nur!« Ich stellte mich ans Fenster, in der Hoffnung, im nächsten Augenblick ein Auto vorfahren zu sehen, das mir Dirk brachte.

Ich hatte die Hoffnung noch nicht aufgegeben, daß ihn vielleicht Spaziergänger im Laufe des Nachmittags gefunden und ihn am Abend der Polizei übergeben hatten.

»Geht nur«, sagte ich zu Rolf, zog meine Stiefel aus, hängte meine braune Dreiviertel-Jacke über den Stuhl und legte mich aufs Bett.

Rolf setzte sich neben mich auf die Bettkante und hielt meine Hand. Silvie stand mit gebeugtem Kopf daneben. Die Haare waren halb zerzaust. Ihr gelber Mickey-Mouse Pullover hatte einen Pfefferminzfleck.

»Warum wir, warum immer wir, warum nicht mal jemand anders? Glaubst du, daß sie ihn noch finden?« Ich richtete mich auf und hoffte aus Rolfs Mimik eine ehrliche Antwort abzulesen. Doch es war, als ob ich in mein Spiegelbild blickte.

Über seinen Augen lag jener hoffnungslose Zweifel, jener Ausdruck von Schmerz, jene Tragik, die den Blick eines Menschen trübt, seine Sinne in die Leere zieht.

»Du hast aufgegeben, nicht wahr«, krallte ich mich in seinen Unterarmen fest.

»Heidi...ich...nein«, stammelte er. »Du brauchst nicht nach Worten zu suchen, um mich zu trösten«, unterbrach ich ihn, »wir müssen beide geduldig warten, versuchen, nicht die Nerven zu verlieren.«

»Komm«, winkte ich Silvia zu mir ans Bett. Wir hatten sie im heutigen Trubel vollkommen vernachlässigt. Dabei hatte sie noch mehr als wir Trost und Beistand bitter nötig.

»Setz dich zu mir«, umarmte ich sie, »jetzt müssen wir alle drei stark sein.«

Dabei wußte ich selber kein Rezept, wie es uns gelingen sollte, ohne Dirk diese kalte Winternacht zu verbringen.

Es klopfte vorsichtig an die Tür.

Frau Wolter kam mit einem Tablett herein.

Sie hatte für alle belegte Brote und Tee gerichtet.

»Ich dachte, Sie wollen vielleicht lieber hier oben«,....warf sie uns einen scheuen Blick zu und stellte das Tablett auf der Kommode ab. »Das Geschirr können Sie ruhig stehenlassen.«

Sie war äußerst taktvoll, stellte keine weiteren Fragen, ging gleich wieder.

Wir setzten uns um den dreieckigen, in schwarzem Schleiflack gestylten Wohnzimmertisch. Er passte überhaupt nicht zu der ansonsten in Grobholz gehaltenen Einrichtung.

Ich ließ mich überreden, etwas zu essen und zu trinken. Auch wenn ich an dem Brot wie an einem zähen Lederlappen kaute.

»Was machen wir mit zu Hause? Sollen wir anrufen?« fragte mich Rolf.

»Nein, noch nicht«, bat ich ihn.

»Laß uns bis morgen warten!«

»Aber sie erwarten uns morgen abend.«

»Wir könnten doch noch mittags anrufen. Bis dahin wissen wir vielleicht mehr. Die Kripo will sich bei uns melden.«

»Gut«, sagte Rolf. »Vielleicht hast du recht.«

Wir hatten bis auf zwei Leberwurstbrote alles aufgegessen. Sogar die kleinen Gurken, die Frau Wolter zur Verzierung gereicht hatte.

Rolf brachte das Tablett gleich wieder runter. Ich legte Silvie hin. Sie war sehr müde.

»Mami«, fragte sie, während ich ihr die schulterlangen,

blonden Haare kämmte, die sich bei jedem Bürstenstrich elektrisierten und nach oben schwebten, »heute morgen, die Frau, weißt du, die ihre Hände gefaltet und nach Gott gerufen hat, hilft es dem Dirk, wenn wir beten?«

Schon häufiger war Silvia mit Fragen nach Gott an mich herangetreten.

Ihre Schulfreundin hatte katholische Eltern, das prägte auch ihr Bewußtsein.

Ich selbst war als strenge Atheistin erzogen worden und tat mir schwer, ihr die richtige Antwort zu geben.

»Ich weiß es nicht!« Mit zittrigen Händen streichelte ich ihr über den Kopf, »sicher ist nur, daß alle gute Gedanken dem Dirk helfen. Wenn du magst, kannst du ruhig beten.«

»Sabines Mama hat mir erzählt, daß der liebe Gott immer versucht zu helfen, wenn man an ihn glaubt und ihn bittet.«

Dann setzte sie sich in ihrem Bettchen aufrecht hin, schlug ein Kreuzzeichen, faltete ihre Hände und betete: »Lieber Gott, bitte, laß uns den Dirk wieder finden. Und mach, daß er keine Angst hat, gesund ist und bald wieder zu uns kommen kann. Amen.«

In dem Moment kam Rolf ins Zimmer. Ich kniete über Silvies Bett. Stille Tränen rannen mir über die Wangen.

Auch wenn ich nicht gläubig war, beeindruckten mich diese inbrünstigen Worte Silvies sehr. Sie schien fest davon überzeugt, daß der liebe Gott helfen konnte.

Und es beruhigte sie sichtlich, dieses Gebet ausgesprochen zu haben.

Rolf stand verwundert daneben.

»Silvie betet?« fragte er völlig erstaunt.

»Laß sie«, sagte ich. »Es hilft ihr.«

Es dauerte nicht lange und sie schlief ein.

»Morgen abend kommen neue Gäste«, eröffnete mir Rolf. Er hatte mit der Wirtin gesprochen, wollte noch ein paar Tage länger buchen, bis es eine Spur von Dirk gab.

»Bis zum Nachmittag können wir bleiben, dann müssen wir

uns nach einem anderen Zimmer umsehen. Mit dem Essen beim FDGB wird's auch so sein. Wir sind ja schon abgemeldet.«

»Ich fahre nicht ohne Dirk«, sagte ich laut, »und wenn ich in der Scheune übernachten muß.«

»Wir müssen erst mal versuchen zu schlafen«, forderte mich Rolf auf, ins Bett zu kommen.

Immer wieder zog es mich magisch zum Fenster. Meine Augen suchten in der Finsternis der Nacht einen winzigen Funken Hoffnung. Irgendeinen kleinen Lichtstrahl, einen Stern, eine Erleuchtung, die uns zu Dirk führen konnte. Doch die Schwere der Dunkelheit blieb. Nichts rührte, nichts regte sich.

Nur ganz weit aus der Ferne waren Motorengeheul und Stimmen vernehmbar.

Das Kino an der Ecke, neben dem Comeniusheim, hatte wohl aus.

Der Himmel über dem Gebäude erhellte sich für einige Minuten.

Dann war wieder alles finster.

»Komm«, drängte mich Rolf.

»Es wird Zeit. Wir müssen morgen fit sein.«

Ob ich im Bett lag oder hier stand.

Schlafen konnte ich sowieso nicht.

Gedankenfetzen sprangen im Kopf herum und ließen mich nicht zur Ruhe kommen.

Ich hatte schon zwei Kinder beerdigt, ein drittes, so glaubte ich, würde ich nicht verkraften. Trotz Silvia und Rolf.

Ständig versuchte ich mir vorzustellen, was wirklich geschehen war.

Mein kleiner Spatz, mein Plappermäulchen. Ich sah ihn vor mir, wie er im Schnee herumgehüpft war, als wir uns auf der Brücke umgedreht hatten. Was war dann passiert?

»Ich kann es nicht begreifen, ich kann's einfach nicht!« weinte ich mich an der Brust meines Mannes in einen Erschöpfungsschlaf.

Wo war jene himmlische Gerechtigkeit, wenn es sie denn überhaupt gab?

Heimreise ohne Dirk

Als sich am nächsten Vormittag bis elf Uhr noch nichts gerührt hatte, wurden wir immer ungeduldiger. Wieso informierte uns niemand? Weshalb ließ man uns hier sitzen? In der Ungewißheit, was nun zu geschehen hatte.

»Schau mal«, kam Silvie auf mich zugelaufen. »Die hast du vergessen.« Sie legte zwei Matchbox-Autos auf den Tisch, die sie unter Dirks Bett gefunden hatte. Ich hatte in den frühen Morgenstunden alles, was ich von Dirk an Spielzeug und Kleidung gefunden hatte, auf einen Platz gesammelt. Die einzelnen Gegenstände wie Ritualien gestreichelt und mir versucht vorzustellen, was Dirk im Augenblick damit anfangen würde.

Wie sehr wünschte ich mir, daß sich der vergangene Tag wie eine Seite in einem Buch zuklappen ließ und wir einfach den vorigen Tag von neuem beginnen konnten.

Aber es gab keinen einzigen Lichtblick.

Vergeblich warteten wir auf jemanden von der Kriminalpolizei. Was würde weiter geschehen? Wie sollten wir uns verhalten? Was konnten wir tun? All diese Fragen standen noch offen, aber es kam niemand.

Während ich mit Silvie mutlos vor Dirks Spielzeugberg saß, rannte Rolf nervös im Zimmer auf und ab. Plötzlich hielt er inne und sah mich an.

»Ich geh jetzt telefonieren«, sagte er, »ihr bleibt da, falls jemand kommt. Ich sag euch dann gleich Bescheid. Vielleicht schaff ich's auch, mich nach einer Unterkunft umzusehen.«

Ich nickte zustimmend und beschloß, mit Silvie Quartett zu spielen. Ein bißchen Ablenkung würde uns vielleicht helfen.

Rolf blieb nicht lange aus. Etwa eine dreiviertel Stunde.

Aber sein Zucken um die Augen sagte alles.

»Haben sie den Dirk immer noch nicht gefunden?« Silvia sah ihren Vater mit großen Augen an. Stumm schüttelte Rolf den Kopf, setzte sich, ohne die Jacke auszuziehen, zu mir, nahm meine Hand, schluckte ein paarmal und versuchte mir das eben Erfahrene so schonend wie möglich beizubringen.

Doch es gelang uns beiden kaum eine normale Unterhaltung.

Die aufkommenden Tränen blockierten alles.

»Nichts«, sagte er. »Sie unterbrechen die Suchaktion vorläufig. Wollen vielleicht einen Aushang machen. Wir sollen nach Hause fahren, weil wir sowieso nichts tun könnten. Sie wollen uns über die Görlitzer Polizei auf dem Laufenden halten. Ich habe trotzdem versucht, ein Zimmer zu bekommen, aber es ist nichts frei. Alles auf Wochen ausgebucht. Was sollen wir machen?«

Die Verzweiflung zog immer engere Kreise. Wir konnten doch nicht einfach ohne Dirk nach Hause fahren. Diesen Gedanken hatte ich bislang total verdrängt. Es war unmöglich. Und doch schien es keinen anderen Ausweg zu geben.

»Das Schlimme ist«, sagte Rolf, »daß wir tatsächlich nichts tun können.«

»Und wenn wir selber suchen, nochmal alles einkreisen«, versuchte ich Rolf zu überzeugen, daß es Sinn haben könnte, hier zu bleiben.

»Wo denn?« fragte er mutlos. »Wo sollen wir noch suchen? Sie haben gestern im Umkreis von zwei Kilometern jeden Strauch, jeden Baum abgesucht. Dann die Thyra, auch im Fanggitter ist keine Spur. Nichts. Kein Schuh. Kein Kleidungsstück. Er ist einfach verschwunden.«

»Aber Rolf, ich bitte dich, so etwas kann es nicht geben!« beharrte ich auf der Unmöglichkeit, auf der Absurdität dieser Geschehnisse, als ob ich sie dadurch ihrer Wirklichkeit berauben könnte.

»Heidi«, rückte Rolf näher zu mir, »ob wir hier sind oder in

Görlitz, uns bleibt nur, zu hoffen. Wir müssen zu den Beamten, die sich um Dirk kümmern, Vertrauen haben. Wir haben keine andere Wahl.«

»Du kannst ohne ihn fahren?« fragte ich vorwurfsvoll.

»Wir müssen.....wir müssen es akzeptieren. Wir können nicht in der Kälte im Auto übernachten!«

Es fiel mir schwer, Rolf zu folgen. Aber ich fügte mich. Wo hätten wir auch hin sollen? Am Abend kamen neue Gäste und wir standen auf der Straße.

»Aber wir fahren noch einmal zur Höhle«, bestand ich auf meiner Forderung, mit dem dortigen Pförtner zu sprechen. Er war mir zwar unsympathisch, aber er schien mehr als alle anderen die Gegend zu kennen.

Rolf erklärte sich einverstanden.

Dann packten wir unsere Koffer. Auch Dirks. Wut und Verzweiflung richteten sich in diesen Augenblicken gegen uns selbst.

Hunderte Gedanken und Selbstvorwürfe quälten uns. Wieso waren wir gerade dorthin gefahren? Besonders Rolf marterte sich. Denn es war seine Idee gewesen, zur Heimkehle zu fahren. Ich versuchte zwar, ihn, so gut es ging, von jeder Schuld frei zu sprechen, aber insgeheim dachte ich schon daran, daß alles anders gekommen wäre, wenn wir meinem Vorschlag, einen gemeinsamen Spaziergang zu unternehmen, gefolgt wären.

Auch wenn es unsinnig war und ich mich wegen dieser Gedanken schämte.

Wie uns zumute war, als wir die Koffer und die kleinen Plastikskier verstauten und uns von den Wolters verabschiedeten, ist unbeschreiblich.

Wortlos nahm mich Frau Wolter in die Arme und drückte mich warmherzig.

»Wir werden mit Ihnen bangen«, sagte sie, »bitte lassen Sie es uns wissen, wenn Ihr kleiner Sohn gefunden wird. Ich kann Ihnen nicht sagen, wie ich im Moment mit Ihnen leide. Es ist, als ob mein eigener Sohn.... toi,toi,toi«, sagte sie weinend, »vielleicht wird doch noch alles gut. Manchmal gibt es auch gute Zufälle«, versuchte sie mich zu trösten.

Herr Wolter reichte mir mit den dünnen Worten »alles Gute« die Hand, ehe wir uns ins Auto setzten und in Richtung Heimkehle fuhren.

Der Höhlenpförtner erkannte uns gleich. Behäbig kroch er aus seinem Kassenverschlag.

»Und?« rieb er sich seine rot gefrorenen Hände. »Haben Sie ihn gefunden?«

»Nein«, sagte Rolf. »Wir dachten, daß Sie vielleicht...«

»Ich?« fuhr ihm der Höhlenpförtner mit kräftiger Stimme dazwischen.

»Bei mir hat sich niemand gemeldet. Heute bleiben sogar die Touristen aus. Nur zwei Rentnerehepaare bis jetzt.«

Dann stutzte er und nahm einen kräftigen Zug aus der Thermoskanne.

»Aber dann«, sagte er, »kann Ihr Kleiner auch nicht in die Thyra gefallen sein.«

Rolf horchte auf. Wieso war sich dieser Mann so sicher?

»Weshalb?« fragte Rolf.

»Weil's unten ein Fanggitter gibt«, erklärte er uns. »Da haben sie vor zwei Jahren die kleine Susi rausgeholt. So in ihrem Alter«, deutete er mit dem Kopf auf Silvia. »Sie war weiter oben am Damm abgerutscht und reingefallen. Konnte nicht schwimmen und ist ertrunken. Dann war sie tatsächlich die drei Kilometer bis unten hin abgetrieben worden.«

»Ist das denn außergewöhnlich?« hakte Rolf nach.

»Ja, natürlich. Sehen Sie mal«, zeigte er runter aufs Bachbett, »die Thyra ist höchstens einen Meter, an manchen Stellen vielleicht nochmal zwanzig Zentimeter breiter. Da bleiben die Kinder dann irgendwo am Ufergestrüpp hängen. Die meisten sind sowieso wegen des Schocks ertrunken. Denn normalerweise könnte es auch ein nicht schwimmendes Kind bis

76

zum Ufer schaffen. Viele Kinder, die da reingepurzelt sind, konnten sich selbst retten.«

»Fallen denn so häufig Kinder da rein?«

»Jedes Jahr, aber in den ganzen zwanzig Jahren, die ich hier bin, nur vier Todesfälle.«

»Und vermißt oder verschwunden?«

Der Höhlenpförtner überlegte, wischte sich mit dem Handrücken die feuchte Nase ab und rieb sich den Nacken. Dann schüttelte er langsam seinen Kopf und zuckte mit den Schultern.

»Nein, nicht daß ich wüßte! Mir ist kein Fall bekannt. Alle Kinder, die in diesem Bereich verschwunden sind, sind auch gefunden worden. Mal ist eins beim Versteckspielen in ein ungesichertes Abrißloch gefallen. Aber es wurde bald gefunden. Kinder laufen ja im allgemeinen nicht so weit weg. Nur die Thyra, wie gesagt, hat ihre Opfer verlangt. Aber die Kinder sind immer gefunden worden. Alle noch am selben Tag des Verschwindens. Das heißt, ein Kind«, erinnerte er sich, »auch ein Junge, so zwei bis drei Jahre alt, war mal für drei Wochen weg. Die Thyra war aber damals von einer Eisschicht überzogen und das Kind mußte irgendwo eingebrochen sein. Damals war die Suche schwierig, weil sie nicht das ganze Eis aufbrechen konnten und dem Kind, falls es da reingefallen war, sowieso nicht mehr geholfen werden konnte. Im März, nach einer Tauperiode, haben sie dann den Leichnam gefunden. Er war irgendwo seitlich angeschwemmt worden und Spaziergänger hatten ihn entdeckt.«

Wirklich helfen konnte uns der Höhlenpförtner nicht. Er erzählte uns nur ein Schauermärchen nach dem anderen, was uns nur noch mehr verunsicherte. Rolf hatte recht gehabt. Es hatte wenig Sinn, ihn zu befragen.

Wir bedankten uns knapp für seine Auskunft und gingen los.

Mir war schlecht, mein Kopf fühlte sich heiß an.

Ich weiß nicht, was ich mir von dem nochmaligen Besuch

an der Heimkehle versprochen hatte, aber nicht diese Wirkung. Mein Allgemeinzustand hatte sich nur noch mehr verschlechtert, als ich den Ort nochmals vor mir sah, wo Dirk gestern noch mit Silvie gespielt hatte.

Wir klapperten kurz auf eigene Faust das Gelände ab, suchten nach Fußspuren, doch es war nichts mehr zu erkennen.

Der pulvrige Neuschnee hatte die Spuren des gestrigen Tages zugedeckt. Sie in die Geborgenheit einer stillen Winterlandschaft getaucht. Alles sah so verletzend friedlich aus. Nichts deutete darauf hin, daß hier vor wenigen Stunden etwas Schreckliches stattgefunden hatte. Wo war Dirk? Was hatte sich in jenen entscheidenden Minuten ereignet? Wieso hatten wir nichts bemerkt? Diese Fragen brannten sich wie ein Kainsmal in meine Stirn. Erzeugten ein Glühen, das auch der eisige Wind, der sich leise pfeifend in den Baumwipfeln verfing, nicht kühlen konnte. Schuld oder Nicht-Schuld, eine überflüssige Frage, angesichts der Tatsache, daß keiner wußte, wo Dirk zur Stunde war. Und dennoch! Wären wir nicht zum Auto gegangen, wäre es nicht passiert. Und wieder und wieder endlose Selbstvorwürfe.

Ich lief vor zu jener Stelle, wo ich Dirk zum letzten Mal gesehen hatte. Stellte mich genau auf diesen Platz, als ob mir die Erde, auf der er zuletzt gestanden hatte, eine Botschaft bringen konnte. Langsam drehte ich mich. Es raschelte hinter mir. Ein Vogel, der unter der Schneedecke nach Nahrung suchte, hüpfte davon.

Ich wollte wieder gehen, aber der Boden klammerte sich um meine Füße. Ich durfte doch hier nicht weg! Konnte diesen Ort doch nicht einfach verlassen! Ohne Dirk! Ohne mein Kind!

Tränen benetzten mein Gesicht. Das warme Augenwasser grub klebrige Fugen in die kalte, gespannte Haut der Wangen. Rolf stand auf der Brücke und winkte mir. Silvie kuschelte sich an ihn und hielt seine Hand.

Der trockene Schnee knirschte unter meinen Stiefeln, als ich zu ihnen rüber ging. Ich schleppte mich zum Auto, wie mit der Last eines zentnerschweren Kartoffelsackes beladen.

Ungelenk ließ ich meinen steifen Körper auf den Beifahrersitz des Autos fallen. Rolf und Silvie sagten nichts. Sie ließen mich in Ruhe.

Als wir losfuhren, machte ich die Augen zu. Am liebsten hätte ich sie für immer geschlossen. Denn diese Fahrt nach Hause konnte nur eine Fahrt ins Leere sein. Nichts würde so sein wie früher.

Unterwegs, gleich an der ersten Autobahnraststätte, telefonierte Rolf mit meinen Eltern.

»Hast du es ihnen gesagt?« fragte ich, als er zum Auto zurückkam. »Ich konnte nicht«, schüttelte er mit dem Kopf. Auch Silvie, von den beiden Stoffbären seitlich eingegrenzt, weinte und schluchzte immer wieder. Jedes Wort, jedes noch so kleine Gespräch fiel uns schwer, brachte uns an den Rand der Verzweiflung.

Der Tatbestand, mit zwei Kindern in den Urlaub gefahren zu sein und nur mit einem nach Hause zu kommen, war furchtbar und moralisch so erniedrigend. Natürlich fühlten wir uns voll verantwortlich und es konnte niemanden auf der Welt geben, der uns diese Verantwortung, der uns diese schmerzlichen Schuldgefühle abnehmen konnte. Hätte....dann wäre, war die einzige Satzkombination, in der wir pausenlos dachten.

Plötzlich, wir waren etwa 150 km gefahren, brauste Rolf mit unserem Sappo in voller Geschwindigkeit auf einen Waldparkplatz und blieb dort mit quietschenden Reifen stehen.

Er schlug mit der Stirn auf dem Lenkrad auf und bekam einen Weinkrampf. Sein Körper zuckte und schüttelte sich, als ob ihn jemand elektrisiert hätte.

»Papa, was hast du?« fragte Silvie erschrocken von hinten. Auch ich hatte Rolf noch nie derartig erlebt. Er war wie von Sinnen, kaum ansprechbar.

Erst allmählich fing er sich, setzte sich wieder aufrecht und sah mich mit einem gebrochenen, trostlosen, leeren Blick an. Die Augen waren klein und verquollen, sein Gesicht naß.

»Geht's wieder?« versuchte ich ihn zu beruhigen. Meine Verfassung war im Augenblick wesentlich besser als seine.

»Soll ich fahren?« bot ich ihm an.

»Nein, nein!« holte er tief Luft. »Nur noch ein paar Minuten.« Er ging raus, lief ein paar Mal auf und ab und steckte sich hintereinander drei Zigaretten an.

Erst sehr viel später erzählte er mir, daß er vorgehabt habe, gegen ein entgegenkommendes Auto zu fahren, um alles zu beenden, für Silvie, mich und ihn. Er hatte scheinbar schon den Fuß aufs Gaspedal gedrückt, erschrak jedoch in dem Moment, als er das Steuer herumreißen wollte, so sehr, daß es zu jenem Nervenzusammenbruch kam.

Als er wieder ins Auto kam, lächelte er sogar kurz.

»Es geht wieder«, klopfte er mir aufs Knie.

Damals empfand ich seinen erleichterten Umschwung als etwas seltsam. »Vielleicht«, meinte er optimistisch, »haben sie den Dirk gerade gefunden und schon längst in Görlitz Bescheid gegeben.«

Sein neu gefaßter Mut steckte uns alle an, so sehr, daß ich auf einmal fest daran glaubte, daß uns in Görlitz eine Antwort erwarte.

Doch vorher hatten wir erst mal Rede und Antwort zu stehen. Meinem Bruder, meinen Eltern und Schwiegereltern, all jenen, die Dirk gern hatten. Wie sollten wir ihnen etwas erklären, was wir uns selbst nicht erklären konnten?

In dieser etwas hoffnungsvolleren Stimmung gelang es mir zum ersten Mal, das ganze gestrige Geschehen klar vor Augen zu haben, ohne den Nebel der verletzten Gefühlswelt. Die Hoffnung, in die mich Rolf hineingesteigert hatte, wischte die Trauer um Dirk weg. Nein, ich weigerte mich sogar, zu trauern.

Solange man ihn nicht gefunden hatte, hatte ich zumindest

genauso viel Grund zu glauben, daß er noch lebte, daß es ihm gut ging, wie daran, daß er verunglückt war.

Und wie eine Eingebung kam mir auf einmal sehr eindringlich jenes Auto auf dem Parkplatz ins Gedächtnis, das kurz vor mir die Brücke überquert haben mußte.

»Das Auto!« rief ich, als ob mich ein Gedankenblitz durchzuckt hätte und faßte Rolf vorsichtig am Ärmel. Mein Herz klopfte, mein Puls schlug, denn ich glaubte, einen ersten Anhaltspunkt zu haben.

»Was hast du?« sah mich Rolf erschrocken an. »Was ist mit dem Auto?« Er blickte erschrocken aufs Tacho, schien nichts zu begreifen. Wie sollte er auch!

»Nein«, sagte ich, »nicht unser Auto. Gestern, der blaue Moskwitsch auf dem Parkplatz. Erinnerst du dich nicht?«

Rolf zuckte nichtssagend mit den Achseln.

»Na und«, sagte er, ohne irgendeinen Zusammenhang herstellen zu können.

»Vielleicht haben die was gesehen, verstehst du?« erklärte ich weiter. »Sie sind losgefahren, als ich gerade die Wagentür zuklappte. Müssen also wirklich längst vor mir an der Brücke gewesen sein. Der Weg macht doch einen Bogen. Sie müssen Dirk gesehen haben,....Silvie?« drehte ich mich um. »Du hast doch auch etwas von einem Auto gesagt. Wie war das? Dann kam das Auto und dann die Mama, hast du gesagt.«

»Ja«, nickte Silvie, »das weiß ich bestimmt. Zuerst war das Auto.«

»Siehst du«, wandte ich mich an Rolf.

»Na und«, erwiderte er zweifelnd, »was willst du damit sagen?«

Ich überlegte. War meine Euphorie umsonst?

»Nichts«, wurde ich leise.

»Nur, es sind die einzigen Zeugen, die letzten, bis auf Silvie, die Dirk gesehen haben. Wir hätten das auf alle Fälle der Polizei sagen müssen.«

Und, als ob in mir der gestrige Morgen nochmals wie ein

Filmbericht ablief, erinnerte ich mich sogar an das Nummernschild. Ich hatte mir die Leipziger Nummer eingeprägt, weil wir uns das Auto so genau betrachtet hatten. SE 49-28.

Es war nichts Außergewöhnliches für mich. Ich hatte ein ausgezeichnetes Zahlengedächtnis. Telefonnummern, Kontonummern, und auch Autokennzeichen speicherten sich automatisch, ohne daß ich mich bemühen mußte, in meinem Kopf.

Dennoch holte ich einen Zettel aus der Handtasche und schrieb die Nummer auf. Zur Sicherheit. Ich war der festen Überzeugung, daß dies ein wichtiger Hinweis für die Polizei war.

»Aber«, gab Rolf zu bedenken, »wenn sie etwas gesehen hätten, daß zum Beispiel Dirk in Gefahr war, hätten sie doch angehalten.«

Rolf war nach wie vor skeptisch, sah aber ein, daß wir die Polizei unterrichten mußten. Jeder Hoffnungsschimmer, auch wenn er noch so sehr flackerte, war für uns beide wie ein hell erleuchteter Wegweiser.

Zuhause ohne Dirk

Als wir unser Haus an der Wiesenstraße erreichten, war es bereits kurz vor Mitternacht. Aber es brannte noch Licht im oberen Stockwerk. Ich hatte vor der Abreise meinen Bruder gebeten, bei uns zu wohnen, den Prinz zu versorgen und immer zu heizen.

Er tat es gern, denn so hatte er Gelegenheit, mal mit seiner Verlobten wirklich ein paar ungestörte Tage zu verbringen. Ohne das wachende Auge meiner Mutter, bei der Günter noch wohnte. Er war erst neunzehn Jahre alt und im letzten Lehrjahr als Automechaniker.

Günter und Monika mußten uns gehört haben, denn sie kamen uns schon an der Haustür entgegen.

»Hallo«, grüßte uns Günter nichtsahnend. »Na, ihr habt euch Zeit gelassen«, maulte er ein wenig vorwurfsvoll über unsere verspätete Ankunft. Prinz winselte und jaulte wie ein Verrückter.

Er wedelte so sehr mit dem Schwanz, daß sein Hinterteil richtig hin- und herwippte, sprang dann wieder an uns hoch und brummte zufrieden, als ich ihm endlich die Ohren kraulte.

»Wo ist Dirk?« hörte ich Günter hinter mir sagen. »Hat er sich versteckt?« Er lief hinters Auto. Ich drehte mich um, rannte ihm hinterher und warf mich meinem Bruder an die Schultern.

»Günter«, stammelte ich, »es ist etwas Schreckliches passiert.«

»Ist Dirk krank?« fragte Monika, Günters Verlobte, ängstlich aus dem Flur, wo sie an der Garderobe angelehnt stand.

»Nein, er ist verschwunden, unauffindbar«, sagte Rolf. »Gestern«, fügte er noch hinzu.

»Kommt doch erst mal rein«, rief uns Monika zu.

Prinz mußte trotz Protest in seine Hütte.

Wir hatten jetzt alle keine Nerven für ihn. Monika übernahm Silvie und brachte sie ins Bett.

Wie stellten inzwischen die Koffer im Hausflur ab und setzten uns ins Wohnzimmer.

»Aber bei dem geringen Zeitunterschied und wenn ihr den Ort genau lokalisieren konntet«, fragte sich Günter, »ist es doch eigentlich unmöglich, daß er nicht da sein soll.«

Was sollten wir sagen. Jetzt begann die ganze Fragerei von vorne, ohne daß sich an der Situation etwas geändert hätte.

Günter war wie alle betroffen, aber auch er und Monika machten uns Hoffnung. Glaubten wie wir, daß Dirk doch noch gefunden werde. Wir wollten gleich am nächsten Vormittag zur Görlitzer Polizei.

Frühmorgens kam meine Mutter vorbei. Sie war gefaßt, ihr Vertrauen zur Polizei grenzenlos.

»Du wirst schon sehen, er wird bald wieder auftauchen«, umarmte sie mich. »Bei uns verschwinden keine kleinen Kinder.«

Vater war wieder mal kaum ansprechbar. Er hatte sich seit geraumer Zeit das Trinken angewöhnt. Als Begleiterscheinung der vielen, langen Parteisitzungen. Ab und zu, so wie jetzt, hatte es ihn total erwischt. Er lag dann im Bett und dämmerte so vor sich hin.

Aber im Augenblick war das Problem um meinen Vater nicht unsere Hauptsorge. Wir ließen Papa in seinem Rausch.

Alles drehte sich um Dirk. Jeder schuf seine eigene Theorie.

Noch am selben Vormittag fuhren wir nach Görlitz in die Gobbinstraße zur Polizeihauptwache. Silvia hatten wir bei meiner Mutter gelassen.

Rolf umfaßte meine Schulter, als wir den mittelalterlichen Bau und die von hunderttausenden Schuhen abgearbeiteten Sandsteintreppen betraten. Im zweiten Stock hatte die Kripo ihre Dienstzimmer.

Wir sagten nichts, zitterten beide vor Aufregung und hofften, hier etwas Neues zu erfahren. Es war schließlich mittlerweile wieder ein Tag vergangen.

Wir klopften an die Tür Nummer 234.

»Bitte«, rief jemand von innen.

Zögernd betraten wir den Raum.

Ein älterer Herr, mit einer Pfeife im Mund und einem klotzigen Oberkörper, blickte von seinem Schreibtisch aus zu uns rüber.

»Sie wünschen?« fragte er.

»Wir sind die Schillers«, sagte Rolf, im Glauben, nun werde beim Kripobeamten gleich der Groschen fallen. Schließlich kam es nicht jeden Tag vor, daß ein Kind vermißt wurde.

Doch dieser lachte nur kurz auf, schüttelte mit dem Kopf und stopfte sich mit einem silbernen Gerät den Tabak nach. Während er paffte, blickte er mürrisch zu uns.

»Ja und, weshalb sind Sie hier?« fragte er, ohne uns einen Sitzplatz anzubieten.

Rolf erzählte, was passiert war, worauf uns der Kripobeamte bat, draußen im Flur Platz zu nehmen.

Er wollte sich inzwischen erkundigen, ob jemand von dem Fall wisse.

Das Ganze dauerte vielleicht zehn Minuten, ehe er wiederkam und uns erneut zu sich ins Zimmer bat.

»Bitte, nehmen Sie Platz!« deutete er dieses Mal auf die beiden vor dem Schreibtisch stehenden Stühle.

»Es tut mir leid«, schluckte er ein paar Mal verlegen, »aber bei uns ist von Ihrem Fall nichts bekannt. Ich habe überall nachgefragt. Deshalb muß ich Sie bitten, mir alles nochmals genau zu berichten. Herr Weiß«, stellte er den hereinkommenden jungen Mann vor, »wird Ihre Aussagen zu Protokoll nehmen.«

Verzweifelt blickte ich zu Rolf. Wir hatten uns Hilfe, wenigstens Informationen erhofft, nicht schon wieder ein Verhör.

Doch es blieb uns nichts anderes übrig, wir mußten uns wieder denselben Fragen stellen.

Dieses Mal erzählte ich auch von dem blauen Moskwitsch auf dem Parkplatz.

»Na, das ist doch prima!« ermunterte mich der Beamte, »sogar mit Autokennzeichen. Sicher, das kann sehr wichtig sein«, meinte er noch. Dann versprach man uns, umgehend mit der Kripo Sangershausen in Kontakt zu treten und uns Bescheid zu geben, falls sich etwas in der Sache Dirk Schiller tue.

»So eine Schlamperei!« schimpfte Rolf, als wir auf dem Nachhauseweg waren. »Die in Sangershausen hätten längst hier die Kripo benachrichtigen müssen. Uns schicken sie mit dem Versprechen, alles zu tun, weg und dann halten sie es noch nicht mal für nötig.....es ist doch zum.....«

Das fortlaufende Hin- und Hergerissensein zwischen Hoffnung und Mutlosigkeit brachte uns schnell ans Ende der Nervenkraft.

Wir suchten Ruhe, wollten alleine sein, keine fremden Menschen, keine Fragen der Nachbarn und Arbeitskollegen mehr beantworten müssen.

Wir wurden tatsächlich beide auf unbestimmte Zeit beurlaubt. Bei mir hatte sich die nervliche Belastung seltsamerweise ins linke Bein verlagert.

Ich konnte kaum mehr auftreten, immer wieder verkrampften sich die Muskeln völlig unkoordiniert, ein Zeichen für die Ärztin, daß es sich um eine Nervensache handeln mußte.

Ich sollte wöchentlich zweimal zu einem Psychotherapeuten. Sie schlug mir Dr. Klaus Gebner vor, der in der Leninallee 18 seine Praxis führte.

»Er ist ausgeglichen, ruhig und zuverlässig. Vielleicht in seinen Ansichten nicht der modernste, aber sehr beruhigend. Genau das, was Sie jetzt brauchen.«

Unsere Hausärztin betreute uns schon seit neun Jahren. Sie

kannte auch Dirk gut und konnte sich in meine Lage versetzen. Ich hatte ein großes Vertrauen zu ihr und wandte mich auch mit typischen Frauenfragen an sie.

Weil wir uns ursprünglich noch ein drittes Kind wünschten, hatte ich seit fünf Monaten die Pille abgesetzt.

Nun aber war ich mir nicht mehr sicher, ob ich in diesem Zustand überhaupt schwanger werden durfte. Ganz abgesehen davon, daß ich mich ernstlich fragte, ob ich nervlich überhaupt noch in der Lage war, ein Kind zu bekommen.

»Tja«, überlegte Frau Dr. Schreiber. »Es wäre vermessen von mir, Ihnen auf diese Frage eine befriedigende Antwort zu geben. Aber wenn Sie den Wunsch hatten, noch ein Kind zu bekommen, warum nicht! Ich habe sehr oft die Erfahrung gemacht, daß Schwangerschaften über andere Probleme hinweghelfen. Natürlich nur, wenn sie gewollt sind, also selbst nicht zur Ursache eines Problems werden können. Das aber liegt bei Ihnen.«

»Ja, natürlich«, dankte ich ihr für den Rat und wollte die ganze Sache noch mal mit Rolf durchsprechen.

»Das ist deine Sache, Heidi«, sagte er mir.

»Du hast dich damals für ein drittes Kind entschieden, ich habe zugestimmt, wir haben Platz und Geld genug, aber ich kann ebensogut verstehen«, streichelte er mir über die Schultern und blickte mir liebevoll in die Augen, »wenn du jetzt zu einem anderen Entschluß gekommen bist.«

»Ich weiß nicht«, zweifelte ich und berührte mit meinen braunen Locken Rolfs bärtiges, schwarzes Kinn.

Er drehte sich seitlich zu mir, stützte seinen Kopf auf den Ellenbogen und streichelte mir mit der anderen Hand sanft und zärtlich über den Hals runter zu den Brüsten. Dann knöpfte er mein Nachthemd auf und streifte es mir über die Schultern.

»Komm zu mir, laß uns ganz fest aneinanderdrücken. Wir können nichts ändern, erst recht nicht, wenn wir uns in die Ecke schieben«, sagte er und liebkoste mich behutsam und langsam mit dem Mund.

»Das Schicksal hat sich so oft unaufgefordert bei uns gemeldet, komm, dieses Mal laden wir es ein«, flüsterte er mir ins Ohr, nahm mich in seine Arme und drückte seinen weichen, warmen Körper gegen den meinen. »Aber nur, wenn du es auch willst«, fügte er leise hinzu. Ich wehrte mich nicht.

Wir liebten uns in gegenseitiger tiefer Hingabe. Trotz oder weil.....?

Ich wollte diese Frage gar nicht beantwortet wissen. Griff nur dankbar nach jener Stunde der Zärtlichkeit und sie erinnerte mich an jenes kleine Gedicht, das ich unlängst in einer Frauenzeitschrift entdeckt hatte:

Ein Hauch voll Zärtlichkeit
gleich dünnem Pergament
umhüllt die Leiber
alles Dunkel wird verdrängt.

Erste Schwierigkeiten

Jetzt waren schon vierzehn Tage vergangen. Und noch immer kein Lebenszeichen von Dirk. Nicht der geringste Anhaltspunkt über seinen Verbleib.

Man hatte weder Kleidungsstücke noch irgendetwas von ihm gefunden.

Dabei, so versicherte uns die Görlitzer Kripo, hätten die Kollegen in Sangershausen eine intensive Suchaktion durchgeführt. Sogar die Grenzstellen seien informiert worden, da es ein Abkommen mit der Bundesrepublik gäbe, wonach vermißte Personen im Grenzgebiet auch von den BRD-Kollegen in die Fahndung miteinbezogen würden.

All das befriedigte uns jedoch nur unzureichend. Denn es blieb nach wie vor der Tatbestand, daß niemand wußte, wo Dirk war, wo er hätte abbleiben können, wohin er hätte in so kurzer Zeit laufen sollen.

Auch wenn normalerweise Zeit alle Wunden heilen soll, bei Dirk war es etwas anderes. Die Wunde, die er hinterließ, hatte keine Chance zu verheilen. Solange er nicht gefunden war, solange er einfach verschwunden blieb, lernte man vielleicht mit der Wunde zu leben, sie nicht mehr ins Zentrum des Lebens zu rücken, aber sie blieb offen, tat bei geringster Berührung erneut weh.

Jede Woche suchten wir die Kripo in Görlitz auf, in der Hoffnung, irgendwann einen kleinen Schritt weiterzukommen. Doch statt Verständnis, statt Aufklärung, stießen wir zu unserer Überraschung auf immer mehr Ablehnung.

Die Beamten versuchten uns abzuwimmeln, unsere Besorgnis als Belästigung auszulegen.

Wir wurden das Gefühl nicht los, abgeschoben zu werden.

Man behandelte uns, als ob uns das alles nichts mehr angehe. Auf meine Frage, ob das Ehepaar mit dem Moskwitsch schon vernommen worden sei, bekam ich die ausweichende Antwort, das sei Angelegenheit der Sangershausener Kripo.

Auch auf unsere schriftlichen Anfragen in Sangershausen erhielten wir nur die kurze Benachrichtigung, daß wir ohnehin nach Abschluß der Ermittlungen im Fall Dirk Schiller eine Antwort bekämen.

Die ganze Lage war so festgefahren, daß ich keinen anderen Ausweg mehr sah, als den, einen Rechtsanwalt zu nehmen, um die Behörden zu zwingen, die Suche nach Dirk nicht aufzugeben.

Ich wußte ja zum damaligen Zeitpunkt noch nicht, daß es Rechtsanwälte in der DDR nur dem Namen nach gab, da der Staat in dem Bewußtsein lebt, das Recht hundertprozentig zu verkörpern. Niemand sei deshalb besser geeignet als der Staat, gleichzeitig Anwalt des Rechts zu sein.

Doch auch Rolf war der Überzeugung, daß es Zeit wurde, selbst zu handeln.

Die Behörden hatten uns zu lange ge- und auch enttäuscht.

Selbst meine Mutter war so aufgebracht, daß sie dem Görlitzer Parteichef Martin Kruse ihr Parteibuch zurückgab.

Weil, so ihre Begründung, sich nachweislich niemand ernstlich um den Verbleib ihres Enkels gekümmert habe.

Ihren alkoholkranken Mann hatte sie noch verkraftet, aber Dirks Verschwinden hatte auch bei ihr einen empfindlichen Nerv getroffen.

Doch Kruse rief sie wenige Tage später an und bat sie zu einer Aussprache auf die Kreisleitung der Partei.

Er gab ihr wohl auf seine schmierige Art zu verstehen, daß die Partei nicht in der Lage sei, für ihren verschwundenen Enkel aufzukommen.

Daß aber ein Parteiaustritt Folgen für den Arbeitsplatz, ja für das gesamte familiäre Klima haben könne.

Schließlich, so betonte er wohl gegen Ende des Gesprächs,

könnten pädagogische Posten nur mit fähigen, das heißt parteitreuen Genossen besetzt werden. Aufwiegler seien nicht geeignet, Jugendliche zu erziehen.

Sowohl meine Mutter als auch ich saßen auf solch einem Posten.

Meine Mutter verstand diese Drohung und reagierte wie eine gehorsame Genossin.

Sie entschuldigte sich, begründete ihr Verhalten mit einer tiefen emotionalen Erregung und nahm das Parteibuch wieder an.

Ich hingegen schämte mich dafür.

Mein ohnehin geschwächtes Vertrauen gegenüber Staat und Partei schwand mehr und mehr.

»Warum hast du dich überreden lassen?« fragte ich enttäuscht, als ich meine Mutter nach ihrem Gespräch mit Kruse besuchte.

Sie saß mir im Wohnzimmer ihrer kleinen Drei-Zimmer-Standard-Wohnung, auf die sie hatte zwölf Jahre warten müssen, gegenüber und schwieg eine Weile verlegen, ehe sie mir antwortete.

»Vermutlich«, zögerte sie, »weil er recht hat.«

»So«, sagte ich, stand auf und wollte wieder gehen. Was sollte ich noch hier? Meine Mutter hatte sich wieder mal einlullen lassen. Ich war wütend. Jahrelang hatte sie sich für die Partei aufgeopfert, sich die Nächte um die Ohren geschlagen und mußte jetzt für einen Tritt in den Hintern auch noch Dankeschön sagen.

Wie weit wollte sie eigentlich noch absinken?

»Heidi«, rief sie mir bittend hinterher, »geh nicht!« Sie holte mich auf halbem Weg ein, hakte sich bei mir unter und führte mich zur Couch zurück.

»Bitte«, sagte sie mit belegter Stimme, »setz dich wieder.«

Zögernd folgte ich ihr.

»Ich verstehe dich ja«, begann sie versöhnlich, nach einem

Kompromiß zwischen uns suchend, »aber du mußt auch mich verstehen. Was soll die Partei ausrichten? Wie soll sie uns helfen, Dirk zu finden? Ich meine praktisch.«

»Sie hätten uns unterstützen können. Uns helfen, die Forderungen bei der Kripo durchzusetzen. Hätten wir uns nicht dahinter geklemmt, wir hätten nie mehr ein Wort aus Sangershausen gehört. Was denken die sich? Daß man so nebenbei im Urlaub ein Kind verliert und dann zur Tagesordnung übergeht?«

»Trotzdem«, unterbrach meine Mutter, »du weißt doch, wie das bei unseren Beamten ist. Die tun nicht mehr, wie die Stunden lang sind. Für die ist der Dirk nur ein Fall von vielen. Bei anderen verhalten sie sich wahrscheinlich genauso schlampig. Der Kruse war wenigstens ehrlich. Hat gesagt, wie's ist. Oder meinst du, die Partei gerät aus den Fugen, nur weil irgendeine Genossin meint, ihr Buch zurückgeben zu müssen? Ihr wollt euch noch ein Kind anschaffen, dann Silvie und Rolf, du mußt doch auch an deren Zukunft denken. Glaubst du, du hilfst Dirk, wenn ihr anfangt, euch das Leben schwer zu machen? Euch mit der Partei anzulegen? Bloß wegen so einem dämlichen Buch? Wichtig ist, was man denkt. Und ich denke bestimmt nicht mehr so wie früher.«

Ich stand jetzt doch auf, reichte ihr zum Abschied die Hand und drückte meine Mutter fest an mich.

»Dann handle auch so, Mama, sonst machst du dich kaputt.«

Tränen rannen ihr aus den Augen.

»Was ist bei mir schon noch kaputt zu machen«, würgte sie und zitterte ein wenig. Ihr Gesicht bekam einen verbitterten Zug um den schmalen Mund.

»Vielleicht hast du dein Leben lang aufs falsche Pferd gesetzt.«

Wahrscheinlich hätte ich das nicht sagen sollen. Aber ich war im Moment genauso verbittert wie sie.

»Vielleicht«, nickte sie schwerfällig. »Aber jetzt bin ich zu alt, um auf einen anderen Sattel umzusteigen. Ich muß froh sein, wenn mich mein Gaul nicht abwirft.« Sie blinzelte mir kumpelhaft zu.

»Auch du wirst dich mal fragen müssen, ob alles richtig war, was du getan hast.«

Ich nestelte nervös an meiner Handtasche herum. War verärgert, hatte gehofft, daß meine Mutter endlich mal Rückgrat gegenüber der Partei zeigt.

»Gib's zu«, warf ich ihr vor. »Du hast immer die Partei über die Familie gestellt. Und jetzt läßt du dich dafür auch noch erniedrigen. Das verstehe ich nicht, es will mir nicht in den Kopf.«

Ich wollte sie nicht verletzen, konnte jedoch nicht begreifen, wieso ihre Solidarität uns gegenüber so gering war.

Sie holte tief Luft, warf in trotziger Gebärde ihren Kopf nach hinten und wischte sich mit einem selbst umhäkelten Batisttaschentuch über die Augen.

»Hör mal«, sagte sie, »was sollen diese Vorwürfe? Glaubst du, nur du hast recht? Im Leben gibt's immer ein paar Seiten. Und jede hat auf ihre Art eine Berechtigung. Es ist nun mal so, daß zur Persönlichkeit eines Menschen in erster Linie gehört, daß er Entscheidungen trifft. Keiner kann auf Dauer pendeln.

Wenn du auf Weg A gehst, kannst du nicht erwarten, den angenehmen Dingen von Weg B zu begegnen. Und beide Wege zu testen, dafür ist ein Leben zu kurz. Du mußt dich also an irgendeinem Punkt entscheiden. Das gilt für die Wahl des Ehemannes, das gilt für den Beruf, das gilt aber auch für die Wahl deiner Heimat und natürlich für die Erziehung deiner Kinder. Ich hatte mich dafür entschieden, euch zu politisch bewußten Menschen zu erziehen. Das kann man aber nur, wenn man selbst ein Vorbild ist. Und, hast du vielleicht keine Vorteile gehabt?»

»Mama«, erwiderte ich unwirsch, »ich bin, was ich bin, weil ich etwas gelernt habe und wenn es wirklich so ist, daß nur Parteitreue mir die Chancen für diesen Beruf gab, so ist das ein trauriges Merkmal für diesen Staat und nicht ein Glück für mich.«

Mutter fuhr sich, wie immer, wenn ein Gespräch heikel war, mehrmals mit der Hand über ihren grau-schwarz melierten Lockenkopf, strich sich dann verlegen über ihren engen blauen Rock, der ihre etwas pummelige Figur streckte.

»Warum streiten wir uns? Ist das die Partei wert? Wir leben in diesem System. Das ist nun mal so. Und ich habe keine Kraft mehr, mich herumzustreiten. Weder mit dir, noch mit Papa, noch mit den Genossen. Ich will endlich meine Ruhe. Was ist das bißchen Leben schon wert? Du krauchst und schuftest dich ab und dann kriegst du 'nen Nasendrücker. Das war's denn auch. Meinst du wirklich, irgendwas, auch nur das geringste, ändert sich, wenn ich aufmucke? Ich habe mich zuerst genauso wie du von meiner Wut treiben lassen, aber dann.... Wir müssen hier leben, ob wir wollen oder nicht. Wir können höchstens das Maß bestimmen, in wie weit es für uns erträglich bleibt.«

Meine Mutter hatte schon recht, mit all dem, was sie sagte. Doch welche Schlüsse sollte ich für mich, für unsere Familie daraus ziehen? Ruhig sein, still halten, alles akzeptieren?

»Entschuldige, Mama«, neigte ich mich zu ihr, »ich wollte dich nicht kränken, nur, sei mir nicht böse, wenn ich das sage, aber zwischen einem Enkel und einem eigenen Kind liegen Welten, wenn es darum geht, zu kämpfen. Ich werde und ich kann nicht aufgeben. Dabei kann ich auch keine Rücksicht auf dich und dein Verhältnis zur Partei nehmen. Jeder geht den Weg, den er für richtig hält. Das hast du ja eben selbst gesagt. Bis morgen«, verabschiedete ich mich endgültig.

Ihre kleine Wohnung war mir fremder als sonst.

Trotz der Aussprache war zwischen uns jener Graben wieder aufgerissen, mit dessen Aushub bereits seit meiner Kindheit begonnen worden war.

Da halfen auch keine Tränen.

Ich war und blieb in der Werteskala meiner Mutter unterhalb der Parteiverpflichtungen. Ich hatte wenige Menschen, vor allem Frauen kennengelernt, die sich so streng und konsequent der Parteihierarchie unterordneten.

Über all das dachte ich noch nach, als ich mit dem Bus von Görlitz-Nord in unsere Schrebergartensiedlung zur südlichen Stadtrandzone fuhr.

In den Fenstern des Busses, hinter denen halb verschmiert das Leben auf der Straße und den Trottoirs vorbeizog, spiegelten sich meine Gedanken um den Werdegang meiner Mutter.

Im Grunde genommen war sie eine kleine Märtyrerin. Hatte es nicht einmal verstanden, ihre staatliche Position für eigene Bedürfnisse auszunutzen.

Fehlte es ihr an Handwerkern, Fliesen, Sanitäranlagen..... nie hatte sie versucht, über die Partei Druck auszuüben. Doch für andere hatte sie, wer weiß wie oft, die Kohlen aus dem Feuer geholt und sich dabei die Hände verbrannt.

Einerseits schätzte ich ihre ehrliche, idealistische Einstellung, ihre Überzeugungstäterschaft, andererseits blieb es keinem verborgen, daß ihre Gutmütigkeit oft genug mit Dummheit verwechselt wurde. Und das ärgerte und kränkte mich am meisten.

Vielleicht war das auch einer der Gründe, weshalb ich keine Skrupel kannte, die Partei, wo immer es ging, auszusaugen.

Bei der Vergabe von Urlaubsplätzen oder bei der Frage um unser Haus hatte ich stets die Fäden, die meine Mutter so kunstvoll gesponnen hatte, benutzt.

Vielleicht war es jetzt undankbar, so mit ihr zu reden.

Aber bei Dirk ging es nicht um irgendwelchen materiellen Nutzen oder Schaden, hier ging's um einen Teil meiner familiären Existenz.

Da gab es für mich keine Kompromisse.

Richtig behördenfeindlich wurde ich aber erst, als wir keinen Rechtsanwalt finden konnten, der sich unseres Falles angenommen hätte.

Gegen die Volkspolizei wegen Vernachlässigung einer Vermißtensuche zu klagen, traute sich keiner.

Jeder hatte Angst um seinen Arbeitsplatz, Angst vor Strafandrohung, Angst vor Ansehensverlust.

Außerdem, so versicherten uns die Rechtsanwälte reihenweise, gäbe es nicht die geringste Chance, daß wir die Polizei zwingen könnten, den Fall nochmals aufzurollen.

Bis auf einen Rechtsanwalt aus der Görlitzer Altstadt, der, durch einen Autounfall blind geworden, sowieso nicht mehr viel vom Leben zu erwarten hatte, fand sich keiner, der uns als Rechtsbeistand in allen offenen Fragen behilflich sein wollte. Er riet uns abzuwarten, nochmals um eine Suchaktion zu bitten. Doch es tat sich nichts. Das Rätsel um Dirk blieb nach wie vor ungelöst.

Es war mittlerweile April, kurz vor Ostern, als ich erfuhr, daß ich schwanger war. Ich konnte mich sogar richtig auf das kleine Wesen, das in mir heranwachsen sollte, freuen.

»Hoffentlich wird es ein Mädchen«, sagte ich zu Rolf, als wir am Abend nach der Nachricht beim »Tümpelwirt« essen gingen.

Der »Tümpelwirt« war die einzige, privat geführte Gaststätte in der Umgebung. Den Namen hatte das Lokal, weil es an einem kleinen Teich lag. Man mußte sich allerdings zwei Wochen im voraus anmelden, um überhaupt einen Tisch zu bekommen.

»Wieso ein Mädchen?« schmunzelte Rolf. Das Leuchten in seinen Augen verriet mir, daß er sich freute, wieder Vater zu werden.

»Wegen Heiko, Edgar..... und Dirk.«

»Schnecke«, suchte Rolf über den Tisch nach meiner Hand, »wir müssen froh sein, daß es überhaupt noch mal geklappt hat. Ich habe die letzte Zeit auch viel nachgedacht, aber wir haben Silvie, ein süßes Mädel. Manche bekommen gar keine Kinder und müssen auch zufrieden sein. Und, wer weiß«, sagte er nachdenklich, »vielleicht gibt's doch so etwas wie ein Leben nach dem Tod. Und dann wird aus den Schillers doch noch eine Großfamilie. Überall im Himmel wimmelt's dann von kleinen Schillerlöckchen.«

So traurig das Ganze war, bei diesem Bild mußte ich doch lachen.

»Na siehst du«, blinzelte mir Rolf zu, »jetzt lachst du wieder. Unser fünftes Schillerlöckchen braucht auch ein bißchen Fröhlichkeit, egal, ob's ein Junge oder ein Mädchen wird.«

Trotzdem war es unmöglich, auch nur eine Sekunde nicht an Dirk zu denken.

Er begleitete unser Leben, wo immer wir waren, was immer wir taten.

Sahen wir ein Kind auf der Straße, das Ähnlichkeit mit Dirk hatte, brachen die oberflächlich vernarbten Wunden wieder in vollem Schmerz auf.

Im Gegensatz zu Heiko und Edgar war Dirk schon ein richtiges Persönchen, als er aus unserem Leben trat, ein unersetzbar fester Bestandteil der Familie. Vielleicht auch, weil er in diesem Haus geboren wurde. Weil es hier noch sein Zimmer gab, das ich abgeschlossen hatte, an dem nichts verändert wurde, das nur auf sein Erscheinen wartete.

Oft hatte Silvie versucht, bei Dirk zu spielen. Aber ich hatte es ihr nicht erlaubt. Öffnete das Zimmer nur jeden Tag für eine halbe Stunde, um es zu lüften und Staub zu wischen. Ansonsten blieb alles so, wie Dirk es vor unserer Abreise verlassen hatte.

Ein Gitterbett zur rechten, über dem eine Spieluhr angebracht war, ein Schrank mit Regalwand zur linken und ein kleiner Tisch mit zwei roten Plastikstühlen unterm Fenster. Daneben, in der Ecke, hinterm Bett, eine große Spielkiste, die Rolf ihm gezimmert hatte. Davor ein runder Flokatiteppich, damit es Dirk auf den Holzdielen nicht zu kalt hatte.

Das Zimmer war nicht groß, aber da es Richtung Südwest lag, meist sehr sonnig. Ich war immer der Auffassung, wenn

Kinder sonnige Zimmer haben, bekommen sie auch ein sonniges Gemüt.

Das Leben ging irgendwie weiter.

Nach Ostern fingen wir beide wieder zu arbeiten an.

Die ersten Tage fielen uns schwer, weil wir erneut mit Fragen und Meinungen überschüttet wurden.

Den Besuch bei meinem Psychotherapeuten setzte ich einmal wöchentlich fort. Es half mir. Ich fühlte mich hinterher entspannter und hatte neuen Schwung. Das war auch für unser Baby wichtig.

Silvie freute sich schon riesig auf ein Geschwisterchen. Nur selten fragte sie noch von sich aus nach Dirk. Alles konzentrierte sich bei ihr auf das neue Wesen. Sie übte schon an ihren Puppen, Fläschchen zu geben und Windeln zu wechseln.

Wenn es ein Mädchen würde, sollte es Claudia heißen und ein Junge Thomas.

Die Schwangerschaft verlief bei mir wie immer komplikationslos. Im Gegenteil! Es ging mir zunehmend besser. Unsere Hausärztin hatte Recht behalten, auch wenn ich lange Zeit daran gezweifelt hatte. Unser Baby gab mir das zurück, was mir seit Dirks Verschwinden am meisten fehlte: Lebensmut.

Unerwarteter Besucher

Immer häufiger dachten Rolf und ich darüber nach, einen Ausreiseantrag zu stellen. Die Ermittlungen waren so zermürbend, daß wir keine Hoffnung mehr hatten und glaubten, daß vielleicht von westlicher Seite mehr unternommen würde.

Wenn wir erst drüben waren, so glaubten wir, müßte auch unser vermißter Sohn als Minderjähriger ein Bundesbürger werden und somit den westdeutschen Rechtsschutz in Anspruch nehmen dürfen.

Doch wir entschlossen uns, einen letzten Versuch in eigener Sache zu starten. Schrieben direkt ans Ministerium und beklagten uns über den Verlauf der Polizeiaktionen im Fall Dirk Schiller.

Wir hatten nämlich über den Rechtsanwalt herausbekommen, daß von Dirk zu keiner Zeit ein Aushang in der Presse gemacht worden war, daß auch die angebliche zweite Suchaktion nie stattgefunden hatte.

Lange Zeit bekamen wir keine Antwort. Dann erhielt Rolf, es war Mitte August, über seinen Betriebs-Vertrauensmann Bescheid, daß wir uns am kommenden Dienstag gegen Mittag zu Hause aufhalten sollten, da ein Herr vom Ministerium vorbeikommen wolle.

Wir nahmen beide für zwei Tage Urlaub und erwarteten mit Spannung den Besuch. Vielleicht, so hofften wir, würde jetzt etwas mehr Klarheit auf den Tisch kommen.

Gegen 13 Uhr fuhr dann an jenem Dienstag ein grauer Wartburg mit Berliner Kennzeichen vor unser Haus. Zwei Männer saßen im Auto. Verstohlen hingen wir hinter den Gardinen und beobachteten sie.

Der Chauffeur blieb sitzen, während der andere, ein großer, schlanker, sehr gepflegt wirkender Mann in einem blauen Leinenanzug, aus dem Fond des Wagens ausstieg, mit einer dicken Aktenmappe unterm Arm.

Er klingelte zweimal und zeigte uns gleich an der Tür seinen roten Dienstausweis.

»Familie Schiller, nicht wahr?« begrüßte er uns knapp. Wir bejahten und führten ihn nach oben ins Wohnzimmer.

Ich hatte einen Kaffee und Kuchen vorbereitet. Den Kaffee nahm er dankend an, den Kuchen lehnte er ab.

»Schön haben Sie's hier«, blickte er sich um. »Gemütlich«, nickte er anerkennend. »Viel selbst gemacht, was?«

»Ja«, sagte Rolf, »fast alles. Anfangs sah das hier schlimm aus, wie in einem vergammelten Schuppen.«

»Tja«, begann dann der vom Ministerium seine Akte aufzuschlagen. »Weshalb ich hier bin, wir haben von Ihren Vorwürfen Kenntnis genommen und möchten Sie hiermit über den Stand der Ermittlungen unterrichten.«

An seinem Ausweis hatten wir erkannt, daß er vom Ministerium für Staatssicherheit kam. Eigentlich wollte ich ihn fragen, wieso die Stasi mit unserer Akte betraut war, aber ich wartete erst mal seine Worte ab.

Nervös blätterte er in seiner dicken Akte herum und berichtete uns, was alles seitens der Behörden unternommen worden war, was aber leider auch unterlassen wurde, weil die Beamten zur gleichen Zeit mit einem anderen Fall betraut waren.

»Aber es gibt bei der Sangershausener Kripo doch nicht nur zwei Beamte«, erhob ich Einspruch.

»Natürlich«, sah er mich forschend an, wobei er etwas grinste. »Da es sich aber bei der anderen Geschichte um einen prekären Fall handelt, über den ich Ihnen leider keine Auskunft geben darf, mußten alle Beamten abgezogen werden.«

Dann zeigte er uns Bilder, die damals an der Stelle, wo Dirk zuletzt mit Silvia gespielt hatte, fotografiert wurden.

Er wies daraufhin, daß nur dort Fußspuren von Dirk gefunden worden seien und daß nach Auffassung der ortsansässigen Polizei der Junge in den zugefrorenen Bach gefallen sein muß und dort wahrscheinlich ertrunken ist.

»Unmöglich!« erwiderte ich aufgebracht.

Auch Rolf entrüstete sich.

»Dieser Bach, an dem die Kinder übers Eis geschliert sind, war viel zu klein und zu wenig tief, um dort zu ertrinken«, wandte Rolf ein. »Außerdem bin ich selbst übers Eis gelaufen und habe die Festigkeit der Decke getestet. Auch danach sind mindestens zehn Personen vom Suchtrupp über diesen Bach gelaufen. Das ist völlig ausgeschlossen, was Sie da sagen«, widersprachen wir beide heftig.

Der Fremde, ich hatte mir in der Hektik der Situation nicht seinen Namen gemerkt, trank während unseres Protestes seinen Kaffee und hörte uns gelangweilt zu.

»Hören Sie«, schaltete er sich dann unwirsch in unser Gespräch ein, »haben Sie die Ermittlungen geführt? Im Zusammenhang mit Kindern gibt es alles. Es könnte zum Beispiel sein, daß Ihr Sohn doch auf eine dünne Eisschicht irgendwo am Rand getreten ist, durchgerutscht und unterhalb der Eisdecke abgetrieben wurde.«

»Waren Sie jemals an diesem Bach?« fragte Rolf in betont ruhigem Tonfall. »Nein, wieso.... ich habe mich daran zu richten, was mir mitgeteilt wird.«

»Eben«, sagte Rolf. »Wir waren aber dort. Und Sie können mir glauben, daß in diesem Bach kein Kind ertrinken kann, und abtreiben erst recht nicht. Das ist völlig absurd. In der Thyra, ja, vielleicht, aber doch nicht in diesem kleinen Bach!«

»Nur an dieser Stelle sind Fußspuren von Ihrem Sohn gefunden worden, so glauben Sie mir doch!«

»Wieso hat man Dirk dann nie gefunden?« mischte ich mich ein.

»Wir haben uns erkundigt. Alle Kinder, die jemals in diesem Bereich, dann aber in größeren Flüssen, ertrunken sind, wurden gefunden. Aber von Dirk ist nicht die geringste Spur gefunden worden.«

»Was wollen Sie eigentlich?« klappte er verärgert seine Akte zu. »Wieso sind Sie so mißtrauisch? Schließlich hätten Sie in erster Linie besser aufpassen müssen, dann wäre vermutlich nichts passiert.«

»Vielen Dank«, sagte ich. »Aber, wenn Sie selbst Kinder hätten oder haben sollten, wüßten Sie vielleicht oder sollten wissen, daß man Kinder nicht ewig am Rockzipfel halten kann. Es ist schließlich nicht normal, daß ein Kind, das fünf Minuten mit seiner älteren Schwester spielt, spurlos verschwindet. Dann müßten überall auf der Welt pausenlos Kinder verschwinden.«

Der Stasi-Beamte rutschte unruhig auf seinem Sessel hin und her, warf einen hektischen Blick auf seine Uhr und deutete an, daß er gehen wolle, daß er uns nicht mehr als das Gesagte und Gezeigte mitteilen könne.

»Einen Augenblick noch«, hielt ich ihn davon ab, aufzustehen. »Ich habe mich mehrmals bei der Polizei nach einem Ehepaar mit einem blauen Moskwitsch erkundigt, aber nie eine Antwort erhalten. Haben Sie denn nicht anhand des Autokennzeichens die Adresse ausfindig machen können?«

»Doch, natürlich«, sagte er laut und merkwürdig überdeutlich.

»Und?« bohrte Rolf weiter.

Ich war erleichtert, holte ein Blatt Papier und einen Kugelschreiber.

»Könnten Sie mir vielleicht die Adresse aufschreiben?« bat ich den Fremden.

»Ich wüßte nicht warum«, sagte er spitz und ablehnend, während er aufstand und mir schnell die Hand reichte. »Dieser Herr und seine Frau haben es nicht nötig, Kinder zu entführen. Unsere Anfragen haben ergeben, daß dieses Ehepaar einen Tag später nach Moskau geflogen ist, um dort eine militärische Ausbildung zu beenden. Wir hielten es nicht für nötig, sie wegen eines Gesprächs zurückzurufen, zumal sie telefonisch versicherten, Ihren Sohn weder gesehen noch gehört zu haben. Sie seien mit sich selbst beschäftigt gewesen.«

Ich war entsetzt, mit welcher Selbstsicherheit die einzigen Zeugen an den Rand des Geschehens gedrängt wurden.

Ich war über die Aussage, daß diese Leute es nicht nötig hätten, Kinder zu entführen, so erschrocken, daß ich für den nächsten Moment nicht reagieren konnte.

Entführung! Nie hatte ich an solch eine Tat gedacht. Wie kam er darauf? Wir hatten nie in unseren Schreiben solche Anschuldigungen angebracht.

»Wir wollen ja das Ehepaar überhaupt nicht verdächtigen«, verteidigte ich mich, »aber es ist doch wohl ganz normal, daß man sich für die Leute interessiert, die wahrscheinlich die letzten waren, die Dirk gesehen haben müssen. Sie sind doch vor mir auf der Brücke gewesen. Was hat das mit einer Beschuldigung zu tun?«

Mit den Worten »vergessen Sie's« verabschiedete er sich eilig von uns und verließ mit schnellen Schritten das Haus.

Er stieg wieder hinten ein und der Wagen fuhr los, ohne daß sich der Stasi-Mensch nochmals umgedreht hätte.

Mir war heiß und kalt geworden.

Es war das erste Mal, daß wir von einem so hohen Beamten der Staatssicherheit Besuch erhalten hatten.

»Wieso sind wir auf einmal so wichtig für die?« wandte ich mich an Rolf. »Daß sie sogar einen aus Berlin schicken.«

Mir ging es nicht mehr aus dem Kopf, wie sehr er uns von dem Ehepaar hatte ablenken wollen. Doch er hatte paradoxerweise das Gegenteil erreicht. Hatte ein Stichwort genannt, das mich seitdem ununterbrochen beschäftigte. Entführung!

Ja, Dirk konnte genausogut entführt worden oder einem Verbrechen zum Opfer gefallen sein. Wieso wollten sie es unbedingt als Unglücksfall deklarieren? Obwohl es keine beweiskräftigen Anhaltspunkte dafür gab? Wieso sollten wir abgelenkt werden? Wieso war auf einmal die Stasi mit uns beschäftigt? Das war doch alles abnormal.

Das bestätigte mir auch der blinde Eichler, unser Rechtsanwalt. Auch er konnte sich auf diesen seltsamen Besuch keinen Reim machen. Nur den, daß wir vielleicht aus irgendwelchen, für uns nicht einsehbaren Gründen, eingeschüchtert werden sollten.

»Lassen Sie die Finger davon«, warnte uns Eichler. »Was auch immer mit Ihrem Sohn passiert ist, wir werden nicht dahinter kommen. Und was dieses Ehepaar betrifft! Wenn jemand in Moskau ausgebildet wird, handelt es sich um einen hohen militärischen Grad. Die Leute werden geschützt und abgeschottet wie rohe Eier. Da kommen Sie nie ran!«

Natürlich fragten wir uns immer wieder, wenn Dirk wirklich entführt worden war, warum dann ausgerechnet er!

Eine befriedigende Erklärung gab es für diese Theorie auch nicht. Aber wenigstens konnte man dann begreifen, warum nichts von Dirk gefunden worden war.

Wir behielten unsere Vermutungen für uns, redeten außer mit Eichler, mit keinem Menschen darüber.

Doch solange es nicht eindeutig erwiesen war, wo und daß Dirk überhaupt verunglückt war, war die Entführungsthese zumindest genauso berechtigt.

Wir wurden diesen Gedanken jedenfalls nicht mehr los.

Wie sollten wir es anstellen, mehr über dieses Ehepaar zu erfahren?

Ich schrieb wieder. Dieses Mal direkt an unseren Staatsratsvorsitzenden Erich Honecker.

Werter Herr Honecker, unser Sohn Dirk, dreieinhalb Jahre alt, ist seit dem 10.3. dieses Jahres spurlos verschwunden. Das Unglück ereignete sich an der Heimkehle in Ufftrungen/Harz.

Leider sind die Ermittlungen der zuständigen Behörde in Sangershausen äußerst dürftig. Jetzt hat sich die Behörde der Staatssicherheit eingeschaltet. Weshalb, wissen wir nicht. Aber die Angaben zum Fall Dirk Schiller, die uns ein Beauftragter der Staatssicherheit machte, stimmen nicht mit den Tatsachen über-

ein.

Wir sind verzweifelt, bitte, helfen Sie uns, unseren Sohn zu finden!

Außerdem verabredeten wir mit meiner Cousine aus dem Westen einen Treff in der Tschechoslowakei.

Ich wollte ihr persönlich ein Schreiben an das Deutsche Rote Kreuz mitgeben, in dem ich diese internationale Organisation um eine öffentliche Suchmeldung für Dirk bitten wollte.

Von Honecker erhielt ich, wie erwartet, keine Antwort.

Dafür Anfang September einen erneuten merkwürdigen Besuch. Silvie war bereits in der Schule, Rolf zur Arbeit, ich hatte frei.

Es war vormittags gegen zehn Uhr. Ich öffnete und ein mir unbekannter schlanker Mann, so um die vierzig, stand vor der Tür.

Er war mit einem dunkelgrauen Anzug, Schlips und weißem Hemd bekleidet.

»Kommen Sie wegen Dirk?« ahnte ich.

»Ja«, sagte er, nannte nuschelnd seinen Namen, so ähnlich wie Granitzki oder Granetzki und zeigte mir wieder jenen kleinen roten Ausweis, dessen Aussehen mir noch von unserem letzten Besuch in Erinnerung war.

»Schon wieder Stasi«, dachte ich. Mir war nicht sehr wohl, weil ich allein im Haus war.

»Darf ich Ihnen etwas anbieten?« fragte ich höflich.

»Nein, danke, ich bleibe nur kurz«, erwiderte er knapp.

»Ich muß Ihnen die Mitteilung machen«, begann er, »daß die Kripo in Sangershausen die Suche nach Ihrem Sohn eingestellt hat.«

Das entspreche voll den sonstigen Regeln, wonach immer nur bis zu einem halben Jahr nach einem Vermißten gesucht werde.

Dann räusperte er sich kurz, schnäuzte sich und fuhr mit seinen Ausführungen fort.

»Des weiteren möchte ich Sie bitten, das heißt, eigentlich

auffordern, Ihren Sohn beim zuständigen Amt hier in Görlitz für tot erklären zu lassen. Das wird Ihnen ja nicht so schwer fallen«, warf er einen spöttelnden Blick auf meinen Bauch. »Bei Ihnen scheint's ja wieder geklappt zu haben.«

Ich stand da und wußte nicht, was ich im Augenblick tun sollte. Hatte ich richtig verstanden? Hatte ich mich wirklich nicht verhört? Was bildete sich dieser unverschämte Kerl ein?

Wenn ich mit allem gerechnet hätte, aber das schlug dem Faß den Boden aus.

Mir war dieser Mensch samt seinem Ausweis in jenen Sekunden egal.

»Raus!« brüllte ich ihn an. »Verlassen Sie sofort mein Haus und lassen Sie sich nie wieder blicken!« schrie ich ihn an, wobei ich ihm so nahe rückte, daß ihm gar keine andere Wahl blieb, als die Treppe schräg rückwärts nach unten zu stolpern.

Ich mußte ihn mit meiner plötzlichen Erregtheit so verblüfft haben, daß er tatsächlich meinen Anweisungen abrupt gehorchte; wie ein Rekrut einem Feldwebel. Unten an der Tür fing er sich wieder, drehte sich um und sah mich giftig an.

»Wir können auch anders!« drohte er mir zum Schluß, ehe ich hinter ihm die Tür zuknallte und demonstrativ abschloß.

Mein Puls raste und ich mußte mich erst mal an die Wand lehnen. Dann lief vor mir das eben geführte Gespräch noch mal in allen Einzelheiten ab.

Ich hatte Angst, war mir auf einmal bewußt, daß ich einen Stasibeamten rausgeworfen hatte. Das konnte erhebliche Folgen haben. Aber ich konnte nicht zulassen, daß Dirk für tot erklärt wurde.

Dann dieser Blick von dem Typ, als er meinen Bauch betrachtete. Solch einem höhnischen, alles Leben verachtenden Blick hatte ich mich noch nie ausgesetzt gefühlt.

Hatte denn dieser Mensch kein bißchen Anstand und Würde im Leib?

Mir anzudeuten, wir hätten uns ja bereits um Ersatz für Dirk bemüht! Es war zu ungeheuerlich, um darüber einfach hinwegzugehen.

Als ich die Treppe hochsteigen wollte, setzten plötzliche Rückenschmerzen ein. Ein charakteristisches Ziehen mit krampfartigen Unterbrechungen. Wehen, schoß es mir sofort durch den Kopf. Bitte, flehte ich in mich hinein, nicht auch noch eine Fehlgeburt!

Mit zittrigen Knien schleppte ich mich zum Telefon, rief gleich Rolf an und bat ihn, sofort zu kommen. Dann beauftragte ich meine Mutter, Silvie von der Schule abzuholen.

Als Rolf mit dem Auto vorfuhr, hatte ich schon alles Notwendige eingepackt.

Wir fuhren ins Krankenhaus zur Ambulanz.

Glücklicherweise konnten die Wehen noch medikamentös behandelt werden. Ich wurde für zwei Wochen krank geschrieben. Sollte mich in der Zeit so oft wie möglich hinlegen und jede körperliche Anstrengung vermeiden.

Als ich mich wieder einigermaßen fühlte, gingen wir zu Eichler, um uns bezüglich der Todesurkunde zu unterhalten.

Außerdem wollten wir uns informieren, was man zu unternehmen habe, um einen Ausreiseantrag zu stellen. Mehr und mehr festigte sich in uns der Gedanke, die DDR zu verlassen. Auch wenn wir gegenüber Nachbarn, Freunden und Verwandten noch kein Wort darüber verlauten ließen.

»Tja«, schüttelte Eichler den Kopf, »ich kann Ihnen ehrlich gesagt auch nicht erklären, wieso Ihr Sohn so schnell für tot erklärt werden soll. Normalerweise muß ein Vermißtenfall erst vom Generalstaatsanwalt der DDR freigegeben sein.«

Er versprach uns, sich darum zu kümmern. Zwei Wochen später erfuhren wir, daß die Stasi eigenmächtig gehandelt habe, daß der Generalstaatsanwalt keine Unterschrift zum Verfahrensabschluß im Fall Dirk Schiller gegeben habe. Er riet uns, einfach so zu tun, als habe dieser Besuch gar nicht stattgefunden.

Was wir bisher also nur geahnt hatten, wurde nun zur bitteren Gewißheit.

Aus irgendwelchen, für uns unerklärbaren Gründen, war die Stasi in unseren Fall verwickelt. Und alles sollte getan werden, um uns von deren Mitwisserschaft fernzuhalten.

Dieser Meinung war auch Eichler und er gab uns den Rat, an den Staranwalt der DDR, Dr. Vogel, zu schreiben.

Was wir auch taten. Doch seine rasche Antwort war klar genug.

»Zu meinem Bedauern muß ich Ihnen mitteilen, daß meine Kanzlei im Fall Dirk Schiller nichts unternehmen kann.«

Jetzt hatten wir wirklich alle Stellen durchlaufen und uns in immer größere Ungewißheiten hineinziehen lassen.

Wir beschlossen endgültig, die DDR zu verlassen. Drüben hatte man sicher eher die Möglichkeit, uns zu helfen.

Claudias Geburt und der Ausreiseantrag

»Habt ihr euch das auch gründlich überlegt?« fragte mich meine Cousine, als wir uns im Prager Restaurant »Baltic Grill« am Wenzelsplatz trafen. Wir saßen bei gegrillten Schweinelenden, Knödeln und Sauerkraut.

»Bestimmt«, erklärte ich ihr mit Tränen in den Augen. »Wenn du das durchgemacht hättest wie wir.....Wir haben alles, wirklich alles versucht! Sind von Pontius zu Pilatus gelaufen! Haben jedem uns zur Vefügung stehenden Ansprechpartner geschrieben. Und immer dasselbe! Sogar das Rote Kreuz hat uns witzigerweise an die zuständigen Staatsorgane verwiesen. Damit schließt sich dann der Reigen. Es ist, als ob es nicht wahr wäre. Früher hätte ich mich mit jedem gestritten, niemals geglaubt, daß es so etwas gibt, daß so etwas bei uns passieren kann. Wir sind am Ende, Sabine! Für uns ist die Ausreise bestimmt kein leichter Schritt, aber was sollen wir tun? Die Sache mit Dirk ist für uns alle zu belastend. Ich kann die Zukunft unserer Familie nicht mit solch einem Haß aufbauen. Das würde uns ewig verfolgen. So können wir wenigstens von vorne anfangen. Und irgendwie glaube ich, daß die uns im Westen mehr helfen. Man hört doch manchmal, daß sie sich auch um unaufgeklärte Rechtsfälle bemühen. Im ZDF, meine ich, gibt's so eine Sendung, die ab und zu darüber berichtet. Dirk lebt noch, da bin ich mir sicher. Da ist so ein Gefühl in mir.....«
Sabine und ihr Mann Horst saßen stumm da und mühten sich mit dem dritten Knödel auf ihrem Teller ab. »Nein, ich kann nicht mehr!« Horst legte sein Besteck neben den angestocherten Knödel.
Sabine warf mir einen nachdenklichen Blick zu.
»Du weißt, daß wir euch nach unseren Kräften helfen wol-

len, aber stellt euch das nicht so einfach vor. Ihr müßt alles zurücklassen, euer Haus, alles, was ihr euch in den paar Jahren aufgebaut habt. Und ihr seid verwöhnt. Verdient beide gut und könnt euch eine Menge Dinge leisten. Bei uns braucht ihr Jahre, wenn nicht gar Jahrzehnte, bis ihr alles einholt.«

Sabine war fünf Jahre älter als ich und die einzige Tochter der Schwester meiner Mutter.

Hilde, meine Tante, war noch vor dem Mauerbau abgehauen und hatte die uneheliche Sabine mitgenommen.

Hilde war nicht aus politischen Gründen geflüchtet, sondern weil sie ganz persönliche Tiefschläge mit dem Vater von Sabine hatte durchstehen müssen. Drüben hatte sie dann bald einen Polizisten geheiratet und ein recht glückliches Leben geführt.

Zumindest schrieb sie es uns so.

»Ihr hört euch an«, schaltete sich Rolf ein,» als wolltet ihr uns abraten.«

»Ach was«, antwortete Horst.

»Sabine meint nur, daß es ein Schritt für immer ist, den man gründlich durchdenken muß. Wenn ihr euch mal entschieden habt, könnt ihr nicht mehr zurück. Zwei Görlitzer Pflanzen wie ihr! Dann euer Haus und Garten«, schwärmte er. »Das sind Werte, die man nicht unterschätzen sollte. Hat auch was mit Lebensqualität zu tun, die ihr bei uns nicht so schnell findet, zumindest nicht in Stadtnähe.«

Sabine und ihr Mann wohnten in Celle, in einer Vier-Zimmer Neubauwohnung. Sie genossen immer, wenn sie uns besuchten, das Haus, die Ruhe und den großen Garten.

»Der Garten, das Haus.....«, schluckte ich, wohl wissend, daß die beiden einen wunden Punkt angeschnitten hatten, »das ist nichts mehr ohne Dirk. Jeden Tag laufe ich an seinem Zimmer vorbei, sehe ich ihn im Garten springen, runter zu den Hasen oder an den Teich, sehe ihn im Gras mit dem Prinz herumtoben! Das ist nicht so einfach, Sabine! Als Edgar den Unfall hatte, war das für uns alle ein Schock. Aber irgendwann kam der Moment, wo wir Edgar losgelöst haben, wo wir ganz friedlich an sein Grab gehen konnten, ohne Wut auf das Schicksal oder auf uns. Aber bei Dirk ist alles noch offen. Und je mehr sich die Stasi bei uns einmischt, desto mehr bin ich überzeugt, daß die etwas wissen, was sie uns nicht sagen wollen. Ich will ja nicht behaupten, daß die etwas mit Dirks Verschwinden zu tun haben, aber die wissen was und das ist der Punkt.«

Rolf nickte beipflichtend. »Ihr könnt uns glauben«, unterstützte er mich, »wenn wir irgendeine winzige Möglichkeit sehen würden, Hilfe aus der DDR zu bekommen, von wem auch immer, wir würden hier bleiben. Aber nach dem, was wir erlebt haben, wie die uns behandelt haben, gibt es für uns nur diese Entscheidung.«

»Auch wenn's nicht leicht fällt,« warf ich ein. »Es ist doch klar, daß wir an unserem Häuschen hängen. Rolf hat da Jahre investiert und ich auch. Aber was ist das alles gegen Dirk!«

Rolf und Sabine erwiderten nichts, blickten nur verlegen auf ihre Teller.

»Ach komm«, schlug ich vor, »laßt uns mal von was anderem reden.«

Es folgte eine betretene Stille.

»Was macht denn dein Kleines?« unterbrach Horst die Verlegenheitspause und schüttete sich schon das dritte Helle hinein.

»Es wächst und gedeiht hoffentlich«, schmunzelte ich. »Manchmal spür ich schon den Fuß oder auch die Hand, so genau kenn ich mich da nicht aus.«

»Wird's ein Mädchen oder ein Junge?« lächelte mir Sabine zu.

»Also normalerweise ist mir das egal. Aber dieses Mal hoffe ich auf ein Mädchen. Mit Jungens ..... na, du weißt schon! Es ist, als ob irgendeiner etwas dagegen hat, daß wir einen männlichen Nachfolger haben.«

Horst bestellte noch vier Slibowitz.

»Zur Verdauung«, prostete er mir zu, »sonst grunzt das Schwein im Darm.« Er meinte den Rollbraten mit den Zwiebeln. Dabei wollte er nur nicht zugeben, daß er ganz gerne einen nippelte.

Nach dem Abendessen gingen wir noch um den Wenzelsplatz spazieren und sahen uns die Auslagen in den Geschäften an.

Für Sabine war das nichts Neues, aber ich war jedesmal überwältigt, wenn wir nach Prag fuhren. Es war alles ganz anders als in der DDR. Schon allein die vielen stimmungsvollen Leuchten am Abend, dann die zahlreichen Lokale und die nett aufgemachten Dekorationen in den Schaufenstern.

Da hatte man schon seinen Spaß beim Hinsehen.

Unsere Läden hatten ihre Waren nach dem Motto »freut euch, daß überhaupt etwas da ist« in die Fenster geknallt.

Ästhetik galt als kapitalistischer Schnörkelkram.

Aber es beruhigte mich, daß es auch sozialistische Länder gab, die in diesen Punkten etwas flexibler waren.

Gemeinsam träumten wir vor einem Reiseladen von einer besseren Zukunft für alle.

»Hier siehst du's«, zeigte ich Horst. »Für uns ist die eine Häfte der Erdkugel zappenduster. Als ob es sie überhaupt nicht gäbe. Schon allein das ist unbegreiflich. Und wenn sie uns wirklich mal ins sozialistische Ausland reisen lassen, behandeln uns unsere sozialistischen Brüder und Schwestern wie Menschen zweiter Klasse. Die eigenen Leute wohlgemerkt. Nur für Dollar und Westmark, da bist du wer, da kannst du alles kriegen, notfalls sogar den einbalsamierten Lenin....!«

»Wenn den überhaupt jemand haben will«, fügte Rolf trocken hinzu.

»Irgendwann, ihr werdet's noch erleben, ist die Mauer überflüssig«, schaltete sich Sabine ein. »Es kann doch nicht ewig zwei deutsche Staaten geben, zwei deutsche Wirklichkeiten. In hundert Jahren werden sich die Geschichtsschreiber die Köpfe heiß reden und dringend nach Argumenten suchen, weshalb und warum solche geschichtlichen Entgleisungen möglich waren, wer sie verschuldet hat, usw, usw.«

»Hitler natürlich«, unterbrach Horst seine Frau. »Hitler und die historische Schuld gehören zusammen wie Pech und Schwefel, wie der Teufel und das Böse. Und es ist so einfach, alles in eine Kiste zu werfen. Man hat dann schnell wieder Ordnung im Stall.«

»Pst«, mahnte Rolf, »nicht auf der Straße.«

»Ist doch auch egal«, stieß ich Horst kumpelhaft in die Seite. »Wichtig ist, was *wir* tun. Wie wir denken und handeln. Jetzt und heute! Oder?« hakte ich mich bei Sabine ein. »Laßt doch die Schiet-Politik. Heute bummeln wir so richtig und genießen nur. Morgen ist auch noch ein Tag. Und Ärger gibt's sowieso.«

Wir spazierten an diesem herrlichen Spätsommer-Abend noch rüber zur Moldau, wo wir uns im matt gelben Schein der Flußlaternen zwischen den alten Gemäuern der Bauten und Brücken verkrochen.

Am nächsten Tag kam ich zum eigentlichen Zweck unseres Aufenthaltes.

Ich überreichte Horst und Sabine die Briefe.

Einen ans »Deutsche Rote Kreuz«, den anderen ans »Amt für Innerdeutsche Beziehungen«, mit einer beigefügten Willenserklärung zum Übersiedlungswunsch in den Westen. Für den Fall, so hatte ich betont, daß wir innerhalb des nächsten halben Jahres nicht kämen, sei davon auszugehen, daß wir gewaltsam festgehalten würden.

Sabine versprach, die Briefe an die zuständigen Stellen weiterzuleiten. Sie war eine große Hilfe für mich. Denn nicht selten, so war uns zu Ohren gekommen, hatten Briefe dieser Art über den »normalen« Postweg nie ihren Empfänger erreicht.

Jetzt war unsere Ausreiseabsicht sozusagen halb amtlich.

Als wir aus der Prag zurückkehrten, wollten wir eigentlich gleich den Ausreiseantrag stellen. Doch ich fühlte mich nicht gut. Bekam immer wieder zwischendurch Wehen und mußte mich ruhig halten.

Rolf riet mir ab, mich jetzt mit der Ausreise zu belasten. Denn bislang wußte niemand in Görlitz etwas von unserer Absicht. Noch nicht einmal unsere Eltern. Ich stimmte Rolf zu und wollte erst mal die Geburt abwarten. Es ging früher los, als wir geplant hatten. Das Ziehen im Kreuz wurde regelmäßiger und ließ sich durch nichts mehr aufhalten.

Am 12. Oktober gegen zehn Uhr morgens wurde unsere Claudia geboren. Gott sei Dank, ein Mädchen! Ein Sieben-Monats-Kind, nur 2,4 Kilo schwer, aber schon 49 cm lang.

Zunächst hatten wir panische Angst, daß etwas mit ihr nicht in Ordnung war, weil sie in den Brutkasten mußte. Aber es war nur Routine. Alle Kinder, die mehr als sechs Wochen zu früh zur Welt kamen, mußten in den Brutkasten.

Zur Stabilisierung des gesamten Organismus, erklärte uns Dr. Wagner, unser Gynäkologe an der Görlitzer Klinik. Ansonsten machte uns der Arzt eher Hoffnung.

Claudia habe außer einer leichten Verkrümmung der Finger, die sich aber später anhand eines kleines Eingriffs leicht beheben lasse, keine abnormen Merkmale. Ihre Entwicklung enspreche voll ihrem Reifegrad.

Das beruhigte mich ungemein. Ich fühlte mich richtig befreit. Die Angst, wieder mit einem kranken Kind konfrontiert zu werden, steckte mir zu tief in den Knochen. Ich konnte zum ersten Mal seit langer, langer Zeit wieder ausgiebig schlafen.

»Sie wird bestimmt ein Prachtmädel«, tröstete mich Rolf am nächsten Morgen. »So wie Silvie!« Er setzte seine Große auf die Knie und gab ihr einen dicken Kuß.

Bereits nach vier Wochen, Claudia wog jetzt fast drei Kilo und entwickelte sich tatsächlich »prächtig«, konnten wir sie abholen.

Wir hatten im Schlafzimmer die Wiege hergerichtet.

Silvie wollte zwar unbedingt, daß Claudia in ihrem Zimmer

schlafen sollte, aber das ließen wir nicht zu.

Silvie war unglaublich stolz, ihre Augen strahlten wie Feuer, als sie ihr kleines Schwesterchen zum ersten Mal auf dem Arm halten durfte. Sie hatte viel Spaß, in die Mutterrolle zu schlüpfen. Vorsichtig und sehr liebevoll gab sie Claudia das Fläschchen, sang ihr Lieder an der Wiege vor und führte stolz und mit Begeisterung den Kinderwagen aus.

Jetzt erst wurde mir von Tag zu Tag klarer, weshalb mich die Ärztin damals zu dem Schritt, noch mal ein Baby zu bekommen, so ermutigt hatte.

Wahrscheinlich wäre die Vorweihnachtszeit für uns zum trostlosen Erlebnis geworden, so aber lenkte uns Claudia geschickt ab. Dieses kleine Wesen brachte die Freude am Leben in unser Haus zurück. Rolf und ich lernten wieder zu begreifen, daß es sich trotz allem lohnte, nicht den Mut sinken zu lassen.

Unsere beiden Mädchen brauchten unsere ganze, nicht die halbe Liebe.

Ja, wir waren alle miteinander stolz auf unsere neue Schillerlocke.

Sie war ein süßer, allerliebster Fratz, der sich von einem Tag zum anderen ins Zentrum unseres Daseins einschlich.

So sehr, daß wir unseren Ausreiseantrag zunächst einmal auf Eis legten.

Ende November, es war kurz vor dem ersten Advent, ich hatte gerade wieder ein Backblech mit Spritzkuchen ins Rohr geschoben, die Kinder schliefen schon, kam Rolf, setzte sich zu mir in die Küche und futterte mir die warmen Plätzchen weg.

»Sag mal«, sagte er, »hast du eigentlich manchmal über die Ausreise nachgedacht? Ich hab' gesehen, daß du an Sabine und Horst geschrieben hast. Vielleicht wäre jetzt vor Weihnachten ein günstiger Zeitpunkt.«

Rolf hatte gehört, daß um die Weihnachtszeit alles viel lockerer gehandhabt wurde.

»Ausreise?« wiederholte ich, als sei dieses Kapitel vor langer Zeit aufgeschlagen worden. »Ich hab's total verdrängt. Claudia hat mich so in Beschlag genommen, daß ich an nichts anderes mehr denken kann.«

»Willst du nicht mehr?«

»Doch, natürlich!«

Ich setzte mich zu Rolf und half, die Kekse zu naschen. »Sicher will ich. Aber jetzt? Ist das nicht alles ein bißchen viel? Andererseits hast du Recht, wenn wir noch länger warten, wird es uns schwer fallen.«

Wir beratschlagten den ganzen Abend, bis tief in die Nacht, was zu tun sei.

Rolf wollte noch in den nächsten Tagen die Ausreise beantragen, so daß der Antrag noch vor Weihnachten über die Bühne gehen konnte.

Zum zweiten Advent trommelten wir unsere nächsten Verwandten bei uns zusammen. Alle glaubten, wir würden wegen Claudia dieses Fest veranstalten. Jeder hatte etwas für sie mitgebracht. Unsere beiden Mütter hatten sie bestrickt, mein Bruder hatte eine Rassel mitgebracht und Rolfs Bruder den Froschkönig als Spieluhr, auf dem Schwarzmarkt erstanden.

Als wir uns am Nachmittag alle im Wohnzimmer versammelt hatten und die Kerzen am Adventskranz brannten, zerstörte Rolf diesen feierlichen Rahmen.

»Hört mal alle her!« stand er auf, hob das Punschglas und bat die anderen mit ihm auf die Zukunft zu trinken. Alle tranken mit.

»Die Heidi und ich...wir«, stellte er das Glas zurück auf den Tisch, »haben uns entschlossen in den Westen zu ziehen. Morgen werde ich die Ausreise beantragen. Wir wollten euch nur vorher in Kenntnis setzen und euch bitten, uns zu verstehen.

Wir haben uns das sehr lange überlegt und sind zu dem Schluß gekommen, daß es der einzige Ausweg für uns ist. Sabine und Horst wollen uns helfen.« Seine Stimme bebte. Sein Blick suchte Klaus und Günter. »Du, Klaus sollst das Auto haben und der Günter das Haus. Zumindest haben wir uns das so gedacht.«

Alle senkten die Köpfe und sagten keinen Ton.

»Jetzt macht ihr Gesichter wie auf einer Beerdigung«, blickte Rolf in die Runde, »wir sind doch dann nicht aus der Welt.«

Die Stimmung war auf den Nullpunkt gesackt. Rolf hatte recht. Die Mienen unserer Verwandten hatten wirklich Beerdigungszüge angenommen. Trauerfalten um die Mundwinkel und tränenschwere Augen, vor allem bei unseren Müttern. Die Unbeschwertheit einer ausgelassenen Adventsfeier war mit einem Schlag dahin. Alle waren stumm geworden, saßen da, als hätten sie dicke Eisenklumpen verschluckt.

»War das Heidis Idee?« meldete sich Rolfs Mutter als erste mit einem anklagenden Seitenblick zu mir.

Rolf stockte.

»Mama, bitte, ich weiß, daß es dir schwer fallen muß, aber es hat keinen Zweck das alles auf die Heidi abzuschieben. Es ist *unser* fester Wille. Wir haben beide gemeinsam den Entschluß für uns und unsere Kinder getroffen.«

Demonstrativ legte Rolf seinen Arm um meine Schulter.

»Vielleicht können die drüben was wegen Dirk unternehmen«, unterstützte ich ihn.

»Quatsch!« fuhr mir seine Mutter dazwischen. »Wenn du glaubst, daß sie drüben den Dirk finden, ist das eine Selbstlüge, mit der du etwas rechtfertigen willst, was dir noch mal leid tun wird.«

Meine Mutter seufzte betont laut.

»Das ist wie eine Ohrfeige«, blickte sie trauerbeladen zu mir. »Ist es wegen mir?« sah sie mich bohrend an.

»Nein, niemand von euch braucht sich für unsere Entscheidung verantwortlich fühlen. Wir haben diesen Entschluß gefaßt, weil wir hier, nach allem, was vorgefallen ist, nicht länger leben können. Das ist der einzige Grund. Ich bin nicht so ein Typ, der immer schlucken kann. Und wenn du was sagst, hetzen sie dir die Stasi an den Hals. Glaubt ihr, das ist angenehm?«

»Ich hab'gehofft, ihr hättet es gepackt«, krümmte sich meine Mutter schwermütig in den Sessel und schluckte mühevoll die Tränen hinunter.

»Mensch Heidi«, schaltete sich nun auch mein Bruder ein, »irgendwie schnapp ich das nicht. Ihr und in den Westen machen. Gerade ihr!« schüttelte er verständnislos mit dem Kopf. »Fast zwei Jahre habt ihr gebraucht, habt hier wie die Bekloppten rumgeschuftet, um abzuhauen? Gerade jetzt, wo ihr die Claudia habt!«

Keiner hatte auch nur das geringste Verständnis für uns. Aber alle plapperten auf einmal munter drauf los. Der erste Schock war überwunden und nun fielen sie über uns her. Hielten unsere Entscheidung für überhitzt, in gewissem Sinn für undankbar.

Rolfs Mutter sprach sogar von einer Flucht vor dem eigenen Schicksal.

Vielleicht hatte sie recht. Aber nichts konnte darüber hinwegtäuschen, daß uns der Staat massiv verletzt hatte, als Bürger und als Eltern.

Hätte ich allerdings nur die leiseste Ahnung gehabt, was mir noch bevorstand, wäre ich diesen Weg nie und nimmer gegangen.

Hätte ich gewußt, wie schnell der Staat sich einen Zugriff auf Leib und Leben verschaffen konnte, ich hätte niemals die Kraft besessen, dem standzuhalten.

So aber gaben wir unseren Ausreisewunsch in dem Bewußtsein ab, mit gutem Gewissen und rechtens zu handeln.

Wir hatten uns sehr genau vergewissert, daß es nicht strafbar war, einen Ausreiseantrag zu stellen.

Wußten aber sehr wohl, daß nun eventuell eine lange Zeit des Wartens auf uns zukommen würde. Eine Zeit, in der jeder Ausreisewillige mit Repressalien zu rechnen hatte.

Geächtet

Das Weihnachtsfest verlief trotz Claudias Dasein recht düster.

Die Erinnerung an das vergangene Jahr, an Dirk, überschattete das Fest. Ich erinnerte mich noch ganz genau an das Leuchten in seinen Augen, als er die Autorennbahn ausgepackt und in Betrieb gesetzt hatte. Er hatte sich so gefreut, daß die kleinen Fahrzeuge mit Hilfe einiger Schaltknöpfe bewegt werden konnten. Dann die Wunderkerzen! Puterrot war er angelaufen, als er zum ersten Mal solch eine Wunderkerze in der Hand gehalten hatte. Ganz geheuer waren ihm die kleinen flackernden Sternen-Funken nicht, aber er war stolz, die Stäbchen alleine festhalten zu dürfen.

Wo würde Dirk jetzt sein?

Woran würde er sich jetzt festhalten?

Wir hatten den Ausreiseantrag für ihn mitgestellt. Sollten sie doch denken, was sie wollten.

Bislang hatten wir allerdings noch keine Antwort. Keine einzige Reaktion. Drei Wochen waren immerhin verstrichen.

»Die haben euren Antrag bestimmt gleich, als ihr draußen wart, in den Mülleimer gesteckt«, meinte mein Bruder.

Doch er täuschte sich.

Mitte Januar erhielten wir einen Brief, in dem wir aufgefordert wurden, am kommenden Dienstag, elf Uhr vormittags, beim Rat der Stadt Görlitz, Abteilung Inneres, zu erscheinen. Wir waren froh über diese Vorladung. Sie gab uns wenigstens die Gewißheit, daß unsere Anträge nicht im Papierkorb gelandet waren.

Rolf und ich hatten beschlossen, alle Fragen freundlich zu beantworten, uns durch nichts aus der Ruhe bringen zu lassen.

Ich hatte mir mein neues grünes Rollkragenkleid angezogen und Rolf in seinen braunen Schurwollanzug aus dem Exquisit-Laden gesteckt. Wir wollten unbedingt eine gute Figur abgeben. Niemanden provozieren, aber dennoch klar und deutlich unsere Absicht kundtun.

Ich war aufgeregt, wie immer, wenn ich mit jemandem vom Amt sprechen mußte.

»Wird schon schief gehen«, blinzelte mir Rolf zu, als wir an Zimmer 59 klopften.

Die Holztür mit milchigem Innenglas wurde von einem jungen Mann geöffnet. Wir wurden höflich hereingebeten und sollten auf den beiden Lederstühlen vor dem Schreibtisch Platz nehmen.

Ein bebrillter, graumelierter Mann mit auffällig kantigem Schädel, begrüßte uns knapp per Handschlag. Beide Herren, sowohl der junge mit dem blonden Bürstenschnitt und dem leichten Silberblick als auch sein Kollege oder Chef, waren von der Staatssicherheit, wie sich im Laufe des Gesprächs ergab.

So langsam hatte ich das Gefühl, nur noch von Stasileuten umgeben zu sein. Und immer neue Gesichter. Wo die alle herkamen? Wer bezahlte die alle?

Die beiden waren, verglichen mit unseren sonstigen Erfahrungen, dem ersten Eindruck nach, recht freundlich und zuvorkommend. Man bot uns Kaffee und Zigaretten an, sprach über Belangloses, ehe man zum Kern der Sache vordrang.

»Sie wollen also die DDR verlassen«, begann der Ältere. »Gerade bei Ihnen wundert mich das«, stellte er sachlich fest. »Sie haben doch kein schlechtes Leben. Manch einer würde Sie beneiden. Welche Gründe treiben Sie, der DDR den Rükken zu kehren?«

»Haben Sie sich über was zu beklagen?« sächselte der Jüngere mit einem eindeutigen Dresdner Akzent. »Wir sind ja keine Unmenschen. Bei uns hat jeder das Recht, sich zu beschweren«, unterstrich er seine Worte, während er nervös seinen

Kugelschreiber zwischen Daumen und Zeigefinger hin- und herdrehte.

Beide hatten ihre Blicke starr auf uns gerichtet, jetzt, ganz plötzlich, war jeder Funken Freundlichkeit aus ihren Gesichtern wie wegradiert.

Wieder war diese Verhör-Stimmung im Raum statt eines normalen Gesprächs. Ich ahnte, daß es für uns sehr wichtig war, in den Aussagen vorsichtig zu sein. Wir hatten schon zu Hause abgemacht, nichts von unserem Treffen mit meiner Cousine in Prag zu erzählen.

Rolfs scharfer seitlicher Blick, mit dem er mir zu verstehen gab - »bleib ruhig!« - ermahnte mich.

»Na!« hetzte uns der Junge, »gibt's vielleicht doch keine Gründe? Dann können wir ja die ganze Geschichte vergessen!« grinste er. »Oder?« wandte er sich an seinen Kollegen.

Dieser zuckte nur mit den Schultern.

»Natürlich haben wir Gründe«, erwiderte Rolf. »Das heißt, eigentlich nur einen. Unseren Sohn!«

Dann berichtete er sehr sachlich über alles, was vorgefallen war. Ohne jemanden direkt zu beschimpfen, aber auch so, daß die Kritik an den bisherigen Ermittlungen im Fall Dirk Schiller unmißverständlich blieb.

Ich bestätigte im wesentlichen seine Aussagen, ergänzte sie ab und zu mit dem einen oder anderen Punkt.

Ohne näher auf unsere Antworten einzugehen, wurden dann unsere Lebensläufe zu Protokoll gebracht und unsere Familienverhältnisse, insbesondere jene zur Bundesrepublik, durchleuchtet.

»Was wollen Sie denen drüben sagen?« fragte noch der Graumelierte.

»Daß wir hier kleine Kinder wegschnappen?« ergänzte der Junge in lautem Tonfall.

»Das hat nie jemand von uns behauptet«, verteidigte ich mich.

»Und wieso ham Se dann die Ausreise ooch für Ihren vermißten Sohn mitgestellt?« beugte sich der Junge patzig vor, als wolle er uns bewußt in die Falle jagen.

»Weil.....weil es keine Beweise dafür gibt, daß Dirk tot ist«, erwiderte ich. »Es gibt genauso viele Beweise dafür, daß er lebt, wie es Beweise gibt, daß er tot ist. Nämlich gar keine. Deshalb werde ich ihn niemals für tot erklären lassen. Das kann kein Mensch von mir....von uns verlangen!«

»Gut, gut«, winkte der Ältere ab. »Kommen wir zum Schluß. Dieser Antrag«, zeigte er auf unser Papier, »ist nach dem Rechtsempfinden der DDR strafbar!« Schwungvoll durchkreuzte er mit einem Kugelschreiber die einzelnen Blätter. »...und wird deshalb nicht bearbeitet! Sie können gehen!«

Wir standen auf, faßten uns an den Händen und gingen tatsächlich raus. Ohne ein Wort des Protestes.

Strafbar, durchfuhr es uns. Wieso strafbar? Wir hatten uns doch beim Rechtsanwalt erkundigt. Auf alle Fälle hatte dieses Wort nicht seine Wirkung verfehlt. Kreidebleich taumelten wir über den langen Gang. So hatten wir uns das nicht vorgestellt.

Draußen holte ich tief Luft.

»Das ist ein Ding«, schüttelte Rolf den Kopf. »Die wollen uns nur einschüchtern. Ich bin mir ganz sicher, daß der Antrag legal ist. Scheiße!«, brüllte er in sich hinein, so daß nur ich es hören konnte und trat mit dem rechten Bein aufs Trottoir, als könne er das eben Erlebte wegstampfen.

»Was machen wir jetzt?« fragte ich Rolf.

»Abwarten, uns genau erkundigen. Und noch mal einreichen. Vielleicht ist das Taktik! Vielleicht gehört das zum Ausreise-Spiel. Erste Runde! «

Eichler lachte auf, als wir ihm erzählten, wie es uns ergangen war.

»Das machen die häufig beim ersten Mal«, klärte er uns auf. »Hätte ich Ihnen vorher sagen sollen. Hat auch nichts weiter zu bedeuten. Im Gegenteil! Sie sollten so schnell wie möglich einen zweiten Antrag schreiben. Ich hab Ihnen ja gleich gesagt, das Ganze kostet Nerven und Sie brauchen einen langen Arm und wahrscheinlich viel, viel Zeit.«

Über Monate hinweg trauten wir uns nicht einen neuen Antrag zu stellen. Das kleine Wörtchen »strafbar« hatte uns doch zu sehr eingeschüchtert. Erst ein Jahr später folgten wir dem Rat des Rechtsanwalts und stellten einen weiteren Ausreiseantrag.

Wir bekamen jedoch sehr bald zu spüren, was es heißt, von Väterchen und Mütterchen Sozialismus langsam abgestoßen zu werden. Nestflüchter wurden zum gesellschaftlichen Freiwild, waren von einem Tag zum anderen der erbarmungslosen Treibjagd staatlicher Organe ausgesetzt.

Es fing mit seltsamen, aber zunächst harmlosen Gesprächen am Arbeitsplatz an. Mit Gewerkschaftlern und Kollegen. Man versuchte mir klar zu machen, daß ich mich seit Dirks Verschwinden verändert habe, daß meine Aufnahmefähigkeit geschwunden sei, kurz, daß meine Leistungen nachlassen würden.

Eines Morgens, es war bereits Anfang April, bat mich Kaderleiter Schmidt zu sich.

»Frau Schiller«, begann er sachlich, wobei er mich hinter seinem Schreibtisch von oben bis unten musterte, ohne mir einen Platz anzubieten.

»Sie wissen, um was es geht?« zog er seine Stirn in Falten und beäugte mich mit einem schrägen Blick.

»Nein«, schüttelte ich wirklich ahnungslos den Kopf. »Tut mir leid.«

»Stichwort Geldbörse«, drückte er sich immer unklarer aus, wobei sich sein Blick verschärfte. »Dunkelrot, mit 130 Mark Inhalt. Dann die Akte der kleinen Remplin. Beides ist aus einer verschlossenen Schublade entwendet worden, zu der nur Sie Zugang haben konnten.«

Völlig fassungslos starrte ich Schmidt an. Ich stand immer noch vor ihm, meine Knie zitterten, mein Gesicht lief rot an, so, als habe er mich tatsächlich dieses Diebstahls überführt.

»Sie schweigen«, lächelte er abfällig, wobei er seinen Stuhl mit dem schweren Körper polternd zurückschob, um aufzustehen und mir aus dem hinter seinem Stuhl stehenden Aktenschrank die angeblichen Beweismittel vor Augen zu führen.

»Na!« knallte er Akte und Geldbörse auf seinen Schreibtisch. »Noch immer das Gedächtnis verloren? Oder nun sogar die Sprache?«

So verwirrt ich eben noch war, jetzt wurde mir alles viel klarer.

»Wir können auch anders.....« hatte ich auf einmal die drohenden Worte des Stasibeamten im Ohr. Ihnen schienen jetzt die Taten zu folgen. Billige Intrigenspielchen.

»Sie wissen, daß Ihre Behauptung, wer auch immer sie gegen mich ausgesprochen haben mag, eine Lüge ist. Was wollen Sie wirklich?« blickte ich mit derselben Schärfe zurück.

»Ich bin kein Richter«, wich Schmidt aus, »und will mich auch nicht als solcher aufspielen. Aber das da«, packte er demonstrativ die Geldbörse und hielt sie in die Luft, »sind Fakten.«

»Was, das genügt?« grinste ich, wohl wissend, daß ich keine Chance hatte, mich gegen dieses Komplott aufzulehnen. Das Tauziehen mit unseren Nerven fing an. Ich durfte nicht schon beim ersten Zug schlapp machen. Was dachte Schmidt wirklich? Er mußte wissen, daß dies eine Lüge war. Hatte er sie angezettelt, oder befolgte er nur eine Anordnung? Und wenn, von wem? Es mußte irgendeine Kollegin mitgemacht haben! Wer?

»Wer?« fragte ich. »Wer hat diese Lüge in die Welt gesetzt?«

Ich ahnte wer, aber ich wollte es aus seinem Mund hören.

»Ich bin nicht befugt, Ihnen das mitzuteilen, es ist ja auch nicht solch eine große Affäre, wir wollen Ihnen deshalb keinen Strick drehen, jeder kann sich mal vergessen. Wir sind alle Menschen mit schwachen Stunden. Nur, Sie werden verstehen, daß gerade pädagogische Aufgaben absolutes Vertrauen in den Lehrkörper verlangen. Deshalb haben wir entschieden, Ihren Arbeitsplatz zu kündigen. Außerdem«, fügte er überdeutlich hinzu, »jemand, der einen Ausreiseantrag gestellt hat, kann nicht gleichzeitig heranwachsenden Jugendlichen die Werte und Ideale des Sozialismus nahebringen.«

Jetzt waren wir also auf den Kern gestoßen. Aber warum die Umschweife über eine jämmerliche Diebstahl-Schau? Weshalb hatte er sich nicht einfach hingestellt und mir ins Gesicht geschrien, daß ich aus den und den Gründen nicht mehr tauglich sei für den Posten? Das wäre wenigstens ehrlich gewesen. Und vielleicht sogar ein bißchen verständlich. Aber nein! Man suchte krampfhaft nach Argumenten, einen mit gutem Gewissen als Halbkriminellen ins Abseits zu schicken. Ein normaler Mensch würde schließlich niemals auf die Idee kommen, die DDR zu verlassen. Der muß Dreck am Stecken haben und wenn nicht, wird eben ein bißchen nachgeholfen.

»Und wann?« fragte ich ruhig, im guten Glauben, sowieso bald allem den Rücken zu kehren. Nur die Ruhe bewahren, Rolfs Satz hatte sich mir fest ins Hirn gefräst.

»Sie haben acht Wochen Zeit, sich einen anderen Arbeitsplatz zu suchen. Es sei denn, Sie überlegen sich das mit der Ausreise. Vertrauen verlieren und Vertrauen gewinnen sind zweierlei«, sagte er vieldeutig.

»Und meine kleptomanischen Neigungen? Sie sollten besser auf Ihren Geldbeutel achten, statt mir solche seltsamen Angebote zu machen.«

»Wir geben eben jedem eine Chance«, konterte Schmidt geschickt.

»Ich weiß dies zu schätzen. Aber ich verzichte großzügig«, drehte ich mich ohne Abschiedsgruß um, blieb in der geöffneten Tür stehen und warf ihm einen giftigen Blick zu.

Wir schwiegen beide.

Auf dem langen, schmalen Gang zum Mädchen-Lehrlingsheim, wo ich mein Büro hatte, wurde mir erst bewußt, was soeben geschehen war. Ich trommelte meine Klasse zusammen, berichtete bewegt von meiner Kündigung und ordnete den Mädchen an, sich auf gar keinen Fall für mich einzusetzen.

Dennoch protestierten sie gegen die Kündigung beim Kaderleiter. Doch sie hätten genausogut mit Gräsern eine Diskussion übers Chlorophyll anfangen können.

Es tat sich nichts.

Auch bezüglich der Geldbörse hörte ich nichts mehr. Das war mir neu, daß ein Diebstahl nicht von der Kripo untersucht wurde. Aber mir war in den letzten Monaten so vieles neu.

Dora war gleich nach dieser Geschichte ins Werk versetzt worden. Wie sie es beabsichtigt hatte. Für mich stand fest, daß sie es war, die mich beschuldigt hatte, aber es wäre im Augenblick völlig sinnlos gewesen, mich mit ihr herumzustreiten. Aber es war sehr schmerzhaft, solche Verleumdungen ertragen zu müssen, nichts dagegen unternehmen zu können.

Die Lage fing an, sich zuzuspitzen. Es war wohl nur noch eine Frage der Zeit, wann auch Silvie in der Schule Schwierigkeiten bekam.

Ende Mai 81 verließ ich sang- und klanglos mein berufliches Zuhause. Ich hatte mich inzwischen bei zahlreichen anderen Stellen beworben. Nur nicht den Kopf in den Sand stekken, redete ich mir immer ein. Schließlich hatte ich auch keinen Grund dazu.

Claudia war zu einem kleinen Wonneproppen herangewachsen und strahlte schon mit ihren ersten Zähnchen. Sie lief eifrig herum und Silvia hatte ihre helle Freude daran, sie zu foppen.

Endlich, es war wohl die achtzehnte Stelle, bei der ich mich beworben hatte, erhielt ich einen positiven Bescheid. Ich sollte mich bei einem Heim für geistig behinderte Kinder melden. Diese armen Wesen konnte man nicht in sozialistische Normen pressen. Es war schon viel, wenn sie im Laufe einer Ausbildung essen und trinken lernten. Das ging auch ohne Politik. Im Vorgespräch mit der Heimleiterin erfuhr ich, daß dringend Personal benötigt wurde.

»Keiner will sich mit diesen Kindern auf Dauer abgeben«, klagte sie mir ihr Leid. »Wir sind nur so eine Art Sprungbrett für Pädagogen, die für den Moment nirgendwo anders untergekommen sind.«

Oder für Ausreiseantragsteller, dachte ich, hütete mich aber, laut zu denken. Ich war froh, daß sie nicht darauf zu sprechen kam.

Sie drückte mir zum Abschied die Hand und die Daumen für meine Einstellung. Denn ihre Begutachtung genügte nicht. Die Einstellung erfolgte ausschließlich über den Rat der Stadt, Abteilung Volksbildung.

Der Vorgesetzte dieser Abteilung, Herr Dönrath, wies mich freundlich, aber bestimmt, darauf hin, daß dieser Arbeitsplatz nur dann für mich in Frage käme, wenn ich meine staatsfeindliche Gesinnung ablegen würde, sprich, den Ausreiseantrag zurücknehmen.

Die Platte kannte ich doch. Das Rad begann sich von neuem zu drehen. Und überall hatte ich den Vermerk »staatsfeindlich« in den Akten. Jeder wußte sofort Bescheid.

»Warum haben Sie mich überhaupt kommen lassen«, fragte ich Dönrath verblüfft.

»Erstens, weil dieses Heim tatsächlich eine zuverlässige Kraft braucht, zweitens, weil wir hoffen, Sie zur Vernunft zu bringen. Nur eine Unterschrift!«

»Danke!« sagte ich, stand auf und ging. Was sollten diese schäbigen Erpressungsversuche? Erst einen des Diebstahls verdächtigen, dann Honig um den Mund schmieren, von wegen zuverlässige Kraft. Weshalb strengten sie sich so maßlos an, uns an der Ausreise zu hindern?

Ich hatte damals von meiner Cousine in Prag eine Broschüre mit dem Titel »Hilferufe von drüben« in die Hand gedrückt bekommen. Darin stand einiges über die Praktiken der DDR gegenüber Ausreisewilligen. Ich hatte die Berichte, die ausnahmslos die Schicksale ehemaliger DDR-Bürger abhandelten, als westliche Propaganda abgetan.

Jetzt bekam ich in aller Konsequenz am eigenen Leib zu spüren, wie es war, als Gesinnungs-Aussätziger behandelt zu werden.

Auch Rolf hatte seinen Job als personengebundener Fahrer aufgeben müssen. Stattdessen mußte er nun in die Kohlegruben. Eine Weigerung wäre einem Asozialenstatus gleich gekommen, hätte uns außerdem nach einigen Monaten wirtschaftlich ruiniert. Wir waren es schließlich nicht gewohnt, ohne Geld zu leben.

Doch so, wie es in der Wüste ab und zu einen blühenden Kaktus gibt, so erhielt ich auf meine Anfrage beim Görlitzer Bezirkskrankenhaus als Aushilfskraft arbeiten zu können, einen freundlichen Brief.

Da ich dort schon mal als Arztsekretärin tätig gewesen war und einige Leute kannte, rechnete ich mir gute Chancen aus.

Der Kaderleiter lud mich zu einem langen Gespräch ein. Auch hier gab man uns zu verstehen, daß meine Ausreise von niemandem gebilligt wurde.

»Aber«, sagte mir der kühne Mann, ein schlanker Mitdreißiger mit schütterem mittelblondem Haar, »wenn Sie Ihren Mund halten können und nirgends herumerzählen, was Sie vorhaben, nehmen wir Sie.«

Ich strahlte. Zum ersten Mal seit Monaten war mir ein Mensch begegnet, der es gut mit mir meinte, der mich im Stillen vielleicht sogar verstand, der nur nach außen hin so staatsbelehrend wirken mußte.

»Vielen Dank«, schüttelte ich ihm erleichtert die Hand und unterschrieb den Vertrag. Zum nächsten Ersten sollte ich in der Hals-Nasen-Ohren Abteilung anfangen.

»Und...pst«, nickte er mir freundlich zu, »sonst kann ich nichts mehr für Sie tun.«

Und ob ich schweigen würde. Ich hatte selber keine Lust, alle möglichen fremden Personen einzuweihen.

Da ich schon einige Vorkenntnisse aus dem ambulanten Bereich hatte, fiel mir die Arbeit nicht schwer. Es war ein junges, flottes Team, in das ich aufgenommen wurde.

Meine neue Arbeitsstelle gefiel mir so gut, daß ich mich mit den Erlebnissen der jüngsten Vergangenheit fast aussöhnte. Doch wir sandten weiterhin regelmäßig Wiederholungsanträge an den Rat der Stadt, Abteilung Inneres. Erhielten allerdings nie eine Antwort. Auch unsere Anfragen bezüglich Dirk blieben weiterhin unbeantwortet.

Da sich nichts rührte, gingen wir persönlich zur Abteilung Inneres, wo wir mit der Bemerkung, unsere Anträge seien strafbar, abgewiesen wurden.

Jetzt wurde es meiner Meinung nach langsam Zeit, sich den westlichen Behörden in Erinnerung zu rufen, worum ich meine Cousine in einem Schreiben bat. Wir schrieben auch an die ständige Vertretung der Bundesrepublik in Ost-Berlin, jedoch ebenfalls ohne Antwort.

Wahrscheinlich, so reimte ich mir zusammen, waren die Briefe abgefangen worden.

Schikanen

Es war mittlerweile Spätherbst 82. Wir hatten bereits den siebten Ausreiseantrag gestellt.

Neue Schikanen, die dieses Mal unsere Privatsphäre betrafen, belasteten uns aufs Ärgste. Die Müllabfuhr kam nicht mehr. Wir sollten wahrscheinlich an unserem eigenen Dreck ersticken. Dabei hatte es die Jahre zuvor immer geklappt.

Auch als der erste Frost kam und Schnee fiel, waren wir mit unserem etwas abgelegenen Häuschen für die Stadt nicht mehr existent. Streu-und Räumdienste standen uns nicht mehr zur Verfügung.

»Wer ständig meckert, darf sich nicht wundern, wenn der Staat ihn nicht mehr bedient!«

Das war die einzige Antwort, die ich erhielt, als ich mich beim Bürgermeister darüber beschwerte. Was hatte die Müllabfuhr und der Straßendienst mit unseren Anträgen zu tun? Es war eine an den Nerven zerrende Zeit, die ungeheuer viel von uns abverlangte.

Auch Freunde, ehemalige Schul- und Arbeitskollegen mieden in letzter Zeit auffällig den Kontakt mit uns. Hatten nie Zeit, wenn wir sie einluden und kamen auch nicht auf den Gedanken, uns einzuladen. Es war trostlos, wie sehr wir immer mehr in die Isolation fielen. Ein Zurück gab es zum jetzigen Zeitpunkt nicht mehr. Deshalb entschlossen wir uns, einen offenen, unmißverständlichen Brief an Erich Honecker zu schicken.

»Vielleicht fehlt denen hier beim Amt der Druck von oben«, meinte ich.

Wo ist Dirk, Herr Honecker? begann ich provokativ diesen Brief. *Seit Jahren warten wir auf eine Antwort. Seit Jahren wer-*

den wir hingehalten, werden uns die Ermittlungen im Fall Dirk
Schiller bewußt vorenthalten oder aus Schlamperei vertuscht.
Wir haben als Eltern ein Recht darauf, zu erfahren, was die Be-
hörden für unseren vermißten Sohn getan oder auch unterlassen
haben. Da sich all die Jahre auf unsere Anfragen nichts beweg-
te, sehen wir uns gezwungen, die DDR zu verlassen. Doch auch
unsere Ausreisewünsche werden einfach übergangen. Stattdes-
sen wurden sowohl meinem Mann als auch mir die Arbeitsplätze
gekündigt. Hat man denn in diesem Land als Mensch keine
Rechte mehr? Wundern Sie sich da, wenn es in der DDR immer
mehr Menschen gibt, die in diesem Land keine Zukunft mehr für
sich sehen? Falls unser Wunsch nach Ausreise weiterhin abge-
lehnt wird, werden wir die westlichen Behörden über unsere La-
ge informieren.

Bevor wir den Brief wegschickten, führte ich noch ein Tele-
fonat mit einem jungen Arzt aus Löbau, der acht Monate in
einer DDR-Haftanstalt zugebracht hatte. Wegen Spenden für
die polnische Gewerkschaft »Soldidarnosc«.

Ich hatte diese Information aus der BRD-Broschüre »Hilferufe von drüben.« Diesem Heft hatten wir auch entnommen,
daß manchmal Ausreisewillige in Haft kommen können.

Ich konnte das nicht recht glauben. Schikanen ja, aber Gefängnis, das schien mir an den Haaren herbeigezogen zu sein,
zumal ich nie etwas dergleichen gehört hatte. Bei Flucht, ja, da
war es durchgesickert, daß man deshalb bestraft wurde. Das
wußte im Prinzip jeder. Nicht genau, was im einzelnen geschah, aber daß ein gescheiterter Fluchtversuch strafrechtlich
verfolgt wurde, war jedem klar. Aber was die Ausreise anging,
wußte keiner Bescheid. Deshalb erhoffte ich mir diesbezüglich
von dem Arzt eine genauere Auskunft.

Dr. Wiegener zeigte sich auch gleich hilfsbereit und lud uns
zu einem Gespräch ein. Wir fuhren am nächsten Tag los.

Löbau lag etwa vierzig Kilometer von Görlitz entfernt.

Vor einem alten Backsteinbau in der Bahnhofstraße 13
machten wir halt. Auf einem kleinen blau-weißen Emaille-

schild stand sein Name: Dr. Kurt Wiegener.

Wir läuteten. Er kam runter, begrüßte uns herzlich und führte uns über zwei Treppen in seine Wohnung. In ein kleines, enges Zimmerchen mit Kochnische. Für einen Arzt nicht gerade feudal eingerichtet. Nur das Notwendigste.

Wir setzten uns auf das zerschlissene Kanapee, das unterhalb eines Gucklochfensters stand. Es wirkte alles düster und trübe. Das Zimmer war höchsten 1,80 Meter hoch. Dr. Wiegener mußte den Kopf vorschieben, wenn er durch die Tür zur Kochnische ging.

»Kaffee oder Tee?« fragte er höflich.

»Also, wenn's nach mir geht«, sagte ich, zu Rolf blickend, »Kaffee.«

Bald roch es nach dem heißen schwarzen Getränk in der ganzen Wohnung. Die Bohnen schienen ein wenig verbrannt zu sein.

»Wo ist Ihre Praxis?« fragte ich naiv.

Dr. Wiegener setzte sich zu uns und schenkte den Kaffee aus.

»Denken Sie denn, ich dürfte noch praktizieren?« lachte er auf. »Ich könnte ja die Patienten mit dem Virus der Demokratie infizieren. Nein, nein, ich praktiziere seit vierzehn Monaten nicht mehr. Als meine Frau und ich verurteilt wurden, konfizierten die sogenannten Staatsorgane alles, wirklich restlos alles. Möbel, Geräte, Auto, das Haus. Bis auf ein paar Kleider und persönliche Dinge blieb uns nichts. Selbst die Schmuckschatulle meiner Frau war weg. Wir waren eigentlich schon abgeschrieben. Meine Frau hat's auch geschafft. Sie ist drei Tage vor der Begnadigungswelle in den Westen abgeschoben worden. Ich wurde in die DDR entlassen. Seitdem sind wir getrennt und ich bin hier provisorisch untergekommen. Ich schätze, es wird nicht mehr lange dauern. Meine Frau ist rührig«, stopfte er sich eine Pfeife. »Deshalb sieht's hier so aus«, entschuldigte er sich. »Ich wollte nichts mehr investieren. Wovon auch!«

»Und Sie sind nur wegen der Spendengeschichte verhaftet worden?« fragte Rolf.

»Ja«, nickte Dr. Wiegener. »Genau genommen bin ich reingefallen. Es kam jemand zu mir in die Praxis und bat mich um eine Spende. Natürlich wußte ich von der polnischen Gewerkschaftsbewegung und mir imponierte das Ganze. Deshalb habe ich spontan 150 Mark gegeben. Nach ein paar Tagen entpuppte sich der Spendensammler als Stasi-Angehöriger. Da ich zu dem Zeitpunkt schon Ausreiseantragsteller war, genügte das, um uns wegen Unterstützung staatsfeindlicher Organisationen hinter Gitter zu stecken.«

»Passiert das allen Ausreiseantragstellern?« rutschte ich unruhig auf dem Kanapee hin und her, auch, weil die Roststahlfedern so drückten.

»So viel ich weiß, nicht, aber wenn man nicht aufpaßt, irgendwie unvorsichtig ist, greifen sie zu. Sie lauern an jeder Ekke, voll darauf vorbereitet, einen zu schnappen.«

Ich dachte an den Brief. Konnte das ein Grund sein? Mir wurde trotz des Kaffees kalt bis in die Fingerspitzen. Nein, knipste ich diesen Gedanken sofort weg, wir hatten uns nie etwas zu Schulden kommen lassen, waren im Gegenteil die Opfer.

Wir blieben noch bis zum Abend und wünschten dem Arzt zum Abschied ein baldiges Wiedersehen mit seiner Frau.

Ich war betroffen über dieses Gespräch, hatte im Stillen gehofft, daß sein geschildertes Schicksal eine BRD-Propaganda war.

»Schrecklich«, blickte ich aus dem Auto hoch, »wegen so einer Lappalie! Wer weiß, wann der rüber kann.«

Statt einer Antwort auf den Brief an Honecker kam Silvie eines Mittags aufgeregt aus der Schule und erzählte, daß sie unterwegs von einer fremden Frau, mit einem Schäferhund an der Leine, angesprochen worden sei. Diese Frau habe so merkwürdige Dinge gefragt. Ob es ihr hier gefalle, wer ihre Hausaufgaben überwache und ob es zu Hause gemütlich sei.

Es war ganz klar, daß Silvia ausgehorcht werden sollte.

Einige Tage später erhielt ich eine Vorladung. Persönlich an mich gerichtet und mit dem Vermerk, alleine zu kommen.

Was sollte das nun wieder bedeuten? Weshalb klammerten sie Rolf aus?

Wir konnten uns dieses Schreiben nicht erklären. Um nicht noch mehr auffällig zu sein, nahm ich den Termin wahr. Ich erinnere mich noch sehr gut. Es war der Freitag vor dem ersten Advent. In dem Bewußtsein, daß es um unsere Ausreise ging, betrat ich das Zimmer, in dem mich ein gewisser Herr Wölflein erwartete.

Er war allein im Zimmer, bat mich, auf einem der drei Sessel, die um einen runden Couchtisch drapiert standen, Platz zu nehmen. Das Noppenmuster der Sessel war in einen scheußlichen Senfton gefärbt. Der blaue Anzug Wölfleins biß sich mit der Farbe, als er sich mir gegenüber setzte.

»Rauchen Sie?« fragte er höflich.

»Nein, danke«, erwiderte ich.

»Aber Sie gestatten?«

»Natürlich.«

Dann räusperte er sich, zog den Glasaschenbecher näher zu sich, zündete sich einen Zigarillo an, beugte sich leger vor und stützte seine Arme mit den Ellenbogen auf den Oberschenkeln ab.

»Weshalb ich Sie zu mir gebeten habe«, begann er, »ist vielleicht eine heikle Angelegenheit, aber gerade deshalb sehr wichtig für Sie.«

Ich begriff nichts. Wieso ich alleine? Ob Dirk oder Ausreise, es ging doch meinen Mann genauso an.

»Wegen Dirk?« fragte ich vorsichtig und hoffnungsvoll zurück.

Wölflein nahm einen tiefen Lungenzug, lehnte sich zurück und paffte in die Luft.

»Nein«, sagte er dann gedehnt.

»Es handelt sich um Ihren Mann. Wissen Sie wirklich nichts?« schoß er abrupt vor und sah mich herausfordernd fragend an.

»Oder gehören Sie zu den Frauen, die bei so etwas die Augen verschließen und nichts wahrhaben wollen?« zog er die Brauen hoch und grinste.

Jetzt erst fiel mir sein breiter Goldring an der rechten Hand auf. Er war protzig, wie das ganze Gehabe dieses Fuffzigers, mit dem schwarz-grauen Pomadenschnitt und den viel zu kleinen Ohren, die leicht vornübergekippt an Fledermausöhrchen erinnerten.

»Was soll das?« wurde ich energisch, indem ich die Stimme anhob. »Weshalb diese Geheimnisse um Rolf? Was hat das alles mit mir zu tun?«

Nervös drückte Wölflein mit Daumen und Zeigefinger die glimmende Spitze des halb zu Ende gequalmten Zigarillos über dem Aschenbecher ab und steckte den restlichen Zigarillo in die Blechschachtel zurück.

»Sie scheinen also wirklich keine Ahnung zu haben, daß Ihr Mann Sie betrügt!«

»Rolf und eine andere Frau?« schüttelte ich lachend den Kopf.

»Doch nicht mein Mann«, widersprach ich selbstbewußt und hundertprozentig davon überzeugt, daß es sich um einen Irrtum handeln mußte. Außerdem, was ging das eine Amtsstelle an?

»Darf ich fragen«, beugte ich mich nun meinerseits vor, »wieso ausgerechnet Sie.....«

»Das ist ganz einfach zu erklären«, unterbrach er mich.

»Wir wissen, daß Sie beabsichtigen auszureisen und sehen es als unsere Pflicht an, Sie zu warnen. Vor einem Mann, der es nicht ehrlich meint mit Ihnen. Wir haben Beweise aus erster Quelle.«

»Und was schlagen Sie vor?«

Jetzt war ich doch neugierig, worauf diese neue Taktik,

denn ich hatte es sofort als solche entlarvt, abzielen sollte. Diese stümperhafte, primitive Fürsorglichkeit. Wer konnte so dumm sein, zu glauben, daß irgendjemand auf solch ein Schmierentheater hereinfällt.

»Wir könnten für Sie eine schnelle Scheidung organisieren! Binnen einer Woche kann alles über die Bühne gehen. Natürliche können Sie sich erst, so bedauerlich dies auch für Sie sein mag, von der Echtheit der Beweise überzeugen.«

Ich wunderte mich immer mehr. Scheidung organisieren. So etwas Absurdes wäre mir nie eingefallen. Auf was die alles kamen. Ein paar Päckchen zusätzliche Butter für Weihnachten konnten sie nicht organisieren, aber wenn es darum ging, die eigenen Leute zu piesacken, kannte der Einfallsreichtum keine Grenzen. Was für ein Aufwand, was für ein Lügenpaket, um eine längst abtrünnige Familie an der Ausreise zu hindern? Wo gab es das noch auf der Welt? Vor allem, welchen Sinn hatte das?

»Sie sehen so nachdenklich aus. Wollen Sie nicht die Fotos sehen?« fragte mich mein männliches Gegenüber.

»Nein, besten Dank für die Aufklärung! Wissen Sie, ich finde es ganz normal, daß mein Mann ab und zu eine Affäre hat. Haben Sie keine?« grinste ich ihm breit zu und verschwand.

Und deshalb hatte ich mir einen halben Tag Urlaub genommen!

Trotzdem grübelte ich auf dem Nachhauseweg. Vielleicht hätte ich wenigstens einen Blick auf die Bilder werfen sollen. Konnte es doch möglich sein, daß Rolf? Er hatte die letzte Zeit immer häufiger Nachtschicht. Konnte es sein, daß sie ihn gelockt hatten, daß er in eine weibliche Falle getappt war? Es gab schließlich viele Männer, die ab und zu eine günstige Gelegenheit ergriffen. Oder war alles von Anfang bis Ende erlogen und die Bilder getürkt?

Ich ärgerte mich, daß ich unsicher wurde. Sie hatten es immerhin geschafft, daß ich mir Gedanken machte. Dabei war alles so lächerlich.

»Hallo, Schneckchen, wie war's?« begrüßte mich mein Mann. »Haben sie dir eingeheizt?« blickte er fragend auf mein ernstes Gesicht.

Ich seufzte, legte ab und setzte mich an den Küchentisch.

»Sie wollten«, begann ich leise, »daß ich mich von dir scheiden lasse. Sie haben mir sogar großzügig eingeräumt, daß alles innerhalb einer Woche über die Bühne gehen könne.«

Rolf wurde blaß und raufte sich die Haare.

»Das gibt's doch nicht, so was können die doch nicht bestimmen!«

»Bestimmen nicht! Aber sie hatten Beweise, daß du eine andere Frau hast. Angeblich seit mehreren Monaten. Die Stasi wollte mich in ihrer unendlichen Güte und Sorge vor einem Wüstling warnen! Mit einem Betrüger als Ehemann und dann noch ins kapitalistische Sündenpfuhl.....Sie sahen es als ihre Pflicht an, mich in Kenntnis zu setzen. Bilder gibt es übrigens auch!«

Rolf schlug mit der Faust auf den Tisch.

»Das ist der Gipfel! Hast du denen etwa geglaubt?« Seine Hand rutschte langsam auf dem blanken Küchentisch zu meiner rüber.

»Schnecke«, sagte er dann, »du glaubst doch nicht..... wann denn? Ich hätte ja gar keine Zeit! Dann unsere beiden Hexen. Ich und eine andere Frau, wo ich drei zu Hause hab'.«

Jetzt mußten wir beide lachen. Es war wirklich zu albern. Und wie Rolf da so vor mir saß, mit seinem treuen Dackelblick, nein, vielleicht könnte es ihm mal passieren, aber geheimhalten, nein, das paßte nicht zu ihm.

An jenem Tag beschlossen wir, egal, was uns jeweils über den anderen berichtet wurde, niemals das gegenseitige Vertrauen zu verlieren.

»Wenn die uns erst spalten«, drückte mich Rolf fest an sich, »ist alles aus! Daran müssen wir immer denken, was sie auch über uns sagen! Das war bestimmt noch nicht alles!«

Bereits ein paar Tage nach diesem Ereignis bekamen wir erneut Post vom Rat der Stadt. Eine Vorladung zur Abteilung Inneres. Dieses Mal für beide. Man hatte uns für den kommenden Montag zur Klärung eines Sachverhalts um neun Uhr bestellt.

»Wir bekommen die Laufzettel!« jubelte Rolf. »Sie haben so viele Tricks angewendet, uns abzuhalten, jetzt haben sie endgültig die Nase voll und lassen uns raus.«

»Glaubst du?« zweifelte ich.

Nach fast dreijähriger Wartezeit. Wo nahm Rolf die Hoffnung her, noch daran zu glauben? Dabei wurde es längst höchste Zeit. Silvie hatte schon so viele Freundinnen in der Schule und Claudia war bereits im Kinderhort.

Andererseits, was sollten sie jetzt noch von uns wollen?

Laufzettel, ein komischer Name, überlegte ich mir. Für ein Papier, das einem die Ausreise gewährte.

Wir fieberten förmlich jenem Datum entgegen, packten in Gedanken schon unsere Koffer und stellten Listen auf, was wir mitnehmen würden und was wir wem dalassen wollten.

Am Wochenende trommelten wir unsere Verwandten zusammen und besprachen mit ihnen die einzelnen Schritte. Es war ein trauriges Beisammensein. Irgendwie hatten es alle verdrängt und konnten gar nicht glauben, daß es nun ernst wurde. Wir nahmen alle schon Abschied voneinander, obwohl wir noch gar keine Anhaltspunkte hatten, daß wir wirklich die Laufzettel ausgehändigt bekamen.

Besonders die Omas weinten um die Wette. Ihre Claudel und ihre Silvie waren ihnen so ans Herz gewachsen. Auch die Kinder verstanden nicht recht, worum es ging. Silvie hatte eine Ahnung.

»Wieso wollt ihr unbedingt in den Westen?« fragte sie mich auf einmal. »Hier ist es doch auch schön. Drüben haben wir dann keine Omas mehr und alle sind traurig.«

Silvie warb überzeugender für unser Heim, als alle Stasi-Beamten zuvor und ich tat mir schwer mit einer Antwort. Sie war mit ihren zehn Jahren in dem Alter, wo die Wurzeln anfangen, sich festzukrallen, wo man reißen muß, um sie zu lockern.

Ihre großen grünen Augen lagen verständnislos auf meinem Gesicht. Die Straßsteine an der lila Haarklammer über dem linken Ohr strahlten im Schein der Küchenleuchte und hielten ihr feines blondes Haar zusammen.

»Warum?« wiederholte ich zögernd. »Weil uns viele Leute hier geärgert haben. Wegen Dirk. Vielleicht suchen sie ihn drüben eher«, zuckte ich mit den Schultern, wohl wissend, daß meine Hoffnungen bezüglich Dirk nur äußerst vage waren.

»Du wirst sehen«, munterte ich Silvie auf, »drüben gibt's auch schöne Schulen und Felder und Wiesen, wo ihr rumtollen könnt. Na, und du lernst bestimmt auch bald neue Freundinnen kennen. Wir werden's uns schon schön machen.«

»Und der Prinz?«

»Der Prinz, den können wir nicht mitnehmen. Der bleibt beim Günter. Und irgendwann werden wir ihn wohl auch besuchen können. Freust du dich denn kein bißchen?«

Silvie seufzte schwerfällig.

»Ich weiß nicht«, sagte sie dann, sprang von meinen Knien und lief zu Claudia.

Claudia war der Rummel um die Ausreise egal. Sie fand es eher aufregend. Die Hauptsache, Mama und Papa blieben in ihrer Nähe.

Es war alles in allem kein erfreuliches Wochenende. Nur Grübeln und Nachdenken. Unsere Zukunft war ungewiß. So oder so. Dennoch waren wir froh, alles geregelt zu haben. Denn meist, so hatten wir von anderen gehört, mußte man die Ausreise innerhalb weniger Stunden antreten.

Da war es gut, schon alles geplant zu wissen.

8.12.82

Die Verhaftung

Rolf hatte Nachtschicht. Nach seiner Arbeit machte er wie immer bei einem Bäcker halt, um frische Brötchen zu holen. Wir hatten alle noch Zeit, gemeinsam zu frühstücken.

Danach wollten wir die Kinder wegbringen, ich wollte noch eine Stunde arbeiten gehen. Rolf sollte mich dann abholen, so daß wir den Neun-Uhr-Termin wahrnehmen konnten.

Wie geplant, fuhren wir erst Silvia in die Schule, gaben ihr ein Küsschen und ermahnten sie, nach der Schule nicht zu trödeln und auf der großen Straßenkreuzung achtzugeben.

»Ja«, maulte sie. »Ich bin doch kein kleines Kind mehr!«

Dann fuhren wir mit Claudia in den Kinderhort. Sie ging erst seit ein paar Wochen dorthin, aber es machte ihr viel Spaß, mit den Gleichaltrigen zu spielen. Claudia war überhaupt für ihr Alter sehr anpassungsfreudig. Sie gehörte zu jener Art Kinder, die den Konflikt lieber meiden, statt ihn zu schüren. Das hatte den Nachteil, daß sie kaum in der Lage war, sich selbst zu verteidigen. Immer, wenn's für sie brenzlig wurde, stand Silvia, ihre große Schwester, zur Seite.

Manchmal, wenn ich Claudia beim Spielen beobachtete, fiel mir Dirk ein.

Sie hatte genauso viel Geduld wie er, war manchmal auch ähnlich stur, wenn ihr eine Sache besonders am Herzen lag. Auch äußerlich hatte sie sehr viel Ähnlichkeit mit ihm. Die dicken Hamsterwangen, die kurze Stupsnase und der feingliedrige Mund, als ob......

Vielleicht bildete ich mir auch nur vieles ein. Claudia war jetzt fast in dem Alter wie Dirk, als er so plötzlich aus unserem Leben trat. Da werden Erinnerungen wachgerufen, Parallelen gezogen.

»Hast du auch dein Pausenbrot eingesteckt?« fragte ich Claudia, als ich ihr aus dem Auto half.

Ich brachte sie bis zur Gruppe, half ihr noch beim Ausziehen und versprach ihr ganz fest, an sie zu denken. Ich drückte mein Kleines, rieb meine Wange an ihrer, gab ihr einen chinesischen Nasenkuß, was sie besonders gern mochte und übergab sie der Gruppenleiterin, Fräulein Sieglinde. Ein junges Mädchen, vielleicht einundzwanzig Jahre alt, die es ausgezeichnet verstand, mit den Kleinen umzugehen.

»Hallo Claudia!« begrüßte sie mein Töchterchen, nahm sie an die Hand und führte sie zum Maltisch.

Ich winkte den Beiden hinterher. Hätte ich in diesem Augenblick geahnt, was mich draußen erwartete, ich hätte keinen Schritt vor die Tür gesetzt. So aber beeilte ich mich, zu Rolf zu kommen.

Im Halbdunkel der Morgendämmerung sah ich, daß mir Rolf in Begleitung von zwei Männern entgegen kam. Er zog seine Fahrerlaubnis aus der Innentasche der Lederjacke, blinkte mir zu und hielt sie mir demonstrativ hin. Das sollte irgendein Zeichen sein. Doch ich begriff nichts. Wußte nicht, was das zu bedeuten hatte. Handelte es sich um ein neues Spielchen mit uns?

Der rechts neben Rolf stehende Mann, bekleidet mit einem gefütterten Wildledermantel und einem braunen Russenkäppi auf dem Kopf, forderte mich auf, zur Klärung eines Sachverhaltes mitzukommen.

»Wieso - und wohin?« fragte ich spontan, gleichzeitig ahnend, daß irgendeine finstere Sache auf uns zukam.

»Das werden Sie schon sehen«, sagte der andere ungeduldig.

»Steigen Sie bitte ein«, ja, er sagte »bitte«, wies uns zu einem grau-weißen Trabbi, der vor unserem Auto parkte.

»Aber ich muß zur Arbeit, außerdem haben wir nachher einen wichtigen Termin beim Amt, das kann Ihnen mein Mann bestätigen«, empörte ich mich über das unmögliche Verhalten dieser beiden Herren, die sich uns noch nicht mal vorgestellt hatten.

»Es ist alles geregelt«, sagte jetzt der mit dem Mantel.

Rolf schwieg die ganze Zeit und machte einen ziemlich bedienten Eindruck.

»Meine Tasche«, fiel mir ein, »die liegt noch in unserem Auto, kann ich sie holen?«

Als ob ich ihnen wie ein Schatten, wenn Wolken aufziehen, davonhüpfen könnte, begleitete mich der Bemäntelte zur Wagentür und blieb stramm stehen, bis ich meine Tasche herausgeholt hatte. Dies alles geschah im Halbdunkel, fast gespenstisch schemenhaft. Die beiden wichen keinen Schritt mehr von uns. Als seien wir von nun an fest mit ihnen verbandelt. Rolf und ich mußten auf der Rückbank des Trabants Platz nehmen. Ich wollte mich mit meinem Mann unterhalten, hatte tausend Fragen, verstand im Grunde überhaupt nichts.

Was sollte dieses Straßentheater bedeuten? Weshalb durften wir nicht unser Auto benutzen?

»Sind Sie ja ruhig, hier wird nicht gesprochen!« fauchte mich auf einmal der Beifahrer an und warf mir einen scharfen Blick zu. Es war wieder der mit dem Mantel.

Woher haben Sie das Recht, wollte ich mich gerade wehren, als der Trabbi mit quietschenden Bremsen stoppte und wir im Befehlston aufgefordert wurden, das Auto zu verlassen.

Draußen erwartete uns eine ganze Brigade von Männern. Drei für Rolf und drei für mich. Sie kreisten uns ein und führten uns wie Schwerverbecher ab.

Wäre nicht alles so schrecklich ernst gewesen, ich hätte lachen müssen. Wovor hatten die Angst, daß sie mit so vielen Leuten aufkreuzten? Ich hatte noch nicht mal eine Nagelpfeile in der Tasche, um anzugreifen. Weshalb also dieses Spektakel?

Rolf wurde zu einem braunen Wartburg abgeführt, ich zu einem grünen Lada.

Es ging alles derartig schnell und präzise, daß ich gar nicht

144

mitbekam, in welcher Gegend wir uns befanden.

Der Lada fuhr hinter Rolfs Wartburg her.

Wieso hatte man uns getrennt und warum wieder dieser komische Autowechsel? Nein, so sehr ich auch nachdachte, ich konnte hinter dem Ganzen keine Logik erkennen. Sollten wir jetzt etwa gewaltsam vor den Scheidungsrichter geführt werden?

Als ich anhand der Straßenschilder erkannte, daß wir Görlitz verließen, wurde ich kribbelig.

»Hören Sie«, sagte ich zu einem der Begleiter. »Ich habe in genau einer Stunde einen Termin auf dem Rat der Stadt, Abteilung Inneres. Hier«, suchte ich verzweifelt nach dem Brief, der meine Aussage bestätigen sollte. Endlich hatte ich ihn. Der junge Stasi neben mir nahm den Brief und steckte ihn wieder in die Tasche, knipste sogar eigenmächtig die Verriegelung zu.

»Wissen Sie«, sagte er ruhig, »Sie sollen eben jetzt einer anderen Dienststelle vorgeführt werden. Verhalten Sie sich ruhig!«

Ruhig! Wie sollte man in solch einem Augenblick ruhig bleiben! Ich sah Rolf im Auto vor mir. Er saß wie ich zwischen zwei Stasis eingequetscht. Beide Autos fuhren in einem halsbrecherischen Tempo in Richtung Löbau, dann über Bautzen in Richtung Dresden.

In Bautzen war auf einmal das Auto, in dem Rolf saß, nicht mehr zu sehen.

»Großer Gott«, dachte ich, jetzt haben sie ihn wohl ins Gefängnis gebracht, ins »Gelbe Elend«. Ein alter Vorkriegsbau, der wegen seines senfgelben Anstrichs im Volksmund so genannt wurde. Zur Nazizeit, so wurde berichtet, sei das Wimmern der Gefangenen selbst durch die dicksten Mauern gedrungen.

Kurz vor Dresden war auf einmal der braune Wartburg wieder da. Mit Rolf!

Für einen kurzen Moment wechselten wir über die Autoscheiben unsere fragenden Blicke. Ich war erleichtert. Also doch nicht Gefängnis. Zum damaligen Zeitpunkt wußte ich noch nichts von Untersuchungshaft und daß es dafür eigene Vollzugsanstalten gab. Ich hatte mich nie näher mit dem Strafvollzug beschäftigt, im guten Glauben, mein Leben ohne solche Erfahrungen verbringen zu können.

Als ich damals Rolf aus dem Auto verstohlen zuwinkte, hatte ich nicht geahnt, daß dies der letzte Kontakt mit meinem Mann für viele Monate sein sollte. Und dann auch nur für zehn Minuten.

Aber bis dahin würden so viele Dinge geschehen, Dinge, die mein Leben nicht nur von Grund auf verändern, sondern mich auch tief und nachhaltig prägen sollten.

Dinge, von denen ich niemals, auch nicht im kleinsten Winkel meines Kopfes und meines Herzens geglaubt hätte, daß sie in der DDR, einer deutschen, demokratischen Republik geschehen könnten.

Im Namen Deutschlands. Im Namen einer Demokratie. Im Namen einer Republik.

Endlose Vernehmungen

Rolfs Auto war wieder verschwunden. Dieses Mal nach rechts abgebogen.

Wir fuhren ein Stück weiter und hielten vor einem Wachhäuschen, das auffallend denen vor militärischen Einrichtungen glich. Dahinter stand um einen eingeschlossenen großen Hof ein U-förmiger, grauer, abgenutzter Funktionsbau.

Ich mußte am Wärterhäuschen aussteigen, meinen Personalausweis vorlegen und schweigend einem neuen Herrn Stasi folgen. Wir betraten den linken Flügel des Baus, gingen einen schier endlosen Gang an mindesten vierzig Türen vorbei und bogen endlich in eins der hinteren Zimmer ab.

Dort schienen wir schon erwartet zu werden.

Ein junger, schlaksiger Mann mit einem nervös springenden Blick dankte kurz meinem Begleiter und deutete mit einer Handbewegung an, daß ich auf einem alten Holzstuhl Platz nehmen soll. Er stand an der Stirnseite eines langen, viereckigen Konferenztisches, um den noch weitere sieben Holzstühle drapiert waren.

Daneben, unterhalb der Fensterseite, füllte ein überdimensional großer Schreibtisch, mit allerhand Aktenmaterial auf der Platte, die rechte Raumhälfte aus.

Der schmale Stasi mit dem knochigen Dreiecksgesicht und den glatten, fettigen, nach hinten gebürsteten Haaren lief, die Hände in den Hosentaschen, neben dem Konferenztisch auf und ab. Als wisse er nicht, was er im Moment mit mir anfangen solle. Oder sollte sich seine hektische Nervosität nur auf mich übertragen?

Da er nicht anfing, redete ich.

»Warum sind wir hierher gefahren worden und unter diesen

mysteriösen Umständen?« fragte ich naiv, völlig im Bewußtsein, falsch behandelt worden zu sein und mich dagegen wehren zu können. Dabei suchte ich seinen Blick. Doch das erwies sich als schwierig. Denn seine großen, runden, etwas vorstehenden Augen sendeten Blicke aus, die wie kleine Dopsbälle kreuz und quer durch den Raum sprangen und einem keine Zeit zum Verweilen ließen.

Er stelle jetzt die Fragen, wies er mich zurecht, ohne eine Antwort zu geben.

Dann ging es los.

Name? Wohnort? Alter? Familienstand? Ausbildung? Beruf? Mutter? Vater? Bruder?

Fragen über Fragen zu meiner Person, meiner Familie und deren Angehörigen, vor allem die Beziehungen zur Westverwandtschaft wollte er bis ins Detail durchleuchten.

Währenddessen lief er immer noch pausenlos im Raum auf und ab, mal seitlich des Konferenztisches, mal hinter dem Schreibtisch, ab und zu auch hinter meinem Rücken.

Die Fragen, die mir rücklings gestellt wurden, kamen mir besonders heimtückisch vor.

Soweit ich konnte, beantwortete ich seine Fragen. Zwar knapp, aber ich blieb ihm auch nichts schuldig. Ich wußte ja nicht, was diese Fragen zu bedeuten hatten. War im festen Glauben, daß es sich um eine letzte klärende Befragung handle, die unsere Ausreise betrifft. Eben in Form einer Schikane. Vielleicht ein letzter Einschüchterungsversuch, uns umzustimmen. Vielleicht brauchte die Stasi noch irgendwelche Unterlagen für die Registratur.

Doch langsam wurde ich unsicher. Ich warf einen Blick auf die Uhr.

Es waren schon drei Stunden vergangen. Was würden die bei der HNO-Abteilung sagen? Wenn ich einfach unabgemeldet fernblieb! Dann die Kinder! Am Nachmittag mußte ich wieder zu Hause sein. Was dachte sich dieser Kerl!

»Hören Sie«, begann ich vorwurfsvoll, »ich muß jetzt ge-

148

hen, es tut mir leid, meine Familie.... ich bin nachmittags immer zu Hause.«

Ich stand auf, war wirklich so frech und wollte mich von dem ganzen Spektakel verabschieden. Nur raus hier, dachte ich und wenn ich die weite Strecke mit dem Taxi zurücklegen muß.

Doch daraus wurde nichts.

Der Stasi drückte mich mit beiden Händen zurück auf den Sitz, so fest, daß ich fast mit dem Stuhl umgekippt wäre.

»Was fällt Ihnen ein!« schnauzte er mich an. »Sie bleiben! So lange«, drohte er mir, »wie wir wollen!«

»Und die Kinder?« fragte ich kleinlaut.

Er grinste. »Die werden schon mal ohne die Eltern auskommen. Wir haben alles geregelt.«

Das hatte ich doch schon heute morgen gehört. Wir haben alles geregelt. Ich kam mir wie eine Marionette vor, deren Fadenlauf schon im voraus bestimmt ist, die keine Bewegung mehr ohne die regelnde Hand ausführen konnte.

Solch eine pausenlose, stundenlange Fragerei hatte ich noch nie mitmachen müssen. Langsam setzte die Konzentrationsfähigkeit aus.

Mein Kopf wurde leerer, mein Körper schwerer, auf diesem verdammten Holzstuhl. Mein Hintern tat mir schon vom Sitzen weh. Zu essen und trinken hatte ich auch nichts bekommen. Dafür paffte mir der Fragensteller ab und zu ein scheußliches Kraut ins Gesicht.

Jetzt telefonierte er. Kurze Zeit darauf kamen zwei Kollegen von ihm ins Zimmer. Auch noch ziemlich jung. Knappe dreißig, schätzte ich. Sie sahen aus wie jedermann. Mit braven grauen Hosen und Hemden ohne Schlips. Die Jacketts hatten Falten. Beide begrüßten mich zwar knapp, stellten sich selbst aber nicht namentlich vor.

Jetzt geht's wohl erst richtig los, dachte ich, als wirklich alle drei hintereinander, wie verabredet, auf mich eine neue Fragenschießerei ansetzten. Erst dieselben Fragen wie vorher, nur quer Beet, dann auf einmal ganz andere Fragen, so dazwischen gestreut. Von wegen Verbindungsaufnahme zum Bundesministerium und anderen bundesdeutschen Institutionen.

»Sie haben doch bestimmt Unterlagen«, herrschte mich der Schlaksige an und setzte sich mit der rechten Pobacke auf den Tisch, direkt vor mich. Seine springenden Dopsblicke schien er nun zum Wurf anzusetzen. Ich fragte mich, ob man solche Blicke trainieren kann oder ob so etwas angeboren ist.

»Wo sind sie?« schrie er mich an. Ich fuhr zusammen. Mit einer schnellen Handbewegung deutete er den beiden anderen an, zu verschwinden. Er führte also das Kommando.

Wieso wollte er wissen, wo unsere Unterlagen sind? Ich wurde zum ersten Mal unsicher, auch über die Art, wie er fragte.

»Ich weiß nicht, was Sie meinen«, stellte ich mich unwissend und fuhr mit beiden Händen über mein zu diesem Zeitpunkt schon äußerst angespanntes Gesicht.

Ich mußte hier raus. Für einen Augenblick nur.

Wenigstens einen Moment zur Besinnung kommen.

»Kann ich zur Toilette?« fragte ich schüchtern. Ich hatte nicht wirklich den Drang, wollte nur eine Gelegenheit nutzen, mal für ein oder zwei Minuten alleine zu sein.

»Ist es dringend?« fragte er mich verärgert, weil ich ihm mit solch einer Banalität den Faden abgeschnitten hatte.

Ich nickte. Nach mittlerweile sechs Stunden schien es mir plausibel.

Er rief eine Kollegin zu sich, eine ebenfalls junge Frau mit einem schwarzen Lockenkopf, allerdings nicht in Zivil, sondern in einer mausgrauen Uniform. Sie sollte mich begleiten.

Auf dem Gang versuchte ich sie anzusprechen, um von Frau zu Frau etwas über meine Lage zu erfahren. Doch sie blieb stumm, führte roboterhaft ihren Dienst aus, mich zu begleiten. Damit ich ja nicht verloren ging.

Im Toilettenraum befanden sich zwei Toiletten, deren Türen weder zum Schließen noch zum Verriegeln benutzt werden konnten. Nur zum Anlehnen. So hatte ich mir meine besinnliche Toilettensitzung nicht vorgestellt. Wieder war jemand in unmittelbarer Nähe, verfolgte selbst meine allzu menschlichen Bedürfnisse.

Alles wurde kontrolliert, beobachtet, bewertet.

Als ich spülte, spürte ich Wut in mir aufkeimen. Warum machte ich den ganzen Zirkus mit? Weshalb wehrte ich mich nicht? Weshalb ließ ich mich so durchlöchern? Ich hatte kein schlechtes Gewissen! Hatte nichts angestellt. Ich beschloß, aufzutrumpfen!

Ein bißchen gestärkter, ein bißchen selbstbewußter, ging ich in die neue Vernehmerrunde. Insofern hatte mein Toilettenausflug doch etwas gebracht. Meine stumme Begleiterin hatte mich wenigstens in Ruhe nachdenken lassen.

»Na, ist Ihnen inzwischen eingefallen, wo die Unterlagen sein könnten?« begann der Schlaksige von neuem.

»Mir ist etwas anderes eingefallen«, antwortete ich laut und hart, so daß er fast ein bißchen überrascht nach hinten auswich.

Ohne ihn zu Wort kommen zu lassen, erzählte ich ihm alles, was wir in Zusammenhang mit der Suche nach Dirk erlebt hatten.

Davon wollte er nichts hören, wies ab, ließ mich mehrmals wissen, daß dies nicht zur Sache sei. Aber, ohne Luft zu holen, sprudelte alles, wirklich alles, aus mir heraus. Meine ganze Verbitterung der letzten Jahre erbrach sich in einem riesigen Wortschwall, direkt ihm vors Gesicht. Er hätte mich knebeln müssen, um mir den Mund zu verbieten.

Danach fühlte ich mich erleichtert, fast frisch. So, als ob mir ein gewaltiger Druck entwichen wäre. Ich hatte sogar den Eindruck, daß er versuchte, einzulenken.

»Und nun«, sagte er nach einer kurzen Schweigepause, »wenn Sie sich beruhigt haben, können wir ja wieder zur Sache kommen! Wo sind die Unterlagen, die Briefe von und nach drüben, usw...!«

Er würde nicht so fragen, dachte ich, wenn er nicht ganz genau wüßte, daß wir solch eine Mappe hatten. Rolf hatte die Schriftstücke im Auto versteckt, das hatte er mir am Wochenende mitgeteilt. Wir wußten, daß es nicht erwünscht war, Korrespondenz mit westlichen Behörden zu führen, aber daß es strafbar war.....konnte es sein?

Auf alle Fälle war der Schlaksige wie besessen hinter dieser Mappe her. Als ob sich irgendwelche geheimnisvollen Materialien darin befänden. Irgendwelche Spionagestücke oder sonst etwas.

»Mein Mann«, begann ich, »hat manchmal Briefe abgeheftet, aber ich weiß nicht, wo und ob er sie aufbewahrt hat. Was ist daran so wichtig?«

»Und wo hebt Ihr Mann so etwas gewöhnlich auf?« blitzte mich Genosse Stasi böse an, indem er zynisch seine Augenbrauen nach oben schwenkte.

»Wo? Na wird's bald!« schrie er dann so laut, daß ich zitternd zusammenschreckte. Er hatte die Angewohnheit, seine Stimmlage von sehr leise auf sehr laut ruckartig zu verändern. Wenn er laut wurde, bekam seine Stimme einen schrillen, eunuchenhaften Klang und überschlug sich fast. Seine Schläfenadern pochten. Die endlose Fragerei zehrte auch an seinen Nerven.

»Im Schrank«, log ich, nur um eine Antwort zu geben.

»In welchem Schrank?«

»Im Wohnzimmer, rechte Tür«, wurde ich präzise, wohl wissend, daß diese Aussage nicht stimmte.

»So«, grinste der Stasi und zündete sich wohl die dreißigste Zigarette an, neben dem Pfeifentabak, den er zusätzlich verqualmte.

»So«, sagte er nochmals, als habe er eine Falle zugeschnappt, »im Schrank also. Sie lügen, und Sie wissen genau, daß Sie lügen«, fuhr er mich wieder an.

»Was glauben Sie, wo Sie hier sind?«

»Wenn ich das wüßte!« gab ich patzig zurück.

»Eins versichere ich Ihnen«, spuckte er ein Stück Tabak von der Zungenspitze, »Sie werden es bald erfahren.«

Dann warf er einen Blick auf die Uhr.

»Ich habe Zeit«, sagte er gedehnt. »Wir werden uns solange unterhalten, bis Sie mir hübsch brav sagen, wo die Briefe sind.«

Dann erfuhr ich, daß sie im Laufe des Tages eine Hausdurchsuchung bei uns veranstaltet hatten, aber weder im Schrank noch sonst wo die Mappe gefunden hatten.

Dann fiel mir die rettende Idee ein.

»Wahrscheinlich hat mein Mann sie verbrannt«, sagte ich erleichtert, in der Hoffnung, nun endlich in Ruhe gelassen zu werden.

Mindestens seit elf Stunden saß ich hier in diesem Raum. Ich war ausgelaugt, müde, war nicht mehr bereit, auch nur auf eine einzige Frage noch eine Antwort zu geben. Sollten sie mich doch hier sitzen lassen, darauf warten, bis ich schlaftrunken vom Stuhl fiel. Mir war alles egal. Nur keine Fragen und keine Antworten. Davon hatte ich genug. Mein Mund war ausgetrocknet wie ein Bach nach einem heißen Sommer. Mein Hals war rauh, meine Stimme belegt, meine Zunge angeschwollen. Die Augen brannten, die Kopfhaut juckte, meine Beine zitterten, mein Körper war schlaff. Hätte mir der junge Stasischnösel eine runtergehauen, ich hätte es vor Müdigkeit kaum mehr wahrgenommen.

Genau der richtige Augenblick, so mochte er gedacht haben, um mich zu einer Unterschrift erpressen zu können.

»Hier«, legte er mir ein Schreiben vor, »unterschreiben Sie!«

»Ich kann nicht«, sagte ich schwerfällig. »Ich weiß gar nicht, was da steht. Meine Augen, ich kann nicht mehr«, stützte ich meinen Kopf ab und bekam einen Weinkrampf.

Sie konnten mich hier doch nicht ewig festnageln, mich dann etwas unterschreiben lassen, dessen Inhalt ich nicht mal kannte.

»Ich kann nicht mehr«, flehte ich den mir verhaßten Menschen an.

»Warum quälen Sie mich? Was habe ich Ihnen getan?« stellte ich nun verzweifelt solch unsinnige Fragen, die ihm völlig überflüssig vorkommen mußten. Panische Ängste durchfluteten wellenartig meinen Körper, der mir von Minute zu Minute immer enger wurde.

Der Stasi beauftragte eine Kollegin, mit mir zum Waschraum zu gehen, wo ich mich frisch machen sollte.

Aber was war an mir noch frisch zu machen?

Doch es half mehr, als ich geglaubt hatte. Das Wasser auf dem Gesicht und den Augen war wie eine Salbe auf einer Brandwunde. Ich schluckte auch von dem kühlen Naß, ohne zu wissen, ob es trinkbar war oder nicht.

Als ich zurückkam, mußte ich mich erneut mit dem Schreiben auseinandersetzen.

Was da stand, schien mir alles so fremd, so unwirklich. Es war eine Erklärung, die meine Mutter berechtigte, die Hausschlüssel in Verwahrung zu nehmen sowie mein Einverständnis über die Erziehungsberechtigung für meine beiden Kinder Silvia und Claudia.

Ich verstand nichts mehr. Wollten sie uns nur ohne die Kinder ausreisen lassen?

»Ich gehe nicht! Niemals verlasse ich die DDR ohne meine Kinder! So etwas unterschreibe ich nie!« protestierte ich.

Der Stasi blickte mich verwundert an. Man sah ihm an, daß er nicht recht wußte, wie er meine Aussage zu bewerten hatte. Ich reichte ihm das Schriftstück und schüttelte mit dem Kopf.

»Dann bleib ich lieber hier, das ist mein Ernst! Und mein Mann wird sich sicher genauso entscheiden!«

Genosse Stasi brach in ein schallendes Gelächter aus. Konnte sich fast nicht mehr halten.

»Sagen Sie mal«, beruhigte er sich langsam. »Wissen Sie wirklich nicht, daß Sie verhaftet sind? Oder stellen Sie sich absichtlich blöd?«

Verhaftet, wiederholte ich innerlich. Sicher hatte ich es längst geahnt, aber so sehr verdrängt, daß mich dieses Wort jetzt wie ein Fausthieb traf, mitten ins Herz. Ich beugte mich, um dem schmerzhaften Krampf nachzugeben.

Rolf! Die Kinder! War ich eingesperrt? Für eine ungewisse Zeit? Ganz alleine! Ohne Hilfe!

Ich suchte den Blickkontakt zu meinem Vernehmer. Versuchte aus seinem Gesicht abzulesen, ob er das auch so empfand, was er mir so schamlos an den Kopf geknallt hatte. Dieses Mal erwiderte er sogar meinen Blick. Seine Froschaugen waren gerötet.

Er mußte wissen, daß ich unschuldig war. Er war doch gebildet, konnte sich ausdrücken, besser als ich. Gab es wirklich keine Möglichkeit, ihm meine Situation verständlich zu machen. Hatte ich keine Chance mehr? Keinen letzten Trumpf? War ich jetzt eine Gefangene? Auch er mußte irgendwo ein Mensch sein! Mußte, wenn er Verstand hatte, erkennen, daß er Unrecht beging.

Ich war gefesselt! Ich hatte zwar noch keine Handschellen an, aber ich fühlte sie schon. Um die Füße, um die Oberschenkel, um die Taille, um die Schultern und um den Kopf. Seltsamerweise nicht um die Hände. Die hielten sich noch am Bügel meiner schwarzen, ovalen Ledertasche fest.

Eingesperrt!

In den Händen dieser Leute, die mich wohl nie aus diesem verdammten Zimmer ließen. Ich blickte zur Decke. Der Schein der runden Neonleuchte stach mir ins Hirn.

Verhaftet! So also war das. Von wegen Ausreise! Sie machten sich um das Sorgerecht für meine Kinder Gedanken.

Wegen der Schärfe dieser Erkenntnis wurden meine Gedanken plötzlich klarer.

Jetzt wußte ich wenigstens, woran ich war.

Ich nahm nochmals die Schriftstücke zur Hand, las, was dort geschrieben stand, dieses Mal viel ruhiger, so, als ob sich durch dieses kleine Wörtchen »verhaftet« meine Verhältnisse geordnet hätten. Es tat zwar außerordentlich weh, aber ich konnte die Wunden wenigstens lokalisieren.

Ich stieß mich am Wort Erziehungsberechtigung und wollte es durch »Sorgerecht« geändert wissen. Erziehunsberechtigung klang nach immer, nach einem ständigen, auch über die Haftzeit hinausgehenden Dauerzustand.

Sorgerecht während der Haftzeit, verbesserte der Stasi.

Er ging wirklich darauf ein und ich unterschrieb, in der Hoffnung, nun endlich in Ruhe gelassen zu werden und in dem Glauben, daß es sich nur um ein paar Tage handeln könne.

Doch ich täuschte mich. Der Tanz ging weiter. Rücksichtslos und unbarmherzig. Und wieder dieses scheußliche Kraut. Das ganze Zimmer stank schon danach, der Rauch biß sich in den Augen fest.

Nun erklärte mir der Vernehmer, gegen welchen Paragraphen des DDR-Strafrechts wir verstoßen hätten. Wortwörtlich hieß es, daß mein Mann und ich uns des Vergehens schuldig gemacht hätten, Nachrichten, die nicht der Geheimhaltung unterliegen, an feindliche Organisationen übermittelt zu haben.

»Aber das ist doch lachhaft«, bäumte ich mich auf, als könne ich diesen Paragraphen wegdiskutieren.

»Es heißt doch, Nachrichten, die nicht der Geheimhaltung... das kann doch alles sein....wenn ich denen drüben ein Kochrezept schicke, könnten Sie mich theoretisch auch einsperren!«

»Leider handelt es sich nicht um Kochrezepte und das wissen Sie genau!« fuhr er mich an, wobei er seine Augen so groß aufriß, daß es aussah, als würden sie sich nach vorne schieben.

»Wenn ich geheime Nachrichten verschickt hätte«, konterte ich, »dann wären mir Ihre Argumente verständlich, aber nicht geheime, was soll das?«

»Geheime Nachrichten übermitteln«, rückte mir der Vernehmer so dicht auf die Pelle, daß mir sein schlechter Mundgeruch entgegenhauchte, »ist Spionage und bedeutet lebenslänglich.«

Jetzt war er also beim Strafmaß angekommen.

Mein Herz klopfte so heftig, als wolle es die Brust durchschlagen. Unmöglich länger als ein bis zwei Wochen, dachte ich. Wahrscheinlich eine Art Vorwarnung oder der letzte Tritt in den Hintern, damit man aus Angst drüben kein Wort über die DDR ausplauschte. Das Deutsche Rote Kreuz konnte unmöglich als feindliche Organisation bezeichnet werden, na und die BRD als feindliches Ausland zu betrachten wäre ebenso absurd gewesen.

Schließlich gab es mittlerweile genug Kultur- und Wirtschaftsabkommen. Sogar über Städtepartnerschaften wurde verhandelt.

»Sie können mit zwei bis zwölf Jahren rechnen«, sagte er ruhig und reichte mir ein neues Schreiben, angeblich das Protokoll über unser Gespräch.

Mir wurde übel. Zwei bis zwölf Jahre. Das war unglaublich. Die wollten mir wahrscheinlich nur die nackte Furcht in den Nacken setzen. Mich gefügig machen, für weitere Aussagen.

Ich fror. Bekam eine Gänsehaut. Was sollte nun weiter geschehen?

Ich überflog die Protokolle. Es war aberwitzig. Da standen Dinge, die ich nie gesagt hatte. Alles lief darauf hinaus, daß ich zugeben sollte, gegen diesen dummen Paragraphen wissentlich verstoßen zu haben. Wissentlich!

Dabei hatte ich von diesem Gesetz noch nie etwas gehört. Hätte ich davon gehört, ich hätte es für eine Lüge gehalten. Das war kein Gesetz, das war ein Willkür-Paragraph, der jeden x-beliebigen Bürger dazu verurteilen konnte, nicht geheime Nachrichten ans feindliche Ausland übermittelt zu haben.

Jeder Brief an eine Tante, die zufällig Sekretärin bei einer »Organisation« war, hätte im Prinzip gereicht, um einen nach diesem dämlichen Paragraphen zu verhaften, wenn es dem Staat genehm war.

Diese zunehmende Leere in meinem Kopf wurde immer lästiger. Ich begriff nichts mehr. Wie lange noch? Wie lange sollte ich noch hier sitzen? Noch einen Tag? Noch zwei Tage? Ich weigerte mich, zu unterschreiben. Betonte, daß das Geschriebene nicht mit meinen Aussagen übereinstimmte.

»Jetzt seien Sie doch nicht so pingelig!« brüllte mir der Vernehmer ins Gesicht, während er sich seine frischen Bartstoppeln rieb. Wir beide hatten hier immerhin fast vierzehn Stunden zugebracht und ich fragte mich immer wieder zwischendurch, was einen jungen Mann wohl dazu treibt, solch einen »Beruf« auszuüben. Mit solch einer Hartnäckigkeit fremde, unschuldige Menschen zu quälen. War das Charaktersache oder erlernbar?

Er sagte, daß mein Mann längst unterschrieben habe. Ich war im Zweifel. Hatte Rolf tatsächlich.....uns für schuldig erklärt? Oder war das ein Trick, mich zu einer Unterschrift zu zwingen?

Nein, ich unterschrieb nicht.

Solange ich hier saß, mußte er bei mir bleiben.

Es war wohl üblich, daß nur ein Hauptvernehmer den Häftling »betreute«.

Irgendwie gab es mir eine innere Befriedigung, daß auch er so lange ausharren mußte.

»Wie Sie wollen«, nahm er mir das Schreiben wieder weg. »Sie werden uns noch anders kennenlernen«, drohte er, doch im Moment konnte er mich nicht mehr beeindrucken. Zu vieles war die letzten Stunden über mich hereingebrochen.

Er sagte mir noch, daß ich in den nächsten Tagen dem Haftrichter vorgeführt werde und befahl mir, den beiden Staatssicherheitsbeamten zu folgen.

Ich zog meine Jacke über, hing mir die Tasche über die Schulter und ging, rechts und links einen Stasi am Arm, auf wackeligen Beinen, aus dem Gebäude. Eigentlich waren die beiden da, um auf mich aufzupassen, um mich an der Flucht zu hindern. Doch nach dieser Tortur brauchte ich sie eher als

Stütze, so pervers mir dies auch vorkam.

Ich hatte das Gefühl, auf Gummibällen, die sich fortwährend auf dem Boden drehten, zu gehen.

Als wir das Gebäude verließen, brannte mir die kalte Wintersonne ins Gesicht. War nun der neunte oder zehnte Dezember? War es die Morgen- oder die Abendsonne? Auch egal!

Tatsache war, daß ich einen schalen, faden Geschmack im Mund hatte, und nur eins wollte; mich duschen, mir die Zähne putzen, den Hals gurgeln, neue Kleider anziehen, die Haare waschen und dann mindestens vierzehn Stunden lang in einem frisch bezogenen Bett schlafen.

Das war im Moment alles, was ich mir wünschte. Danach, so dachte ich, müßte ich aufwachen und der Alptraum wäre zu Ende.

Doch er begann erst. Und jetzt erst richtig!

Anstaltskleidung

Vor einer Eisentür machten wir halt. Einer meiner beiden Begleiter klingelte. Schon nach kurzer Zeit öffnete ihm ein Uniformierter. Er wußte Bescheid, packte mich mit einem harten Griff am Oberarm und zog mich die Treppe hinunter.

Dort wurde ich von einer Frau, ebenfalls uniformiert, in Empfang genommen. Ohne ein Wort des Grußes nickte sie mir abfällig mit dem Kopf zu.

»Na, gommen Se n'bißchen schneller«, sächselte sie in breitestem Dialekt und versuchte mich anzutreiben. Ich brachte keinen Ton mehr heraus. Folgte allem bereitwillig. Bis schnurstracks in die Hölle, wenn es sein mußte. Warum gehorchte ich so willenlos? Weil ich instinktiv spürte, keine Chance zu haben? Weil ich Angst hatte?

Wahrscheinlich gab es tausende Gründe für mein Verhalten, für mein duckmäuserisches Fügen. Als ob ich nicht mehr bei Sinnen war. Ich nahm die vielen Stufen, die ich rauf- und runterrennen mußte, kaum wahr. Trottete brav hinterher. Hatte nur immer das Gefühl, gleich umzufallen. Ich wünschte mir sogar, umzufallen. Aber irgendeine seltsame Kraft hielt mich auf den Beinen, schleppte mich an der Seite der Uniformierten mit.

Genau betrachten konnte ich sie nicht. Mir fielen nur, weil ich mit gesenktem Kopf ging, ihre dicken, breiten, schwarzen Leder-Schnürschuhe auf. Sie waren vorne seitlich ausgebuchtet. Ballenfüße vermutlich. Dann der wabbelige Hintern, der sich unter dem engen Uniformrock und der figurbetonten Jacke vor mir herschob.

Ich konnte diese unendlich vielen Gänge, die wir beschritten hatten, nie entwirren. Obwohl ich sie später fast täglich in

Gedanken abgeklappert bin. Diesen Weg in eine andere Welt. Diesen Irrgarten in ein Verlies, einen Kerker, aus dem es kein Entrinnen gab.

Plötzlich standen wir in einem engen, quadratischen Raum, wo ich zu einem fettleibigen Uniformierten geführt wurde, der hinter einem Schreibtisch stand, seinen dicken Bauch vorgewölbt, das schwulstige Doppelkinn gegen die Schultern gedrückt.

Er hielt seine Arme in die Hüften gestützt, wie zum Kampf bereit.

»Name! Vorname! Geboren....usw« nuschelte er in sein Doppelkinn und verglich meine dünnen Angaben mit den Angaben auf einem Papier, das vor ihm auf dem Tisch lag.

Dann musterte er mich von oben bis unten mit einem herabwürdigenden Blick.

»Staatsverrat, was?« schnalzte er widerlich mit der Zunge zwischen den Zähnen herum, wohl um die letzten Mittagsreste herauszustochern.

»Erst jahrelang den Staat ausnutzen, dann schlecht machen«, nickte er bedächtig mit seinem runden Fettkopf. »Immer dasselbe!«

Die schütteren, braunen Haare hatte er alle von dem tief sitzenden linken Scheitel über die Glatze gestriegelt. Die fleischige Nase glänzte ölig. Die kleinen, zu eng stehenden, blitzenden Augen sahen mich mit einer Mischung aus Argwohn und Spott an. Sein Atem pfiff bei jedem zweiten Satz. Vermutlich Asthma.

Man sah ihm an, daß ihm jeder Neuzugang Freude bereitete, Abwechslung in seinen düsteren Kerkeralltag brachte.

Plötzlich hustete er wie wild drauf los. Sein schwergewichtiger Leib hob und senkte sich wie eine Dampfmaschine. Irgendwie machte er den Eindruck, als ob er kurz vorm Zerbersten stand. Dann legte sich allmählich der Anfall. Er röchelte noch zwei-dreimal nach und räusperte sich ausgiebig.

Dann rieb er sich den Nacken und drehte den Kopf. Als er

endlich fertig war, wandte er sich erneut mir zu.

»Machen Sie Ihren Schmuck ab. Den brauchen Sie hier nicht!«

Er verzog sein Fischmaul zu einem schäbigen Grinsen, setzte sich hin, nahm einen Kugelschreiber zur Hand und notierte alles aufmerksam in eine Liste: Eine Uhr, zwei Ringe aus Gold, einer mit einem Türkis, und eine Goldkette mit einem Türkisanhänger. Dann der Inhalt meiner Handtasche. Alles wurde mir abgenommen. Sogar die Bilder meiner Kinder und der Ehering.

»Fertig«, nickte er schwerfällig der Beamtin zu und forderte mich auf, ihr zu folgen.

Sie drückte mir eine Waschschüssel mit Kleidung in die Hand, und befahl mir, meine Schuhe gegen ein paar hausinterne Kamelhaarpantoffeln einzutauschen. Was hätte ich anderes tun sollen?

Dann gingen wir ein paar Schritte weiter. Mit einem riesigen Schlüsselbund öffnete sie eine Tür. Ich sollte da rein gehen. Ein Duschraum, das war unschwer zu erkennen. Neben fünf aneinandergereihten, halb verrosteten Blechduschen stand eine Holzbank, wo ich die Schüssel hinstellen sollte.

Ich sah mich um. Mich packte eine panische Angst. Solche Räume kannte ich aus den Filmen über die Nazizeit. War es möglich? Für die Verwandtschaft verschollen, oder am Herzinfarkt oder einem Unfall gestorben?

»Na, worauf warten Sie?« pfiff mich die Uniformierte an.

»Ausziehen!« keifte sie und jetzt erst hatte ich richtig Gelegenheit, ihr Gesicht zu sehen.

Ein kleines, zerknautschtes Etwas, von vielen Falten und Fältchen geprägt, die fast viereckigen Lippen wulstig nach vorne gewölbt, mausgrau, wie die Uniform und die ganze Atmosphäre hier. Eine Warze am linken unteren Nasenflügel stach in dem zerknitterten Gesicht als besonderer Punkt hervor. Die Wachtel mochte kurz vor ihrer Pension stehen, hatte wahrscheinlich schon mehrere Jahrzehnte hier zugebracht. Sie ist bestimmt eine Giftnudel, eine, mit der nicht gut Kirschen essen ist, dachte ich. Keine treue Genossin, aber eine gehorsame. Genau die richtige, um die Neuankömmlinge perfekt einzuschüchtern.

»No, wird's bald, oder soll ich Hilfe holen?« ärgerte sie sich über mein Zögern, mich hier vor dieser fremden Person umzuziehen.

Obwohl sie eine Frau war, schämte ich mich entsetzlich. Nicht wegen meines Körpers, sondern wegen der Situation. Es war alles so erniedrigend. So unmenschlich.

Genüßlich saß sie mit verschränkten Armen auf der Holzbank und sah mir zu, wie ich mich entkleidete. Als ich nur noch in BH und Slip dastand, brüllte sie herrisch:»Alles!«

Ich gehorchte, griff aber schnell zur Schüssel, um mir die ausgehändigte Kleidung überziehen zu können. Boshaft riß sie mir die Schüssel wieder weg und wies mich mit einer kreisenden Bewegung ihres rechten Zeigefingers an, daß ich mich zu drehen habe. Also drehte ich mich und gehorchte und gehorchte und gehorchte.

Schon nach zwei Tagen Stasi-Mühle kannte ich mich nicht mehr wieder. Benahm mich wie ein abgerichtetes Apportierhündchen. Normalerweise hätte ich heftig widersprochen, mich mit ihr geprügelt, wenn's sein mußte. Aber was war hier normal.

»So, jetzt Kniebeuge!« Sie stülpte sich einen Gummihandschuh über und betatschte mich an der Scheide. Sie war mir so nah, daß sich unsere beiden schlechten Mundgerüche kreuzten. Aber nicht nur das. Haß lag in der Luft. Zum ersten Mal in meinem Leben hatte ich den Wunsch, jemanden zu verletzen. Jetzt eine Flasche, dann ausholen, ihr über den winzigen, krausgelockten, dämlichen Schädel schlagen, bis das dicke Blut die Haare färbte, bis sie bewegungslos dalag.

Doch ehe ich richtig über diese widerwärtige Untersuchung zur Besinnung kam, drehte sie mich an der Schulter um und vollzog dieselbe Prozedur von hinten. »Mensch, richtig runter«, stuckste sie mich derartig ins Kreuz, daß ich der Länge nach auf den kalten Estrich fiel.

»Meinen Sie, mir macht das Spaß, die Arschlöcher von euch Weibern zu begaffen?« fauchte sie wild um sich fuchtelnd herum und warf mir die Klamotten aus der Schüssel zu. »Das ist Pflicht! Bei jeder!«

Mein linkes Handgelenk tat mir vom Fall weh. Solange hatte ich mich noch einigermaßen beherrschen können. Aber jetzt liefen mir die Tränen unkontrolliert über die Wangen. Ich hatte stark sein wollen. Ihnen meinen Schmerz und meine Demut nicht auch noch zeigen wollen. Hatte Stolz bewahren wollen, in allen Situationen.

Aber jetzt war ich dem Ende nahe. Wie ich dalag, vor dieser Uniformierten, vollkommen nackt. Ein Häufchen menschliches, weibliches Elend.

Hörten die Horrortrips denn nie mehr auf? Was kam nun? Alles, was mir eben noch entsetzlich vorgekommen war, überbot sich im nächsten Augenblick.

Wenn nicht alles so erbärmlich, so grausam gewesen wäre, hätte man über die Klamotten, die ich in Zukunft tragen sollte, lachen müssen. Blau-weiß gestreifte, kratzige Unterwäsche, dann dicke wollene Männersocken, die mir um mindestens zwei Nummern zu groß waren und ein blauer Trainingsanzug, auch mindestens zwei Nummern zu weit. Ich mußte mittlerweile wie eine Vogelscheuche aussehen. Gott sei Dank war nirgendwo ein Spiegel.

Meine Kleider mußte ich sorgfältig zusammenlegen und auf die Bank stapeln.

Dann standen wir uns für einen Augenblick schweigend gegenüber. Haßten uns, obwohl wir uns nicht kannten. Waren Feinde, obwohl wir nichts voneinander wußten, uns nie zuvor gesehen hatten.

Ich schämte mich für den Gedanken, sie verletzen zu wollen. Empfand es als eine primitive tierische Reaktion. Im Grunde war dieses uniformierte Bündel Mensch genauso bedauernswert wie ich. Mußte sechs Tage die Woche hier in diesem Mief zubringen, jeden Morgen und jeden Abend ihre Gefühle an der Garderobe ablegen, um sie gegen eine Gitterstab-Seele, eine herrische Stimme und einen harten Herzpanzer einzutauschen.

Ich war inzwischen davon überzeugt, daß nicht ich persönlich ihren Haß schürte, sondern die Ausführungen ihres stupiden, menschenverachtenden Jobs. Im Grunde haßten wir denselben Gegenstand. Irgendwann war wohl in ihrem Leben der Punkt gekommen, wo sie keine andere Wahl hatte, als dies hier zu tun und keinen Mumm, da auszusteigen. Ja, trotz allem gelang es mir, Mitleid aufzubauen und es half mir sogar, mit meiner eigenen Lage ein bißchen besser fertig zu werden.

»Was glotzen Se mich denn so an, gommen Se«, winkte sie mir zu.

Es ging weiter.

Mit der Schüssel unterm Arm folgte ich diesem Uniform-Weib. Jetzt waren wir also im Zellentrakt. Ein langer, schmaler Gang mit seitlichen Stahltüren. Eine nach der anderen. So also sah ein Zuchthaus von innen aus. Eigentlich genauso, wie ich es vom Fernsehen her kannte. Vor einer dieser Stahltüren hielten wir.

Sie schloß auf und schubste mich hinein. Als ob ich mich weigern würde, von selbst zu gehen.

Ich stand da und betrachtete nun mit gemischten Gefühlen meine neue Bleibe. Hörte fast nicht, wie hinter mir die schwere Stahltür ins Schloß fiel und sich der Schlüssel zweimal herumdrehte.

Als ob ich mich selbst von der Wirklichkeit der Ereignisse überzeugen müßte, klammerten sich meine Augen an den Äußerlichkeiten dieses schmalen, schlecht durchlüfteten Zellenschlauches. Ich versuchte mir auszumalen, wie viele Frauenschicksale hier schon entschieden worden waren. Die Zelle war vielleicht drei mal zwei Meter groß.

Die beiden Betten, rechts und links an den Längswänden,

füllten fast den Raum aus. Dazwischen, an der Stirnseite, war ein Brett in die Wand geschlagen, das einen Tisch darstellen sollte. Darüber befand sich ein hellgrünes Schränkchen, von dem schon zweifach die Farbe abblätterte. Es mußte vorher einen grauen Anstrich gehabt haben.

Vor den Betten stand an der rechten Seite ein Heizkörper.

Ich stellte die Schüssel auf dem Boden ab und wollte mir meine eiskalten Finger wärmen. Doch die Rippen des Heizkörpers ließen nur ahnen, daß er lauwarme Heizluft abstrahlte.

Langsam tastete ich mich zu den dicken filzigen Matratzen vor. Sie waren wohl Überbleibsel aus dem letzten Krieg. Ich hatte Angst vor Ungeziefer und suchte trotz der kolossalen Müdigkeit jeden Winkel der Zelle, jede Falte in der Matratze nach Wanzen, Spinnen und Kellerasseln ab. Aber nirgendwo bestätigte sich meine Vermutung. Der beißende Geruch des Desinfektionsmittels hatte wohl alle Insekten vertrieben.

Neben der Stahltür, links, gab es ein Waschbecken und eine Spültoilette. Na, immerhin!

Vor zwei Stunden hatte ich noch davon geträumt, endlich alleine zu sein. Ein Bett zu haben.

Hier hatte ich alles! Sogar zwei zur Auswahl!

Ich setzte mich aufs rechte Bett, legte mich hin und streckte meine Glieder. Das tat gut, entspannte mich für einen Moment. Die blau-karierte, schmutzige, mit gelblichen Flecken übersäte Bettwäsche war hart, aber ich konnte wenigstens liegen.

Konnte meinen müden Körper, meinen ausgelaugten Geist endlich sich selbst überlassen. Mir war alles egal. Ich wollte nur in Ruhe gelassen werden. Ausschlafen können. Neue Kräfte sammeln.

Ich griff nach der gelblich-braun getünchten Wand. Sie schimmerte in seltsamen Farben. Meine Ahnung täuschte mich nicht. Es war der feuchte Schimmel, der im matten Licht der Sonne in verschiedenen Schattierungen glitzerte. Die

Strahlen drangen durch drei Glasbausteine, die ganz oben an der Zellenwand, als einzige natürliche Lichtquelle, das Leben draußen ahnen ließen.

Ich legte mich auf den Rücken und versuchte meine Augen zu schließen. Die grelle Neonröhre an der Decke fraß ihr Licht durch meine Augenlider.

Auf dem Bauch, mit dem Gesicht auf dem muffigen Kissen liegen, wollte ich nicht. Also drehte ich mich zur Seite, mit dem Gesicht zur Schimmelwand. Das gleichmäßige Summen der Neonröhre begleitete mich in den Erschöpfungsschlaf.

Erste Lebenszeichen

Als ich etliche Stunden, es mag auch ein ganzer Tag gewesen sein, später aufstand, hätte ich mir am liebsten eine Schlafspritze verpaßt, um wieder in jenen nichtsahnenden, völlig desorientierten Dämmerzustand hinüberzusegeln. In dem alles egal ist, wo man sich selbst genügt, die Umgebung unwichtig wird. Doch sowohl meine Sinne als auch meine Augen gönnten mir keine Ruhe mehr.

Ich rieb mir das Gesicht, stützte mich mit den Ellenbogen auf der kratzigen Matratze ab und warf einen Blick in die Runde. Viel war nicht zu sehen, aber das wenige genügte schon. Ich war in einer Zelle. Ausgerechnet ich. Mit meinem Make-up Gesicht, meinen gepflegten Händen, verwöhnt von Parfümgerüchen und modischen Kinkerlitzchen. Hier lehrte man mich, was der Mensch benötigte und was nicht. Was der nackte Sozialismus für einen Menschen übrig hatte.

Besonders brutal war diese schwere Stahltür mit der Klappe in der Mitte, durch die vermutlich das Essen gereicht wurde. Darüber hing, seltsamerweise hinter einem vergitterten Kästchen, eine flackernde Glühbirne, die Tag und Nacht ein funzeliges Licht abstrahlte.

Die Neonröhre an der Decke brummte auch noch. Es war kalt im Raum, dennoch war die Luft stickig, roch nach Moder, nach verfaulenden Kartoffelschalen.

Und ich selber, schnupperte ich am Ärmel meines Trainingsanzugs und unter den Achseln, roch auch nicht viel besser. Die Strapazen der vergangenen Stunden hatten die Schweißdrüsen aktiviert.

Nirgendwo ein Lüftungsschacht? Ich sah mich um. Doch, ganz oben in einem der drei kleinen Glasbausteinfensterchen war ein Schlitz eingelassen, der mit Lüftungsklappen bedeckt war, die mittels eines Hebels eingestellt werden konnten.

Öffnen oder geschlossen lassen? Ich konnte mich nicht entscheiden. Was war schlimmer? Der Gestank oder die Kälte? Draußen war Winter! Also ließ ich die Klappen so wie sie waren. Geschlossen!

Ich saß wie angefroren in meinem Bett. Versuchte herauszufinden, welcher Tag war. Versuchte mir auszumalen, was sie sich wohl zu Hause zurechttüftelten. Wie sie sich in der HNO-Abteilung die Mäuler zerrissen.

Und die Eltern und Schwiegereltern? Wie hatten sie diese Nachricht aufgenommen? Wer hatte es ihnen wohl wann beigebracht?

Reibereien gab's bestimmt. Um die Kinder, ums Haus, darum, wer Schuld habe.

Mein kleines Claudel tat mir am meisten leid. Wie würde sie uns suchen! Wo sind Mama und Papa wird sie fragen und keiner wird sich trauen, ihr die Wahrheit zu sagen. So kurz vor Weihnachten! Ich hatte ihr einen korbgeflochtenen Puppenwagen ausgesucht. Den hatte sie sich so sehr gewünscht. Für ihre beiden Püppchen Karin und Anna. Mit rot-karierter Bettwäsche. Jetzt lag ich hier in karierter Bettwäsche. Nur blau-weiß. Und schmuddelig!

Ich schluckte die aufkommenden Tränen hinunter, denn plötzlich lärmte es auf dem Gang, was mich von Sekunde zu Sekunde aus meiner Gedankenwelt riß und hochschrecken ließ. Claudel und der Puppenwagen waren weit, weit weg.

Stattdessen wurden Klappen geschlagen, Stimmen immer lauter, was war los?

Ich hatte ja keine Uhr mehr und aus dem mageren Hauch von Tageslicht, das im oberen Drittel des Raumes vom Neonlicht verschluckt wurde, war nun wirklich keine Tageszeit abzulesen.

Der Lärm kam näher. Stocksteif saß ich auf dem Bett und harrte der Dinge, die auf mich zukommen sollten. Vielleicht wieder Verhöre! Ich hatte ja keine weitere Information als die, irgendwann in den nächsten Tagen dem Haftrichter vorgeführt zu werden. Das war meine einzige Hoffnung. Wenn es in diesem Staat auch nur einen winzigen Rest von Rechtsempfinden gab, dann mußte der Haftrichter uns wieder frei lassen.

Wie ein Kanonenschlag wurde nun auch meine Klappe aufgedonnert. Die Glühbirne zitterte in ihrem eisernen Käfig.

»Kennen Se nich die Hausordnung?!« brüllte mich die Aufseherin an.

Ich fuhr zusammen. Was hatte ich nun wieder falsch gemacht?

Dann schloß sie auf und stellte sich klotzig vor mich hin.

»Woll'n Se ihrn Arrest im Bette verbringen? Sie ham gestern schon das Abendbrot verschlafen! Jetzt raus! Hopp! Hopp! Waschen! Dann gibt's Frühstück. Und heute abend zieh'n Se sich gefälligst aus! Wenn Ihnen friert, bring ich noch 'ne Decke!«

Ich hatte den Trainingsanzug aus Angst anbehalten, mir bei der Kälte eine Blasenentzündung zu holen. Die steifen, zerknitterten Nachthemden konnten unmöglich wärmen.

Dann knallte sie mir einen gelben, völlig zugestaubten Zettel auf das Holzbrett.

»Lesen Se das durch! Steht alles drin, was Se hier bei uns beachten müssen. Und wenn eine quer macht, gibt's 'nen Sonderarrest! Ruhe ist besser, für Sie und ooch für mich. Und---« sah sie mich scharf an, »jeder Kontakt mit anderen Häftlingen ist strengstens zu vermeiden!«

Dann rief sie aus vollem Hals in Richtung Gang: »Frühstück für Nummer 1!«

Ein kleines Tablett wurde durch die Klappe gereicht. Darauf standen eine hohe Plastiktasse mit heißem Pfefferminztee und zwei Scheiben Brot mit einer sirupartigen Marmelade bestrichen. Irgendeine braun-graue Substanz, die sehr süß roch.

Weil ich immer noch fror, trank ich den heißen Tee mit wirklich schlürfendem Genuß. Er war wie eine innere Heizquelle, durchflutete meine frostigen Adern.

Am liebsten hätte ich meine Hände in die heiße Flüssigkeit getaucht, um sie zu wärmen. Aber es genügte schon, sie um die Plastiktasse zu schmiegen.

Nummer 1! An den Ausdruck mußte ich mich jetzt wohl oder übel gewöhnen. Dabei war ich noch nicht verurteilt. Wußte nur sehr vage, wessen ich mich eigentlich schuldig gemacht haben sollte. Welch »schreckliches« Vergehen auf mir lastete.

Rolf! Ob er jetzt auch beim Frühstück saß? Oder ausgequetscht wurde? Wann würden wir uns wohl wiedersehen?

Viel zu schnell war der Tee ausgetrunken. Ich nahm den gelben Zettel und las. Doch ich kam nicht weit. Wieder wurde die Klappe aufgerissen, mir ein Kugelschreiber durchgesteckt, mit dem Befehl: »Unterschreiben!«

»Was denn?« fragte ich bescheiden, während ich den Kugelschreiber abnahm.

»Na, daß Se die Hausordnung gelesen ham! Nu machen Se schon, wir ham noch mehr zu tun!«

So zeichnete ich den Zettel ab, ohne ihn gelesen zu haben. Ich hatte keine Lust, mich wegen dieser läppischen Hausordnung herumzustreiten.

Dann wusch ich mich. Mit guter Kernseife. Nirgendwo ein Spiegel. Aber wahrscheinlich war es auch besser so.

So wie ich mich fühlte, mußte ich zum Erbarmen aussehen. Ich tastete meine Wangenknochen ab, die Augenhöhlen schienen mir tiefer als sonst. Mein Gesicht fühlte sich an, als ob es geschrumpft wäre. Auch meine Haare hatten nur noch die halbe Fülle. Sie klebten so fest an der Kopfhaut, daß ich kaum mehr mit den Fingerspitzen durchfahren konnte. Ich setzte mich wieder auf die Bettkante, atmete dreimal tief durch und ließ meine Schultern kreisen. Das tat gut. Gab meinem zusammengeschnorrten Körper ein Stückchen Befreiung.

Be-frei-ung, spaltete ich das Wort in Silben. Welch eine Bedeutung steckte jetzt für mich hinter diesem Wort. Wer oder

was konnte mich befreien? Schon wieder ging die Klappe auf.
»Bett machen!« brüllte es rein.

Das Frühstücksgeschirr wurde abgeholt.

Ich bemühte mich, mit meinen steifen Fingern, das Bett samt Matratze einigermaßen gerade zu richten. Die Kontrolle kam schon.

»Ham Se nu die Hausordnung gelesen, oder nich?« fauchte sie, wobei sie das Bett auf den Boden warf. »Aufheben! Dann im Viereck zusammenlegen! Zwei Mal! Und da hin!« stuckste sie mich ans Fußende. »Morgen wissen Se's!«

Wieder krachte die Eisentür ins Schloß. Ich setzte mich auf die Bettkante und heulte drauf los.

Diese Brülläffin konnte mich doch nicht den ganzen Tag piesacken!

Hatte die denn weder Verstand noch Herz? Was hätte die sich abgebrochen, ein paar Takte freundlicher, ein bißchen, nur ein bißchen entgegenkommender zu sein?

So eine konnte keiner aushalten. Die trieb einen zum Terror, die wollte, daß man durchdreht.

Heidi, jetzt zählen. Bis tausend, wenn's sein muß. Aber nicht durchdrehen. Keine Fehler machen, nichts tun, was die provozieren könnte, was ihnen das Recht gäbe, noch mehr....

Doch je fester ich mir einredete, still zu bleiben, desto wilder wuchs in mir die Wut. Krallte sich an meiner Magenwand empor, am Herzen vorbei, schlängelte sich durch den Hals bis in den Kopf und pochte dort so heftig gegen die Stirn und die Schläfen, daß ich wie von fremden Kräften getrieben, aufstand und lospolterte. Genauso makaber kindisch, wie es in Büchern und Filmen erzählt wird, ballte ich meine Fäuste gegen die Eisentür und schrie, so laut ich konnte: »Ich will raus! Ich will raus! Ich will raus!«

Es war sinnlos, mit zwei kleinen Fleischfäusten gegen eine Eisentür zu hämmern. Aber Wut und Empörung fragen nicht nach einem Sinn.

Es dauerte nicht lange, bis sich im Schloß der Schlüssel

drehte.

»Wohl verrückt geworden, was?« funkelte mich die Aufseherin mit ihren giftig grünen Schlangenaugen an. Ihr folgten drei weitere Uniformierte, die wie eine federnde Wand auf mich zukamen.

Zwei von ihnen packten mich an den Oberarmen und zwangen mich, mit ihnen zu gehen. Vor dem Saniraum hielten sie. Eine öffnete die Tür, die anderen beiden drückten mich bäuchlings aufs Bett. Eine Frau mit einem weißen Kittel zog mir die Hosen runter und verpaßte mir eine Spritze.

»Sie können sich wieder umdrehen,« sagte sie freundlich.

Dann fühlte sie meinen Puls. Sie war wohl die Anstaltsärztin.

»Was haben Sie mir gegeben?« fragte ich sie. Ich hatte etwas mehr Vertrauen zu ihr, als zu den anderen. Sie hatte feinere Züge, sogar einen freundlichen, nicht so verbissenen Zug um den Mund.

»Nur ein Mittel zur Beruhigung. Sie brauchen sich keine Sorgen zu machen. Ein sehr leichtes Medikament. Mehr für die Nerven.«

»Sind Sie Ärztin?«

»Ja.«

»Man hat mich hierher geschleppt und ich weiß nicht, warum«, versuchte ich meinen Anfall bei ihr zu rechtfertigen. »Ich habe nichts getan!«

»Das sagen alle«, mischte sich die Aufseherin ein.

»Am besten, Sie legen sich jetzt hin«, riet mir die Ärztin. Dann stand sie auf und reichte mir sogar die Hand. »Es wird schon wieder!«

Ich dankte ihr für das Angebot, im Stillen jedoch mehr für ihre vertrauliche Zuwendung.

Ein Händedruck, das Lächeln eines anderen Menschen war binnen weniger Stunden zur Kostbarkeit geworden.

Als alle wieder draußen waren, befolgte ich den Rat der Ärztin und legte mich hin.

Es war eine eigenartige Ruhe, die von mir Besitz ergriff. Kein inneres Wohlbefinden, sondern eine seelische Zwangsjacke. Eine schwere Ruhe, wie ein Klumpen Blei.

Es tat mir weh, daß ich die Kontrolle über mich verloren hatte, daß ich unbeherrscht gewesen war. Mir hatte Rolfs meditativer Blick gefehlt, seine Hand, die meine hielt, wenn's brenzlig wurde.

Am wenigsten begriff ich, daß ein Mensch so schnell fast vollständig seiner Persönlichkeit, seiner Würde beraubt werden konnte. Ich hatte immer geglaubt, daß dazu ein Prozeß notwendig wäre. Ich war von jetzt auf nachher, dem, was man so allgemein als bürgerlich geordnetes Leben umschreibt, entrissen worden. Eingekerkert, weggedreht, ohne zu ahnen, was die Zukunft mir bringen würde. Insgeheim wünschte ich mir, etwas angestellt zu haben, um wenigstens Schuld empfinden zu können. Die Hoffnung auf Gnade zu erfühlen.

Waren mir jetzt auch noch meine beiden Mädchen genommen, meine Claudel und meine Silvie. Wie lange würde es dauern, bis ich ihnen erklären konnte.....

Wer kümmerte sich schon um das Schicksal der Heidi und des Rolf Schiller? Wir waren keine Schriftsteller, keine Provokateure, die sich berufsmäßig mit dem Staat auseinandersetzen. Keine, deren Licht weite Schatten wirft. Wir waren nur eine stinknormale Familie, nach der eigentlich kein Hahn kräht.

Ich verglich mich mit der Funzel hinter dem Gitter. Sie strahlte zwar bei Tag und Nacht, aber nur für eine Zelle von zwei mal drei Metern.

Welche Chance hatten wir, hier rauszukommen? Was wollten sie von uns? Weshalb ließen sie uns nicht ausreisen? Wir waren beide weder Geheimnisträger, noch sonstige Leuchten in Gesellschaft oder Wissenschaft. Wir waren nur verletzte Bürger eines Staates, der es nicht für nötig hielt, nach einem vermißten Kind zu suchen.

Es wäre albern, zu behaupten, der Staat hätte einen Schaden

durch unsere Abwesenheit.

Es war nur wegen Dirk. Dessen war ich mir sicher. Sie wollten etwas vertuschen und versuchten nun zu verhindern, daß wir darüber redeten.

Wo lebte ich? Ich wollte mich um das Schicksal meines Sohnes kümmern und erhielt Zuchthaus.

Auf unbestimmte Zeit. Vielleicht so lange ich lebte. Denn ich konnte mir nicht vorstellen, daß ich diesen Zustand lange aushalten würde. Irgendwann würde ich mich niederlegen und einfach sterben.

Über all die Vorfälle und das Grübeln war Mittagszeit geworden. Es gab einen wässrigen Eintopf. Ich aß mehr aus Langeweile, denn aus Appetit oder Hunger, vier oder fünf Löffel. Es schmeckte fad, ungewürzt, lieblos, wie alles, was mich hier umgab.

Zum Nachtisch gab es das »Neue Deutschland« als Bildungslektüre. Wenigstens erfuhr ich so das Datum. Wenn dies die Tagesausgabe war, dann mußte Donnerstag, der 11.12. sein.

Ich las über die Aufrüstungskampagne der imperialistischen BRD, über die hungernden Arbeitslosen im kapitalistischen Ausland, die am Heiligen Abend betteln gehen mußten, über die Errungenschaften der LPG-Bauern im eigenen Land, deren Produktivität in diesem Jahr das Soll bei weitem übererfüllte.

Über die neue Gurkenzucht, wonach die Gurken ohne Qualitätsverlust bis zu zehn Zentimetern an Wachstum und zwei Zentimetern an Umfang zunehmen würden.

Las über die Planung von Städtepartnerschaften zwischen den beiden deutschen Staaten. Wieder fragte ich mich, wo ich lebte. Da schüttelten sich zwei fremddeutsche Bürgermeister die Hände, sprachen von Kultur- und Jugendaustausch, von Brücken zwischen Ost und West, während ich hier saß, weil ich den Wunsch, genauer, die Absicht, geäußert hatte, dieses Land zu verlassen. War das eine Basis für Partnerschaften?

Dann studierte ich die Todesanzeigen. Alle Personen weit über siebzig. Zwei Kriege auf dem Buckel. Die haben auch was mitgemacht, dachte ich an die Erzählungen meiner Mutter. Pfeifende Stalinorgeln, brennende Phosphattannen, die zu Tausenden die Nächte erhellten und die Häuser in Brand setzten. Noch heute zuckt meine Mutter zusammen, wenn mal irgendwo eine Sirene heult.

Sie hatten ihren Sündenbock gefunden. Die Faschisten hatten schuld. Und die Rache an den Abermillionen, die nicht faschistisch waren, die selber jahrelang in Angst vor den Faschisten gelebt hatten, war eine kriegerische Begleiterscheinung. Eine historische Notwendigkeit. Es war nun mal so auf der Welt, daß es immer die traf, die nicht betroffen waren. Ein menschliches Mißgeschick, das die Geschichte seit ihren Anfängen prägte.

Und nun? Was würde meine Mutter nun sagen? Waren es auch die Faschisten, die ihre Tochter eingelocht hatten?

Es gab sie noch immer. Sie wucherten wie Unkraut in jedem Staat und hatten je nach Düngung, je nach Pflege der Saat ein mehr oder weniger üppiges Wachstum.

Ja, der Dicke von gestern und die Aufseherin waren Faschisten.

Wenn ein Faschist jemand ist, der Gesetze ausnutzt, um sich persönlich an der Lust der Qual zu bereichern.

Auf mehreren Ebenen gleichzeitig sausten mir die Gedanken im Kopf herum. Wechselten schneller als Blitze die Schauplätze, stellten Figuren um, ließen mich zwischen vergangenen Ereignissen und Phantasien schwimmen und treiben.

Wieder das charakteristische Geräusch an der Zellentür.

»Zieh'n Se sich die Jacke an und gommen Se mit!« herrschte mich die Aufseherin an. Ich hatte mich schon fast an diesen Ton gewöhnt.

Nach draußen. Mir fiel sofort der Haftrichter ein. Wahrscheinlich wurde ich zu ihm geführt. Es ging wieder einen

Gang entlang, etliche Stufen hoch und über eine rote Matte zu einer Stahltür, die ins Freie führte - auf einen betonierten Freihof. Oberhalb, auf einer Art Galerie, standen Soldaten, jedenfalls Männer mit Maschinenpistolen. Sie liefen hin und her, blickten ab und zu runter, sagten und taten aber nichts.

Nach vielleicht zehn Minuten wurde die Stahltür wieder geöffnet und ich in die Zelle abgeführt.

Jetzt erst wurde mir bewußt, daß es sich bei dieser Aktion um meinen Auslauf gehandelt haben mußte. Niemand hatte mit mir darüber gesprochen. Und ich fragte auch nicht. Hatte mir fest vorgenommen, nicht mehr als nötig zu reden und alles andere auf mich zukommen zu lassen.

Es dauerte nicht lange und ich wurde erneut abgeholt. Dieses Mal ging es in den Effektenraum. Ich mußte mein Bündel Kleider abholen. Damit ich ab und zu die Sachen wechseln konnte. Es war verboten, private Kleidungsstücke zu tragen. Selbst Schlüpfer und Strümpfe mußten von der Anstalt geliefert werden. Dementsprechend sahen sie auch aus und fühlten sich an. Alles kratzig, hart und in dunklen Farben. Büstenhalter durften wir nicht tragen. Man hätte sich ja an ihnen aufhängen können. Ich stellte mir das zwar äußerst kompliziert vor, aber wer kam schon hinter die Logik der Gefängnisordnung.

So erhielt ich zwei Trainingsanzüge, drei Paar Socken, vier Handtücher, zwei Waschlappen, Zahnbürste und Kamm. Auf jedem Gegenstand stand deutlich die »1«. Gefangene Nummer 1!

Wieder in der Zelle, dauerte es nicht lange, bis das Abendbrot kam. Zwei Brote, ein Klacks Margarine, eine dicke Scheibe Schmierwurst, deren Ränder so grün-grau schimmerten, wie gewisse Stellen an der Wand. Dazu eine Plastiktasse heißen Pfefferminztee. Die einzige Köstlichkeit weit und breit. In kleinen Stücken zerbiß ich die Brote und schlürfte dazu den Tee.

Geschirr wieder raus, ein bißchen Ruhe, dann der Befehl,

sich auszuziehen und hinzulegen.

Das Licht der Neonröhre wurde ausgeschaltet. Aber nur für circa fünf Minuten. Dann leuchtete es wieder auf, alle fünf Minuten im Wechsel. Die ganze Nacht. Ab und zu spürte ich, wie mich jemand durch den Türspion beobachtete.

Später erfuhr ich, daß dies eine Methode war, Neuankömmlinge zu verunsichern, sie gegenüber den harten Fragen des Haftrichters gefügig zu machen.

Nachdem es eine Weile still war und ich mich bäuchlings auf meine Hände gelegt hatte, um dem scharfen Licht auszuweichen, hörte ich auf einmal seltsame Klopfgeräusche. Zuerst spärlich, dann immer rhythmischer. Fast melodisch. An allen Wänden. Ich setzte mich hin und lauschte. Versuchte einen Sinn dahinter zu erkennen. Ahnte gleich, daß es eine Geheimsprache der Gefangenen war. Ich versuchte mich zu konzentrieren, um die Verschwörersprache zu entziffern.

Wieder schnelle Klopperei an der Wand. Dann Sendepause. Und wieder! Das mußten richtige Sätze sein! Für einzelne Worte waren die Pausenabstände zu lang. So sehr ich mich auch hineinzudenken versuchte, ich verstand von diesen Zeichen nichts. Aber ich war froh, sie zu hören. Zu wissen, zu empfinden, daß hinter den Wänden Menschen wie ich saßen, die jede Gelegenheit nutzten, um sich zu verständigen. Zu diesem Zeitpunkt war ich noch der festen Überzeugung, daß es sich um ein Gefängnis für »Ausreiser« handelte.

Ich zückte meinen Zeigefinger, beugte ihn, hätte am liebsten auch mitgeklopft, ein Zeichen gegeben, daß es mich gab, daß da jemand war, der nicht vergessen werden wollte.

Doch ich brachte nicht heraus, wie ich zu kloppern hatte. Es war zu schnell und zu viel.

Aber diese Geräusche ließen mich gelassener einschlafen, in dem so hilfreichen Bewußtsein, daß es mir nicht alleine so dreckig ging auf der Welt.

Als ich die Augen schloß, fiel mir der Beatles-Song »Michelle« ein. Bei dem Lied hatte ich meinen Rolf kennengelernt. Die Kapelle hatte ihn heimlich auf dem Tanzboden gespielt. Wir hielten uns damals ganz eng umschlungen, so Wange an Wange, Bauch an Bauch und Oberschenkel an Oberschenkel.

Ich summte das Lied zu dem klopfenden Melodienreigen in mich hinein, bis ich gänzlich darüber in den Schlaf fiel.

Knastalltag

Nun war ich also ein Knasti. Jemand, der sich die Gefängnisgesetze zu eigen machen mußte, um überleben zu können. Jemand, der sich an das scheußliche Knallen der Klappen gewöhnte, an die Befehle, an das vitaminarme Essen, an den Schmutz, Mief und Gestank. Jemand, der von einer Wandklopperei zur anderen lebte, um etwas zu erfahren. Dem die kleinste Information eines Mithäftlings mehr Nahrung und Kraft gab, als das tägliche Stückchen Brot.

Ich hatte nicht sehr lange gebraucht, um herauszufinden, was die Klopfsignale beinhalteten. Das ganze ABC war in hörbare Zeichen unterteilt. Einmal klopfen A, zweimal Klopfen B, dreimal Klopfen C und so weiter.

Mein erster Wandsatz, den ich nach langem hin und her verstand, hörte sich so an:

.... / ....
.... / ....
.... /
.... / ....
.... /

und hieß: »Ich heiße Jutta. Und du?«

Es verlangte eine ungeheuer große Konzentration, sich mit dieser Methode zu verständigen, aber es hielt einen geistig fit.

Bald, als ich das Zellen-Alphabet beherrschte, klöppelte ich so kräftig mit, daß ich mich mit meiner Nachbarin richtig unterhalten konnte. Wir führten abends stundenlange »Gespräche«.

Nur wenn auf den Gängen Schritte zu hören waren, verhallte das Klopfen im Nu. Denn es war bei Sonderarrest strengstens verboten.

Nur war es schwer, jemanden direkt zu erwischen. Bis auf die Fingerknöchel, die bei einigen wund gescheuert waren und eindeutig verrieten, womit sie sich an den langen Abenden beschäftigt hatten. Die meisten redeten sich heraus, behaupteten, sich gestoßen zu haben.

Von meiner Nachbarin erfuhr ich, daß sie schon seit sechs Wochen hier einsaß. Sie hieß Jutta Gallus und war wegen eines illegalen Fluchtversuchs hier. In der BRD-Botschaft in Bukarest hatte sie versucht, für sich und ihre Familie westdeutsche Pässe zu besorgen. Mit diesen Pässen wollten sie dann ganz offiziell über die Grenze. Doch die Stasi hatte sie schon am Ausgang der Botschaft in Empfang genommen. Hatte ihre Pläne und Schritte schon lange vorher verfolgt.

Jutta war genauso wie ich empört darüber, daß wir so wenig Kontakt zur Außenwelt, zu unseren Familien, unseren Männern hatten. Sie war sehr klopfselig. Hatte entweder schon eine dicke Hornschicht, oder klopfte auf den rohen Knochen.

Ich hielt mich zurück. Hatte noch ein bißchen Angst und auch nicht solch harte Finger.

Plötzlich, es war schon abends nach zehn Uhr, klopperte mir Jutta etwas durch, was ich zunächst nicht glauben konnte. Hatte ich mich verhört, oder war das ein Scherz von ihr? Sie gab folgende Signale:

.... / ....

....

.... / ....

.... / ....

.... / .... /

....

.... /

»Habe Nachricht von deinem Mann! Willste?«

.... / .... /

»Und ob!« klopperte ich aufgeregt zurück.

»Es geht ihm gut. Er läßt dich umarmen. Hat Sehnsucht nach dir. Haha«, klopperte sie ihren Kommentar dazu. »Du sollst stark bleiben!«

Ich weinte vor Freude, sandte ihm mit meinen zerscheuerten Fingern tausend Küsse und versicherte ihm, daß es auch mir den Umständen entsprechend gut gehe.

Es war so wohltuend, von ihm gehört zu haben, daß ich noch Tage davon zehrte. Denn Informationen aus dem Männertrakt drangen nur selten an unser Ohr.

Jetzt war ich schon fast eine Woche hier drinnen und hatte gelernt, die äußeren Umstände widerstandslos zu akzeptieren. Wenn der Kampf sinnlos wird, fügt man sich. Einfach, um durchzuhalten, um neue Ziele und Hoffnungen aufbauen zu können.

Noch vor drei Wochen hätte ich energisch abgestritten, solche Zustände aushalten zu können. Ich hätte mich für hysterisch gehalten, für jemanden, der eher verrückt wird, als so eine Menschenschinderei mitzumachen.

Doch ich war bescheiden geworden. Empfand sogar richtige Freude, wenn abends die Wandpost losging. Es war mir gelungen, gegenüber den Wachteln jede emotionale Regung abzublocken. Sie nicht als Menschen, sondern als Maschinen wahrzunehmen.

Meine größten Sorgen und Kümmernisse lagen in den Gedanken um unser Zuhause, unsere Kinder. Daß sie mitleiden mußten, konnte mich in Rage bringen. Doch ich versteckte meine Wut unter der Bettdecke oder ließ sie abends an den Wänden aus.

Eines morgens war es dann soweit. Endlich sollte ich dem Haftrichter vorgeführt werden. Es hatte lange genug gedauert! Ich hatte tausende Fragen an den Haftrichter.

Aber als ich aus der Zelle abgeholt wurde, war mir, als ob mein Gehirn in eine Schleuder geraten wäre.

Fragen, Anklagen, Protest, Unsicherheit, alles vermischte sich in einem seltsamen Komplex aus Hoffnung und Angst. Schon allein, daß ich in diesem entsetzlichen Häftlingsaufzug

182

vor ihn hintreten mußte, verletzte mein Selbstbewußtsein.

In einem kleinen Raum mit Schreibtisch, an dem eine Protokollantin saß, empfing er mich, sitzend, die Beine übereinander geschlagen, in einer Besucherecke, die aus zwei Sesseln und einem runden Gebäcktisch bestand. Für meine Augen, die nicht mehr gewöhnt waren, solch noble Sitzelemente zu sehen, war dieser Anblick ein Genuß. Und im Glauben, mich dem Haftrichter gegenüber hinsetzen zu sollen, freute ich mich schon auf einen weichen Sessel. Endlich mal wieder ein Eckchen menschliche Atmosphäre. Mir schnupperte sogar Kaffeegeruch in der Nase. Ich war der festen Überzeugung, daß dieses Gespräch Klärung in meinen Sachverhalt bringen würde, daß sich herausstellen mußte, daß wir zu Unrecht so behandelt wurden. Wir hatten schließlich nicht mal ansatzweise versucht zu fliehen.

Doch es kam alles anders. Erstens mußte ich stehen, zweitens ging es diesem Menschen, einem halbglatzigen Mitvierziger, nicht etwa darum, meine Version der ganzen Geschehnisse zu hören, sondern darum, mir endlich eine Unterschrift zu entlocken.

Ich sollte meine Anklage bestätigen, zugeben, ein Staatsfeind zu sein.

Langsam las mir der Haftrichter vor, was bei meiner Mammut-Vernehmung an den ersten beiden Tagen zu Papier gebracht worden war.

»Stimmen Sie dem zu?« fragte er neutral freundlich. Ohne eine Antwort abzuwarten, reichte er mir Kugelschreiber und Anklageschrift zur Unterschrift. Ich legte beides auf den kleinen runden Tisch zurück.

»Nein, ich stimme dem nicht zu«, sagte ich einigermaßen gefaßt.

»Ich habe schon vor zwei Wochen gesagt, daß ich nicht gewillt bin, mich selbst anzuklagen. Ich fühle mich keiner Schuld gegenüber diesem Staat bewußt.«

Die Augen des Haftrichters verhärteten sich.

Er fing plötzlich an zu schreien, so laut, daß seine Stimme in meinen Därmen vibrierte.

»Wir werden Ihnen schon beweisen, daß Sie gegen die Gesetze verstoßen haben, wir können auch anders!!« brüllte er drauf los und fuchtelte mit dem Schriftstück unter meiner Nase herum.

»Los, unterschreiben! Sie wissen wohl immer noch nicht, wo Sie sich hier befinden? Natürlich haben Sie nicht geheimes Material an feindliche Organisationen geschickt. Und wir werden noch rauskriegen, an wen und warum!«

War er der Haftrichter oder der Staatsanwalt? --Wir werden Ihnen schon beweisen -- wieso wir?

Doch ich traute mich nicht mehr, irgendetwas zu sagen. Die isolierten Tage in der Zelle, die Kontaktsperre zu anderen Menschen hatten mich scheu werden lassen. Hatten mir meine Zivilcourage geraubt.

Ich stand da, wie zu einer Salzsäule erstarrt und folgte bedingungslos und willenlos seinem Befehl. Hätte es sich um mein Todesurteil gehandelt, ich hätte im Moment nicht anders reagiert.

Gleich nach der Unterschrift wurde ich wieder abgeführt. Das war's also. Mein letzter Funken Hoffnung war von einem eiskalten Wasserschwall ausgelöscht worden. Was nun? Eingesperrt in eine Zelle, umhüllt von Leere und Einsamkeit. Wie lange?

Ich fühlte mich, als ob man mir die Seele aus dem Leib gerissen hätte. Ich saß auf der Bettkante, zusammengekauert, ein Häufchen Fleisch, das im Rhythmus des Gefängnistaktes zu ticken hatte. Meine Zukunft hatte im Augenblick keinen Realitätsbezug mehr. Alles war entglitten, weit, weit weg. Dieser Termin mit dem Haftrichter hatte mich noch die ganze Zeit wenigstens ein bißchen hoffen lassen.

Wie schnell würden sie mich wohl draußen vergessen? Wußten sie überhaupt, wo wir waren? Wer hatte es ihnen gesagt? Ich war immer noch ohne Nachrichten.

Tränen schossen mir aus dem Gesicht, sammelten sich auf meinem Trainingsanzug und befeuchteten das dünne, halb zerschlissene Material.

Nein, niemals zuvor, hätte ich auch nur annähernd geglaubt, daß so etwas in unserem Staat möglich war. Man hatte dies und das gehört, aber wie schlimm.....davon konnte sich keiner draußen ein Bild machen. Von etwas zu hören, oder es zu erleben, sind zweierlei.

Staatsfeind! So lautete also meine Anklage. Aber was ist ein Staatsfeind? Was sollte ich darunter verstehen?

Ein Dieb hat gestohlen, ein Mörder gemordet, ein Betrüger betrogen. Aber ein Staatsfeind? Welches schuldhafte Verhalten ließ sich für ihn finden? Ich war felsenfest davon überzeugt, kein Staatsfeind zu sein. Im Gegenteil! Ich hatte die Werte des Sozialismus immer vertreten und verteidigt. Nur gewisse Methoden des alles vertuschenden Bürokratismus kritisiert. Oder war Kritik am Staat Feindschaft? Es war eher umgekehrt. Der Staat verhielt sich mir, einem seiner Bürger gegenüber feindlich. Aber ich? Was hatte ich denn getan? Außer Anfragen zu stellen, die unbeantwortet blieben. Dann mein Wunsch zur Ausreise.

Aber jeder DDR-Bürger hatte doch das Recht einen Ausreise-Antrag zu stellen. Wieso ich nicht?

Nein, so lange ich auch überlegte, ich fand keinen Grund, der mich hätte zum Staatsfeind erklären können. Ich hatte weder zu Aktionen gegen den Staat aufgerufen, noch Hetzbroschüren verbreitet oder gar drucken lassen, noch Transparente angefertigt oder Mauern mit Parolen beschmiert, oder in aller Öffentlichkeit zum Widerstand aufgerufen, oder staatliche Einrichtungen beschädigt, oder staatliche Amtspersonen beleidigt und verletzt.

Was wollten die also von mir?

Weshalb sollte ich plötzlich ein Staatsfeind sein? Ein politischer Gefangener? Mit einer Aktionistin als Mutter. Wenn ein bißchen maulen und nörgeln am Staat schon solche Konse-

185

quenzen nach sich zog, was mußte dann erst mit echten Staatsfeinden geschehen? Wie wurden die behandelt, wenn ich schon..... ich wagte nicht, diesen Gedanken zu Ende zu denken. Er hätte mich in die allertiefsten Abgründe einer Zeit geführt, von der ich froh war, sie nie erlebt zu haben.

Gedanken über Gedanken zerfraßen allmählich mein Gehirn, weil niemand da war, mit dem ich sie hätte teilen können. Immer aufdringlicher spürte ich, wie der Haß gegen den Staat Wurzeln schlug, die im schlagenden Herzen zementiert wurden. Denn solange mein Herz schlug, war ich da. Auch wenn die Schläge härter wurden, solange sie gegen meine Brust schlugen, wucherten die Zellenempfindungen in mir. Konsequenterweise gegen jene, die mich hierher gebracht hatten, die mich gewaltsam von meinen Lieben getrennt hatten.

Die Bilder von meinem Mann, meiner Familie, die immer wieder vor mir auftauchten, die bittenden Augen meiner Claudel, die mich fragten, wann kommst du zurück, quälten mich wie Folterhiebe.

Und ständig allein. Licht an, Licht aus, Licht an, Licht aus, dazwischen ein heimliches Klopperzeichen, dann Schritte auf dem Gang, eisernes Klappengeklapper, feuchtfrostige Nächte, schmierige Schimmelwände, scharfzüngige Stimmen, jagende Gedanken, die sich nicht ordnen ließen, ein zynischer Kreislauf aus Haß und Ohnmacht, der weder Anfang noch Ende kannte.

Verdammt in alle Ewigkeit! Hieß so nicht ein Roman? Oder ein Film? War das nun mein Schicksal, nur auf einer anderen Ebene? Verdammt in alle Ewigkeit?

Die kommenden Tage vergingen, wie die letzten geendet hatten. Ich hatte keinen Mut mehr, konnte nichts essen, magerte immer mehr ab und wurde zur Gefängnisärztin geführt.

Es war Lethargie, gekoppelt mit einem viel zu niederen Blutdruck, was mich so schlapp, so lebensmüde machte.

»Sie müssen sich zusammenreißen«, drückte die Ärztin meine Hand. »Sie dürfen sich nicht so gehen lassen! Dann sind neunzig Prozent Ihrer Krankheit geheilt!«

Nicht so gehen lassen! Welch ein Hohn aus dem Mund einer Ärztin!

War es etwa abnormal, an diesen Zuständen zu verzweifeln?

Sollte ich mich etwa dauernd selbst beschuldigen, mich selbst belasten, mich selbst geißeln, mir selbst einreden, ein hochkarätiger Staatsfeind zu sein, möglicherweise Sachen erfinden, um denen die Beweisaufnahme meiner angeblich staatsfeindlichen Aktivitäten zu erleichtern, nur um bessere Haftbedingungen zu erhalten?

Das war doch pervers.

Aufgrund meiner körperlichen Schwächeanfälle erhielt ich eine Sonderbehandlung. Besseres Essen, Krankheitskost und Kaffee als Aufputschmittel.

Doch mein Antrag auf Verlegung in eine Gemeinschaftszelle wurde abgelehnt. Erst sollte ich Reue zeigen und aussagebereiter werden. Ein braver Zellengenosse sein.

Endlich Post von zu Hause

Es war ein paar Tage vor Weihnachten, als ich erneut zu einer Vernehmung abgeführt wurde.

Jener schlaksige Typ, der mich den ersten Tag empfangen hatte, wartete schon hinter dem Schreibtisch auf mich. Dieses Mal saß er. Rauchte allerdings wieder seine Pfeife. Ich erkannte sofort den würzigen Geruch des Tabaks.

Ich mußte vor ihm Platz nehmen. Der Schein der Schreibtischleuchte lag auf meinem Gesicht. Wir schwiegen uns erst mal eine Weile an. Er betrachtete mich lange und ausgiebig.

»Sie sehen schlecht aus!« sagte er dann, wobei er seine Augen spöttisch über mein Gesicht springen ließ.

Natürlich schämte ich mich. Das war es auch, worauf er abzielte. Meine weibliche Eitelkeit zu kränken. Er als Mann in Zivilkleidung, mit dem Geruch eines herben Rasierwassers umnebelt, ich ein mieser Zellenhäftling, eine menschliche Kellerassel mit fauligem Schlammgeruch und Angstschweiß an Haaren, Haut und Kleidern. Dennoch versuchte mein trüber Blick seinen höhnischen Grimassen standzuhalten.

»Sie wollen also in eine Gemeinschaftszelle verlegt werden,-- suchen Gesellschaft«, sagte er ruhig und gelassen.

»Ja?« fuhr er mich an. »Ich habe Sie etwas gefragt? Können Sie nicht antworten?«

Wie seine glubschigen Augen, so sprang auch seine Stimmung.

Jedesmal, wenn diese Brüllerei anfing, machte mich das fertig und ich begann unwillkürlich zu zittern.

»Ja«, sagte ich schüchtern.

»Was ja?« beugte er sich qualmend, wie ein wippendes Räuchermännchen, vor.

»Ja«, wiederholte ich hüstelnd, »ich bitte Sie, mich in eine Gemeinschaftszelle zu verlegen.«

Wie tief war ich abgerutscht! Wie sehr ließ ich mich erniedrigen! Als ob eine Fremde aus mir sprach, bat ich um eine Gemeinschaftszelle. Was seelische Not aus Menschen macht!

Ich sagte diese Bitte, als ob sich in mir ein Gerät befände, das ich eben eingeschaltet hatte, für dessen Aussage ich mich aber nicht verantwortlich fühlen mußte.

Es war der Notstand, der mich vor diesem Banditen kriechen ließ. Wie ein schleimiger Wurm, der darum bat - wenn schon zertreten! - dann mit einer weichen Gummisohle, statt mit hartem Leder.

»Wenn Sie aussagen, kann sich vieles für Sie ändern. Wer uns stur kommt, dem kommen wir stur. Wer uns entgegen kommt, dem kommen wir entgegen.«

»Aber was soll ich aussagen?« fragte ich verzweifelt. Ich hatte doch schließlich meine Schuld schon unterschrieben.

Der Vernehmer lenkte von meiner Frage ab.

»Wissen Sie, was das da ist?« fragte er stattdessen und zeigte auf einen Brief. Wollte er mich auf den Arm nehmen? Wollte er testen, ob ich noch normal war? Mich vielleicht für verrückt erklären lassen?

»Nein, nein«, beantwortete er meinen mißtrauischen Blick. »Ich weiß, daß Sie wissen, daß das da«, er hob den Umschlag hoch, »ein Brief ist. Aber Sie wissen nicht von wem, stimmt's?«

Natürlich, woher sollte ich wissen, wer ihm Briefe schrieb. Was sollte dieses Suchspiel?

»Absender«, las er vor, »Görlitz!«

Meine Mutter! Ich sprang auf und wollte nach dem Brief greifen. Wie konnte er so unverschämt sein, mir den Brief vorzuenthalten. Dieses lang ersehnte Zeichen von zu Hause. Für wenige Augenblicke vergaß ich meine Lage und pochte auf meine Rechte.

»Geben Sie mir sofort den Brief her!« schnauzte ich ihn an,

alles um mich herum verdrängend.

Erst sein Gelächter brachte mich wieder auf den Boden der Tatsachen zurück. Ich setzte mich, knickte in mich zusammen. Also Erpressung. Das war auch eine Art. Ich entschloß mich, mitzuspielen. Was konnte er noch von mir wollen, was er nicht längst wußte.

»Was wollen Sie hören?« fragte ich kalt, obwohl es in mir nach jenem Brief fieberte, jenem Stückchen beschriebenes Zuhause.

»Alles!«

»Gut, Sie stellen die Fragen, ich sage ja, sind Sie dann zufrieden?«

»Mhmh«, schüttelte er den Kopf.

»Sie erzählen! Und zwar die ganze Wahrheit. Über die Briefe zum Westen. Ihr Mann hat übrigens schon ausgesagt. Eine Falschaussage«, drohte er mir und hielt den Brief demonstrativ hoch, »und der wandert da hin«, zeigte er auf den Papierkorb.

Eine simple, offene Erpressung. Und niemand, der mir helfen konnte. Niemand, der mein Zeuge war. Was hatte es für einen Sinn zu leugnen.

Also begann ich zu erzählen, lieferte ihnen »Beweis« um »Beweis«. Erzählte von dem Treffen in Prag, von den Briefen, die ich meiner Cousine mitgegeben hatte, konnte mir am Schluß aber nicht verkneifen, folgenden Satz hinzuzufügen.

»Ich bekenne mich im Namen des Volkes schuldig, Briefe geschrieben zu haben, Bittbriefe, deren Empfänger mir helfen sollten, das Schicksal meines vermißten Sohnes zu klären.«

»Na also«, überhörte er einfach den letzten Satz und gab mir den Brief.

Er war bereits geöffnet und zensiert worden. Aber mich wunderte nichts mehr. Ich verschlang mit gierigen Augen die vielen Zeilen, die meine Mutter geschrieben hatte:

Liebe Heiderose,

dies ist nun schon der dritte Brief an Dich. Und noch keine Antwort. Von einem Staatsanwalt habe ich Deine Adresse und mir ist gesagt worden, daß wir uns schreiben dürfen. Mach Dir keine Sorgen um die Kinder. Sonntag und Sonnabend sind sie bei uns, unter der Woche bei Deiner Schwiegermutter. Ein bißchen schwierig ist schon alles. Ulla meint, sie habe die Vollmacht über das Haus und die Kinder, weil Rolf wohl solch eine Erklärung abgegeben hat, die seine Mutter berechtigt, die Fäden in die Hand zu nehmen. Aber Du hast doch mich eingesetzt! Könnt Ihr Euch denn nicht einigen?

Eure Kinder sind ganz lieb. Mit Silvia üben wir oft Mathe. Der Hund wird auch versorgt. Nur Eure beiden Kaninchen mußten wir schlachten. Keiner wollte sie nehmen. Keiner wollte für sie aufpassen. Ein Weihnachtspäckchen für die Kinder von Sabine hat Ulla empfangen. Ich habe mich bei ihr schon dafür bedankt. Deine Wäsche hat Ulla aus dem Haus geholt. Auch die Kindersachen. Ansonsten dürfen wir nichts holen. Günter darf auch nicht drin wohnen. Solange, bis Ihr kommt, muß das Haus leer bleiben. Dabei könnte er so gut alles versorgen. Ab und zu durchheizen und dem Prinz regelmäßig sein Fressen geben.

Wie ich gesehen habe, habt Ihr den Kindergarten schon im voraus bezahlt. Wie ist das mit der Pacht? Was ist sonst noch zu bezahlen? Schreib uns doch mal! Wann wir Dich besuchen dürfen, was wir Dir mitbringen dürfen. Hattest Du schon Weihnachtsgeschenke für die Kinder? Wenn ja, wo hast Du sie versteckt?

Viele liebe Grüße von Mutti und Günter

Liebe Mutti,
Möchte Dir kurz etwas schreiben. Ich sticke gerade an einem Weihnachtsdeckchen für Dich. Es ist ganz schön, mit rot und gold.

Hoffentlich kommt Ihr beide bald wieder. Weihnachten ohne

euch ist gar nicht schön. Ich muß immer wieder an Euch denken und viel weinen.

Tausend Grüße und Küsse von Deiner Silvie und Claudel

Ich las den Brief gleich nochmals, faltete ihn und wollte ihn mitnehmen.

» Das ist schon der dritte Brief, wo sind die beiden anderen?« fragte ich vorsichtig. Der Vernehmer zuckte mit den Schultern, während er sich seinen Tabak nachstopfte.

»Es werden nicht alle Briefe ausgehändigt. Nur die genehmigten, die diesen Stempel«, wies er mit seinem staksigen Zeigefinger auf die Umschlagrückseite, »tragen.«

Dann nahm er den Brief wieder an sich.

»Sie dürfen keine Briefe in die Zelle mitnehmen«, unterrichtete er mich. »Normalerweise können Sie die Post im Besucherzimmer lesen. Wir heben die Briefe auf und geben sie im allgemeinen nach der Haftzeit zurück.«

»Wann kann ich antworten. Sie müssen zu Hause doch wenigstens über ein paar Dinge Bescheid wissen.«

»Ich werde Ihrer Aufsicht Bescheid geben. Eine Seite dürfen Sie schreiben. DIN A 4. Einmal im Monat.«

»Und meinem Mann? Wir müßten vieles miteinander besprechen.«

Der Vernehmer grinste.

»Das glaube ich. Aber nicht während der Beweisaufnahme.«

»Und wie lange dauert das?«

»Einen Monat, ein Jahr, ich weiß es nicht.«

»Ich darf ihm auch nicht schreiben?«

»Nein, auch nicht schreiben«, sagte er spitz, warf einen Blick auf seine Uhr und telefonierte.

Das Telefon! Ich starrte es verheißungsvoll an. Ein Anruf mit meiner Mutter! Damit ich ihr alles erklären konnte. Sie wußte ja nicht, daß es zwischen Rolf und mir eine Kontaktsperre gab. Nur fünf Minuten und all ihre Fragen wären geklärt. Doch dieser Wunsch war so grotesk, daß es schon fast lächerlich war, daran zu denken.

Wieder in der Zelle, lief nochmals in meinem Kopf Zeile um Zeile des Briefes ab. Der Brief war kühl abgefaßt, nirgendwo eine Anschuldigung, aber auch nirgendwo Trost oder Verständnis. Die Art, in der meine Mutter geschrieben hatte, gab mir zwischen den Zeilen zu verstehen, was sie dachte.

Ihre Tochter im Gefängnis! Ich konnte mir vorstellen, was sie empfand. Der Mann ein Säufer, die Tochter ein Häftling. Arme Mama! Das hatte die treue Seele wahrlich nicht verdient.

Silvie! Sie hoffte, daß wir Weihnachten wieder zusammen waren. Wer hoffte das nicht? Weihnachten ohne die Kinder, ohne Rolf! Würde ich das überhaupt ertragen? Aber was hatte ich nicht schon alles ertragen? Hoffentlich wurde Silvie nicht in der Schule gehänselt.

Endlich erhielt ich einen Bogen Schreibpapier. Ich zwang mich, so gut es ging, zur Konzentration und schrieb sehr eng, um möglichst viel mitteilen zu können. Über meinen Aufenthalt zu berichten, hatte man mir strengstens verboten. Also beantwortete ich erst mal die offen stehenden Fragen meiner Mutter.

Es gehe mir den Umständen entsprechend gut, log ich, bat um ein Päckchen mit Kaffee und frischer Seife, und versuchte, so gut es ging, denen draußen Mut zu machen.

Denn es war für uns alle eine nervliche Zerreißprobe.

Bei jedem Wort, das ich schrieb, fühlte ich die Hilflosigkeit in mir, diese Ohnmacht gegenüber Menschen, die dazu fähig sind, wegen nichts und wieder nichts Familien auseinanderzureißen.

Schnell hatte ich die Seite voll geschrieben und hoffte, daß meine Kinder und meine Eltern bald diese Zeilen erhielten. Ich konnte mir sehr gut vorstellen, wie sehr sie unter dem Tatbestand litten, keine Post von uns zu bekommen. Wahrscheinlich wußten sie nicht, wie streng hier alles überwacht wurde.

Noch einen Tag war ich in dieser Zelle allein, dann mußte ich meine Sachen »packen« und wurde in eine andere Zelle verlegt.

Zu einer älteren Frau, die gerade auf ihrer Pritsche saß, als ich in ihre Zelle geführt wurde. Sie war gut beleibt, hatte einen kurzen Haarschnitt, und trug wie ich einen zerfransten dunkelblauen Trainingsanzug. Wahrscheinlich waren das die abgetragenen Wettkampfanzüge der DDR-Sportelite. Vielleicht hatte mein Anzug mal auf einem Podest gestanden, eine Medaille auf der Brust getragen. Ich mußte in mich hineingrinsen. Auf was für verrückte Ideen man hier kam.

Als die Aufseherin die Tür hinter mir verschlossen hatte, plauderten wir munter drauf los.

Stellten uns vor, erzählten uns unsere Schicksale. Besonders ich redete pausenlos. Es tat mir wohl, mich auszusprechen.

Ich erfuhr, daß mein Gegenüber Karin Brandenburg hieß und wie ich, nur wegen eines Ausreiseantrags festgehalten wurde. Lange Zeit fiel mir nicht auf, daß Karin keine eigene Meinung hatte. Ich erzählte und sie stellte die Fragen. Nach meinen Plänen, Absichten, nach meiner Vergangenheit und auch nach Dirk.

Besonders nach Dirk. Aber ich fand es ganz natürlich, weil sein Schicksal jeden erschüttern mußte. Ich war so froh über einen Gesprächspartner, daß ich keinerlei Zweifel an Karins Ehrlichkeit aufkommen ließ. Außerdem wäre es mir nicht im Traum eingefallen, zu glauben, daß auch Gefangene zu Spitzeldiensten mißbraucht werden konnten.

Erst als ich bei einem neuen Verhör mit konkreten Fragen bedrängt wurde, über deren Inhalt nur Karin Bescheid wissen konnte, wußte ich, wie es um meine Gefängnisgenossin bestellt war. Als ich ihr das vor den Kopf knallte, hatte sie für meine Anschuldigungen nur ein müdes Lächeln übrig.

»Weißte Heidi«, verteidigte sie sich, »im Knast herrschen eigene Gesetze, da ist sich jeder selbst der Nächste.«

Durch die Klopperei verwöhnt, hatte ich gehofft, daß alle

Gefangenen eine Art Solidargemeinschaft bildeten.

Andere aushorchen, wegen Hafterleichterungen --- wieso hatte es Karin nötig, sich darauf einzulassen? Für ein Päckchen mehr im Monat, für ein paar zugesteckte Zigaretten?

Jetzt, nachdem ihr Spitzelwesen aufgedeckt war, erfuhr ich die volle Wahrheit. Karin war eine hoffnungslose Kleptomanin, saß schon zum vierten Mal im Gefängnis. Dieses Mal hatte sie Schmuck mitgehen lassen. Und jetzt sollte sie, als »Politische« deklariert, in den Westen abgeschoben werden. Gegen ein Lösegeld von mindestens 20000 Mark. Für eine unverbesserliche Diebin ein recht ordentliches Kopfgeld.

Eine raffinierte Methode. Man entledigte sich der Klein-Kriminellen, erhielt Geld dafür und drüben merkte keiner was.

Jetzt konnte ich mir jedenfalls erklären, wieso Karin so wenig politische Kommentare abgegeben hatte. Immerhin war diese Erfahrung, gleich zu Beginn meiner Gefängniszeit, sehr lehrreich.

Das Sprichwort - »Schweigen ist Gold« - wurde für mich zum Grundsatz. Niemals wieder über Dinge reden, die nicht längst bekannt waren. Sonst konnte ich in Teufelsküche geraten.

Denn wenn jemand erfuhr, daß ich im tiefsten Innern meines Herzens vermutete, daß Dirk noch lebte und aus welchem Grund auch immer, entführt worden war, würde ich wohl nie wieder diese Mauern verlassen dürfen.

Ich hatte Karin nur andeutungsweise von meinen Vermutungen berichtet und mich während des Verhörs rausreden können. Denn auf einmal war bei meinem Vernehmer Dirk wieder ins Gespräch gekommen. Erst hatte er wissen wollen, warum wir wegen Dirk die DDR verlassen wollten, dann aber, ob wir über die Ermittlungen im Fall Dirk Schiller etwas der BRD mitgeteilt hätten. Darauf konnte er nur über Karin gestoßen sein. Denn ich hatte Dirk bis auf das erste Verhör nie erwähnt.

Ich hatte bisher nur gesagt, daß wir das Rote Kreuz über sein Vermißtsein unterrichtet hätten. Ganz allgemein. Was auch stimmte.

Ich war insgesamt nur vier Tage bei Karin, dann wurde ich wieder verlegt. Die Weihnachtswoche war bereits angebrochen. Ich kam zu einer jungen Frau namens Elli Frischmuth. Sie war höchstens zwanzig Jahre alt und dieses Mal war ich diejenige, die mehr zuhörte, als erzählte.

Bei Elli spielte eine romantische Liebesgeschichte den Hintergrund zu ihrem Drama.

Elli war ein hübsches Persönchen mit auffallend großen blauen Augen, die trotz der düsteren Zellenatmosphäre wie zwei Strahler leuchteten. Vor allem, wenn sie von ihrem geliebten Heiner sprach.

»Den Heiner«, so berichtete sie mir aufgeregt, »habe ich vor einem halben Jahr kennengelernt. Er hat für eine Maschinenbaufirma aus Köln im Außendienst gearbeitet. Wir haben uns beim Eis-Anstehen kennengelernt. Wie das so ist. Im Sommer haste manchmal bis zu einer halben Stunde in der Schlange gestanden. Wir hatten meist zur gleichen Zeit Mittagspause, er hatte dreimal hinter mir gestanden, na und dann hat's gefunkt. Alle waren gegen uns. Glaubten, daß der Heiner mich nur ausnutzen will. Aber ich hab gewußt«, schwärmte sie, »daß der mich gernhat. Und weil meine Mutter sowieso nicht mehr lebt, hatte ich auch keine Bedenken, wegzugehen. Vater hat schon 'ne andere Frau. Heiner dauerte das mit dem Ausreiseantrag aber zu lange. Deshalb hat er mir, was weiß ich woher, falsche Papiere besorgt und gesagt, ich bräuchte mich nur in den Interzonenzug setzen und rüberfahren. Die Arbeiten waren inzwischen zu Ende gegangen und Heiner wieder in Köln. So daß keiner Verdacht schöpfen konnte. Vor einem Monat sollte dann das Ganze starten.

Am ersten Advent sollte ich schon in Köln sein. Bei unserem Abschied hatte er mir ganz begeistert erzählt, wie sehr sich seine Eltern freuen würden, mich kennenzulernen und mir einen Verlobungsring geschenkt.«

»Und wie ist alles aufgeflogen?« war ich nun natürlich neugierig geworden.

»In allerletzter Minute, wirklich in allerletzter Minute!« stöhnte Elli. »Kurz vor der Grenze kamen zwei Männer ins Abteil, zeigten mir ihren Ausweis, du weißt schon, und baten mich, zwecks einer kurzen Befragung, mitzukommen. Ich war gleich so eingeschüchtert, daß ich mit ihnen ging. Na und dann war's passiert. Alles im Eimer!«

»Und dein Verlobter?«

»Der wird mich hier rausholen«, strahlte Elli voller Optimismus. »Der stellt alles auf den Kopf, wenn die mich nicht rauslassen.«

»Woher weißt du das so sicher?«

»Mein Vater hat's mir beim letzten Besuch zugeflüstert. Heiner hat gleich Kontakt mit ihm aufgenommen.«

»Was?« staunte ich. »Man kann Besuch bekommen?«

»Klar! Du mußt nur einen schriftlichen Antrag stellen.«

»Bei wem denn?«

»Bei deinem Vernehmer oder irgendeiner Amtsperson. Ich hab einfach beim Haftrichter gefragt.«

Elli war eben jung und hübsch. Ihren blauen bittenden Augen konnten wahrscheinlich selbst DDR-Haftrichter nicht widerstehen. Irgendwo unter der Schale des harten fanatisierten Sozialismus waren auch sie nur Männer mit Phantasien.

»Pst«, drehte sich Elli mit ihrem Rücken so zur Tür, daß sie von außen nicht beobachtet werden konnte. Dann zog sie ein Bild aus dem rechten Socken hervor.

»Das ist er«, zeigte sie mir schnell ein total zerknittertes Paßbild von Heiner, das sie offenbar hegte wie ihren kostbarsten Schatz. »Mein Vater hat's mir zustecken können!«

Trotz des schlechten Bildzustandes konnte man erkennen, daß Heiner ein recht passabler, junger Bursche sein mußte. Ich nickte anerkennend und bestätigte das gute Aussehen und den netten Eindruck dieses Herrn. Ich freute mich mitzuerleben, wie verliebt Elli war. Das war in diesen kalten Zellen, die alle wie ein Haar dem anderen glichen, wie ein wärmendes Feuer.

Elli ließ sich nicht beirren, glaubte fest, daß ihr Verlobter sie bald holen könne. Sie stilisierte ihn zu ihrem Helden, machte aus ihrer Liebesbeziehung eine moderne Romeo-Julia Version. Für sie hatte dieser Gefängnisaufenthalt sogar einen abenteuerlich romantischen Bezug.

Elli hatte eben keine Kinder zu Hause sitzen, die darauf warteten, daß Mama und Papa spätestens am Heiligen Abend bei ihnen sind.

Da konnte einer noch so kommunistisch sein, der geschmückte Tannenbaum fehlte fast in keinem Haushalt. Auch wenn ich kein sonderlich sentimentaler Mensch war, aber hier im Gefängnis das Weihnachtsfest verbringen zu müssen, machte mir mehr zu schaffen, als ich zugeben wollte.

So verbrachten Elli und ich das Weihnachtsfest und Silvester in aller Stille und Abgeschiedenheit. Stellten uns vor, der dünne Pfefferminztee sei sprudelnder Sekt.

Ich hoffte, daß draußen wenigstens mein Brief angekommen war.

Es war alles traurig und belastend und dennoch war ich froh, nicht alleine zu sein. Trotz des miesen Zustands hätte es mir wesentlich schlechter gehen können.

Im neuen Jahr gingen die Verhöre pausenlos weiter. Ich wußte zwar nicht, was sie noch aus mir herauspressen wollten, aber es wurde von Mal zu Mal anstrengender.

Meine Konzentrationsfähigkeit ließ allmählich nach und ich verhedderte mich mehr und mehr in widersprüchlichen Detailerklärungen. So zumindest wollte es mein Vernehmer auslegen.

Wenn sie mich nach Sachverhalten fragten, die jahrelang zurücklagen, an deren genauen Ablauf ich mich beim besten Willen nicht mehr erinnern konnte, hatten sie immer Grund, sich eins ins Fäustchen zu feixen.

Zum Beispiel, was wir genau in Prag unternommen hätten, wo wir gegessen und getrunken hatten. Wenn es dann angebliche Abweichungen zu den Aussagen meines Mannes gab, versuchten sie, mich der Lüge und Betrügerei zu überführen.

Diese Art der Beweisaufnahme war grausam, weil man genau wußte, daß es von vornherein das Ziel der Vernehmer war, einen in die Falle zu locken.

Auch zu Hause, wie ich den spärlichen Briefen entnehmen konnte, lief nicht mehr alles so, wie es hätte sein sollen. Es begann scheinbar ein wahrer Kleinkrieg zwischen den Müttern. Jede fühlte sich sorgeberechtigt und wir mußten aus der Ferne tatenlos zusehen. Dabei hätte ein klärendes Gespräch vieles bewirkt.

Tatsächlich gelang es uns, eine Besuchserlaubnis durchzudrücken. Monatlich eine halbe Stunde. Es war wahrlich nicht viel, aber wenigstens ein winziger Kontakt.

Ich werde nie den Tag vergessen, als mir Mama zum ersten Mal gegenüberstand.

Ich hatte ihrem Gesichtsausdruck angemerkt, daß sie mir auch ein paar Vorhaltungen machen wollte, aber mein jämmerliches Aussehen hatte sie wohl so tief bewegt, daß sie nichts weiter konnte, als mich stumm umarmen und den Tränen freien Lauf zu lassen. Damit war dann auch schon die Hälfte der Besuchszeit um.

»Den Kindern geht's gut«, schniefte sie und zeigte mir ein paar Bilder vom Weihnachtsfest. Leider durfte ich die Fotos nicht behalten. Und ich konnte nicht so geschickt schmuggeln wie Elli.

Wir hatten kaum Zeit, uns das Nötigste zu sagen, da hieß es schon wieder zurück in die verhaßte Zelle. Aber ich werde nie in meinem Leben vergessen, wie meine Mutter zum Schluß der Besuchszeit meinen Kopf an ihre Schultern drückte, so wie sie's früher immer flüchtig getan hatte, wenn es Probleme gab. Dann flüsterte sie mir ins Ohr: »Sie haben mir die ganzen Orden abgenommen. Mich aus der Partei rausgeschmissen!

Mach nicht schlapp! Bleib deinem Grundsatz treu! Die Kinder werden euch mal dankbar sein. Nur, haltet zusammen, egal was auch passiert. Ich werde euch immer helfen, das sollst du wissen. Mit denen bin ich fertig! Ihr könnt euch auf mich verlassen.«

Ich hob meinen Kopf und blickte, fast Nasenspitze an Nasenspitze, in ihre Augen. Ihre Falten hatten sich vermehrt. Die Sorge um uns stand ihr im Gesicht geschrieben. Aber sie hatte sich entschieden. In letzter Instanz für ihre Tochter. Das würde ich ihr nie vergessen.

»Mensch Mama«, drückte ich sie ganz fest an mich. »Das muß ja schlimm für dich sein.«

»I wo«, lächelte sie mir zu, wobei sich eine Träne in den Wimpern verfing, »was soll ich mit den vielen Orden. Mit in den Sarg nehmen? Die Last wäre mir zu schwer. Glaubst du denn, ich hätte jemals unterschrieben, mich von dir loszusagen?« wisperte sie, damit der Vernehmer, der uns beaufsichtigte, nichts mithören konnte.

Ich war entsetzt.

»Hatten sie das von dir verlangt?«

Sie nickte stumm und senkte ihren Blick, als wolle sie sich ihrer langen Zugehörigkeit zur Partei schämen.

»Aber das ist ja Sippenhaft!« bäumte ich mich auf.

Mama zuckte gequält ohne einen Kommentar die Schultern.

»Die Hauptsache, ihr werdet glücklich und der Spuk ist bald zu Ende. Vor allem wegen der Kinder. Eltern sind nicht ersetzbar.«

»Hier wird nicht geflüstert!« unterbrach uns der Vernehmer mit seinem barschen Ton. »Die Besuchszeit ist ohnehin zu Ende. Kommen Sie zum Schluß!« forderte er uns mit einem Wink auf die Uhr auf.

»Mama«, drückte ich zum Abschied ihre Hände. »Danke für alles!«

Dann heulte ich wie ein kleines Mädchen drauf los. Ich

schämte mich all meiner schlechten Gedanken, die ich jemals über sie gedacht hatte.

»Ist schon gut«, streichelte sie mir über die Haare. Dann drehte sie sich schnell um und ging.

Trotz dieser dunklen Zeit, trotz dieser vergitterten Atmosphäre, war dies eine meiner schönsten Stunden im Verhältnis zu meiner Mutter. Ich zehrte davon noch Wochen in meiner Zelle. Hatte das Gefühl, endlich, nach so vielen Jahren, zu ihr gefunden zu haben. Sie hatte mich nicht verurteilt, sondern setzte sich sogar für mich ein.

Ich wußte sehr wohl, wie viel das für sie bedeuten mußte. Möglicherweise die Isolation. Der Verlust von Freunden, von Idealen, denen man sein ganzes Leben lang treu gewesen ist. Ich würde schließlich in den Westen gehen. Zwischen uns würde es dann die Mauer geben. Aber innerlich waren wir zusammengeschweißt wie nie zuvor.

Rolfs Mutter war nicht standhaft geblieben. Sie hatte die gesamte Schuld an dieser Lage mir in die Schuhe schieben wollen.

Hatte über Briefe und einen Besuch versucht, Rolf zu einer Scheidung zu überreden. Die Kinder würden ihm auf alle Fälle zugesprochen werden, hatte sie ihm mitteilen lassen.

Erst etliche Jahre später gestand sie uns, von der Stasi eingeschüchtert worden zu sein. Sie hatte den Auftrag, unsere Ehe zu zerstören und hatte sich sogar nicht gescheut, mir eine Affäre anzuhängen, um Rolf einen triftigen Grund zu liefern. Doch sie hatte nicht damit gerechnet, daß wir viel zu stark aneinander gebunden waren, um uns, durch wen auch immer, verunsichern zu lassen. Im Gegenteil!

Rolf war so erbost und verbittert über die Attacken seiner Mutter, daß er ihr einen zornigen Brief schrieb.

Sie erklärte ihm daraufhin, daß sie keinen Sohn mehr habe, falls er den Ausreiseantrag nicht zurücknehmen würde.

Sie verhielt sich dann dementsprechend. Rolf erhielt fortan weder Briefe noch Besuche. Angeblich wollte sie mit diesem

Schritt verhindern, daß Rolfs Bruder in seiner beruflichen Entfaltung behindert wird. Sie selbst, so erfuhren wir später, hatte auch ihren Nutzen aus der ganzen Geschichte gezogen. Sie wurde auf einen besseren Posten gehievt. Brauchte nicht mehr als Pförtnerin den Nachtdienst schieben, sondern konnte tagsüber in die Buchhaltung, wo sie mehr Geld verdiente und eine geregeltere Arbeitszeit hatte.

Es war ein Chaos. Wir hier drinnen konnten so gut wie nichts ausrichten und draußen tobte der Kampf um die Kinder. Denn meine Schwiegermutter ließ bestimmt keine Gelegenheit aus, die Kinder in ihrem Sinn zu beeinflussen. Aber das alles gehörte zum Spiel der Stasi. Zermürben, zermürben und nochmals zermürben. Bis einer »freiwillig« den Ausreiseantrag zurücknahm.

Als sie jedoch merkten, daß sie von draußen keinen Einfluß auf uns nehmen konnten, wurden wir bezüglich des Ausreiseantrags bearbeitet.

Durch Kloppersignale erfuhr ich, daß Rolf fast jeden Tag zum Verhör mußte. Auch bei mir häuften sich die Termine. Doch erst beim letzten Gespräch rückten sie mit ihrer wahren Absicht heraus.

Wieder war es der Schlaksige, dem ich gegenüber saß.

»Frau Schiller«, begann er in einem seltsam freundlich gekünstelten Tonfall. »Wir kennen uns ja jetzt schon eine Weile. Sie wissen, weshalb Sie angeklagt sind, wissen aber noch nicht, daß wir auch ebenso gut die Anklageschrift vergessen können.«

Er machte eine denkwürdige Pause. »Natürlich nur«, setzte er seine schmierige Rede fort, »wenn Sie auch etwas dafür tun, sich bereit zeigen, den Staat nicht weiterhin zu sabotieren. Sehen Sie, wohin würde das Gemeinwohl des Staates abrutschen, wenn alle jungen Leute, die hier ihre Schulausbildung genossen haben, einfach abhauen würden? Das ist auch eine Form der Sabotage.«

Gemeinwohl, dachte ich. Als ob sich dieser Staat und ausgerechnet die Stasi jemals um das Gemeinwohl der Bürger Gedanken gemacht hätte. Sie hatten alle nur Angst vor der Abstimmung mit den Füßen, daß es so kommen würde, wie in den fünfziger Jahren, als die Leute zu Tausenden über die Grenze gelaufen sind. Der Verlust der Macht, das war es, wovor sie Angst hatten und weshalb sie ihre Bürger so erbittert zwangen, sich einen Platz zwischen Hammer und Sichel zu suchen.

»Und«, sah er mich erwartungsvoll an. »Können wir damit rechnen, daß Sie vernünftig sind, ... auch im Sinne Ihrer Kinder? Menschenskind Schiller«, sagte er auf einmal wie ein Kumpel, der einen zu einer guten Tat überreden wollte. »Kinder in dem Alter brauchen ihre Mutter und ihren Vater. Wir sind doch keine Unmenschen. Wenn Sie sich kooperativ zeigen, dann.....Sie war'n doch mal eine von uns.«

Ja, diese Spielchen kannte ich bereits zur Genüge. Es ging um den Ausreiseantrag. Das Angebot war eindeutig und zweifelsohne verlockend. Verlockender, als alles andere auf der Welt. Endlich wieder zu Hause, endlich bei den Kindern. Wir brauchten nur zu unterschreiben. Wie würde Rolf handeln? Er liebte seine Schillerlocken genauso wie ich.

Könnte er diesem Angebot widerstehen? War es überhaupt moralisch gegenüber unseren Kindern zu rechtfertigen, auf dieses Angebot zu verzichten? Wohl wissend, was uns bevorstehen konnte?

Ich schwankte. Stand auf ziemlich wackeligen Füßen. Schnupperte schon die frische Luft außerhalb dieses Gebäudes, hatte schon Silvie und Claudel in den Augen, wie sie mir entgegensprangen.

Wer weiß, was sonst noch mit uns geschehen würde. Ich bat mir Bedenkzeit aus, wollte versuchen, mich über Klopperei mit Rolf abzusprechen.

Hier im Knast war das schlechte DDR-Baumaterial wenigstens von Nutzen. Wo es sonst störte, wenn die Wände Ohren hatten, hier im Gefängnis war es ein Segen.

Die Anklageschrift

Meine Klopperpost hatte tatsächlich Erfolg.

Nein, war die Nachricht, die Rolf mir zukommen ließ. Also genauso, wie wir es früher abgesprochen hatten. Egal, was kommen würde, wir würden auf dem Ausreiseantrag beharren. Schon allein wegen Dirk, den wir immer auf unseren zahlreichen Anträgen mitgenannt hatten. Auch ich war mehr und mehr der Überzeugung, daß es richtig war, durchzuhalten. Denn was hätte uns und die Kinder erwartet, wenn wir hätten in Görlitz weiterleben wollen. Wir waren doch schon längst auf der schwarzen Liste und sicher würde uns dort so schnell keiner ausradieren. Und ein Leben lang beschattet werden! Nein, das war weiß Gott keine glückliche Perspektive.

Ich setzte auf Sabine und den Westen. Wenn die von drüben nur lange genug bohrten, mußten sie uns frei geben. Es war allein nur eine Frage der Zeit. Und eine Frage der Geduld. Nur, woher sollten wir die Gewißheit nehmen, daß alles gut ging? Hier, in der Zelle...

Was, wenn wir Jahre hier schmoren mußten, wenn wir vergessen wurden? Aber Dirk? Wenn wir in den Osten zurückgingen, würde kein Mensch mehr auch nur einen Finger krümmen, um ihn zu suchen. Und im Westen? Da bestand wenigstens Hoffnung. Vielleicht könnten die mehr Druck auf die entsprechenden Amtsstellen ausüben. Wir mußten es versuchen.

Auf halber Strecke umkehren, wäre töricht. Wie hätten wir nach all dem Erlebten noch in diesem Staat existieren sollen? Wir wären mit Sicherheit wieder in Konflikte verstrickt worden. Noch waren die Kinder klein. Noch konnten sie einen Wechsel verkraften.

204

In die Ungewißheit um die Zukunft mischte sich die Sorge um zu Hause. Ich hatte von meinem Bruder die Nachricht erhalten, daß Prinz von einer Polizeistreife erschossen worden war. Angeblich, weil er herumgestreunt habe. Es war wohl auch kein Leben mehr für ihn. Keiner hatte Zeit, sich um ihn zu kümmern. Was mochte sich in seinem kleinen Hundehirn abgespielt haben; wir nicht mehr da, nur noch Günter, der jeden Morgen und jeden Abend kurz vorbeikam, um ihn mit dem Nötigsten zu versorgen. Damit er nicht immer eingesperrt war, hatte Günter ihn tagsüber laufen lassen. Vielleicht hatten sich einige Spaziergänger darüber beschwert.

So langsam vereinsamte und verwahrloste unser Heim mehr und mehr. Dabei wäre alles so einfach zu lösen. Günter hatte sich mehrmals dazu bereit erklärt, das Haus zu bewohnen, um alles besser betreuen zu können. Doch wir hatten über unser eigenes Haus nicht mehr zu entscheiden.

Es gibt in der DDR nur eine Form von Eigentum und die heißt Staatseigentum. Solange man als Bürger Eigentum des Staates war, konnte man selbst auch Eigentum erwerben.

Aber wehe dem, der sich den Zorn der Staatsmacht zugezogen hatte! Der war ärmer dran als eine Feld- und Wiesenmaus.

Gerade das hatte ich nie für möglich gehalten, deshalb war es so bitter, jetzt solche Erfahrungen machen zu müssen.

Unser Prinz! Wer hätte je gedacht, daß er einmal so enden würde! Mit einer oder vielleicht sogar einer Salve Kugeln im Leib, gejagt, wie ein tollwütiger Fuchs.

Ich war mir sicher, daß er niemandem etwas getan hätte, Prinz war ein Menschenfreund. Fast ein bißchen zu verspielt für einen Schäferhund. Das machte der ständige Kontakt zu den Kindern. Jetzt war er tot. Es tat mir weh, sechs Jahre hatte er unser Leben begleitet. Wir hatten ihn als kleinen Welpen zu uns genommen, ihn mit einer Flasche hochgepeppelt, weil seine Mutter noch während der Stillzeit von einem Auto überfahren worden war.

Aber wenn der Staatsschutz schon mit Menschenleben so

verachtend umging, um wieviel weniger mußte ihnen ein Hundeschicksal wert sein!

Als ich am nächsten Tag erneut zum Vernehmer ging, hielt ich meinen Rücken und meinen Kopf so gerade wie nie zuvor.

Ich war zwar aufgeregt, aber froh, eine Entscheidung getroffen zu haben, die ich mit reinem Gewissen und aus vollster Überzeugung vertreten konnte. Trotz der Aussicht auf »Freiheit« wählte ich den steinigen Weg, um die innere Freiheit zu erlangen. Jene Freiheit, die mich unabhängig machen würde. Unabhängig von der Willkür eines Staates, der die Sorge einer Mutter um ihr Kind für verbrecherisch hielt.

Es lag nicht der kleinste Schatten über meiner Entscheidung. Wohl wissend, was auf mich zukommen konnte, stellte ich mich dem Vernehmer.

»Und?« fragte er herausfordernd.

»Wir«, jetzt hatte ich mich beinahe verplappert, »werden Ihr großzügiges Angebot nicht annehmen. Die Gründe, weshalb ich ausreisen möchte, sind zu stark. Ich kann mir ein Leben in der DDR nicht mehr vorstellen«, sagte ich wörtlich.

»So!« schlug der Vernehmer wieder seinen Brüllton an. »Sie wollen also nach wie vor ins imperialistische Ausland? Glauben Sie, die backen dort andere Brötchen?«

»Ich hatte nie die Absicht wegen der Brötchen zu gehen«, ereiferte ich mich. »Sie wissen genau weshalb.«

Nervös kaute der Vernehmer auf einem Stück Tabak herum. In seinem Gesicht zuckte es. Alles an ihm arbeitete.

Er war das reinste Nervenbündel. Wahrscheinlich würde ihm jetzt sein Vorgesetzter Vorhaltungen machen, weil er es nicht geschafft hatte, einen »Ausreiser« zur Ruhe zu bekehren. Jeder standhafte Ausreisewillige brachte ihm sicherlich Minuspunkte. Bei so und so viel Minuspunkten hatte er vielleicht sogar mit einer Strafversetzung zu rechnen.

Ich hatte zum ersten Mal das Gefühl, ihm trotz meiner äußerst prekären Lage überlegen zu sein.

Mit akribischer Langsamkeit stopfte er sich die Pfeife. Dieser halb rituelle Akt diente wohl der Selbstberuhigung.

»Sie wissen, was das für Sie bedeutet?« blickte er dann auf einmal schnell und hektisch zu mir rüber.

»Nicht genau«, sagte ich wahrheitsgemäß.

»Wir werden Anklage erheben. Ihr......Strafmaß kann bis zu vierzehn Jahren betragen. Das wußten Sie doch, oder etwa nicht?«

Hätte mir jemand für einen Augenblick die Luft aus den Adern gepumpt, ich hätte mich nicht anders gefühlt.

War das ein neues Manöver, mich zu erpressen? Noch ehe ich ihm diese Frage beantworten konnte, klopfte es an der Tür. Ein junger Mann trat ein, mit einigen Papieren in der Hand.

Er flüsterte etwas zu dem Vernehmer, ließ die Papiere auf dem Schreibtisch liegen und verschwand wieder.

Mein Vernehmer paffte ein paar Züge hintereinander, sortierte die vor sich liegenden Papiere und sah mich scharf an.

»Tja«, zog er die Stirn kraus. »Ihr Mann hat scheinbar keine Lust, seine jugendliche Manneskraft hinter Gefängnismauern zu vergeuden. Er hat die Verzichtserklärung unterschrieben.«

»Niemals«, antwortete ich selbstbewußt.

»Und was ist das?« zeigte mir der Vernehmer eines der Papiere, das tatsächlich die Unterschrift meines Mannes trug. Ich schluckte ein paarmal.

Gestern noch hatte er mir ein klares nein zugekloppert und heute das da! Hatte man ihn genauso wie mich mit den vierzehn Jahren so sehr verunsichert, daß er ..... oder hatte man ihn vielleicht sogar gefoltert...?

Rasch holte der Vernehmer ein zweites Papier, ebenfalls eine Verzichtserklärung und forderte mich auf, den Kugelschreiber zur Hand zu nehmen.

»Jetzt brauchen wir nur noch Ihre Unterschrift und am Montag können Sie nach Hause gehen. Denken Sie an die Kleinen. Bei uns läßt's sich auch leben.«

Das Ganze ging mir zu schnell und roch nach einer abgekarteten Sache. Alles paßte so wunderbar zusammen. Erst der Schock, dann die Unterschrift meines Mannes und jetzt schnell, hoppla, hopp, ich.

Nein, ich hatte Zeit. Konnte immer noch unterschreiben, wenn Rolf es unbedingt wollte.

»Nein!« reichte ich dem Vernehmer Papier und Kugelschreiber zurück. »Ich habe bereits vorhin gesagt, wie ich mich entschieden habe.«

»Wollen Sie im Alleingang?« tat der Vernehmer höchst verwundert.

»Wenn's sein muß, ja!« antwortete ich laut.

»Immer dasselbe mit den Weibern! Wenn die mal stur sind..... aber Ihr Schädel wird auch noch weich, das versichere ich Ihnen, dann kommen Sie auf allen Vieren gekrochen und betteln, daß wir Sie in die DDR entlassen.«

Dann klingelte er meiner Begleitperson, die mich in die Zelle zurückführen sollte.

Bevor ich sein Zimmer verließ, zerriß er demonstrativ, mit Drohgebärde, einen Brief meiner Mutter vor meinen Augen und warf ihn in den Papierkorb.

Ich riß mich von der Uniformierten los, rannte zu ihm rüber und wollte auf ihn einprügeln. Es war eine Reaktion, die ich durch nichts beeinflussen konnte. Ich ließ mich von der Gewalt, die in mir aufbrach, treiben, war wie von Sinnen. Doch ich hatte nicht die geringste Chance, ihm weh zu tun. Er hatte sofort meine Absicht erkannt, mich an beiden Handgelenken festgehalten und sie so lange in seinen derben Händen gedreht, bis ich mich vor Schmerzen wie ein Wurm in seinen harten Fingern wand.

»Gewalt gegen eine öffentliche Amtsperson, auch noch in Ausübung einer amtlichen Tätigkeit. Ihnen scheint es bei uns zu gefallen? Ich werde diesen Vorfall wohl dem Staatsanwalt melden müssen.«

Seine Augen durchbohrten mein Gesicht. Sein hämisches Grinsen verletzte mich mehr als die brennenden Handgelenke.

Ich hatte Angst, panische Angst, wußte, daß ich niemals so hätte handeln dürfen.

»Nein«, sagte ich leise, während ich versuchte, seinem Gesicht eine Spur Menschlichkeit zu entlocken. »Das werden Sie nicht tun.«

»Wenn Sie mich bitten, es nicht zu tun.«

Zwischen uns stand nicht mehr der Vernehmer und der Häftling, sondern Mann und Frau.

Ich hatte das Gefühl, daß es ihn erotisierte, daß es ihn anmachte, mir seine Macht zu demonstrieren, mich, ein weibliches Wesen, in seiner Gewalt zu haben. Vollkommen seiner Willkür ausgeliefert. Für Sekunden blickte ich ihm direkt in die Augen und schwieg.

»Bitte«, zitterte ich und ließ meiner Angst, wie vorher meiner Wut, freien Lauf. Mir war schlecht und ich fürchtete mich davor, ihm ins Gesicht zu kotzen. Denn noch immer umklammerte er meine Hände mit einem kneifenden Druck.

»Nochmal!« grinste er.

»Bitte«, wiederholte ich mit gepreßter Stimme.

»Na also!« stieß er mich heftig von sich, in Richtung der Uniformierten, die steif und stumm noch immer an der Tür lehnte.

»Abführen!«

Sie zog mich am Ärmel und schob mich mit einem festen Oberarmgriff vor sich her, als ob sie einen Wäschesack verfrachtete.

Mich fröstelte und ich hätte mich stundenlang ohrfeigen können. Wie konnte ich es so weit kommen lassen? Mittlerweile mußte ich doch wissen, wie der Laden hier lief? Wenn Rolf das erlebt hätte!

Ich konnte es kaum erwarten, am Abend Rolf meine Nachricht zu übermitteln.

»Du hast wirklich unterschrieben?« ließ ich ihn fragen und fieberte nach einer Antwort.

Bis eine Nachricht übergeben werden konnte und eine Antwort zurückfloß, konnten Stunden vergehen.

Als ich nach einer Stunde Wandsignale vernahm, wunderte ich mich. War es dieses Mal so schnell gegangen? Nein! Statt einer Antwort, sandte mir Rolf ebenfalls die Frage, die ich ihm gestellt hatte.

»Wieso hast du unterschrieben?« klopperte er. Mir fiel ein Stein vom Herzen. Also doch nur ein billiges Theaterstück, um uns reinzulegen. Betrug und Urkundenfälschung, um unsere gegenseitige Unterschrift abzugaunern. Weshalb unterschrieben sie nicht gleich das Original für uns, wenn sie so gut fälschen konnten?

Aber mit Logik war hier nichts zu verstehen. Ich klopperte natürlich sofort ein »nein« zurück.

Es war geradezu pervers. Ich saß in einem Gefängnis, in dem die Vollzugsbeamten krimineller waren, als die Häftlinge. Wo gab es das sonst noch auf der Welt? Und alles unter dem Deckmantel der Verschwiegenheit.

Nein, soweit mir bisher bekannt war, wurde niemand körperlich gefoltert. Aber der psychische Terror stand dafür an der Tagesordnung. Die surrende Neonröhre, die einen fast um den Verstand brachte, dann die Spitzel-Häftlinge und die Kreuz-Verhöre, die manchmal stundenlang und in der Nacht durchgeführt wurden, mündeten alle in der Strategie: Angstmacherei und Einschüchterung.

Ein Horror, die Hölle konnte nicht schlimmer sein.

Dennoch war ich froh, fast glücklich, zu wissen, daß Rolf nicht unterschrieben hatte. Wenn sie es jemals schaffen sollten, unsere Einheit zu zerstören, dann war alles aus. Denn unsere Kraft bezogen wir aus der Tatsache, daß wir zusammenhielten.

Zu wissen, daß ein paar Mauern weiter mein geliebter Mann saß und zu mir hielt, gab mir die nötige Energie, das Zellenleben überhaupt zu überstehen.

Elli wurde verlegt. Irgendwie war eine Wachtel dahinter gekommen, daß wir uns mochten. Und das paßte nicht ins psychische Terrorkonzept dieser Anstalt. Also wurden wir getrennt.

Meine neue Zellengenossin war zur Abwechslung mal wieder eine Kriminelle. Es war wohl Taktik, mich ausgerechnet mit einer Kindesentführerin auf eine Zelle zu legen.

Sabine Dorst, so hieß diese Person, war nicht nur äußerst dümmlich, sie hatte auch einen komplizierten, äußerst schwierigen Charakter.

Um nicht in unnötige Konflikte verwickelt zu werden, versuchte ich, mit ihr auszukommen. Auch wenn es schwer fiel. Denn ihre Ausdrücke, ihr Benehmen, ihre rücksichtslose, egoistische Art war nicht gerade mein Stil.

Manchmal, wenn ihr die Enge der Zelle aufs Hirn drückte, wie sie zu sagen pflegte, rammte sie mich und wollte boxen.

»Na, komm schon«, stand sie dann vor mir, ballte ihre Fäuste, blickte mich aus ihren dunkelbraunen, fast mongolischen Augenschlitzen an und wollte sinnlose Kämpfe provozieren.

Meist gelang es mir, mich erschöpft und müde zu stellen und die Decke über die Ohren zu ziehen. Doch nicht selten riß sie mir dann die Decke mit aggressiver Kraft vom Bett und versetzte mir einen Tritt in den Hintern.

»Langweilige Kanaille«, schrie sie mir dann mit spitzer Stimme ins Ohr und kicherte wie eine giftige Hexe, wenn ich mich bemühte, die Decke wieder zu holen. Sie konnte solche Spielchen bis zu fünfmal wiederholen.

Erst wenn ich drohte, nach der Beamtin zu rufen, wandte sie sich mit der Bemerkung »Blöde Kuh!« von mir ab.

Bei Sabine merkte ich zum ersten Mal, daß es Zellenschwestern geben konnte, die in einem die Sehnsucht nach der Isolationshaft aufkommen ließen.

Jetzt war ich also schon seit ein paar Monaten hier und hatte mich schon fast an den Tagesablauf im Knast gewöhnt. Lebte und ernährte mich seelisch von der wenigen Post, den spärlichen Päckchen und dem einen Besuch im Monat.

Endlich, es war Ende April und ich hatte bereits elf Zellenschwestern gewechselt, bekam ich die Anweisung, mich mit der Anklageschrift auseinanderzusetzen. Die Verhöre, so hieß es, seien nun beendet und die Ergebnisse dem Staatsanwalt übermittelt worden. Dieser habe nun folgende Anklageschrift verfaßt, die mir zur Ansicht überreicht werde, um mich auf den Prozeß vorbereiten zu können.

Man führte mich dazu in eine winzige Zelle ab, in der außer einem Tisch und einem Hocker nichts stand. Auf dem Tisch lag ein altes vergilbtes Gesetzbuch und ein Zettel mit einem Bleistift.

Ich sollte zur Anklageschrift einen schriftlichen Kommentar abgeben. Doch mein Kopf war so hohl und so leer, daß mir nichts einfiel.

Was sollte ich schreiben? Wo hatte der Weg begonnen, der mich hierher führte? Wo und wann hatte ich die Orientierung verloren? An meinem Elternhaus konnte es nicht liegen. Fing es mit Dirks Verschwinden an, mit jenem ominösen Berliner Besuch oder gab es schon immer einen Wesenszug in mir, der das Bestreben förderte, sich aufzulehnen?

Mir fiel in diesem Augenblick meine Jugendweihe ein. Jenes Ritual, bei dem aus einem Kind ein bewußter Sozialist wird. Ich stand voll hinter den Idealen der FDJ, hatte mich aber als einzige aus unserer Gruppe geweigert, den blauen Faltenrock und die weiße Einheitsbluse zu tragen, zog stattdessen meine blaue Cordhose und ein Rüschenhemd an. Nicht etwa, weil ich mich abheben wollte, sondern einfach, weil ich mir in Hosen besser gefiel. Für die anderen war es allerdings ein Affront gegen die Partei. Ich spüre noch heute den eisigen Hauch der Kritik, der mich aus ihren Augen streifte, als ich den Saal betrat. Da hatte es jemand gewagt, die Kleiderordnung zu sprengen. Fast alle empfanden es als Provokation, auch meine Eltern, das war eine seltsame Erfahrung für mich. Was hatte der Sozialismus mit einem blauen Faltenrock zu tun?

Der Wirbel, den ich anfangs verursacht hatte, verpuffte jedoch bald. Jeder kannte meine grundsolide sozialistische Einstellung. Ich war stolz, in einem Staat zu leben, der soziale Gerechtigkeit auf seine Fahnen geschrieben hatte. Andererseits quälte mich die Frage, wieso dieser Staat nicht selbstbewußt genug war, die Grenzen zu öffnen. Hatte es die DDR wirklich so nötig, ihre Bürger einzusperren? Ich hielt das für einen fundamentalen Fehler und stritt mich deswegen oft mit Lehrkräften und Jugendführern herum. Zu gern hätte ich mir selbst ein Bild vom kapitalistischen Ausland gemacht, ohne auch nur den geringsten Gedanken daran zu verschwenden, die DDR zu verlassen. Vielen Jugendlichen aus meiner Altersklasse ging es ähnlich.

Das Verhältnis der Jugend zum Staat glich dem zum Elternhaus. Man liebte sein Nest, schätzte die soziale Geborgenheit, war aber gleichzeitig vom Wunsch besessen, das kennenzulernen, was sich draußen, außerhalb des Nestbereiches, abspielte. Nicht, um zu flüchten, sondern aus purer Neugierde. Es gab ein unwiderstehliches Verlangen, eigene Erfahrungen zu sammeln, der Wille nach Selbstbestimmung ließ sich nicht kappen, weder mit Parolen, Festen, noch sozialistischen Solidaritätsbekundungen. Solange sich Menschen eingesperrt fühlen, haben sie den Wunsch sich zu befreien. Das ist wohl ein psychologisches Phänomen, zumindest bei denen, die darüber nachdenken. Und ich gehörte dazu, war keine angepaßte, sondern eine kritische Sozialistin, eine aus der neuen Generation. Eine, die nicht nur akzeptiert, sondern auch Fragen stellt. War das die Ursache für meinen jetzigen Aufenthaltsort?

Konnte ich das so schreiben? Nein, ich mußte viel konkreter werden. Die Anlässe benennen, die Fakten aufzählen, die Tage datieren, an denen sich die Weichen meines Lebens entscheidend gedreht hatten.

Jeder Tag, an dem man Entscheidungen trifft, für sich und für die anderen oder gegen sich und gegen andere, ist solch ein Tag der Weichenstellung.

Mir zitterte der Bleistift in den Händen. Ich konnte mich nicht konzentrieren. Alles fiel mir auf einmal ein und ich wußte nicht, wo ich beginnen sollte.

Hier im Gefängnis blickte man auf das Leben wie auf eine Retrospektive seiner eigenen Geschichte. Das gefesselte Ich beschäftigte sich vornehmlich damit, dem vergangenen, freien Ich nachzutrauern.

Gedanken an frische Luft, an das Haus, die Kinder, den Garten, die Tiere, die Gräser, die Sonne, an kilometerweite Spaziergänge machten einen fast wahnsinnig. Gruben sich wie Senkklötze in den Verstand und ließen die Seele überquellen.

Verzweifelt starrte ich auf den Bleistift und das leere Blatt Papier. Meine Zeit würde bald um sein und ich hatte immer noch nichts niedergeschrieben. In meinem Kopf mußte es aussehen wie in einem chaotisch zusammengewürfelten Ballon voller Gedankenbrüche. Alles, was mir einfiel, war wichtig und wesentlich, aber wie sollte ich es geschickt zusammenfassen. Ein falsches Wort und ... Bloß nicht verrückt werden, nicht nachgeben, sich selbst nicht verlieren, das war das einzige Ziel, für das es sich lohnte, hier drinnen stark zu bleiben. Aber es fiel schwer, sich nicht aufzugeben.

Da war die ständige Angst, die sich durch jede Pore fraß und die Brust zusammenschnürte, den Nacken steif werden und die Augen eindicken ließ. Alles war heimlich und unheimlich. Die Zunge fasrig mürbe, das Herz bleiern rund, der Geist milchig. Gespräche mit den Kissen, den Wänden, den Stäben.....und immer die Angst, diese stille Angst, die nie aus sich raus ging, nie trotzte, nur für sich alleine da war, den Hals klemmte und den Magen mit Übelkeit füllte.

Warum ausgerechnet ich? War das nun Zufall oder Schicksal? Oder hatte ich vielleicht doch Schuld? Aber gegenüber wem und warum? Ist man ein Verräter, weil man einen Verräter entlarvt? Oder macht man sich schuldig, wenn man einen Schuldigen beschuldigt? Lauter wirre Gedanken kamen mir in diesem engen Raum in den Sinn, aber nichts, was ich hätte aufschreiben können. Es ist eine Qual, mit dem Bleistift in der Hand Minute um Minute vor einem weißen Blatt Papier zu sitzen und nichts schreiben zu können.

Ich fühlte mich entsetzlich hilflos, alleine gelassen.

Zynischerweise war mein erster Kontakt zu einem Rechtsanwalt erst einen Tag später vorgesehen. Ich ließ das Blatt leer und wurde in die Zelle zurückgeführt.

Endlich ein Rechtsanwalt. Ich dachte an unseren Blinden in Görlitz.

Er war immer sehr nett und zuvorkommend gewesen. Ich hoffte, morgen einen Menschen zu treffen, der auf meiner Seite kämpfte. Vielleicht gab es doch noch ein kleines Restchen Rechtsempfinden in diesem Staat.

Am Vormittag gegen elf Uhr empfing mich der Rechtsanwalt im Besucherzimmer.

Ein älterer, nicht gerade freundlich dreinschauender Mann mit einem zerschlissenen schwarzen Aktenköfferchen unterm Arm. Wo war meine Akte? Sie konnte sich unmöglich in diesem dünnen Behältnis befinden. Hatte er keine Unterlagen mitgebracht?

Ohne mir Gelegenheit zu geben, meine Version des Geschehens zu berichten, fing er gleich mit der sehr abweisenden Schreckensmeldung an, daß ich mindestens mit sieben Jahren Haft zu rechnen habe.

»So etwas weiß man doch vorher«, sah er mich arrogant an. »Ich verstehe Leute nicht, die es immer wieder versuchen. Hier ist unser Staat und nicht drüben. Wenn sich drüben einer beschweren will, schreibt er ja auch nicht an unseren Staatsratsvorsitzenden Honecker! Oder? Und ich soll's dann glattbügeln!«

Er sah mich an, als ob er ein staatlich geprüfter Schuldsprecher wäre. War das nun der Rechtsanwalt oder der Staatsanwalt? Ich kannte mich nicht mehr aus. So viel Hoffnung hatte ich in dieses Gepräch gelegt. Und nun das!

Ein dicker Kloß saß mir im Hals, der mich hinderte, zu

sprechen.

Nach fünf Minuten mußte ich das Gespräch abzeichnen und wurde dann wieder in die Zelle gebracht.

Als mir bewußt wurde, daß diese mickrige Vorstellung von eben mein einziger Rechtsbeistand gewesen sein sollte, nahm ich den Becher Tee, den mir zuvor die Aufseherin gereicht hatte und warf ihn gegen die Zellentür, der Wachtel hinterher.

Draußen wurde die Klappe aufgerissen und ich erhielt eine Verwarnung, garniert mit einem Putzlumpen, mit dem ich den Tee aufwischen sollte.

»Noch einmal, und Sie gommen in'n Arrest!«

Das war, wie man mir erzählt hatte, eine Hockzelle, in der man stundenlang, manchmal tagelang sitzen mußte, in der man nur einmal am Tag etwas zu essen bekam und auch nur einmal am Tag auf die Toilette durfte.

Nein danke, bei dieser Aussicht war ich in Sachen Beherrschung lernfähig.

Wieder vergingen etliche Tage, in denen nichts passierte. Allerdings auch keine Verhöre. Wann würde endlich der Prozeß sein? Diese Warterei auf das Urteil, diese Ungewißheit über die Zukunft machten einen fix und fertig und nagten täglich an den Nerven.

Die Verhandlung

In der Woche vor unserer Verhandlung sah ich Rolf zum ersten Mal. Leider hatten sie uns nur zehn Minuten genehmigt. Wir durften auch nichts besprechen, was die Verhandlung betraf. Die ersten fünf Minuten verbrachten wir damit, uns in den Armen zu liegen, unsere Körper gegenseitig zu spüren. Wir sahen beide verboten aus, aber das war uns egal. Jeder kannte aus eigener Erfahrung das Schicksal des anderen. Es tat mir gut, mich bei Rolf auszuheulen. Auch er weinte.

»Mensch Schnecke«, klopfte mir Rolf auf den Rücken, »ich dachte schon, ich sehe dich nie mehr. Hoffentlich hat das bald ein Ende.«

»Ende?« flüsterte ich. »Wenn du mich fragst, fängt es jetzt erst an.«

»Meinst du?« sah mich Rolf verzweifelt an. »Mir reicht's ehrlich gesagt. Was machen die bloß mit uns?« Er zupfte an meinen Haaren.

»Aber wir geben nicht auf, Schneckchen, oder? Jetzt nicht und nie!«

Rolf faßte mich an den Schultern. Sein streichelnder Druck mit den Fingerspitzen ergoß sich über meinen gesamten Körper. Den Geruch, den Atem, die Umarmung, den Halt eines liebenden Menschen zu fühlen, erlebte ich als einen Augenblick des vollkommenen Glücks. Ich begriff jetzt, daß Liebe in der Not meßbarer, greifbarer, zarter wurde. Kein verschwommenes, sondern ein klares Gefühl, ohne den Schatten der tausend Nebensächlichkeiten im normalen Alltag. Dies war auch die schönste Erfahrung, die ich später aus dem Leben in Gefangenschaft mit in die Freiheit nahm.

Wir blickten uns in die Augen. So tief, als könnte es uns

gelingen, über die Augen in die innersten, intimsten Winkel des anderen vorzudringen.

»Jetzt nicht und nie!« wiederholte ich mit heiserer und trokkener Stimme die beschwörenden Worte meines Mannes, meines Geliebten. Ich fuhr mit meinem Zeigefinger über sein bärtiges Kinn.

»Sei im Unglück wie eine gesenkte Fackel, deren Flamme auch dann nach oben brennt«, zitierte ich einen alten Kalenderspruch, der mir so gut gefallen hatte, daß ich ihn immer in meinem Kopf trug. Rolf nickte stumm und gab mir einen langen Kuß, als Siegel unserer Liebe.

Der Vernehmer forderte uns auf, am Tisch Platz zu nehmen. Nicht nebeneinander, sondern gegenüber. Er und sein Kollege saßen etwas seitwärts. Wir unterhielten uns knapp über unsere Kinder, über seine und meine Mutter, dann war auch schon wieder die Zeit um.

Für wie lange? Es stand in den Sternen. Oder besser im Willen der Genossen von der Staatssicherheit.

Rolf wurde von einem jungen Uniformierten abgeholt. An der Tür drehte er sich nochmal um, und warf mir einen liebenden, sehnsüchtigen Blick zu. Er lächelte und winkte mir mit einem Auge. Es wird schon werden, sollte das wohl heißen.

Kurz darauf wurde ich abgeholt und in die Zelle geführt.

An jenem Tag schwebte ich im siebten Himmel. Ich hatte mich neu verliebt, in meinen eigenen Mann. Selbst im Häftlingsdress. Ich hatte solche Sehnsucht nach ihm. Nach ein bißchen Zärtlichkeit. Nach unserem bequemen weichen Bett. Nach unserem Schlafzimmer mit den schrägen Wänden und dem selbst eingebauten Kleiderschrank, in dem ich so gerne nach frischen, duftenden Kleidern gewühlt hätte. Tausende Wünsche wurden in dieser Enge wach. Das, was einem sonst als lästiger Alltag begegnete, wuchs hier, in der Zelle, zu einem heißen Traum, der in immer üppigeren Formen zu wuchern begann.

Einen Tag und eine Nacht zu Hause. Ich hätte eine Tracht

Prügel dafür in Kauf genommen. Einmal mit Claudel und Silvie im Garten toben, an der würzigen frühlingsfrischen Wiesenluft.

Hier drinnen merkte man gar nicht den Jahreszeitenwechsel. Es war immer dasselbe. Der graue Hof blieb das ganze Jahr über grau. Und die Menschen, die hier arbeiteten, waren genauso farblos und abgestumpft, wie diese entsetzlichen Mauern. In den kommenden Tagen passierte nichts besonderes. Dann kam der lang ersehnte Tag der Verhandlung.

Ich mußte in den Duschraum, mich umziehen. Konnte endlich meine privaten Kleider anziehen und mich wenigstens im Gerichtssaal wie ein Mensch fühlen. Ich hatte meine Mutter gebeten, mir mein blaues Kostüm mitzubringen.

Der Rock war viel zu weit geworden. Ebenso die Bluse und das Jackett. Ich hatte mindestens fünfzehn Kilo abgenommen. Selbst die Schuhe waren mir zu groß geworden.

Frisch geduscht und die Haare geföhnt, fühlte ich mich allerdings wieder fast so, wie Cleopatra sich nach ihrem Eselsmilchbad gefühlt haben mußte. Schminken durfte man sich zwar nicht, aber wenigstens konnte ich einen ordentlichen Eindruck machen und brauchte nicht wie eine Schlampe loszuziehen.

Ich wurde in eine sehr enge Hockzelle, die in einem Kleinbus installiert war, gesetzt. Plötzlich hustete und räusperte sich jemand. Ich erkannte sofort Rolf und versuchte, mich mit ihm zu verständigen. Aber es war zu laut.

Die Fahrt verlief holprig und schnell. Ich konnte nicht deuten, wo wir hinfuhren, obwohl ich Dresden gut kannte. Das war ein seltsames Gefühl. Ich hier drinnen, neben mir, für mich unsichtbar, mein Mann und da draußen, gleich außerhalb dieses Blechkastens, das normale Leben. Straßen, Häuser und Menschen, die nicht wußten, das neben ihnen das Unrecht fuhr.

Im Gerichtsgebäude, auf dem Gang vor dem Verhandlungszimmer, sah ich dann Rolf wieder. In Handschellen. Wie ein

Schwerverbrecher stand er da.

Einer plötzlichen Eingebung gehorchend, riß ich mich von meiner Begleitperson los, und rannte zu ihm rüber. Es waren höchstens zehn Meter. Er legte seine gefesselten Hände über meinen Kopf und meine Schulter. Trotz der vielen Zuschauer küßten wir uns ausgiebig und wollten uns nicht trennen. Meine Bewacherin war über mein Verhalten so entsetzt, daß sie erst mal die Worte verloren hatte. Doch dann wurde sie umso lauter.

»Frau Schiller, kommen Sie sofort zurück, sonst müssen wir Sie gewaltsam holen.« Rolf ließ mich los.

»Geh besser, sonst werden sie wild!« forderte er mich auf, gehorsam zu sein. In seiner Nähe fiel es mir schwer. Wenn er dabei war, kam mir alles nur noch absurder vor.

Dann wurden wir mit erheblichem Abstand in den Verhandlungsraum geführt. An Richter und Schöffen vorbei, wie hochgradig Kriminelle, die eine schwere Schuld auf sich geladen hatten.

Es war keine öffentliche Verhandlung. Trotzdem saßen genug Leute herum.

Ich hatte dieses unangenehme Gefühl im Bauch, von tausend Augen angestarrt zu werden. Ich wollte gegen diese Zurschaustellung unseres Prozesses protestieren, doch an wen hätte ich mich wenden sollen? Wir waren zum schutzlosen Freiwild in diesem Staat geworden, mit dem jeder machen konnte, was er wollte. Zwei Arbeitskollegen aus Rolfs Betrieb saßen auch in den Zuschauerrängen. Jetzt hatten sie etwas zum Tratschen, Gesprächsstoff genug, um sich daran die Mäuler zu wetzen.

Wenn's dem Esel zu gut geht, geht er aufs Glatteis, das hatten sie uns alle vorgeworfen, als sie von unserem Ausreiseantrag erfahren hatten. Keiner hatte nach all den Jahren Verständnis für unser Anliegen um Dirk. Für die Nachbarschaft und die, die ihn nur flüchtig kannten, war Dirk eben nicht mehr da. Ein Schicksal von vielen, wie mir ein Görlitzer Vopo weismachen wollte. Täglich würden Kinder auf den Straßen sterben oder in Hausunfälle verwickelt sein. Aber die verschwanden nicht spurlos! Warum wollte keiner begreifen, daß es da einen gewaltigen Unterschied gab?

Keine Mutter würde ein vermißtes Kind einfach so begraben, aus ihrem Leben ausstreichen. Noch nicht mal die Soldatenmütter taten das im Krieg.

Ob ich versuchen sollte, das dem Gericht so zu erklären? Hier mußten doch auch Menschen sitzen, die Kinder zu Hause hatten. Zumindest die Schöffen.

Viele, dessen war ich mir sicher, feixten sich eins, daß uns so etwas passiert war. Die Schillers hatten doch immer Glück gehabt. Hätten die nicht zufrieden sein können? Und das mit den Kindern! War da der Staat schuld? - hörte ich sie reden.

Na wenn schon. Was gingen mich im Augenblick die anderen an. Ich hatte meine Sorgen. Hatte Angst vor dem endgültigen Urteilsspruch, der über unsere Zukunft entscheiden sollte.

Das »Hohe Staats-Gericht« trat mit seinem Gefolge hinter die Rampe. Alle mußten aufstehen.

Es herrschte absolute Stille, man konnte fast unser Herzklopfen hören, bis der Richter, ein großer, breitschultriger Mann, mit einem kernigen Gesicht, die Verhandlung eröffnete. Er hatte rosige Wangen, die von vielen zerplatzten Äderchen durchdrungen waren. Mir fiel es sofort auf, weil ich auch unter einer trockenen Haut litt.

Zuerst hatte die Staatsanwältin das Wort. Alles, was sie von sich gab, außer unseren Daten, war von Anfang bis Ende ein einziges Lügengebäude, um sich selbst Motive zu geben, uns als »Hochverräter am Vaterland« abzustempeln. Mehrmals nahm sie dieses Wort Verrat in den Mund und ich hätte sie zu gerne gefragt, wer wohl wen verraten hatte. Besonders mir als ehemaliger Erzieherin kreidete sie Böswilligkeit an, nannte mich eine gemeine, konterrevolutionäre Person, die das Vertrauen des Staates ausgenutzt habe, um persönliche Vorteile herauszuziehen. Sie sprach unseren FDGB-Urlaub an und mein Fehlverhalten, hinter dem Rücken der Staatsmacht eigenständig die Jugendlichen mit kapitalistischem Krimskram verführt zu haben.

Sie meinte diese kleinen Taschenrechner, die ich meinen Schulabgängern gewöhnlich als Präsent mit auf den Weg gab. Sie freuten sich sehr und für Sabine war es eine Kleinigkeit, mir welche zu besorgen.

Richtiggehend gemein und verletzend wurde sie aber erst, als sie auf meine Kinder und meine Rolle als Mutter zu sprechen kam.

»Hohes Gericht«, sagte sie gedehnt, »ich möchte hier zunächst mal eine Frage in den Raum stellen. Was würden sie auf Anhieb von einer Frau halten, die von fünf Kindern nur noch zwei übrig hat?«

Fragend blickte sie mit schauspielerischer Mimik in die Runde.

»Alles Schicksal? Oder kann einem da nicht der Gedanke der Mitschuld kommen? Ein Kind, im Alter von acht Monaten, eines Morgens verstorben, das andere im Alter von siebzehn Monaten von einem herunterklappenden Schrankbett erschlagen, kommen einem da nicht Zweifel?«

Meine Augen suchten verzweifelt nach dem Rechtsanwalt. Spätestens hier mußte er ihr Einhalt gebieten. Ihre verkürzte Darstellung der Sachverhalte stellte alles in ein anderes Licht. Verdrehte die Wirklichkeit in einer böswilligen Absicht. Es war unglaublich, was hier geschah. Sie versuchte mich für den Tod meiner Kinder verantwortlich zu machen. Dabei war es eindeutig erwiesen, daß wir uns keiner Aufsichtsverletzung schuldig gemacht hatten. Es war doch alles untersucht worden. Und die Geschichte mit Heikos Erbschaden mußte sie doch auch kennen. Außerdem war Edgar wegen mangelndem Sauerstoff...... ich war dem Umfallen nahe.

Mußte man sich diese Lügen wirklich zu Ende anhören? Ohne unterbrechen zu können? Ohne ein Wort der Verteidigung?

Ich warf einen Blick zu Rolf. Auch er wirkte blaß und abgespannt. Jetzt kam sie auf Dirk zu sprechen.

»Ist es da ausgeschlossen«, sah sie mich herausfordernd an, »daß die Strafgefangenen ihren Sohn vielleicht mit Absicht verschwinden ließen?«

»Aber aus welchem Grund?« schrie ich in den Saal. »Das ist alles erlogen!«

Die Beamtin zerrte mich sofort auf den Stuhl zurück, der Richter verwies mich zur Ruhe und dann ging der Zirkus weiter.

Es war eine unbeschreibliche Qual. Diese Frau hatte nie ein einziges Wort mit mir gewechselt und setzte nun solche Unwahrheiten, solche gezielten Lügen in die Welt. Ich war mir sicher, daß sie wußte, was sie damit anrichtete.

»Ja, ist es vielleicht sogar denkbar, daß die Beiden wegen ihres schlechten Gewissens unseren Staat verlassen wollten? Um nicht eventuell doch noch einer Straftat überführt werden zu können, im Fall, daß jemand die Leiche ihres Sohnes findet«, blickte sie mir mit ihrem scharfzüngigen Gesicht direkt frech in die Augen.

Woher nahm diese Frau die Kraft, solche Gehässigkeiten aufzutischen? Ich hatte diese Frau nie in meinem Leben gesehen. Was hatte ich ihr getan, daß sie mit solchen Verleumdungen und mit diesem ketzerischen Tonfall über mich sprach?

Dann wurden meine angeblichen Fehltritte aufgelistet, unsere schlechte Ehe demonstriert und darauf verwiesen, daß die noch verbleibenden Kinder dringend dem Schutz des Staates anvertraut werden sollten.

Also jetzt eine offizielle Kindesentführung, per Gericht verordnet? Worüber wollte ich mich eigentlich noch wundern?

Ich hätte genug Zeugen benennen können, die mich entlasteten. Speziell, was das Verhältnis zu unseren Kindern anging. Aber Zeugen waren nicht gefragt. Die Beweisaufnahme längst abgeschlossen. Alles war klar. Wir hatten still zu sein, nur zuzuhören, worüber uns berichtet wurde.

Das Intrigenkarussell, in das man uns hineinmanmövriert hatte, geriet immer mehr in Fahrt und drehte sich immer schneller. Nein, runterspringen konnte keiner mehr, wir mußten sitzen bleiben. Zur Passivität verdammt. Wohin sie uns auch stießen, wie sehr sie uns auch verurteilten, wir konnten den Lauf der Dinge weder mitbestimmen, noch aufhalten.

Ein deutsches Gericht, im Namen der Gerechtigkeit, im Namen des Staates, im Namen der Gesetze. Ein Lügengericht. Das sich Hammer und Sichel bediente, um den Leuten die Freiheit abzusäbeln, um das Hirn zu zerhämmern, zu einem Brei aus Gehorsam, Unterwürfigkeit gegenüber einer zweifelhaften Staatsobrigkeit. In Nazizeiten, ja, da hätte ich so etwas für möglich gehalten. Aber nie und nimmer bei uns.

Und ich verstehe auch heute noch all jene, die nicht glauben können, was sie mit ihren eigenen Augen gesehen und ihren eigenen Ohren gehört haben. Die total verdrängen, sobald sie da raus sind.

Dennoch war dieses grausame Spiel, das wohl tausende Male in DDR-Gerichtssälen aufgeführt wurde, zu ernst, um einfach als irgendeine Anekdote abgehakt zu werden. Zum ersten Mal wurde mir bewußt, daß eine Demokratie ohne eine streng abgegrenzte Gewaltenteilung nie funktionieren kann. Wo Staat und Justiz händchenhaltend durchs Land marschieren, muß jeder Bürger auf der Hut sein.

Als die Staatsanwältin mit ihren entsetzlichen Ausführungen endlich fertig war, wartete ich vergeblich darauf, daß nun wenigstens ein kleines Plädoyer des Rechtsanwalts folgte. Wenigstens um den Schein zu wahren. Doch nichts! Sein einziger Kommentar: »Ich habe den Ausführungen meiner Kollegin leider nichts entgegenzusetzen!« Das »Hohe Gericht« zog sich samt der Schöffen zur Urteilssprechung zurück.

Obwohl Rolf in meiner Nähe war, hatte ich mich nie in meinem Leben so entsetzlich alleine gefühlt. Es war, als ob die ganze Welt von mir Abschied genommen hätte. Wenn es wirklich so etwas wie eine übergeordnete Gerechtigkeit gab, warum sah das Schicksal so tatenlos zu? Wieso ließ es nicht die Hämmer aus dem mächtigen DDR-Emblem, das über dem Richtertisch an der Wand hing, auf den Köpfen der Justiz tanzen, und ihnen mit jedem Schlag verkünden, wo sie die Wahrheit zu suchen hatten? Ich war völlig durcheinander.

Nach dieser Aufführung rechnete ich mit der Höchststrafe. Zumindest ein Jahrzehnt Kerker. Für nichts und wieder nichts. Ich hätte schreien mögen, aber in mir war alles wie aus Stein. Hart, verklumpt, schwer und kalt, die Brocken der Staatsanwältin mußte ich erst mal verdauen, wenn das überhaupt möglich war.

Mich als finstere Meuchelmörderin zu deklarieren. An meinen eigenen Kindern. Das war nicht nur moralisch scheußlich gegenüber meiner Person, es war auch logisch völlig unsinnig. Hätte ich die Polizei, die Staatsorgane ständig gehetzt, nach Dirk zu suchen, wenn ich selbst......

Sah diesen Widerspruch denn hier niemand?

Ich war nach wie vor der festen Überzeugung, daß Dirk noch lebte. Ich als Mutter fühlte, daß er lebte. So wie ich es bei meinen anderen beiden empfunden hatte, daß sie tot waren. Bei Dirk hatte ich diese Empfindung des endgültigen Loslassens nie. Er war immer bei mir, sein Bild ganz nah in meinem Herzen, sein Lachen so lebendig, als ob alles erst gestern geschehen war.

Endlose, nie aufzuhören scheinende Fragen, Gedanken, prasselten wie Hagelkörner auf mich nieder, durchschlugen meinen Kopf und hinterließen offene Wunden, die wie Feuer brannten.

Wo lag unsere Zukunft? Was sollte mit uns geschehen? Hatten wir nun auch Claudel und Silvie verloren? Und sie uns?

Die Urteilssprechung ging schnell und ohne große Umschweife vonstatten.

»Im Namen der Deutschen Demokratischen Republik werden die beiden Angeklagten, Schiller Heiderose und Schiller Rolf-Dieter zu je viereinhalb Jahren Haft ohne Bewährung, abzusitzen in der Strafvollzugsanstalt Bautzen II, wegen Verletzung des Paragraphen 99, landesverräterische Nachrichtenübermittlung, verurteilt.«

Es tauchten die Briefe in den Westen auf, von Dirk und unseren Kindern war im Urteilspruch nicht mehr die Rede.

»Nehmen Sie das Urteil an?« fragte am Schluß der Richter, uns zugewandt.

Was blieb uns anderes übrig.

Eingeschüchtert, aber gleichzeitig erleichtert, daß wir nicht die Höchststrafe erhalten hatten, sagten wir beide »ja.«

Eine Weigerung hätte uns sowieso nichts genutzt. Es war nur so eine pseudodemokratische Floskel, die Beschuldigten am Schluß der Verhandlung zur Annahme des Urteils zu befragen. Eine zynische Geste angesichts des sonstigen Untersuchungsverfahrens.

Ich konnte es mir allerdings nicht verkneifen, mein »Ja« durch den Zusatz, »ich fühle mich zwar nicht schuldig, nehme aber trotzdem das Urteil an«, zu ergänzen.

Bautzen II

Viereinhalb Jahre! Ständig versuchte ich mir vorzustellen, wie lang das war. Bis Sommer 87. Länger als Claudel alt war. Silvie würde bis dahin ein junges Fräulein sein. Und wir? Abgemagert bis auf die Knochen und grau und alt vor Leid und Kummer. Viereinhalb Jahre für ein paar Briefe, die wir in den Westen geschickt hatten. Viereinhalb Jahre, weil wir nicht-geheime Nachrichten ans feindliche Ausland geliefert hatten. Feindliches Ausland? Was sollte man darunter verstehen? Die Einfuhr von Büchern und Zeitschriften aus dem kapitalistischen Ausland war verboten. Aber jene bedruckten Scheine, mit denen sich etwas kaufen ließ, konnten nicht genug eingeführt werden. Doch der widerliche Zug der DDR-Führung, für Dollar und Westmark die Rolle vorwärts und rückwärts zu turnen, war unsere einzige Chance.

Jeder politische Häftling, der Westkontakte hatte, wußte, daß es die Möglichkeit für ihn gab, vom Westen freigekauft zu werden.

Wieviel wir wert waren, was die DDR für uns haben wollte, wußten wir nicht. Aber alle unsere Hoffnungen stützten sich auf diesen Punkt. Stützten sich auf jenen Tag, an dem es heißen würde: »Fertig machen zum Transport!«

Tausende sollen auf diese Art und Weise die Grenze passiert haben, warum nicht auch wir? Wir mußten nur fest bleiben, unseren Willen zur Ausreise stets aufs Neue bekunden, nicht weich werden.

Dies zumindest hatten mir einige Mithäftlinge, die schon jahrelang Knasterfahrung hinter sich hatten, mitgeteilt.

Aber es konnte auch anders kommen.

Viele mußten einfach bis zum letzten Tag ihre Strafe absitzen und wurden dann ins harte DDR-Leben entlassen. Mit einem Spezial-Ausweis, der ihnen so gut wie alle Rechte abschnitt.

Am meisten, so erzählten mir Zellengenossinnen, fürchteten die politischen Gefangenen die Begnadigungswellen, die so alle fünf Jahre übers Land schwappten.

Ein begnadeter Häftling hatte nämlich keine Chance mehr, auf Transport zu gehen. Er »durfte« sich erst mal im eigenen Land bewähren. Die meisten waren dann ein halbes Jahr später wieder hinter Gitter und mußten die Prozedur von Anfang an nochmals mitmachen. Denn nicht selten dauerte die Untersuchungshaft länger als ein Jahr. Wir hatten noch Glück mit unseren sechs Monaten.

Als ich hörte, daß wir unsere Strafe in Bautzen absitzen sollten, dachte ich gleich an das »Gelbe Elend«, den riesigen, klotzigen Gefängnisbau aus dem ersten Weltkrieg.

Fingen jetzt die Jahre des Terrors, der Folter an? Ich war soweit, daß ich diesem Staat und seiner Justiz alles zutraute. Wo Willkür herrscht, ist alles denkbar.

Doch ich täuschte mich, wie so oft. Dieses Mal allerdings zu meinen Gunsten. Wir kamen nach Bautzen II. Einem Gefängnis, das von außen eher einem Mietsblock aus der Jahrhundertwende glich, denn einem Gefängnis. Zur Straßenseite hin waren noch nicht mal vergitterte Fenster erkennbar, so erzählte man mir.

Doch das hatte seinen Grund. Bautzen II war nicht vergleichbar mit den anderen Strafvollzugsanstalten in der DDR. Bautzen II ist die Sonderhaftanstalt des Ministeriums für Staatssicherheit. Hauptsächlich für politische Gefangene mit hohen Haftstrafen. Für solche, die als besonders gefährliche Gegner des Regimes gelten. Wer hier her kam, sollte nicht mit Gefangenen in Berührung kommen, die schnell wieder raus kamen. So war meine Vorfreude zunichte gemacht worden. Das war also der Haken an der Sache. Aber welche Nachricht hätten wir ausplaudern können, die der Stasi so unangenehm war? Wie es in der U-Haft zuging, wußten schließlich alle, die ins Gefängnis kamen. Und Briefe in den Westen - fast jeder politische Häftling hätte wegen solcher Kontakte verurteilt werden können. Warum also ausgerechnet wir? Alle anderen Frauen, mit denen ich in der U-Haft in Berührung gekommen war, mußten nach Hoheneck.

Wieso ich nicht? Was war an mir, an uns, so außergewöhnlich? Hing es mit Dirks Verschwinden zusammen? Wußte die Stasi mehr darüber, als sie zugab? Wollte man uns mundtot machen? Wollte man uns zermürben? War es denn ein Zufall, daß dieses Ehepaar, das uns an der Höhle begegnet war, einen solch hohen Dienstgrad bei der Stasi bekleidete?

Aber was? Was war wirklich geschehen? Würde ich es jemals herausfinden? Sicherlich nicht hinter Schloß und Riegel. Viereinhalb Jahre waren eine lange Zeit. Eine Zeit, in der viel Gras wachsen kann, in der allerhand vernarbt, verjährt.

Vielleicht keine Entführung, wie mir damals der Berliner Stasi-Mann so merkwürdig ins Gesicht knallte, aber eine Vertuschung. Vielleicht sollte irgendetwas vertuscht werden, dessen Aufklärung nicht ins Bild eines ranghohen Staatsschützers gepaßt hätte.

Vielleicht machte ich mich auch verrückt. Vielleicht war alles viel einfacher.

Hoheneck war belegt und hier noch zwei Plätzchen frei.

Jetzt fing also für uns der sogenannte geregelte Strafvollzug an. Und wie ich erfuhr, war Bautzen II gegenüber anderen DDR-Haftanstalten ein richtiges Nobel-Etablissement. Zumindest dem äußeren Anschein nach. Das war deshalb so, weil in Bautzen die meisten Westbürger saßen, wegen Fluchthilfe und anderer staatsfeindlicher Delikte. Schaute man hinter die Kulissen, war es weniger rosig.

Ein perfektes Spitzelwesen organisierte den Gefangenenalltag. Auf jeden Politischen kam ein Krimineller. Auffällig war, daß die Kriminellen wesentlich bessere Haftbedingungen hatten. Mehr Post, mehr Pakete, mehr Besuche erhielten.

Gearbeitet wurde fast immer neun Stunden am Tag. Im Zwei-Schichten-Wechsel, für das VEB-Elektroschaltgeräte- werk Oppach. 600 Mark konnte man bei hundertprozentiger Sollerfüllung verdienen. Davon behielt jedoch das Gefängnis für »Unterbringung und Vollpension« fünfundsiebzig Pro- zent. Vom Rest wurde der Unterhalt für Kinder und Gericht bestritten. Für die siebzig bis hundert Mark, die dann noch übrigblieben, konnte man sich im Gefängniskiosk mit Zigaret- ten, Schokolade, Tee, Kaffee, Obst und Kosmetika eindecken. Zu essen gab es vor allem Brot, Marmelade, Eintopf, winzige Mengen Wurst oder Fleisch, einmal die Woche Ei oder Fisch sowie Obst und einmal im Monat Schnittkäse.

Es war ausreichend, aber vitaminarm.

Der Kontakt zu dem Gefängnispersonal wurde äußerst an- onym gehalten. Niemand hatte Namen, nur Titel. Frau Ober- meister, Frau Leutnant, Frau Hauptmann usw.

Ich kam in eine Doppelzelle. Das Zimmer war etwas geräu- miger als in der U-Haft. Etwa sieben Quadratmeter. Wir hat- ten sogar ein richtiges Fenster. Zwar klein, unerreichbar hoch und total vergittert, aber man konnte dahinter die Sonnen- strahlen sehen, den Himmel spüren, die Welt da draußen we- nigstens erahnen.

Das war schon viel. Jeder hatte sogar einen kleinen Nacht- tisch für Utensilien. Man durfte Bilder und ein paar persönli- che Gegenstände aus den Paketen mit auf die Zelle nehmen. Briefe durfte man einen Monat behalten, sofern sie durch die Zensur gekommen waren. Jeden zweiten Monat wurden für jeweils eine Stunde Besuche genehmigt. Wenn sich beide Ehe- partner in Haft befanden, wurde etwa alle sechs Monate ein gegenseitiger Besuch gestattet. Bei guter Führung durfte man jeden zweiten Abend in den Fernsehraum und jeden zweiten Monat einen Kinofilm ansehen.

Die Betten in der Zelle waren weicher, die Decken eine Spur sauberer als in Dresden. Aber die brummende Neonröhre an der Decke, die immerzu an und aus ging, war die gleiche.

Ebenso die düstere Gefängnistracht. Hier bekamen die Häftlinge nicht Trainingsanzüge, sondern ausgediente Uniformen, an denen die Schulterstücke und Dienstgradzeichen abgetrennt wurden. Es gehörte zur Aufgabe bestimmter Häftlinge, die alten Uniformen für den Zellengebrauch herzurichten.

Ich kam zu Christa, einer Frau meines Alters, die sich in einem Intershop-Laden an den glitzernden Konsumgütern der »Feinde« bereichert hatte.

»Nötig hatte ich es nicht«, erzählte sie mir am Abend, als alles still war und nur hie und da verhalten Kloppergeräusche über die Wände streiften. Sie waren weniger deutlich zu hören als in Dresden. Aber wenn man die Ohren spitzte und sich auf den Rhythmus konzentrierte, konnte man die Zellensprache verstehen.

»Eigentlich hab ich das nur gemacht, um meinem Mann eins auszuwischen«, stützte sie sich im Bett auf ihren Ellenbogen ab.

»Na also«, fragte ich verwundert, »ist dafür nicht der Preis zu hoch?«

Sie hatte immerhin drei Jahre aufgebrummt bekommen. Haß flackerte in ihren Augen.

»Kein Preis wäre mir zu hoch gewesen«, konterte sie heftig, wobei sie ihre langen, braunen Haare mit einem Gummi zu einem Pferdeschwanz hochband. Das gab ihrer schmalen, zierlichen Gestalt einen noch mädchenhafteren Ausdruck, der allerdings nicht über den trotzigen Zug um den hübsch geschwungenen Mund hinwegtäuschte. Nicht bösartig, aber eigenwillig.

»Und wieso wolltest du ihn ärgern«, duzte ich sie, wie es unter uns Gefangenen üblich war.

»Er gehört zu denen«, nickte sie mit dem Kopf gegen die Zellentür.

»Stasi?« fragte ich vorsichtig und hatte im gleichen Augenblick Angst, wieder mit jemandem zusammen zu sein, der mich aushorchen sollte.

»Hmhm, ein ziemlich hohes Tier sogar. Eigentlich hatte ich alles, was ich wollte. Finanziell, meine ich. Es ging mir gut.«

Verspielt wickelte sie die Enden ihres Pferdeschwanzes um den rechten Zeigenfinger, wobei sie hüstelte. »Harald hatte alle möglichen Beziehungen. Wir waren sogar schon mal im Westen. Am Anfang, als wir uns kennenlernten, war auch alles in Ordnung. Ich ließ mich blenden. Von sündteuren Geschenken und einem Mann, der aussah und sich fühlte, wie der James Bond des Ostens. Er war zwar zwanzig Jahre älter als ich, aber ich war happy. Wie das so ist! Ließ mich einkaufen. Mit Kleidern, Schmuck, teuren Parfüms und anderem Fummel. Doch als wir verheiratet waren, entpuppte sich mein Mann mehr und mehr zu einem Ekel. Ich durfte dies nicht mehr und jenes. Sollte immer brav zu Hause sitzen und meinem lieben Mann die Pantoffeln wärmen. Überhaupt fing er an, seltsame Eigenschaften an den Tag zu legen. Er behandelte mich wie eine Gefangene. Nichts war mir mehr erlaubt. Sogar meine Mutter durfte mich nicht mehr besuchen, angeblich weil sie Westkontakte hatte und er solche staatsfeindlichen Dinge nicht mit seinem Job vereinen könne. Es war so schlimm«, wurde Christa leise, »daß er mich sogar schlug und vergewaltigte. Er hatte überhaupt nur dann Spaß, mit mir zusammenzukommen, wenn ich keinen Spaß hatte. Mich mit Gewalt zu besitzen, verschaffte ihm die höchste Lust. Es war die Hölle, sag ich dir.«

Sie drehte sich um und zeigte mir eine lange Narbe hinterm Ohr.

»Von ihm?« fragte ich.

Sie nickte stumm.

»Hättest du denn nicht wegziehen können oder dich scheiden lassen?«

Christa lachte auf.

»Tust du nur so naiv, oder was ist -- ? Schon einem normalen Menschen gelingt es nicht, vor der Stasi zu fliehen, aber, wenn du mit so einem verheiratet bist....!«

Sie schluckte, war den Tränen nahe. Aber sie hatte scheinbar ein Bedürfnis, darüber zu reden.

»Einmal war ich weggelaufen. Schon nach zwei Tagen hatte er mich ausfindig gemacht. Mich vor versammelter Mannschaft bloßgestellt. Mich mit einer läufigen Hündin verglichen, die auf der Suche nach neuen Liebesabenteuern ist. Dann hat er mich zur Strafe fünf Tage in einen kalten, dunklen Schuppen gesperrt, mich anschließend rausgezerrt, verprügelt und hat sich dann wie ein Wilder auf mich gestürzt. Der war irre! Verstehst du! Total verrückt! Vielleicht wegen des Jobs. Oder, ich weiß auch nicht....

Auf alle Fälle war ich seit damals mit ihm fertig. Ich wollte da raus, egal wie. Erst wollte ich ihn umbringen, aber mir liegt so was nicht.« Sie stockte für kurze Zeit. »Gewollt hätte ich schon, daß er tot ist. Aber wie? Dann fiel mir das mit dem Intershop ein. Ich hab' so geschickt geklaut, daß sie mich erwischen mußten, daß es Zeugen gab. Ob sie wollten oder nicht«, grinste Christa stolz, als sei dieser ominöse Diebstahl eine Jahrhundertidee von ihr.

»Das war eine wirkliche Strafe für ihn. Eine Diebin zur Frau und dann auch noch Westware ..... bei seiner Position! Pah!« zeigte sie mit dem Daumen nach unten, »das war bestimmt ein Knick in der Karriere dieses feinen Herrn. Und mir«, legte sie sich entspannt auf den Rücken, »geht's seitdem blendend. Hier«, schlug sie mit den Fäusten auf die Matratze, »bin ich wenigstens sicher. Den Ausreiseantrag«, flüsterte sie mir ins Ohr, »hab' ich erst hier drinnen gestellt. Mich lassen sie bestimmt weg. Geschieden werd' ich auch.«

»Und wenn er's verhindert?«

»Das wird er sich nicht trauen. Und wenn doch, mach' ich so lange Rabatz, bis sie mich hier behalten. Lieber hier drinnen bleiben, als da raus. Ich hab eine Tante im Westen, in der Nähe von Hamburg. Sie hat versprochen, sich für mich einzusetzen. Und wenn's klappt, fahr ich gleich weiter in die USA oder nach Australien. Zu den Känguruhs. Da hab ich dann

hoffentlich meine Ruhe und kann ein neues Leben anfangen.«
Was es alles für seltsame Schicksale gab. Besonders in Haft-
anstalten häuften sie sich. Ich erzählte ihr auch ein bißchen
von mir, aber nicht zu viel. Dann schliefen wir.

Christa hatte zwar keine politische Meinung, ihr war diesbezüglich alles egal, aber sie entpuppte sich im Laufe der Zeit als
ein ausgezeichneter Kumpel, ein prima Mithäftling. Sie stand
immer Schmiere, wenn ich manchmal während der Arbeit die
Gelegenheit nutzte, aus dem Flurfenster zu blicken, von wo
aus man auf den Freihof sehen konnte. Manchmal entdeckte
ich dort meinen Mann. Er und sein Zellengenosse wurden immer zu einer bestimmten Uhrzeit ausgeführt.

Meine anfänglichen Hoffnungen bezüglich eines Freikaufs
schwächten sich mehr und mehr ab. Ich lernte viele politische
Gefangene kennen, die schon sechs Jahre und länger saßen.
Manche hatten sogar zu ihrem Strafmaß einen sogenannten
»Nachschlag« wegen angeblich schlechter Führung erhalten.

Ansonsten lief alles peinlich geregelt ab.

Ich mußte jetzt in der Haftanstalt meinen Arbeitsdienst verrichten und hatte jeden Sonntag Nachmittag Freizeit für Fern-
seh- oder Bastelstunde. Ich durfte sogar am Abend Strickzeug
mit auf die Zelle nehmen. Das war sonst nur den Kriminellen
erlaubt.

Jeden zweiten Monat hatte ich einen »Sprecher« und jedes
halbe Jahr ein Treffen mit Rolf. Ich teilte mir meine Haftzeit
in einen Sprecher-Kalender ein. Solche Tage wurden wichtiger als Feiertage. Mit Rolf stand ich über eine Art Hauspost
in Verbindung. Manchmal gingen diese Briefe allerdings seltsame Wege und eine Karte in irgendein Kaff bei Honolulu
wäre wohl schneller angekommen als hier über ein paar Flure
hinweg.

Aber der Mensch gewöhnt sich an alles. Wir zehrten von
diesen Sprechterminen in asketischer Hingabe an eine bessere
Zeit. Irgendwann ... wenn, so fingen unsere täglichen Träume
an. Die Wachteln verhielten sich uns gegenüber sehr unter-

234

schiedlich.

Frau Hauptmann, die alle zwei Tage Dienst hatte, war eine richtige Perle. So wurde sie auch von den Gefangenen genannt. Wohingegen Frau Obermeister, unsere Blitzi, ein richtiger Haudegen war. Immer laut, antreibend, die Peitsche auf der Zunge.

Mich hatten sie in den hauseigenen Arbeitsdienst eingespannt. Das hieß Fußböden putzen, Treppen wischen, alles einbohnern, blank wienern, Kleidung waschen, bügeln und flicken.

Zweimal in der Woche mußte ich im Keller Wäsche waschen, dann kam sie in Körbe und mußte zum Aufhängen nach oben auf den Boden getragen werden. Das waren sechs Stockwerke von ungefähr zwei mal achtzehn bis zwanzig Stufen. Die nasse Wäsche und die zugigen Gänge brachten es mit sich, daß ich häufig unter Gelenkschmerzen litt, die auch heute noch ständig bei kleinsten Belastungen auftreten.

Bei der Hauptmann konnte ich mich ab und zu ausruhen, wenigstens verschnaufen. Aber die Blitzi saß einem wie der Teufel im Nacken.

»Nu los, Schiller! Sie sind hier nicht auf Erholung! Ein bißchen Arbeit schadet niemandem!«

Sie sah aus wie ein kleiner dünner Giftzwerg. Mir reichte sie höchstens bis zum Kinn. Ständig quirlte sie herum, wie eine aufgezogene Puppe. Alles zappelte an ihr. Sogar die Nasenflügel.

Altersmäßig war sie schwer einzuschätzen. Vielleicht vierzig oder auch fünfzig. Sie war Junggesellin, mit ihren Staatspflichten verheiratet, die sie genauer nahm als der Papst die zehn Gebote.

Wer ihr in die Quere kam, hatte nichts zu lachen. Deshalb vermied ich es, mich mit ihr anzulegen. Duldete ihr höhnisches Gelächter genauso, wie das harte Geklapper ihrer Stiefelabsätze, die sie auch schon mal dazu einsetzte, einen zumindest symbolisch ans Schienbein zu treten.

An Blitzi und unserer Perle konnte man einen guten Vergleich ziehen, welche Möglichkeiten ein Zuchthaus für das Aufseher-Personal offen hielt. Beide bewegten sich im Rahmen der Vorschriften und dennoch lagen Welten zwischen ihnen.

Unsere Frau Hauptmann war ein gutmütiger, mütterlicher Typ, jemand, dem man nie zugetraut hätte, solch einen Dienst auszuüben. Aber es war eine Gnade für jeden Gefangenen, daß es sie gab. Wenn sie kam, ging die Sonne auf. Sie hatte besonders ein Herz für uns Politische, denn sie wußte genau, daß unsere Lage am schlechtesten war. Außerdem waren die Politischen einfacher im Umgang, nicht so ordinär und auch nicht so aufsässig gegenüber dem Personal.

Nach etwa einem halben Jahr wurde ich verlegt. Weshalb, wurde mir nicht mitgeteilt. Fortan sollte ich ausgerechnet mit einer Kindesmörderin meine Zelle teilen. Noch nie in meinem Leben war ich einem Menschen begegnet, der einen anderen getötet hatte.

Ich hatte Angst. Nicht, daß ich Vorurteile gehabt hätte oder Ablehnung, ich hatte schlicht und einfach Angst.

Wenn jemand fähig war, sein zweieinhalbjähriges Töchterchen mit einem Springseil zu erwürgen, zu was war solch ein Mensch noch fähig? Ich behielt meine neue Zellenfrau im Auge und schlief wesentlich schlechter. Wehmütig dachte ich an die Zeit mit Christa zurück. Die Erlebnisse in der Haft waren davon abhängig, welche Frauen mit einem die Zelle teilten.

Monika war auffallend blaß und ruhig. Sie entsprach überhaupt nicht dem Typ Mensch, den ich mir unter einem Mörder vorgestellt hatte. Weder laut, bissig, kratzbürstig oder frech.

Sie hatte lebenslänglich.

Erst am dritten Abend fragte mich Monika knapp, ob ich wisse, warum sie hier sei. Sie sah mich mit ihren übergroßen Telleraugen an, als wolle sie durch mich durchblicken.

Ich nickte.

»Wenn du nicht willst«, sagte ich, »brauchst du nicht drüber sprechen. Es geht mich ja nichts an.«

In Wahrheit wollte ich nicht zuhören, wollte nicht aus dem Mund einer mir gegenüber sitzenden Frau hören, wie und warum sie ihr Kind getötet hatte.

Doch Monika ließ nicht locker.

Sie hatte plötzlich den Drang, mir alles erzählen zu wollen, setzte sich im Hocksitz auf ihr Bett, mit Blickkontakt zur Tür, nicht zu mir.

»Das Drama fing damit an«, sagte sie mit einer leisen, monotonen Stimme, »daß ich nie Kinder leiden konnte. Ich hatte mich nie, wie andere Frauen über den Kinderwagen gebeugt, oder Babies geherzt, mir waren Kindergeschrei, rotzende Nasen und plärrende Augen schon immer verhaßt. Wenn mich eine Schuld trifft, dann die, daß ich überhaupt schwanger wurde. Aber es war Jochens Wunsch. Fast zwei Jahre hat er mich förmlich bedrängt, wollte ein Kind, unbedingt ein Kind. Jochen war mein Mann«, blickte sie kurz zu mir. Dann stierte sie wieder gegen die Zellentür.

»Ich habe nachgegeben und es drauf ankommen lassen. Ich weiß noch genau, wie furchtbar es für mich war, als ich von meinem Arzt erfuhr, daß ich schwanger war. Täglich stellte ich mich vor den Spiegel und betrachtete meinen Bauch. Ich wußte, ich würde den Moment hassen, an dem er anfangen würde, merklich zu wachsen.

Ich wurde launisch, quengelig, Jochen merkte wohl, daß ich nicht gut drauf war. Ich wollte abtreiben, aber er hatte noch so viel Einfluß auf mich, daß ich mich überreden ließ, es nicht zu tun. Er sprach davon, daß auch ich Muttergefühle entwickeln würde, wenn das Kind spürbar werde. Es sei sogar ein therapeutisch wichtiger Schritt, um meine Abneigung gegenüber Kindern zu verlieren. Also ließ ich es wachsen, weil ich Jochen liebte und nicht verlieren wollte. Er genoß es, küßte meinen Bauch, zählte die Wochen, die Tage bis zur Geburt und besorgte sich Bücher, um alles zu wissen, was für eine Schwangerschaft wichtig ist.«

Sie lächelte.

»Als ob er das Kind austragen wollte! Als es dann soweit war, im August vor vier Jahren, ging er mit ins Krankenhaus. Es verlief wohl alles normal. Sechs Stunden Wehen und das Baby war da. Aber statt Muttergefühlen empfand ich nur tiefe Stiche im Herzen. Ich sträubte mich innerlich mit aller Macht dagegen, Mutter zu sein und wäre am liebsten weggelaufen. Vielleicht hätte ich es tun sollen.«

Sie schluckte und räusperte sich.

»Ich gab meinem Kind auch nie die Brust. Ich hätte es niemals so eng an meinen Körper lassen können. Als die Ärzte merkten, daß etwas mit mir nicht stimmte, wollten sie wissen, was ich habe.

Was sollte ich sagen? Daß ich am liebsten mein Kind weggegeben hätte? Wer hätte mich verstanden? Das war doch nicht normal! Und ich hatte ja auch keine Erklärung für mein Verhalten. Glaubte, ein von Grund auf schlechter Mensch zu sein. Versuchte zu vertuschen. Fühlte mich dauernd schuldig. Hatte dauernd Gewissensbisse. Aber was konnte ich gegen meine Empfindungen tun? Dieses kleine Geschöpf, das nur aus Fressen, Schreien, Kacken und Schlafen bestand, hatte sich seine Mutter schließlich auch nicht ausgesucht.«

Mir war übel. Wie konnte ein Mensch so über sein eigenes Kind reden? Ich verkroch mich so gut es ging unter der Decke. Doch in dieser Enge gab es keine Möglichkeit, sich dem anderen zu entziehen. Ich mußte weiter zuhören.

»Jochen jedenfalls war wie verzaubert. Jede freie Minute verbrachte er mit dem Kind, verstand meine wachsende Aggressivität nicht und schimpfte mit mir. Seine ganze Zärtlichkeit und Liebe hatte sich jetzt auf dieses Baby gelegt und ich war nichts mehr. Eine Schlampe, eine Bestie, keine Frau.

Doch das schlimmste«, schluckte sie wieder, »kommt erst. Nach einem halben Jahr hatte Jochen von seiner Spielzeugpuppe genug. Sie war ihm zu anstrengend geworden. Er blieb immer länger aus, bis er eines Tages nicht mehr nach Hause kam und mir in einem kurzen Telefongespräch mitteilte, daß es aus sei, er sich jedoch verpflichtet sehe, mir monatlich einen Geldbetrag in Höhe von 300 Mark zu überweisen. Ich wollte, daß er Sonja nimmt, wollte aufs Geld verzichten, nur das Kind los sein. Sonja war schließlich sein Wunschkind. Und er wußte genau, wie es um meine Beziehung zu Sonja stand. Doch er weigerte sich, war eines Tages auch nicht mehr bei seiner Arbeitsstelle zu erreichen und blieb verschwunden. Lediglich das Geld wurde monatlich überwiesen. Pünktlich und pflichtgemäß. Sonja, ich hatte zumindest den Eindruck, sah ihm von Tag zu Tag ähnlicher. Und je mehr sie seine Züge entwickelte, desto mehr haßte ich sie. Wenn sie still war, ging alles ganz gut. Aber wenn sie aus irgendeinem Grund schrie, packte mich die kalte Wut. Ich schlug sie, bis meine Hand heiß wurde. Dann schüttelte ich sie an den Schultern. Bis sie vor Erschöpfung nur noch wimmerte und einschlief. Dann warf ich sie ins Bett und quälte mich. Machte mir Vorwürfe, versuchte pausenlos zu ergründen, weshalb ich so war und redete mir ein, mich zusammenreißen, mich ändern zu können. Aber wenn es soweit war, konnte ich mich nicht halten.«

Mir schossen Tränen in die Augen. Ich zerbiß mir die Lippen, um nicht losschreien zu müssen. Wie konnte sie das tun, mit ihren eigenen Händen? Gab es in solch einem Fall denn keine Sperre im Gehirn? Monika war mit ihrem Bericht immer noch nicht zu Ende.

Ihr Gesicht versteinerte sich zu einer kalkigen Maske, ihre Stimme wurde leiser, ihre Sprache langsamer. Draußen im Gang knallten die Eisentüren.

»Bis zu jenem Abend. Sonja lag eigentlich ganz friedlich im Bett, ich hatte den Fernsehapparat laufen. Dann mußte sie aus irgendeinem Grund aufgeschreckt sein und fing an zu schreien. So komisch langgezogen. Ich hielt mir die Ohren zu. Aber ich hörte sie noch immer. Dann nahm ich mein Springseil, mit dem ich abends immer Gymnastik machte, ging rüber, legte es ihr um den Hals und zog zu. Es ging alles sehr schnell und ich tat es, als ob ich mir eine Stulle Brot schmierte. Aber gleichzeitig hatte ich das Gefühl, mir zuzusehen. Als ob jemand anderer meine Hände, meine Tat ausführte. Zwei oder drei Sekunden, höchstens. Sonja würgte noch einmal heftig, dann war alles ruhig. Man sah ihr so gut wie nichts an. Und mir auch nicht. Ich legte mich schlafen, wachte gegen zwei Uhr morgens auf und wunderte mich, daß Sonja sich nicht meldete. Um diese Zeit wollte sie gewöhnlich noch ein Fläschchen, das war so eine Angewohnheit. Ich ging in die Küche, bereitet alles vor und dann«, sie stockte, » dann begriff ich erst, was geschehen war. Ich nahm sie hoch, schrie, pustete in ihr Gesicht, Sonja wach auf ....!« Monika begann zu weinen. Sie verbarg ihr Gesicht hinter den Händen. »Ich hätte nie geglaubt, daß man so schnell, so entsetzlich schnell jemanden umbringen kann. Es waren doch nur Sekunden .... Sekunden! Aber es hatte so kommen müssen. Es war nicht, wie man mir vorgeworfen hat, wegen der Sendung, weil ich mich gestört gefühlt hätte, es war wegen der Wut. Es hatte irgendwann so kommen müssen! Ich hätte nie Kinder haben dürfen, ... dann ..... vielleicht hätte ich eine gute Drogistin werden können.«

Bislang hatte ich mich beherrschen können, hatte versucht wegzuhören. Aber ihre Stimme hatte einen schrillen Ton bekommen, mir war, als ob sie mir die Schnüre um den Hals legen würde.

»Warum erzählen Sie mir das, warum mir, warum?« schrie ich sie an und siezte zum ersten Mal eine Zellengenossin. Das vertrauliche »du« brachte ich nicht mehr über die Lippen.

Die Perle kam. Sie mußte mich gehört haben und schloß die Tür auf. »Was gibt's?« fragte sie.

»Nichts«, log ich.

Dann ging sie wieder.

»Was ist, findest du es abnormal, daß eine Fau keine Kinder mag, sogar einen Haß gegen Kinder entwickeln kann?«

Ich hatte mir darüber nie Gedanken gemacht, ja, wenn ich ehrlich war, fand ich es abnormal. Aber ich sagte es Monika nicht.

Vor allem empfand ich es im Moment als ein schreiendes Unrecht des Schicksals. Wenn schon Kinder an Krankheiten und Unfällen sterben mußten, warum nicht solche, die so wenig geliebt wurden, wie diese kleine Sonja. Was hatte das arme Mädchen wohl in ihrem kurzen Leben durchmachen müssen. Gab es für ein Kind etwas Schlimmeres als eine hassende Mutter?

Saß da oben einer und vertauschte mit Absicht die Karten, damit jeder auf seine Art Leid erfuhr? Sie empfand es als schmerzhaft, ein Kind zu haben, ich empfand es als schmerzhaft, eins zu verlieren. War das nicht grotesk? Darüber versuchte ich mit ihr zu reden. Versuchte ihr klar zu machen, weshalb sie von mir kein Verständnis erwarten konnte.

Sie zuckte mit den Schultern.

»Schicksal! ... Gott!« kotzte sie die Worte heraus und lachte plötzlich wie eine Furie los. Ihre gerade zur Schau gestellte Sensibilität wandelte sich in Aggressionen um.

Sie war ohne Zweifel krank und ich vermied es, weiterhin mit ihr zu reden. Sie war verrückt, gehörte eigentlich in die Psychiatrie. Noch ein halbes Jahr mit ihr und ich würde ähnlich enden. Häufiger als sonst schrieb ich Briefe, auch wenn ich wußte, daß nur die Hälfte davon durchgehen würden.

Liebster Rolf,

Ich kann das alles, was hier mit uns und um uns herum geschieht, immer noch nicht fassen. Es ist alles so schrecklich! Wie wird es später sein? Werden wir uns erst wieder aneinander gewöhnen müssen? Es gibt so viele, die uns zerrütten wollen. Ich bin so froh, daß sie es bisher nicht geschafft haben. Ich schreibe jede Woche an die Kinder und bin froh, daß Frau Hauptmann es mir gestattet. Es ist so wichtig, daß die Beiden immer ein Lebenszeichen von uns bekommen, auch wenn sie nicht die Zeit haben, immer unsere Briefe zu beantworten. Wir dürfen den Kontakt nicht verlieren. Bei der Großen sehe ich nicht so schwarz, aber unser kleines Mäuschen ist da schon ärger dran.

Denn sie ist in dem Alter des Vergessens, des so schnellen Vergessens.

Gestern lief in der Freizeit der Film »Kramer gegen Kramer«. Der kleine Junge sah aus wie Dirk. Ich habe geheult wie ein Schloßhund. Wo mag er nur sein?

Gott sei Dank schreibst du, daß uns nichts trennen kann, nur der Tod. Aber ich bin so lustlos ohne euch. Brauche wieder eine Bestätigung als Mutter und Frau. Was würde ich darum geben, die Sch... Hausarbeit machen zu dürfen. Weißt du noch, wie oft ich geflucht habe, wegen aufräumen und so. Und jetzt würde ich unser Staubtuch zu Hause anhimmeln, wenn ich nur dort wäre, euch in meiner Nähe wüßte!

Das Essen ist hier kaum genießbar. Unsere Mägen werden entwöhnt, aber auch die Augen. Nichts Schönes gibt es hier. Selbst im Traum sehe ich Gitter. Aber unsere Herzen müssen bleiben, wie sie waren. Wir dürfen uns nicht entfremden, auch wenn wir uns nur für eine Stunde im halben Jahr sehen. Aber die Kinder!

Werden sie überhaupt noch erkennen, daß wir ihre Eltern sind? Das geht mir immer wieder im Kopf herum und ich habe so viel Angst.

Damit ich mich ablenke, lerne ich abends Englisch. Alles was mir einfällt, übersetze ich für mich. Das ist spannend und ich muß mich anstrengen, die Vokabeln im Gehirnskasten zu suchen.

Gibt es für uns ein Später, Rolf? Es muß ein Später geben! Es gibt doch nur einen Himmel über uns allen.

Ich liebe dich, viel mehr, als dies der Kuli hier niederkritzeln kann. Wirklich, ich liebe dich,

dein duftendes, aber langsam verwelkendes Heide (röschen)

Nach vier Wochen hatte Frau Hauptmann Erbarmen mit mir und verlegte mich in eine andere Zelle. Meine neue Zellengenossin hatte immer Spätschicht, so daß wir uns kaum sahen. Katja war die älteste Zellengenossin, die ich traf. Sie war schon weit über sechzig. Eine Deutschrussin, wie sich herausstellte. Sie hatte zwei Jahrzehnte in Sibirien gelebt. Mit einem Juden. Dann war dieser bei einem Unfall ums Leben gekommen und Katja in die DDR zu ihrem Bruder gezogen. Sie hatte bei Fluchthilfegruppen mitgemacht und mußte deshalb acht Jahre hier zubringen. Ob sie das überleben würde?

»Warum hast du das getan?« fragte ich sie. Sie sah mich mit ihren verquollenen, tränensackbehangenen Augen neckisch an und rieb Daumen und Zeigefinger aneinander.

»Deshalb!«

»Geld?« fragte ich ungläubig.

»Ja. Ich hatte so gut wie nichts und konnte auch nicht mehr arbeiten.«

Sie zeigte auf ihre dicken Beine. »Seit sechs Jahren plagen die mich. Ich kann kaum gehen«, stöhnte sie.

Sie hatte hier im Gefängnis Näharbeiten zu verrichten, Bettwäsche und Handtücher für westdeutsche Versandhäuser.

»Die kaufen so etwas?« staunte ich.

»Vielleicht wissen sie's nicht und der Osten verkauft's für reguläre Ware.«

Es gab immer noch Dinge, die ich nicht wußte. Als ich Katja meine Geschichte erzählte, unterbrach sie mich gleich heftig.

»Dein Junge«, sagte sie mir, »ist entführt worden.«

Wie kam sie auf so etwas? War sie von der Stasi geschickt? Als Politische? Ich wurde mißtrauisch.

Sie berichtete mir von sibirischen Kinderheimen, in denen angeblich entführte deutsche Kinder bis zu einem Alter von drei Jahren aufgenommen wurden, um völlig identitätsfrei als Nur-Kommunisten erzogen und nach Deutschland zurückgeschickt zu werden.

»Ein Agent darf kein Zuhause haben«, flüsterte sie, »darf nicht erpreßbar sein, muß dem Staat bedingungslos dienen können. Der Staat ersetzt Mutter und Vater total. Selbst entfernte Verwandte dürfen nicht vorhanden sein, das ist ein Wahnsinn! Deshalb kommen auch Heimkinder häufig nicht

243

in Frage. Du glaubst mir nicht?«

Ich hielt das Ganze für eine Phantasieblüte ihres Alters, aber es beschäftigte mich dennoch. Denn sie berichtete so detailliert von den Heimen, konnte sogar einige Standorte nennen, daß ich in stillen Stunden daran denken mußte, ob aus Dirk wirklich eines Tages ein Ost-Agent würde. Ich sponn mir zurecht, wie er mich verhörte, ohne seine Mutter zu kennen. Konnte es so etwas geben? Ein Kind ohne Vergangenheit, aufgewachsen in bedingungsloser Treue zum Staat? Kinder ohne Identität?

Dann wieder hielt ich diese Idee für so absurd, daß ich mich selber schalt, daran zu glauben. Wieso ausgerechnet Dirk? Es gab doch genug elternlose oder ungeliebte Kinder, die für solche Manöver, wenn es sie überhaupt gab, viel besser geeignet waren.

Das Jahr verstrich immer langsamer. Die Sehnsucht nach meinen Kindern erklomm meinen ganzen Körper und Geist. Wo waren ein paar Zeilen von Silvie? Warum konnte ich nicht wenigstens einmal meine Kinder sehen? Aber wahrscheinlich hätte mir der Abschied nur noch mehr weh getan. Die Besuche waren ohnehin belastend.

Wochenlang nahm man sich vor, über alles mögliche zu reden, hatte hunderte wichtige Punkte zu besprechen und wenn es dann so weit war, hatte die Aufregung alles wie weggeblasen und man konnte nicht einen vernünftigen Gedanken fassen. Ich war froh, zu hören, daß es den Kindern wenigstens gesundheitlich gut ging und Silvie in der Schule mitkam. Mein Bruder war allen eine große Hilfe, wie ich erfuhr. Er unterstützte die Kinder und machte ihnen bei entscheidenden Fragen Mut.

Viereinhalb Jahre. Immer wieder mußte ich an diese lange Zeit denken. Gab es denn keine Aussicht auf Transport? Seit wir hier waren, war kein einziger auf Transport gegangen. Nur Monika hatten sie weggebracht. Wohin, weiß ich nicht.

Es kamen im Gegenteil immer mehr Neue dazu. Viele

kamen auch aus dem Westen. Junge Mädchen, so um die zwanzig Jahre alt, die für unseriöse Fluchtgruppen gearbeitet hatten. Meist für Rauschgift als Entgelt.

Denn wer wäre sonst in die Höhle des Löwen gekrochen? Jeder wußte, daß auf Fluchthilfe hohe Strafen ausgesetzt waren.

Mir taten diese Mädchen leid. Denn sie litten an schier unerträglichen Entzugserscheinungen. Ihre zittrigen Schreie waren weithin hörbar.

Manchmal, wenn ich in der Küche zu tun hatte, und Frau Hauptmann den Dienst schob, nahm ich mir einen Stuhl und kletterte zum Fenster hoch. Von dort aus hatte man einen guten Ausblick auf den gesamten Freihof. In der Hoffnung, vielleicht Rolf zu sehen, stand ich oft minutenlang dort oben und mir fiel auf, daß zwischendurch immer wieder, einzeln, schon ziemlich ergraute Männer spazieren geführt wurden. Meist mit zwei Bewachern zur Seite. Ich glaubte, es handle sich um Schwerstkriminelle oder hochkarätige Agenten.

Später erfuhr ich, daß es im westlichen Trakt Isolierzellen gab, in denen immer noch Menschen saßen, die 1953 am Aufstand maßgeblich beteiligt waren und mehr als dreißig Jahre Kerker hinter sich hatten. Die meisten waren für ihre Angehörigen schon gestorben. Ich erfuhr noch manches andere.

Über Leute, meist hoch gebildet, die schon seit Jahrzehnten unter Hausarrest standen und für den Rest der Welt verschollen waren. Gerüchte? Nach dem, was ich alles erlebt hatte?

Echte Politische, richtige Aufwiegler, konnten schließlich nicht genauso behandelt werden wie wir Briefeschreiber.

Hier erfuhr man Dinge, von denen man draußen nicht die leiseste Ahnung hatte. Es war schwer, Gefangene total voneinander abzuschotten und jeder hatte seine Erfahrungen und Kontakte.

Manche Informationen wurden über ein geheimes Postnetz verbreitet, das sich der Toilettenrohrschächte als Leitsysteme bediente.

Gefangene wurden erfinderisch. Nutzten wie Steinzeitmenschen jede noch so winzige Möglichkeit, um gewisse Dinge zu erreichen. Meist ging es um den Kontakt vom Männer- zum Frauenhaus.

Nur zum Isolationstrakt, da kam keiner hin.

Es sei denn, zur Verbüßung einer Strafe, die jeder zu vermeiden suchte.

»Was geschieht eigentlich mit wirklichen Attentätern?«
versuchte ich aus Katja herauszuquetschen. Sie schien mehr als andere über solche Dinge informiert.

»Die«, sagte sie grinsend, »entweder totaler Untergrund im Ausland, oder .... weg!«

»Was weg? Todesstrafe?« fragte ich verblüfft.

Ich hatte immer geglaubt, so etwas gäbe es nicht.

»Gibt es auch nicht«, bestätigte Katja.

»Das passiert ohne Prozeß. Auf der Straße. Bei der Flucht. Zumindest für die liebe Verwandtschaft.«

»Ist das wahr?«

»Man hat's mir so erzählt.«

Ich zitterte am ganzen Leib. Solche Geschichten waren nichts für meine ohnehin sensibilisierten Nerven.

Noch mehr lernte ich aber das Zittern, als mir eines Mittags beim Waschen eine Ratte entgegensprang. Mindestens so groß wie ein Karnickel. So schien es mir wenigstens.

Ich schrie, ließ die Wäsche fallen, und rannte, als ob mich ein ganzes Rudel dieser Biester verfolgen würde.

Ausgerechnet die Blitzi hatte Dienst.

»Mensch Schiller, 'ne Ratte is 'ne vergrößerte Maus! Jetzt stellen Sie sich nicht so an! Machen Sie die Wäsche zu Ende!«

»Nein!« schleuderte ich ihr ins Gesicht, am ganzen Körper flatternd. Das war meine erste Weigerung, seit ich hier war.

»Ich muß zum Arzt«, fiel mir gerade noch rechtzeitig ein.

»So! Aber erst nach der Wäsche. So krank sehen Sie nicht aus! Gehorsamsverweigerung heißt Arrest, Schiller!«

Also ging ich zurück ins Rattenlager. Mein Herz blieb fast

stehen, als ich die Wäsche in den Korb häufte. Überall, aus jeder Ecke, glaubte ich Ratten zu sehen.

Am nächsten Tag beschwerte ich mich bei Frau Hauptmann. Sie ging der Sache nach und schickte einen Männertrupp in den Keller. Ich hörte, daß zweimal geschossen wurde. Dann legte man Gift. Trotzdem hatte ich seitdem Angst, dort unten zu arbeiten.

Der erste Hinweis

Rein privat beschränkte sich mein Verhältnis zu anderen Frauen auf oberflächliche Gespräche. Wirkliche Kontakte oder gar Freundschaften konnten hier nicht entstehen. Dazu wurde man zu häufig verlegt. Und jeder war in seine eigene extreme Lage wie in einen Eisenpanzer gepreßt.

Nur mit einer Sache im Knast-Milieu kam ich nicht klar. Die Liebe unter Frauen. Das Lesbenfeuer breitete sich hier wie ein Flächenbrand aus. Es gab zwei Sorten Frauen; die einen, die forderten, die anderen, die für gewisse Liebesdienste bezahlten. Eine Tafel Schokolade, eine Creme, Obst oder sonst etwas, meist mühsam abgespart von den paar Pfennigen, die man hier im Knast für die Arbeit bekam. Einmal die Woche hatte man die Möglichkeit, das Geld in einem der kleinen Knastlädchen umzusetzen. Viel gab es nicht, aber draußen in den Läden gab's auch kaum mehr.

Jedenfalls ließen sich solche Frauen in der Sonntag-Nachmittag-Freizeit in eine Zelle sperren, angeblich, um gemeinsam zu stricken, zu reden oder zu schreiben. In Wirklichkeit übten sie sich im Frauenporno. Jede wußte das mit der Zeit. Auch die Aufseherinnen. Aber seltsamerweise war man in solchen Angelegenheiten großzügig.

Als ich das erste Mal auf solch ein Angebot hereinfiel, hatte ich noch keine Ahnung. Ich traf mich mit einer Schwarzhaarigen, so um die vierzig. Eine rein äußerlich ganz nette Person. Sie hatte mich gebeten, an einem Sonntag mit ihr zu »stricken«. Angeblich, weil ihre Zellengenossin so langweilig war. Naiv, wie ich war, sagte ich zu. Ich erzählte Katja davon. Sie lächelte nur so komisch und sagte: »Na dann viel Spaß!«

Als ich mit der Schwarzen allein war, die Zelle hinter mir

verriegelt, sah sie mich so merkwürdig an. Nirgendwo sah ich Strickzeug. Mein Strickzeug legte ich auf dem Nachttisch ab.

»Weißt du wirklich nicht, was stricken heißt?« fragte sie lächelnd.

Doch erst, als sie begann, sich auszuziehen, wußte ich, was es heißt und was gespielt werden sollte. Sie sagte keinen Ton, entkleidete sich nur und stand auf einmal splitternackt vor mir, nahm meine Hand, und führte sie zu ihrem Busen, dann über den Bauch, runter zur Sache.

Ich war so geschockt über so viel direkte Dreistigkeit, daß ich mich anfangs nicht wehrte, mich nur wie betäubt führen ließ.

Doch als sie ihre Schenkel spreizte, holte ich tief Luft, ich mußte puterrot angelaufen sein, und knallte ihr so eine ins Gesicht, daß sie richtig zu jaulen anfing, im Bett verschwand und sich die Decke über den Kopf zog.

Mein Gezeter - »Ich will hier raus!« - hatte Frau Hauptmann auf den Plan gerufen. Sie drehte den Schlüssel in der Zellentür um.

Ich hatte mich geistig schon auf meine erste Frauenprügelei eingerichtet, aber die Schwarze war, obwohl kräftiger als ich, in sich zusammengekrochen.

»Was ist?« fragte mich die Hauptmann.

»Ich will hier raus!« sagte ich, »In den Fernsehraum. Hier fallen mir dauernd die Maschen runter!«

Im Hintergrund hörte ich die Schwarze leise schluchzen. Ich hatte sie wohl tief verletzt, aber ich hätte niemals mit einer Frau .....Nicht, weil ich prüde war, oder den lesbischen Liebesakt als solchen verurteilte. Aber ich kannte diese Person doch gar nicht. Und überhaupt!

»Ist sie Ihnen zu nahe getreten?« wollte die Hauptmann wissen.

»Es war wohl ein Mißverständnis«, erwiderte ich diplomatisch, um der Schwarzen keinen Ärger zu bereiten. Irgendwo tat sie mir auch leid. Ich wußte noch nicht mal, wie lange sie schon hier war und weshalb.

Doch auch im Fernsehraum blieb man von solchen Angriffen nicht verschont. Manche warteten nur, bis das Licht gelöscht wurde. Besonders in den hinteren Stuhlreihen ging's dann los. Sie knutschten sich, leckten sich ab, und ließen ihrer orgasmischen Verzückung mit Grunz- und Lustgeschrei freien Lauf.

Ich hatte im allgemeinen nichts gegen Frauenliebe, wenn eine so veranlagt war, wieso nicht! Aber hier ging's nicht um Liebesbeziehungen, sondern darum, den schönsten aller Triebe aufs billigste zu befriedigen.

Manche masturbierten auch. Hatten den Finger in der Hose und rutschten oft minutenlang auf den Stühlen hin und her. Manchen schien es überhaupt erst Befriedigung zu verschaffen, dies mitten unter Zuschauern und Zuhörern zu erledigen. Es schockierte mich, daß über die Hälfte der Frauen so veranlagt waren. Auch solche, von denen ich es auf Anhieb nicht erwartet hätte.

Aber vielleicht war ich auch ungerecht. Ich konnte schließlich meine ganzen sexuellen Wünsche auf Rolf projizieren. Wußte, daß er in meiner Nähe war. Daß ich meine Liebe ansammeln konnte für ihn, für die Zeit danach. Oft lag ich im Bett und spürte ihn, hatte meine Phantasien. Aber ich hätte sie nie an einer Frau entladen können. Was mich auch hauptsächlich störte, war nicht, daß sie es taten, sondern wie sie es taten. So kalt, gefühllos, nur dieser rein körperlichen Gier ausgeliefert. Es verbreitete eine Stimmung, wie ich sie mir im Puff vorstellte.

Der Fünf-Minuten-Orgasmus, als Ergebnis der verschiedensten Techniken. Mit der Hand oder mit der Zunge, je nachdem.

Ich wurde Gott sei Dank seit jenem Vorfall in Ruhe gelassen. Einige wenige lachten mich aus, die anderen, denen mein Verhalten prüde vorkam, mieden mich. Aber sie ließen mich in Ruhe. Das war die Hauptsache.

Die Geschichte mit der Schwarzen hatte sich wohl rumgesprochen.

Und vor Katja, meiner Zellengenossin, brauchte ich mich diesbezüglich nicht zu fürchten.

»Mir hat mein Mann in zwanzigjähriger Ehe die Liebe mitsamt den Wurzeln rausgerissen. Da, wo das früher war, ist jetzt ein roter Fleck«, war ihr einziger Kommentar zu diesem Thema.

Denn wenn es deshalb zu Beschwerden kam, gab's Arrest. Ein Teufelskreis. Wirklich Freude empfand ich nur in jenen Stunden, wenn ich Post erhielt oder einen Brief schreiben durfte.

Dann war ich allein, mit mir, hob gedanklich ab zu meinen Lieben und konnte oft die Gitter und Mauern um mich herum vergessen. Ich schrieb gerade Brief Nummer 14. Wir numerierten die Briefe, um uns zu vergewissern, welche angekommen waren und welche nicht.

Etwa die Hälfte erreichten den Empfänger nie, landeten wohl im Mülleimer oder in irgendeiner geheimen Akte. Dabei waren wir schon äußerst vorsichtig in unseren Aussagen.

Bautzen, 12.10.83
Mein lieber Rolf! Meine liebe, allerliebste Schnecke!

Du wirst Dich wundern, daß ich Dir gerade heute schreibe, aber eben heute am Tage, wo unsere kleine Claudel vier Jahre alt wird, möchte ich Dir sehr nahe sein. Wie wird wohl unser Mäuschen diesen für sie so schönen Tag begehen? Ich hoffe doch, daß sie auch ohne uns mit viel Fürsorge und Liebe bedacht wird.

Silvie und Mutti haben mir geschrieben, und ich sende Dir den Brief mit rüber. Unsere Große hat einen schönen Briefstil und kann in den wenigen Zeilen schon sehr viel ausdrücken. Wir können stolz sein!

Ich werde einen Sprecher für den 4.11. beantragen. Hoffentlich machen sie an meinem Geburtstag eine Ausnahme. Das wä-

re für diesen Tag mein schönstes Geschenk, Dich im Arm zu halten.

Was Deine Mutter betrifft, muß ich Dir sagen, daß ich nicht mehr kann und nicht mehr will. Ich möchte sie beim Außensprecher nicht sehen. Wieso will sie jetzt auf einmal wieder anfangen?

Die eine Stunde, die uns bleibt, möchte ich nicht mit einer Frau zubringen, die mir die ganze Schuld in die Schuhe schieben will. Die sich nicht gescheut hat, mich zu verleumden, um Dich von mir zu trennen. Sogar die Kinder wollte sie mir wegnehmen. Du mußt verstehen, daß ich in dieser Situation nicht mit ihr reden kann. Ich bin im Moment zu sehr verletzt. Schließlich wollte sie mir das Liebste, das Einzige auf dieser Welt, weshalb ich lebe, rauben. Unsere Familie! Das ist mehr als eine Unstimmigkeit. Du mußt natürlich selbst entscheiden, wie Du es handhaben willst, aber ich für meinen Teil will sie nicht sehen. Doch nun genug mit diesem leidigen Thema.

Ein Einzelzimmer habe ich nicht, ich liege mit einer älteren Frau zusammen, sie ist aber ruhig und es ist nicht so aufregend wie früher.

Zur Zeit ist es recht kalt hier in den Zellen und mich plagt, wie immer bei diesen Temperaturen, mein Rheuma. Deshalb war ich beim Arzt und bin für die nächste Zeit krank geschrieben. Ich muß ein paar Medikamente nehmen und ich hoffe, es wird bald wieder. Die Arbeit hier drinnen mag noch so blöd sein, aber die Zeit geht wenigstens rum.

Mach Dir keine Gedanken, ich werde hier »bestens« betreut. Nun, meine liebe Schnecke, ich habe Claudel ein großes Bild geschickt, über das sie sich bestimmt freut. Frau Leutnant hat es mir als großen Brief gewährt, was mich sehr freute. Unsere Silie fährt ja jetzt in den Herbstferien nach Dresden, mal sehen wie es ihr bei Tante Hannelore gefällt.

Ja, mein Liebster, Du hast Recht, wenn Du schreibst, daß es so ganz gut ist mit unseren Kindern und es ist auch gut, daß die Beiden nicht getrennt sind. Denn wie mir Mutti sagte, wenn sie getrennt sind, ist Claudel ganz traurig, will nicht schlafen usw.

Ich glaube das auch, denn sie gehören ja zusammen und unsere Große wird schon mit so vielen Aufgaben betraut, man muß den Hut vor ihr ziehen. Mit elf Jahren diese Probleme und trotzdem gute Leistungen in der Schule. Ja, wir müssen ihr das mal sehr danken, unserem großen Schatz.

Meine Beiden fehlen mir so sehr und natürlich auch Du. Hoffentlich geht mit den Kindern alles gut zu Hause, Du weißt, was ich für Angst um beide habe.

Daß ja nicht's mit ihnen passiert, denn dann garantiere ich für nichts mehr. Ich habe auch nur Nerven und die sind durch Dirks Verschwinden schon arg, wenn nicht sogar total belastet.

Immer wieder frage ich zwischendurch nach Dirks Akte, versuche hier vom Gefängnis aus neue Anwälte zu bekommen, die vielleicht-- Ich bin eben ein unverbesserlicher Optimist, warte solange, bis ein Anwalt aufkreuzt, der mich versteht. Wir dürfen Dirk nicht vergessen, auch wenn es kein Lebenszeichen von ihm gibt. Das ist unsere verdammte Elternpflicht. Und wenn das die gesamte Anwaltschaft der DDR nicht kapieren will, ich laß in diesem Punkt nicht locker, bohre solange weiter, bis ich was weiß.

Weißt Du, mein Lieber, es ist wieder mal so weit, daß ich Dir schreiben muß, daß ich das Leben hier drinnen gestrichen voll habe. Wenn ich Euch nicht hätte, die ihr mich noch braucht, ich wüßte nicht, wie alles enden würde, ich habe manchmal keine Kraft mehr, hier durchzukommen. Es gibt oft ein Hoch und dann wieder ein totales Tief, wobei das Tief öfter ist und so viel Sorge um alles mitschwingt. Trotzdem müssen wir hier durch und ich weiß, wir werden es schaffen. Es gab doch schon so viele Tiefschläge in unserem Leben, da muß es doch auch mal ein Hoch geben!

Bautzen, 15.10.

Nun, da ich krank geschrieben bin und nicht aus meiner Zelle

*darf, schreibe ich weiter an diesem Brief. Ich habe mich zwar
angeboten, kleine Arbeiten zu verrichten, aber ich darf es laut
den Anweisungen der Frau Obermeister nicht. Man ist hier sehr
um meine Gesundheit besorgt, es wird also alles getan für mich,
mach Dir also um gotteshimmelswillen keine Sorgen. Ich bin
schon ok, kannst Du glauben.*

*Also denke daran, 4.11. Sprecher anmelden. Denn, wenn
möglich, möchte ich Dich sehen können. Vielleicht, wenn ich
ganz brav bin und die hier gut gelaunt sind, darf ich sogar einen
Kuchen backen.*

*Bleib Du also auch immer anständig, randalieren bringt
nichts, sie würden es uns nur spüren lassen. Also mein Schatz,
bleib brav, so wie ich.*

*Apropos, wieviel Geld hast Du auf Deiner Rücklage? Wenn's
sich lohnt, heirate ich Dich noch mal. Wenn sie zu gering ist,
wird nichts daraus. Da such ich mir einen, der schon länger sitzt
und viel gespart hat, wo sich's lohnt. Ha, ha, ha, na ist das nicht
lustig im Gefängnis! Ich liebe Dich aber auch ohne die gottver-
fluchten Rücklagen, ich liebe Dich ganz dolle, wie immer, nur
noch ein bißchen mehr.*

*Du fehlst mir und hoffentlich hat alles ein schnelleres Ende,
als wir befürchten müssen. Uns hält ja auch die Hoffnung aufrecht und wir stützen unser ganzes Denken darauf. Wir schauen
immer nur voraus, ja mein Schatz!*

*Mit Zigaretten sieht es zur Zeit besser aus, wir bekommen ab
und zu welche. Ich habe Dir F6 und Cabinet besorgt. Die magst
Du doch. Ich bin weiterhin Nichtraucherin, so betrifft es mich
nicht so sehr, wenn keine kommen. Aber manche zittern ganz
schön nach dem Kraut. Ich schicke Dir Zigarettenhüllen zum
Drehen mit, vielleicht hilft Dir das. Habe ich geschenkt bekommen. Ich habe auch einen Pfeifenreiniger mit einem Drehappa-
rat für Dich organisiert und ganz viel aufgesparte Liebe und
freue mich schon auf unser baldiges Wiedersehen.*

*Mach's gut und manchmal möchte ich schon mit Dir diesen
unerlaubten Weg zu Ende gehen! Du auch?*

Deine Dich ganz doll liebende Heide-rose und noch 1ooo
Küßchen
von mir
an Dir

Ich faltete den Brief und brachte ihn Frau Hauptmann.

»Ich wollte gerade zu Ihnen«, sagte sie freundlich, nahm mir den Brief aus den Händen und legte ihn auf einen Stapel anderer Briefe. »Ganz schön dick!« kritisierte sie das Gewicht des Briefes. Doch sie schien gut gelaunt.

»Sie wissen«, kam sie zum eigentlichen Thema, »in einem Monat beginnt die Weihnachtszeit. Da wären Sie doch sicher gerne bei Ihren Kindern!«

Meine Augen leuchteten. Wenn Frau Hauptmann so etwas sagte.....sollten wir etwa auf Transport?

»Ich soll Sie von denen da oben«, wies sie mit dem Daumen an die Decke, als kämen ihre Anweisungen tatsächlich schnurstracks aus dem Himmel, »unterrichten, daß Sie innerhalb einer Woche entlassen werden, wenn Sie die Ausreiseanträge zurücknehmen.«

Meine Stimmung erhielt einen Schlag. Das hatten wir doch schon.

Dennoch war dieses Angebot erneut verlockend. FREI-HEIT! Doch nicht mehr in diesem Land. Hier hatte die »Freiheit« keinen Wert mehr.

Ich schüttelte den Kopf.

»Nein«, sagte ich. »Es wird auch einen anderen Weg geben.«

»Sie müssen es wissen«, schlug mir die Hauptmann mütterlich auf die Schulter. Dann brachte sie mich zurück zur Zelle.

Ich konnte die ganze Nacht nicht schlafen. Dachte daran, wie Rolf sich wohl entscheiden würde. Noch dreieinhalb Jahre! Mindestens! Was dachten wir uns? Aber dann würde eine bessere Zeit kommen.

Ich erinnerte mich an Rolfs letzten Brief: *Ich will Dich ver-*

wöhnen, bis in mir das Feuer verbrennt. Ich will Euch verwöhnen und wenn ich von früh bis abends arbeiten muß. Halt durch, Schnecke! schrieb er immer unter jeden Brief, als ob ich ihm jemals ein Anzeichen gegeben hätte, daß ich schwach wurde.

Mein liebes Mädchen, behalte Deinen Kopf oben, ich tue das auch, das ist das Wichtigste für unsere Zukunft. Unsere Kinder werden es uns danken.

Ja, das hoffte ich auch. *Es wird für uns eine bessere Zeit kommen, davon bin ich überzeugt. Die Achtung vor Dir, meiner Frau, die das alles mitmacht, ist nicht mit Gold aufzuwiegen. Ich werde Dich auf Händen tragen, mein ganzes Leben lang, auch wenn Du wieder zunehmen solltest.....* hatte er geschrieben.

Auf Händen tragen .... verwöhnen, das klang schön, es schwang so viel Hoffnung darin. Doch wie würde die Realität aussehen, wenn wir wirklich mehr als vier Jahre hier festgehalten wurden?

Hatte sich eine Familie, die fast fünf Jahre auseinandergerissen war, nicht total entfremdet? Würden wir uns überhaupt noch wiedererkennen?

Ich bekam von Tag zu Tag grauere Haare. Fast büschelweise färbten sie sich. Die Zähne begannen auch zu wackeln. Die Ernährung hier war zu dürftig.

War ich nicht nach fünf Jahren eine alte grimmige Frau, die ihre Jugend, ihre Vitalität den Gefängnismauern geopfert hatte? Deren Kräfte beim Scheuern der Treppen und Flure in den Ritzen der Steinfliesen hängenblieben? Würde das Wörtchen »verwöhnen« dann noch eine Bedeutung für uns haben?

Ich lag im Bett, die Decke bis unters Kinn geschoben und zitterte. Es war wieder mal so weit. Ich näherte mich dem Tiefpunkt.

Ich will Dich hatte Rolf geschrieben. Ich Dich auch, dachte ich und stellte mir vor, mich an ihn zu schmiegen, seinen Trost zu empfangen, aber die Gitter schwiegen und die Tore waren zu.

Am nächsten Tag kam es noch dicker. Gelbsucht war ausgebrochen. Alle mußten in Quarantäne. Ich wurde auf die erste Etage in eine Einzelzelle verlegt. Es war sehr kalt, ich rannte wie ein Löwe in seinem Käfig auf und ab, um mich wenigstens ein bißchen zu erwärmen.

Weil wir nicht arbeiten durften, hatten wir viel Zeit. Zeit für Briefe. Nach draußen, zu den Kindern und zu Rolf. Wir hatten erlaubt bekommen, mehr Post schreiben zu dürfen, als sonst.

Von dem »Lohn«, den ich hier bekam, ließ ich mir Wolle kaufen und strickte meinen Beiden Handtaschen. Darüber würden sich die beiden Damen sicherlich freuen und ich hatte auch Abwechslung.

Es war der Dienstag nach dem zweiten Advent, als ich mich wieder daran machte, Rolf einen Brief zu schreiben. Ich wollte dieses großzügige Angebot voll ausnutzen.

Brief Nr.21
Meine allerliebste Schnecke der Welt! Liebster Rolf!

Liege immer noch alleine auf der Zelle. Frag doch mal Deinen Herrn Leutnant, ob Du mich nicht besuchen darfst. Zum Aufwärmen! Sind doch nur ein paar Meter!

Also wieder mal ein Weihnachten ohne die Kinder. Was ist das für ein Land, das Kinder wegen so einer Bagatelle mitbestraft.

Ich strich schnell den letzten Satz, sonst hätte ich den Brief wohl umsonst geschrieben.

Es ist schon eigenartig. In jedem Brief schreibst Du mir, daß Du mich wahnsinnig liebst. Schwarz auf weiß. Weißt Du noch, nie wolltest Du es aussprechen, wenn ich es mal hören wollte. Hast Dich geziert wie ein grüner Schulbub. Hast Dich amüsiert über die Liebe. Man muß wohl erst vierzehn Jahre verheiratet sein und so viele Sorgen teilen, um dem Partner zu entlocken, daß man geliebt wird. Dabei ist es so schön, es zu lesen. So schön!

Wegen Dirk hat sich immer noch nichts getan. Der Rechtsanwalt, der bei mir war, hat sich einfach nicht mehr blicken lassen. Ich werde doch noch mal an den Vogel schreiben. Die können einfach nicht jahrelang so tun, als ginge sie das nichts an. Oder liegt's an mir? Bin ich einfach nicht lernfähig?

Mein Liebstes, gehst Du auch immer schön in die Freistunde? Du brauchst als Raucher die frische Luft. Du weißt doch, der Herr Leutnant hat deswegen geschimpft. Und er hat ausnahmsweise recht. Geh ruhig, es schadet Dir doch nicht, oder?

Ich liebe Dich ganz doll und ganz sehr, könnte Dich knuddeln, mein Bär und drücken immerzu. Aber leider bist Du da drüben, fünfzehn Meter weg. Hätte nie gedacht, daß fünfzehn Meter so entsetzlich lang sein können. Und Du mußt alleine schlafen und ich muß alleine schlafen.

Ich bin in letzter Zeit so ernst geworden, ganz anders, als früher, kannst Du Dir erklären, woher das kommt? Du schreibst, wir müssen unsere Kräfte für den Rest des Lebens schonen. Was heißt hier Rest? Fünfzig Jahre mindestens. Und die ollen Jahre ziehen wir einfach von den schönen ab. So!

Ich liebe Dich sehr, mir fehlt Deine Stimme, Deine Nähe, Deine kleine und große Liebe. Mein Schatz, mein Schatz, mein Schatz...!

Manchmal möchte ich schon mit Dir, aber nicht in diesen Hallen hier!!! Sag das mal dem Roland Kaiser, wenn Du ihn siehst.

Rolf hörte in seiner Sonntags-Freistunde häufig Musik. Und Roland Kaisers Lied »Manchmal möchte ich schon mit Dir«, hatte es ihm besonders angetan. Aber auch Peter Maffay weckte in ihm Sehnsüchte. Wenn diese Sänger ahnen würden, in welch entlegene Winkel sie ihre Lieder trugen ...!

Die Tage in Einzelhaft, völlig isoliert und ohne Arbeit, schienen kein Ende zu nehmen. Im Stillen dachte ich schon, man habe mir verschärfte Haftbedingungen aufgebrummt, weil ich den verdammten Ausreiseantrag nicht zurückgezogen hatte.

Endlich, ein paar Tage vor Weihnachten, gab's Entwarnung. Die Verseuchungsgefahr war gebannt, wir durften wieder arbeiten und kamen in die alten Zellen.

Frau Hauptmann hatte inzwischen Urlaub bekommen, ihre Vertretung war ein Drachen. Ein richtiges Mannweib mit Westerngang und ständig einem Knüppel am Handgelenk. Sie war noch jung, kam scheinbar gerade erst aus der Ausbildung. Sie war pickelig, hatte eine großporige, glänzende Nase und einen Achterkasten wie ein Ackergaul nach zehn Jahren Felddienst. Weil sie immer leicht vornübergebeugt ging, schaukelte ihr Hinterteil so auffällig hin und her. Eben eine Schießbudenfigur, nur leider gab's bei ihr nichts zu lachen. Die Zeit der rauhen Töne begann.

Nicht nur draußen, auch hier drinnen wurde es frostig. Selbst Blitzi, von der ich allerhand gewöhnt war, stellte dieser Haudegen in den Schatten. Sie brachte es fertig, mich während der Hausarbeit zwei Stunden zu begleiten. Auf Tuchfühlung. Ständig mit Befehlen kommandierend. Alles machte ich falsch.

»Bücken! Die Schnauze muß sich im Bohnerwachs spiegeln!« brüllte sie mich an. »Sie sollen die Fliesen nicht streicheln, sondern schrubben! Ordentlich! Und das Ganze schneller. Das muß richtig in die Arme gehen!«

Wenn ich die Wäsche hochtragen mußte, stand sie mit der Stoppuhr da.

»Tempo! Tempo!« feuerte sie mich an, als ob ich für die nächste Olympiade trainiert werden sollte. Dabei war alles nur Schikane. Keinem war geholfen. Die Wäsche war nicht schneller fertig, die Treppen deswegen nicht sauberer. Es gab ja auch keinen Bedarf. Sie hatte nur ihren Spaß daran, zu sehen, daß mir die Zunge aus dem Hals hing.

Doch ich schwieg. Hatte Angst, daß sie jede Äußerung meinerseits als Verweigerung auffassen könnte. Und Strafarrest zu Weihnachten! Nein, das wünschte ich meinem ärgsten

Feind nicht.

Irgendwann würde ich zusammenklappen und krank geschrieben werden. Darauf hoffte ich. Aber solange mußte ich mich quälen.

Die fünfzehn Kilo, die ich ohnehin während der Haft abgenommen hatte, bekamen jetzt noch ein paar Pfund drauf.

Weihnachten war wieder mal das trostloseste Fest, das ich mir vorstellen konnte. Noch dreimal. Wie um alles in der Welt sollte ich das aushalten? Mit so einer Furie im Nacken!

Wie war ich glücklich, als am 4.1. Frau Hauptmann wieder bei uns war. Sie war der reinste Gefängnisengel. Ohne sie, und das war mir die letzten Tage besonders bewußt geworden, wäre das Leben hier eine Hölle gewesen. Ohne ihre menschliche Wärme, ohne ihr Verständnis, ohne ihre kleinen Gesten der Zuwendung wäre einem der Gedanke an den Strick in eine gefährliche Nähe gerückt.

Ich konnte ihr, trotz all des Übels noch dankbar sein.

»Gott sei Dank, daß Sie wieder da sind«, entfuhr es mir spontan, als ich ihr auf dem Flur begegnete.

Sie lächelte. »War's so schlimm?«

»Schlimmer!« seufzte ich.

Endlich packen

Dieser zweite Dienstag im Februar war schon mehr als ungewöhnlich. Eine geheimnisvolle Hektik verbreitete sich im ganzen Haus. Die Aufseherinnen klapperten nervös mit ihren Schlüsseln herum. Überall Getuschel, aber nirgends ein Hinweis auf diese Unruhe. War ein Austausch von Spionen im Gang? Ich hielt jedenfalls die Augen und Ohren offen. Nach der Mittag-Freistunde zog mich Frau Hauptmann ganz gegen ihre Art am Ärmel rüber ins Männerhaus.

»Wir müssen bei Ihnen Inventur machen«, meinte sie dann mit einem seltsamen Lächeln.

Ich hatte vor ein paar Monaten den Kiosk übernommen, an dem sich die Gefangenen einmal wöchentlich etwas zu trinken oder zu naschen kaufen konnten.

»Jetzt?« fragte ich ungläubig.

»Ja, im Männerhaus ist gestohlen worden und da die Waren fürs Männerhaus auch bei Ihnen abgegeben werden, müssen wir den Kiosk überprüfen.«

Die Inventur verlief ruhig und war bei den wenigen Dingen, die es hier gab, zwei verschiedene Sorten Schokolade, Zigaretten, ein bißchen getrocknetes Obst und H-Milch bald erledigt.

Morgen, so hieß es, würde ich das Ergebnis erfahren. Das war neu, denn normalerweise dauerte das einige Tage. Mir wurden auch die Schlüssel für den Kiosk abgenommen.

Abends wollte ich mit Rolf Kontakt aufnehmen, ihm von den seltsamen Dingen berichten. Doch ich erreichte niemanden, der es ihm hätte weitersagen können.

Es war unglaublich aufregend, denn normalerweise glich jeder Tag dem anderen.

»Es wird auf Transport gehen«, meinte Katja, als sie am

späten Abend in die Zelle kam. »Das ist so sicher, wie der russische Wodka dir die Adern verbrennt.«

»Auf Transport?« wiederholte ich.

Das war hier das Zauberwort. Das »Sesam öffne Dich« in den Westen. Wie glücklich mochten jene sein, die es bereits wußten, daß sie mitkommen würden. Wie lange würden wir noch warten müssen?

Ich war der festen Überzeugung, daß man vorher Bescheid wußte, wenn man für einen Transport bestimmt war. Deshalb dachte ich nicht einen Augenblick daran, daß dieses Wunder auch für uns da sein könnte.

Am nächsten Morgen wurden wir wie immer zur Arbeit rausgeschlossen. Während ich die Treppen scheuerte, fiel mir auf, daß sich irgendetwas Konkretes im Hause tat. Es liefen auf einmal viel mehr Uniformierte herum als sonst. Was mich eher in meiner Auffassung bestärkte, daß irgendwelche großen Kaliber zu uns gestoßen waren, eventuell zum Austausch vorbereitet werden sollten.

Auch im Männerhaus schien sich etwas zu tun. Es gab keinen Freilauf. Außerdem war es so still im gesamten Gebäude. Ich wurde nach jedem Arbeitsgang wieder für eine halbe Stunde in die Zelle gesperrt. Ständig war die Meisterin um mich herum. Selbst beim Milch-Austeilen war sie an meiner Seite. Was hatte ich angestellt, daß ich derartig bewacht wurde?

Auf einmal kam Frau Hauptmann mit schnellen Schritten die Treppe hoch gelaufen und befahl mir, ihr in die Zelle zu folgen. Was um alles in der Welt hatte das wieder zu bedeuten?

Wortlos begleitete sie mich, schloß die Zellentür auf, ließ mich rein und folgte mir, was sie sonst nie getan hatte. Dann sagte sie laut und kräftig: »Packen Sie Ihre Sachen, Frau Schiller!«

Sie sagte wirklich Frau Schiller und nicht Strafgefangene Schiller.

Ich mußte mich erst mal setzen. Alles an mir flatterte. War das wahr? Hatte ich richtig gehört?

»Packen Sie, Frau Schiller!« forderte mich die Hauptmann erneut auf, setzte sich einen Augenblick neben mich und ich konnte aus ihren Augen lesen, daß auch sie sich freute: »Bald sind Sie wieder mit Ihren Lieben zusammen. Sind Sie denn überhaupt reisefähig?« fragte sie mich neckisch.

»Und wie!« sagte ich glücklich.

Und wenn ich zwei gebrochene Füße gehabt hätte, ich wäre auf Händen rausgelaufen. Und ob ich reisefähig war. So reisefähig war ich noch nie.

Ich begriff zwar noch nicht alles, befolgte die Anweisungen wie in Trance, aber ich war glücklich, so glücklich, wie niemals zuvor in meinem Leben. Nur ruhig bleiben, flüsterte ich mir immer zu. Jetzt keine Fehler machen.

Ob Rolf auch .... ich traute mich nicht zu fragen.

Frau Hauptmann war mehr als freundlich zu mir. Sie half mir sogar, die Sachen zu packen.

»Ihnen hab ich's gegönnt«, flüsterte sie mir leise zu. »Denken Sie mal an mich, wenn Sie .... na Sie wissen schon!«

All diese Qual sollte ein Ende haben, wirklich ein Ende. Ich hatte mir ein paarmal ausgemalt, was ich tun würde, wenn ....

In die Luft springen, mich allen an den Hals werfen, einfach still genießen.

Aber noch war nichts entschieden. Ich befand mich schließlich noch hinter Schloß und Riegel. Vielleicht war das alles nur ein Trick, mir die Freiheit so schmackhaft wie möglich zu machen, daß ich einfach nicht mehr anders konnte, als den Ausreiseantrag zurückzunehmen. Keiner hatte bisher etwas von Transport gesagt.

Alle anderen waren eingeschlossen worden, so daß ich mich von niemandem verabschieden konnte. Was würden sie wohl sagen? Die Schiller hat's gut! Geht bestimmt auf Transport! Wer würde jetzt in meine Zelle kommen?

Natürlich hätte ich sie alle am liebsten mitgenommen. Aber ehrlich gesagt, im Moment war ich mir selbst am wichtigsten. Die Aufregung war zu groß, um mir lange über das Schicksal meiner Mitgefangenen Gedanken zu machen.

Ich mußte die Treppe runter in den Effektenraum. Dort durfte ich meine Sträflingssachen ausziehen und mich in Zivil kleiden. Jenes Kostüm, das ich auch zur Verhandlung getragen hatte. Das war ein Gefühl! Mir zitterten so sehr die Hände, daß ich kaum in der Lage war, die Strumpfhose über die Zehen zu ziehen. Ich erhielt auch meine Uhr wieder und fühlte mich wie ein neuer Mensch.

Kleider machen Leute, aber Kleider machen zuerst einmal Menschen.

Ich war nicht mehr Strafgefangene Schiller, sondern Heidi Schiller. Eine Person!

Jetzt stand ich da und hatte keine Ahnung, wo es hingehen sollte. Frau Hauptmann schwieg. Sie durfte mir wahrscheinlich nichts sagen, hatte wohl schon zuviel geredet.

Nachdem ich die Richtigkeit meiner erhaltenen Sachen an der Ausgabe bestätigt hatte, wurde ich in einen kleinen Besucherraum geführt, wo ich warten sollte. Kein Mensch sagte mir, weshalb und auf wen. Also setzte ich mich auf einen Stuhl und harrte der Dinge. Der Raum wurde nicht abgeschlossen, auch so eine Neuheit im gesamten Ablauf des Tages. Meine Nerven waren bis aufs Äußerste gespannt. Ich lauschte jedem Geräusch, jedem Schritt, der draußen auf dem Gang hörbar wurde.

Es vergingen mindestens zwei Stunden, in denen mir lauter wirres Zeug durch den Kopf ging.

Was, wenn eine Amnestie verhängt worden war oder ich nur alleine entlassen wurde? Meine Gedanken sprangen wie vom Sturm gepeitschte Wellen im Kopf hin und her, hoch und nieder, durchfluteten meinen ganzen Körper. Wie lange würde es noch dauern, bis ich Rolf und meine beiden Lieben eng umschlingen durfte? Plötzlich ging die Tür auf und Herr Leutnant Meckermann, so wurde er im Männerhaus genannt, kam in den Raum. Er reichte mir eine Plastiktüte mit einer Verpflegungsration.

»Wann geht's los?« fragte ich zaghaft.

Er zuckte nichtssagend mit den Schultern und verschwand ebenso schnell, wie er hereingestürmt war. Ich hörte, wie draußen auf dem Hof ein Laster vorfuhr. Dann viele Schritte und Gemurmel.

Nach einer Weile fuhr wieder ein Laster vor. Weshalb spannte man mich so sehr auf die Folter?

Endlich kam Frau Hauptmann und holte mich aus dem Raum. Wir gingen zum Ausgang des Gefängnisgebäudes. Dort stand ein großes Auto, so eine Art LKW-Transporter.

An der Tür mußte ich stehenbleiben.

»Name?« fragte mich ein Mann in Zivil.

»Schiller, Heidi«, antwortete ich schüchtern.

»Verhalten Sie sich ruhig! Ich mache Sie darauf aufmerksam, daß beim geringsten Fluchtversuch geschossen wird!«

Wie und wohin hätte ich hier fliehen sollen. Außerdem, was sollte die Anweisung! War ich nicht frei? Doch ich stellte keine Fragen. Gehorchte nur stumm. Das hatte ich lange genug gelernt.

Unwirsch packte er mich am Oberarm und schob mich, als ob ich nicht selbst laufen konnte, zu jenem Auto. Dort sollte ich einsteigen. Es war ein Zellenauto, wo ich in einer entsetzlich kleinen Zelle Platz nehmen sollte. Sie war gerade so groß, daß man einigermaßen sitzen konnte. Licht gab es nicht. Ich schnatterte vor Kälte und Aufregung. Meine Lippen waren sicher schon blau gefroren. War das Ganze nur inszeniert, um Rolf und mich in ein anderes Gefängnis zu bringen?

Es folgte eine scheußliche Fahrt auf holprigen Straßen. Ich war mindestens drei Stunden unterwegs.

Als das Auto hielt, hörte ich, daß viele Zellen aufgeschlossen wurden. Meine war zum Schluß dran und wieder fragte mich ein Zivilbeamter nach meinem Namen.

Erneut ein großes Gebäude mit einem ewig langen Gang und irgendwo ein Zimmer, in das ich geführt wurde. Dieses Zimmer war, verglichen mit denen, die ich in den letzten Monaten kennengelernt hatte, elegant. Mit Teppichböden und feinem Mobiliar ausgestattet. Nur an der Tür war statt der Klinke ein Knauf.

Zwei Stunden hatte ich wieder Zeit zum Grübeln. Zeit gab's in der DDR kostenlos und massenhaft. Erst recht bei staatlichen Institutionen. Aber ich hatte so lange ausgehalten, da durfte ich mich wegen der paar Stunden nicht aufregen.

Ob Rolf ein paar Zimmer weiter saß? Zu gern hätte ich alles abgeklappert, um ihn zu suchen, statt hier stocksteif zu sitzen und die Sekunden zu zählen.

Ob die draußen Bescheid wußten? Mama und die Kinder? Ob die Kinder gleich mit auf Transport gehen? Schließlich hatten wir immer auch für sie die Ausreise mit beantragt. Sogar für Dirk.

Wir hatten das elterliche Sorgerecht. Das muß noch unbedingt geklärt werden, schoß es mir durch den Kopf. Ich hatte so ein wüstes Unbehagen in mir, daß sie uns ohne die Kinder gehen lassen würden.

Nervös spielte ich an meiner Uhr herum, beobachtete den Sekundenzeiger, drehte am Datumsanzeiger herum. Sabine hatte mir die Uhr vor drei Jahren aus dem Westen mitgebracht. Ein Sonderangebot von Hertie. Vielleicht im Ost-Knast zusammengesetzt. Eine verrückte Welt! Dieses Warten ging an die Substanz.

Endlich kam ein junger Uniformierter.

»Mitkommen!« war sein einziges Wort. Ich folgte ihm, den Gang entlang, bis zu einem großen Gefängnistrakt.

Mir wurde schwach unter den Füßen.

Nein, nicht noch mal dasselbe! Mein Puls raste. War ich also doch nur verlegt worden. Sollte ich mich die restlichen drei Jahre hier verkriechen? Ich wußte noch nicht einmal, wo ich mich befand. Ich hatte so fest mit meiner Freiheit gerechnet. Und jetzt wieder diese gottverdammten Stäbe. Überall nichts als Stäbe, die nach mir griffen, die mich mit ihrem kalten, schmerzenden, eisernen Griff festhielten und einklemmten.

In Abschiebehaft

Vor einer Zellentür blieb er stehen und öffnete sie.

Drei Frauen in den so gewohnten verwaschenen Trainings-anzügen blickten müde zu mir. Schon wieder eine Neue, war aus ihren skeptischen Gesichtern abzulesen. Ich kam mir rich-tig vornehm vor, in meinem dunkelblauen Kostüm. So anders, nicht dazu gehörig. Wir schwiegen erst mal. Dann taute eine nach der anderen auf und wir stellten uns vor.

»Ich bin die Monika aus Dresden, Fluchtversuch«, reichte mir eine junge Frau mit kurz geschorenen Haaren und einem markanten Bubengesicht die Hand.

»Ich die Sybille aus Halle, Staatsbeleidigung«, sagte die zweite, eine schon reifere Frau mit ebenfalls kurzen, braunen Haaren, aber lockig.

Die dritte saß ganz hinten auf dem Bett.

»Und ich bin die Jutta«, sächselte sie, »Dresden, Fluchtver-such.«

Sie hatte ein auffallend zartes Gesicht mit großen braunen Kulleraugen. Ihr schwarzes langes Haar trug sie zu einem Pferdeschwanz hochgebunden. Die hohen, weit auseinander-liegenden Wangenknochen gaben ihr einen slawischen Ge-sichtsausdruck.

»Ich bin die Heidi Schiller«, setzte ich mich auf die gegen-überliegende Bettkante, »aus Görlitz, Kontaktaufnahme zum Westen.«

Von den Dreien erfuhr ich, daß dies hier die Abschiebehaft Karl-Marx-Stadt sei. Also doch Transport. Mir fiel ein Stein vom Herzen.

Wir hatten uns knapp vorgestellt, da wurde ich wieder abge-holt. Mußte meine Zivilsachen abgeben und mich wie die anderen in jenen todchicen Gefängnislook hüllen. Wieder zurück in der Zelle hatten wir vier Frauen eine Menge zu betratschen. Alle drei Mitinsassinnen hatten ihre Strafen in Hoheneck verbüßt, einer alten Burg, die als Frauengefängnis diente. Dort mußten, den Erzählungen nach, katastrophale Zustände herrschen. Sechzehn bis zwanzig Frauen in einer Zelle, gepeinigt und gedemütigt bis aufs Äußerste.

»Bilder von unseren Kindern! Nee!« sagte Jutta. »Wir durften nichts mit auf die Zelle nehmen. Und jede Woche kam Kontrolle. Da wurde unser Spind leer gefegt, so ... «ahmte sie mit einer Handbewegung den Vorgang nach, »und dann konnste wieder alles einsammeln und aufbauen. Dann eine stinkige Toilette für achtzehn Frauen. Über die Hälfte waren Kriminelle, die mit uns Politischen machen konnten, was sie wollten. Die haben dafür sogar noch Haftverschonung bekommen. Die Hölle ist dagegen ein Paradies. Da ist's wenigstens warm. Wir haben alle Rheuma, Nierenschmerzen und den ganzen Sch... Dann immer im Schichtwechsel arbeiten. Hast kaum Luft holen können. Die U-Haft ist dagegen wirklich ein Sanatorium.«

Die anderen beiden bestätigten Juttas aufgebrachte Erzählungen.

Da hatte ich noch Glück im Unglück gehabt. Ich setzte mich neben Jutta. Als sie von ihrer Straftat und ihrem Leben berichtete, stockte ich.

»Sag bloß, das war in Rumänien, und du hast zwei Töchter und du warst Regieassistentin am Dresdner Staatstheater?«

Jutta sah mich verblüfft mit ihren weiten Augen an. »Ja, Mensch! Woher weißt du denn das?«

Ich klopperte an die Wand.-- Ich bin die Heidi Schiller. Aus Görlitz. Habe auch zwei Mädchen. Nur viel kleiner. Und einen Sohn. Der vermißt ist.--

»Nein!« schrie Jutta auf einmal auf, drückte mich und wir wirbelten in der Zelle herum.

Monika und Sybille mußten wohl glauben, wir hätten den

Verstand verloren.

»Doch!« rief ich und freute mich riesig. Wir lachten Tränen. Wie klein war die Welt. Jutta war meine Kloppernachbarin aus der U-Haft. Und jetzt lernten wir uns von Auge zu Auge kennen. Ausgerechnet hier. Wie sich Haftschicksale kreuzen können! Obwohl wir uns nie gesehen hatten, waren wir glücklich, uns gefunden zu haben.

Wir schlossen Freundschaft und wollten auch draußen, das heißt drüben, füreinander da sein.

Jutta war die erste, die mir bezüglich Rolf Mut machte.

»Na klar, ist der schon hier«, sagte sie. »Mein Günther ist auch da. Ich hab ihn sogar schon gesehen. Wer zusammen eingesperrt wurde, kommt auch zusammen raus. Zumindest, so weit ich gehört habe.«

Das Bewußtsein, in Abschiebehaft zu sitzen, hatte unsere Kräfte wieder völlig reaktiviert. Wir waren in der Lage, neue Pläne zu schmieden, alberten sogar herum und rissen Witze. Besonders Jutta hatte viele auf Lager. Natürlich nur Politische.

»Kennste den?« sagte sie schmelmisch, »neulich hat der Honecker 'ne Ruhmesrede auf die DDR gehalten. Sein Abschlußsatz«, stellte sich Jutta in Positur und versuchte Honeckers gleichförmige hohe Stimmlage zu imitieren: »Gestern, Genossen und Genossinnen, standen wir am Abgrund der Geschichte, heute sind wir einen Schritt weiter!«

Wir lachten, aber irgendwo blieb es uns in der Kehle stekken, denn all diese Witze waren nur der Versuch, die Absurdität des DDR-Alltags in Komik zu verpacken.

Nicht alle Witze waren so hintergründig, die meisten waren eher platt, wie der mit dem »Honeyschnitzel auf der Speisekarte«, wenn der DDR-Gast den Ober fragt: »Ich denke, das Schwein lebt noch!« Oder der mit dem Honeytanz, - ein Schritt vor, zwei zurück!

Oft träumten wir von unserem neuen Leben im Westen.

»Ist egal, wo die mich drüben einsetzen«, meinte Jutta.

»Die Hauptsache arbeiten, daß man vorwärts kommt. Drüben kannst du wenigstens ein Ziel vor Augen haben. Nee«, senkte sie den Blick und nestelte an ihren Fingerspitzen herum, »ich hau' nicht wegen der Kinkerlitzchen ab, aber gespannt bin ich schon auf die Geschäfte. Tolle Kleider, 'was Ordentliches zu essen, ich glaube, ich esse ein halbes Jahr nur Obst und Gemüse. Nach dem Fraß bei uns! Kartoffelsuppe von süßen Kartoffeln!«

»Brrr!« schüttelten sich alle Hohenecker.

»Also ich werde mir erst mal die Haare färben lassen!«

»Und ich werde mich fünf Stunden in ein Cafe setzen und alles genießen«, meinte Sybille.

»Und ich werde schlafen, mich endlich mal angstfrei in den Schlaf taumeln lassen«, säuselte Monika.

»Und ich«, sagte Jutta, »werde in aller Ruhe einen Spaziergang machen, an frischer, freier Luft. Ich werde mir die Lungen bis zum Platzen volltanken.«

»Und ich«, ergänzte ich zum Schluß, »werde mir erst mal einen westdeutschen Paß besorgen. Damit ich's auch schwarz auf weiß habe. Und damit geh ich dann zur Polizei und frag, ob sie mir wegen Dirk helfen können!«

Jutta wurde auf einmal still und nachdenklich.

»Wenn nur meine Beiden mitkommen! Ich habe solche Angst, daß sie Beate und Claudia behalten.«

»Ach, i wo«, beruhigte ich sie. »das sind doch deine Kinder.«

Sie zuckte mit den Schultern.

»Aber ich bin geschieden. Und sie haben mir ohne meine Einwilligung, in einem Sonderprozeß, das Sorgerecht abgesprochen. Während der Haft.«

»Seit ihr denn erst während der Haft geschieden worden?«

»Nein, schon lange vorher. Ich bin schon seit sechs Jahren geschieden. Die Kinder waren mir auch zugesprochen und haben die ganzen Jahre bei mir gelebt. Aber weiß man's! Sie haben mir gegenüber mehrmals solche Andeutungen gemacht.«

270

Ich konnte Juttas Sorgen um die Kinder voll nachempfinden. Hatte selber Angst, ohne Claudel und Silie rüberzumüssen.

So vergingen Tage und Wochen, in denen sich nichts bewegte. Die Unsicherheit wucherte wieder, zumal ich keinen Kontakt mehr zur Außenwelt hatte und auch nichts über das Schicksal meines Mannes wußte.

Wieder ein Verhör! Wie zu Beginn!

Bei einem Mann, wie man ihn sich fieser nicht vorstellen konnte. Mit Halbglatze, einem runden fettschwartigen Gesicht und einem Zynismus am Leibe, der einen rasend machen konnte. Das war wohl gezielt, denn der geringste Fehler bei den Aussagen oder im Benehmen konnte einen wieder ins Gefängnis zurückführen. Jetzt galt es ruhig zu bleiben, sich demütigen und bis zum Äußersten reizen zu lassen.

»Sie wollen also oooch nach drieben«, sächselte er mich an. »No, was wollen Se denn drieben Scheenes machen?«

Noch bevor ich überhaupt antworten konnte, brüllte er mich an: »Antworten! Was glauben Sie«, wurde er hochdeutsch, »wo Sie hier sind! Wer Antworten verweigert, kommt wieder da hin, wo er her kam!« Er stellte sich breitbeinig vor mich hin und drohte mit dem Zeigefinger.

»Wir wollen dort arbeiten, uns eine neue Existenz aufbauen.«

»Wer ist wir?« fragte er.

»Meine Familie und ich!«

»So so, Sie denken also, wir lassen alle raus?«

»Ja!« sagte ich selbstbewußt.

»So Leute wie Sie kann ich leiden! Sich erst bei uns vollfressen und sich mit Wissen vollpumpen und dann abhauen. Kapieren Sie denn nicht, daß solche Taten Sabotage am Staat, am Gemeinwohl sind? An all jenen, die ihre Gelder bezahlen, damit Sie solch einen Ausbildungsstand haben? Erst Krippen, Hortplätze und Schulen in Anspruch nehmen, und wenn's dann daran geht, was dafür zu leisten, sich rüber nach'em Westen machen. Und dann noch behaupten, das wäre nicht staatsfeindlich!« wurde er wieder lauter und knallte bei jedem Wort sein Lineal auf die dicke Schreibtischplatte. »So Leute wie Sie sollten alles bis auf Heller und Pfennig abarbeiten, ehe sie rüber dürften. Abführen!« kommandierte er zwei uniformierte Beamte, mich zurückzubringen.

Für einen Tag und eine Nacht wurde ich in eine Zelle verlegt, wo sich solche Frauen aufhielten, bei denen noch einiges ungeklärt war und der Transport in den Westen noch in Frage stand.

Dieses dauernde Auf und Ab machte mich restlos fertig. Entweder so oder so. Aber mal Hoffnung, mal tiefste Resignation, das hielt keiner auf Dauer durch. War das die Absicht des Staates? Einen nervlich fertig machen, um dann einen Grund zu haben für die Einweisung in eine Klapsmühle?

Ich hatte in jenen Tagen tausend Ängste auszustehen. Und niemanden, der mir Trost spenden konnte. Isoliert hing ich in der Luft. Unter mir der Abgrund, über mir der Himmel. Und ich ohne Übung auf einem dünnen Seil. Dann endlich war es soweit! Ich wurde aufgefordert, den gesamten Schriftkram, der zur Übersiedlung notwendig war, durchzuführen. Ich mußte nochmals einen Ausreiseantrag stellen, mußte mich damit einverstanden erklären, daß mir die Staatsbürgerschaft aberkannt wurde, mußte einen Antrag für die Übersiedlung der Kinder ausfüllen und einige Angaben zu Klärung des beweglichen Eigentums machen. Von dem, wie ich erfuhr, nicht mehr viel übrig geblieben war.

Das Auto hatte der Staat konfisziert, weil damit angeblich verbrecherische Taten (das Wegbringen der Briefe) ausgeübt worden waren, das Haus wurde konfisziert, weil darin staatsfeindliche Hetze propagiert worden war. Sogar meine Schreibmaschine war eingezogen worden, weil auf ihr die Briefe ins feindliche Ausland getippt worden waren.

Wäre nicht alles so ernst und schrecklich, man hätte darüber lachen müssen. Tatwerkzeug: Schreibmaschine!

Schmuck und einige wertvolle Dinge aus unserem Haushalt waren, wie ich später erfuhr, auf mysteriöse Art und Weise verschwunden.

Ein Stasibeamter hatte es sich inzwischen in unserem Haus gemütlich gemacht. Rolf hatte ja auch alles hübsch hergerichtet.

Was blieb da noch zu vererben, außer ein paar persönlichen Dingen, wie Wäschestücke und Kleider und ein paar Kleinmöbel.

Es war zum Heulen!

Die große, beschützende, alles verwaltende Hand des Staates hatte also mächtig zugepackt. Wenigstens brauchte sich jetzt keiner zu beschweren, daß wir den Staat um einen Teil seiner Finanzen gebracht hätten. Wir hatten für mehr als alles bezahlt.

Obwohl von unserem Eigentum nicht mehr viel übrig geblieben war, wurde ich zum Notar gerufen, um die Erbschaftsangelegenheiten genau zu klären.

Dort traf ich dann zum ersten Mal Rolf.

»Mensch Schnecke!« sagte er nur, und blinkte mir zu.

Wir durften uns nicht umarmen oder miteinander sprechen. Mußten nur beide auf einer Liste diverse Kreuze zeichnen und unterschreiben.

Dann ging es wieder in die bohrende Langeweile der Zelle.

Aber Schritt für Schritt kamen wir dem Ende näher und zu wissen, daß Rolf in meiner Nähe war, beruhigte mich ungemein.

Den Haß auf die Beamten, die alles verzögerten, die alles hinausschoben, schluckte ich runter. Nur keine Gefühle zeigen, nicht aus der Rolle fallen, das war das Gebot der Stunde und konnte über Gefängnis und Freiheit entscheiden. Wie sehr diese Anspannung die Nerven folterte, kann kaum beschrieben werden. Ständig lebte man in der Angst, etwas falsch gemacht zu haben. Noch war nichts entschieden, das bekam jeder hier täglich zu spüren. Es zog sich alles in die Länge.

Es gäbe bei uns noch Unklarheiten, hörten wir nur.

Plötzlich war Unruhe in den Gängen, Geklapper, Gekicher, viele Schritte. Ich hörte was von Transport. Sollte es jetzt losgehen?

Tatsächlich, ein Transport in den Westen war verkauft.

Aber wir, Rolf und ich, waren nicht dabei. Mir rannen nur noch Tränen über die Wangen. Ich hatte keine Kraft mehr, wütend zu sein, so war ich nur noch traurig.

Bejammerte mich selbst und heulte drauf los. Wieder stieg jenes Gefühl in mir auf, daß alles aus sei. Als die Aufseherin kam und meinen Nervenzusammenbruch bemerkte, sprach sie mich an.

»Mensch, reißen Sie sich zusammen! Sonst muß ich Meldung machen!« Sie reichte mir einen Kaffee. »Ich hol Ihnen was zur Beruhigung.«

Als sie wieder kam, nahm ich gleich die Tabletten und schluckte sie zu einem Glas Wasser.

»Sie sind alle weg«, schluchzte ich, im Glauben, hier noch mutterseelenallein zu sitzen. Vergessen, verlassen, ins Elend zurückgeboxt.

»Hier gehen alle paar Wochen welche auf Transport«, erklärte mir die freundliche Frau, die ich bislang für muffelig gehalten hatte.

»Sagen Sie nicht, daß ich Ihnen etwas gesagt habe, aber bei Ihnen verzögert es sich wegen des Rechtsanwalts. Er will sie beide nochmal sprechen. Und letzte Woche hatte er keine Zeit.«

Ich sah sie mit einem dankbaren Blick an und lächelte.

»Jemand wie Sie tut einem gut«, sagte ich. Sie lächelte zurück und stellte den Wasserbecher wieder aufs Tablett.

»Nur sagen Sie bitte nicht, daß ich....«

Dann stand sie auf und drehte sich halb zu mir um.

»Ich will nur nicht, daß Sie unnötigerweise auf die Kran-

274

kenstation müssen. Die sind da sehr pingelig. Lassen keinen weg, der was mit den Nerven hat. Und das dauert dann! Oft Monate! Bei manch einem Jahre!«

Um Himmels willen! Ich wurde von einer Sekunde zur anderen wieder fit. Bloß das nicht!

»Danke!« sagte ich nochmals.

Ich wußte genau, wieviel sie riskierte. Wenn unser Gespräch belauscht worden war, mußte sie damit rechnen, selbst wegen Sabotage inhaftiert zu werden. Sie wäre nicht der erste Fall gewesen. Bei manchen Wachteln war eben doch noch so etwas wie Gewissen spürbar. Sie erinnerte mich an die Hauptmann. Auch wenn sie ganz anders aussah. Eher dünn und streng. Aber von innen heraus ein Seelenwärmerchen für jeden Häftling. Wenn es nicht solche Leute dazwischen gäbe, die einem Mut machen und den Glauben an die Mitmenschlichkeit zurückgeben, würden wohl Tausende in den Gefängnissen verzweifeln und im Irrenhaus enden.

Man konnte ihnen nicht dankbar genug sein. Solche Menschen waren wichtiger als Brot und Wasser.

Die Aufseherin hatte Recht.

Etwa eine Woche später wurden wir zu einem Gesprächstermin geführt. Als ich den Namen hörte, wurde mir richtig wakkelig in den Beinen. War das der »Vogel«, dem ich zweimal wegen Dirk geschrieben hatte? Ich kannte ihn nicht persönlich, aber ich wußte, daß er ein hohes Tier war.

Auf dem Gang vor seinem Zimmer stieß ich auf Rolf. Dieses Mal konnte die Uniform es nicht verhindern, daß wir uns umarmten und küßten.

Dann wurden wir gemeinsam hereingerufen. Ein älterer Herr mit graumelierten Haaren und Goldrandbrille bat uns, Platz zu nehmen.

Ja, er bat uns. Er redete uns auch wieder mit Zivilnamen an. Die Atmosphäre war ungewöhnlich freundlich. Ich setzte mich.

Jetzt eröffnete uns Rechtsanwalt Vogel, wieso sich bei uns die Ausreise verzögert habe. Es handle sich um Dirk. Ich stutzte und hörte aufmerksam seinen weiteren Worten zu. Der Aussprache, wie er es nannte.

Er saß zurückgelehnt im Sessel und suchte abwechselnd den Blickkontakt zu mir und Rolf. Mit den Händen trommelte er leicht auf der Schreibtischplatte herum.

»Ich möchte Sie nochmals darauf aufmerksam machen«, sagte er freundlich, aber eindringlich, »daß Sie nichts, was in Zusammenhang mit dem Verschwinden Ihres Sohnes steht, drüben, sei es der westlichen Presse oder irgendwelchen anderen Organen, berichten dürfen. Ich möchte Sie warnen und Ihnen wirklich aufs Wärmste empfehlen, zu schweigen. Sie haben schließlich noch zwei Kinder. Und sie wollen doch, daß die nachkommen. Aus organisatorischen Gründen können Ihre Kinder nämlich nicht gleich mit ausreisen. Das ist bei anderen Familien auch so. Und Sie wollen doch, daß Ihre Kinder bald nachkommen! Deshalb, lieber Ruhe bewahren, als Wirbel veranstalten! Außerdem, unser Arm reicht weit. Darüber ist schon so manch einer gestolpert. Natürlich geht es auch nicht, daß Sie für ein Kind, das gar nicht da ist, die Ausreise beantragen. Dieses Formular für Dirk Schiller müssen Sie auf alle Fälle zurücknehmen.«

Rolf und ich sahen uns verzweifelt an.

»Ansonsten«, fuhr Vogel fort, »können wir Sie nicht rüber lassen.«

So zwang man uns, Dirk doch noch zu ignorieren. Wir und die Kinder sollten ausgebürgert werden. Und Dirk?

Dennoch erklärten wir uns einverstanden. Wem hätte es zum damaligen Zeitpunkt geholfen, wenn wir uns stur gestellt hätten.

So also sah eine schäbige Drohung im Gentlemenstil aus. Vogel hatte Erfolg. Wir unterschrieben und gaben unser Versprechen.

Kein sonstiges Wort zur Akte, kein Wort zu den Ermittlungen, nicht die leiseste Andeutung, was mit Dirk damals geschehen war. Nur vergessen, nie mehr daran rütteln. Warum war ihnen das so wichtig? War es nur die Angst vor der Blamage, daß auch in der angeblich so gewaltfreien, sozialistischen Gesellschaft Kinder verschwinden können? Warum sollten wir so nachdrücklich schweigen?

Es wäre müßig gewesen, ihm darauf eine Antwort zu entlokken. Vielleicht wußte er wirklich nichts. Vielleicht hatte er wirklich nur den Auftrag, uns die paar Sätze zu übermitteln.

Ich beteuerte zu schweigen, dachte aber schon damals anders.

Die kommenden Tage verliefen schneller. Jeden Tag mußten wir etwas anderes erledigen. Einen Tag unser letztes Geld ausgeben, für ein paar Kleider, die in einem Verkaufsraum gestapelt waren, den anderen Tag zum Arzt gehen. Dann wurden Fotos für die Ausbürgerungsurkunde geschossen und die restlichen Papiere fertiggestellt.

Am nächsten Tag sollte es losgehen. Noch eine Nacht also! Ich war selig. Es war die schönste Nacht im Knast. Die Vorfreude auf die Freiheit, die Familie, auf den Westen, auf unseren Neubeginn erfaßte jede Faser meines Körpers.

Auf Transport

Es war ein wunderschöner Frühlingstag. Ein blauer Himmel mit wärmender Sonne.

Jetzt ging es also in die Lasterhöhle des Westens.

Ins verrückte, kapitalistische Höllental. Wo es vor Asozialen, Fixern und Kriminellen nur so wimmeln mußte, zumindest, wenn man der Stimme der DDR lauschte. Aber die Lügen waren zu dick, um glaubhaft zu sein. Propaganda verliert ihre Wirkung, wenn sie jede Stubenfliege entlarven kann. Mir war klar, daß der Westen einem nichts schenkte, aber ich klammerte mich an den winzigen Halm »Freiheit«. Aber was bedeutete eigentlich Freiheit? Wenn das mit Dirk nicht passiert wäre, hätte ich überhaupt jemals mitbekommen, wie unfrei ich war? Ich hätte mein Leben gelebt, wie alle anderen. Ab und zu gemeckert, aber sehr gemäßigt. Warum war alles so verdreht auf der Welt? Wir bestanden doch alle aus demselben Menschenmaterial. Was machte es für einen Sinn, an verschiedene Götter zu glauben, verschiedenen Systemen zu dienen, sich gegenseitig mit Raketen zu drohen. Es war seltsam, daß ich ausgerechnet in den letzten Minuten hier im Gefängnis so ins Philosophieren kam. Vielleicht, weil ich nicht in der Lage war, wirklich zu begreifen, was die ganzen vergangenen Monate mit uns geschehen war, was in Zukunft mit uns geschehen würde. Ich sollte verkauft werden und mit mir ein ganzer Bus voller Menschen. Das hatte nichts mehr mit verständlicher Politik zu tun, mit Diplomatie, mit nachbarschaftlichen Beziehungen zweier Staaten, diese Busse mit verkauften Menschen waren .... ich fand keine Worte, legte mich ein letztes Mal auf meine Pritsche und fror.

Gegen dreizehn Uhr kam ein Bus vorgefahren. Ich hörte es an dem Summen der Räder. Hinter Gittern werden die Ohren auf fremde Geräusche trainiert. Es dauerte nicht lange und nacheinander wurden die Zellen aufgeschlossen.

Wir gingen wieder jenen langen, endlosen Gang bis zur hinteren Stahltür. Ein Stasi rief unsere Namen ab. Dann ging es einzeln weiter. Wieder Treppen und endlich raus auf den Hof. Dort stand ein silbrig-blauer Bus. Mit Westkennzeichen. Wieviel sie drüben wohl für uns hinblättern mußten? Ob sie drinnen irgendwo die Scheine zählten? Oder ob jährlich abgerechnet wurde?

Die Schweine, dachte ich, kassieren doppelt und dreifach und sprechen dann auch noch von Sabotage. Aber wo Räuber und Banditen regieren, kann man keine Logik erwarten, erst recht nicht Moral.

Hätte auch nur einer vom Wachpersonal meine Gedanken erraten, sie hätten mich glatt wieder zurückgesteckt. Ich weiß nicht, warum ich ausgerechnet damals, so kurz vor der Freiheit, solche Aggressionen hatte. Es war völlig vergeudete Energie, die ich für andere Dinge so bitter nötig gehabt hätte.

Wie aufgezogen bestieg ich das Trittbrett des Busses und suchte mir im letzten Drittel einen Platz. Nirgendwo hatte ich unsere Männer entdecken können. Würden sie in einem anderen Bus fahren? Platz genug wäre doch auch hier drinnen gewesen!

Dann erhielten wir vom Busfahrer die Anweisung, daß sich alle Ehefrauen so hinsetzen sollten, daß ein Platz daneben frei blieb. Also doch! Unsere Männer mußten gleich kommen.

Die internationale Regel der Gentlemen-Kultur »Ladies first« hatte sich bis in die finstersten Zellen herumgesprochen.

Nachdem alle Frauen Platz genommen hatten, kamen nach und nach auch die Männer. Abgemagerte, abgehalfterte Typen. Nicht gerade zum Verlieben. Aber wir paßten zu ihnen. Das war die Hauptsache.

Nur die Männer von fünf Frauen ließen noch auf sich warten. Mein Mann war auch unter ihnen.

Nervös blickte der Busfahrer auf die Uhr. Sie hätten längst da sein müssen.

Endlich kamen sie. Marsch, hopp, hopp, im Eilschritt.

Sie hatten im Gebäude einen letzten Abschiedsbrüller losgelassen und waren ebenso derb darauf hingewiesen worden, daß sie sich noch auf dem Gelände der DDR befänden. Die Gesichtsblässe der Fünf war transparenter als das pudrige Weiß eines Operntenors.

»Sie haben uns einfach die Aberkennungspapiere wieder weggenommen und gezeigt, wer hier die Macht hat«, flüsterte mir Rolf ins Ohr, wobei er meine Hand hielt, als habe er vor, sie nie mehr im Leben loszulassen.

»Was müßt ihr euch auch wie kleine Jungs aufführen«, schimpfte ich leise und blickte in die feuchten, immer noch verängstigten Augen meines Mannes. »Habt ihr denn da drinnen nichts gelernt?«

»Es war die Freude! Wir haben ja nur aus Freude gejohlt!«

Als der Bus den Motor heulen ließ, und wir in die Freiheit starteten, lehnte ich erleichtert meinen Kopf an Rolfs Schulter.

Die Spuren der Haft hatten uns alle gekennzeichnet. Rolfs Falten um die Augen waren tiefer geworden, auch er hatte über den Ohren graue Haare bekommen.

FREI! Nur vier Buchstaben. Eine Selbstverständlichkeit für Millionen. Das kostbarste Gut für jeden Häftling.

Ich konnte mich nicht satt genug sehen, an all dem Leben um mich herum. Ich saß am Fensterplatz des Lebens und fühlte mich wie neugeboren, allerdings nicht so unwissend. Alles taumelte an mir vorüber. Die Farben, die Gräser, die Bäume. Ob die da draußen wußten, wer wir waren und wohin wir fuhren?

Es war sehr still im Bus. Jeder war wohl auf seine Weise mit sich beschäftigt. Alle waren bewegt, hatten Tränen in den Augen, hatten oft jahrelang auf diesen Augenblick gewartet.

Mir genügte es schon, Rolf zu spüren, seine streichelnde

Hand zu fühlen und hinter dem Fenster die vielen Menschen zu ahnen. Ich hatte schon fast vergessen, wie es draußen zuging. Ende März, wenn das Leben neu erwacht.

Auf den Feldern war schon der erste Wuchs zu sehen und die Bäume trieben frische Keime. Wie schön, wie wunderbar wird jede Winzigkeit in der Welt, wenn man aus der Dunkelheit kommt, schwärmte ich in mich hinein, als ob mein Kopf in einen unsichtbaren romantischen Schleier gehüllt wäre.

Wir fuhren in Richtung Eisenach, an den Grenzübergang Wartha/ Herleshausen.

Rechtsanwalt Vogel begleitete uns. Er saß auf dem Beifahrersitz. Seine Haut glänzte im matten Schein der Sonne goldbraun.

Das stach von der kalkigen Blässe der Häftlinge so sehr ab, als ob er einer anderen Rasse angehörte.

Er ermahnte uns ab und zu, ruhig zu sein und zu bleiben, dabei redete kaum einer. Es war so ein Versuch, die letzten Maulkörbe auszuteilen.

Kurz vor der Grenze stieg er aus. Wir wurden das letzte Stück von Uniformis begleitet, die im Auto vor dem Bus herfuhren. Bis zum Schlagbaum. Wir hatten keine Kontrolle und freie Durchfahrt. Es ging alles sehr plötzlich. Ich hatte mir den Grenzwechsel viel dramatischer vorgestellt.

»Nun sind wir die Aufpasser los«, sagte dann der Busfahrer und begrüßte uns im Namen der BRD.

Mir war flau im Bauch. War es, weil ich nicht gegessen hatte, oder ...

»Mensch, Rolf«, sagte ich, »unsere Kinder sind immer noch da drüben. Wenn sie die nun nicht rauslassen? Dann die Gräber von Heiko und Edgar, werden wir da jemals wieder hin können?«

»Bestimmt!« beruhigte mich Rolf. »Und Claudel und Silie kommen auch bald. Wirst sehen! Das machen die nicht, die Kinder dabehalten. Da haben sie viel zu viel Angst, daß wir Wirbel machen.«

Aber was hatten die nicht schon alles gemacht!

Der Westen, dachte ich. So sieht also der Westen aus. Und ich hatte es kaum mitbekommen. Diesen Grenzwechsel. Der so viele Schicksale prägte. Dabei wollte ich so aufpassen. Landschaftlich grenzte der Westen Naht an Naht an den Osten.

Aber die Häuser kamen mir hier größer vor und weißer. Oder täuschte ich mich?

Ich konnte es eigentlich zum damaligen Zeitpunkt nicht fassen. Wir und im Westen! Was wollten wir hier? Hier hatten wir doch nichts! Wirklich nichts! Außer der Hoffnung, daß man uns bezüglich Dirk helfen konnte. Und den paar Klamotten, die wir trugen und zwei Gepäckstücke. Wie sollten wir das hier schaffen? Wo doch alles so teuer sein sollte?

Aber zurück in die DDR? Nein, niemals! Mit der Zeit würde sich schon alles regeln. Regeln! Ich hatte mich so an diesen Begriff gewöhnt, daß ich ihn häufig selbst benutzte.

Rolf redete wenig. Wir waren beide zu sehr mit den neuen Eindrücken beschäftigt. Jeder mußte für sich alleine die wiedergewonnene Freiheit und den Westen verdauen.

Wieder hielt der Bus. Zwei Männer stiegen ein. Einer vom Bundesgrenzschutz, der anderen vom Notaufnahmelager Gießen. Sie waren noch jung, knappe dreißig, schätzte ich.

Sie grüßten uns freundlich und hießen uns in der BRD willkommen. Als Deutsche, als Freunde. Ganz formlos und unbürokratisch. Es ging auch so.

Kein Auge war in diesem Moment trocken geblieben. Wir lagen uns alle in den Armen und wären die Körper nicht so stabil gebaut, wäre manch einem das Herz herausgehüpft. Diese Gefühle waren einfach gewaltig! Nach einer so langen Haft!

Aber es war nicht nur die Freiheit, die mich bewegte.

Da waren die kleinen, persönlichen Erinnerungen, die wir abstreifen mußten, die wir wie eine alte Haut drüben liegen lassen mußten. Man war dem eigenen Leben entstiegen, die

Entwurzelung war abrupt vor sich gegangen und spürbarer, als ich je geglaubt hätte.

Und jetzt saß man da, kahl und sozusagen nackt, die verbleibenden abgerissenen Wurzelstümmelchen unbekannten Sturm- und Wetterfronten ausgesetzt. Und all diese monströsen Gefühle während einer einzigen Busfahrt. Wie in einem zeitgerafften Film liefen alle Zellengenossinnen vor meinen Augen ab, ihre Mimiken, ihre Gesten, die freundlichen und die hinterhältigen ..... ich fragte mich, wo sie wohl steckten und was sie trieben. Ob ich einige mal treffen würde? Dann unsere Zukunft! Würden sich meine Hoffnungen erfüllen? Würden wir hier glücklich werden? Würden sie mir bei der Suche um Dirk behilflich sein? Oder würden sich meine Hoffnungen als verrannte Träume erweisen?

»Was denkst du?« fragte mich Rolf, der mich wohl beobachtet hatte.

»Bist du glücklich?« stellte ich eine Gegenfrage.

»Schon allein, weil du da bist«, neckte er mich und gab mir einen Kuß auf die Nasenspitze. »Ansonsten habe ich das Gefühl, als würde ich mich auf einer riesigen Rutsche befinden. Das macht alles Spaß, ist ungeheuer aufregend, ich rutsche und rutsche, aber ich weiß nicht genau, ob ich unten im Wasser lande, im weichen Sand, oder auf hartem Beton aufknalle.«

Er war also genauso unsicher wie ich. Man wußte ja nichts. Weder was jetzt kommt, noch was werden würde.

»Ob sie zu Hause Bescheid wissen?« fragte ich. Meine Gedanken waren bei Silvie und Claudia. Was würden sie empfinden, wenn sie wußten, daß ihre Eltern drüben waren? Daß es auch für sie hieß, an den Abschied zu denken? Von Oma, Opa und Freunden.

»Ach komm«, kraulte ich mich in Rolfs Hand, »wir haben es verdient, mal einfach sorgenfrei in den Tag zu leben. Sabine wird schon alles organisiert haben.«

Rolf war auch dieser Ansicht und wir warteten getrost das

nun Folgende ab. Wenn auch dieser Schritt von einem Deutschland ins andere Deutschland wie ein Schritt in eine andere Welt war.

Es lag nicht nur eine Grenze zwischen uns. Es lagen Stacheldrähte, Niemandsland, Mauern und Schießbefehle dazwischen.

Und wir wußten nicht, wann wir wieder den östlichen Teil Deutschlands betreten durften. Ob wir jemals unsere Verwandten wiedersehen konnten. Aber wir waren frei. Und nur das zählte im Augenblick. Rolf war wieder bei mir. Und schon nach wenigen Minuten hatte ich mir nicht mehr vorstellen können, daß wir jemals länger als einen Tag getrennt waren. Rolf war mir so vertraut wie eh und je. Das beruhigte mich am meisten.

In Gießen

Gleich, nachdem wir angekommen waren, fand ein Forum statt.

In einem kleinen Saal mit vielen Holzstühlen und einer provisorischen Bühne.

Unser Betreuer, Herr Kurz, erklärte uns, wo wir waren, was uns hier erwartete, wo wir uns morgen zu melden hätten, welche Formulare wir zu beantragen und auszufüllen hätten. Es war alles fürs erste ein bißchen viel, aber es gab einen Informationsraum, gleich unten links im Gebäude, in dem jeder jederzeit Auskunft erhielt, wenn ihm etwas nicht klar war.

Dann bekamen wir unsere Zimmer zugewiesen. Mit blauweiß karierter Bettwäsche. Die stach mir als erstes ins Auge und schreckte mich zunächst ab, weil es mich so sehr an unsere Haft erinnerte.

Doch die Betten waren hervorragend. Die ersten bequemen Matratzen seit vielen, vielen Monaten. Verglichen mit unserer bisherigen Behausung glich unsere Unterkunft einem Luxushotel.

Zuerst suhlten wir uns im Bad, duschten und wuschen uns den DDR-Dreck und Angstschweiß vom Körper. Noch immer hatte ich die Aufseher, die Uniformis, das Stiefelgeklapper vor Augen und die Anrede »Strafgefangene Schiller« im Ohr. Fünfzehn Monate umsonst gelebt. Dabei hatten wir noch Glück gehabt. Es hätte durchaus länger gehen können. Der Haß saß tief und so sehr ich auch immer meine sozialistischen Ideale vertreten hatte, das, was uns passiert war, würde ich nie vergessen. Wir waren ausgeliefert gewesen, ohne Rechte, ohne Verteidigung, ohne Menschenwürde, ausgeliefert einem diktatorischen Regime. Und hätte es nicht den Westen gegeben, der mit einer großzügigen Geste für uns bezahlte, wir wären ewig Spielball der Willkür geblieben.

Ja, es mag pathetisch klingen, aber ich empfand eine tiefe Dankbarkeit gegenüber unserem neuen deutschen Staat, der uns so herzlich aufgenommen hatte. Vielleicht war es die euphorische Stimmung, die uns alles im rosaroten Licht schimmern ließ, aber ich hatte das Gefühl, daß die Menschen hier anders waren. Freundliche Beamte, die »bitte« und »danke« in ihrem Wortschatz hatten. In der DDR mußte man weit gehen, um auf solche Beamte zu stoßen. Kein Kommando-Ton auf den Ämtern. Das war neu und berauschend für uns. Gab uns gleich das Gefühl der Geborgenheit. Das war so wichtig für uns. Denn wir waren ja Fremde. Zwar der Sprache mächtig, aber ansonsten war alles neu für uns.

Wir waren nicht von einer langen Reise nach Hause, ins gemütliche Heim zurückgekehrt, sondern in die Fremde gezogen. Das war einerseits beglückend, weil es uns in eine völlig neue Erlebniswelt führte, andererseits beängstigend.

»Sei mal ganz ehrlich«, fragte ich Rolf, als wir uns beide im Bett aneinanderkuschelten, »was empfindest du?«

»Daß ich von der Rutsche weich gelandet bin. Ich finde die hier alle super. Einfach nett! Ich bin felsenfest davon überzeugt, daß wir's packen. Wir sind doch noch jung und einigermaßen gesund. Können arbeiten. Du weißt doch, ich habe noch ein Versprechen einzulösen. Dich verwöhnen!«

Ich ließ mich von Rolfs Zuversicht anstecken.

Eigentlich hätten wir jetzt zu gern unseren lang gehegten Wunsch, »manchmal möchte ich schon mit dir«, in die Tat umgesetzt, aber wir mußten das Zimmer mit einem anderen Ehepaar teilen.

Stattdessen schmusten wir so ein bißchen unter der Decke herum und erzählten uns Haft-Geschichtchen. Jetzt, so weit weg von allem, konnte man sogar schon teilweise drüber lachen.

»Wie du in dem komisch langen Wintermantel ausgesehen

hast! Wie ein Weihnachtsmann, der unter die Kufen seines Schlitten geraten ist. Der hing dir fast bis zum Knöchel. Und der Kragen war so aufgeplustert, daß dein Kopf fast dahinter verschwunden wäre.«

»Dann hättest du erst mal unsere Arbeitsmützen sehen müssen. Wie die Kaspers. Schade, daß es keine Fotos gibt! Aber ihr mit euren vergammelten Steppjacken habt auch nicht gerade wie Modepuppen ausgesehen«, wehrte sich Rolf.

»Hätten wir das denn überhaupt noch drei Jahre ausgehalten?«

»Ist doch egal«, küßte Rolf zärtlich mein Ohrläppchen, »jetzt will ich nicht mehr drüber nachdenken.«

In einer Wolke schwebend konnte der Schlaf nicht besser sein. Es war himmlisch! Einfach traumhaft!

Als wir am nächsten Morgen aufwachten, waren wir frisch genug, um wirklich alles bewußt genießen zu können.

Gießen! Ich wußte noch nicht einmal genau, wo das lag. Hatte im Gefängnis auch vollkommen die Orientierung für Himmelsrichtungen verloren. Aber was spielte das für eine Rolle. Die Hauptsache, es lag im Westen.

Zum Frühstück gab's frische duftende Brötchen, leckere Erdbeermarmelade und echten Honig. Dazu ein dotterweiches Ei und einen Kaffee, von dessen Duft man schon betäubt wurde. Im Schlaraffenland hätte es uns nicht besser gehen können. Jeder erhielt zusätzlich ein Glas frisch gepreßten Orangensaft. Jemanden, der mit solchen Frühstücksmenüs aufgewachsen ist, mag es lächerlich vorkommen, sich darüber auszulassen, aber für uns war das alles wie ein Wunder.

Alles war hell, freundlich, sonnig. So locker und unverkrampft. Eben so, wie man sich normalerweise das Leben zwischen Menschen vorstellt. Aber es war wohl verständlich, daß wir alles verherrlichten.

Der Gefängnisalltag hatte uns zu sehr geprägt. Und verglichen damit, schien uns hier jede Ecke als Garten Eden.

Am Vormittag hatten wir Zeit, ein bißchen durch die Stadt

zu bummeln. Ich hatte ja schon gewußt und erzählt bekommen, wie üppig die Läden im Westen ausgestattet waren. Aber das da ging einem schier über den Verstand.

Ich blieb vor einem Gemüse- und Obstladen stehen und zählte die Auslagen. Wirklich 56 Sorten. Und viele sah ich zum ersten Mal. Wenn jemand unser Staunen beobachtet hätte, wir wären glatt für Spinner gehalten worden. Doch es war alles zu viel für unsere entwöhnten Augen.

Drüben mußte man wochenlang warten, um ein paar dünne, zermatschte Bananen für sündteures Geld einzukaufen und hier lag alles zentnerweise herum und kostete im Kilo noch nicht einmal die Hälfte.

Der kapitalistische Ausbeuterstaat, der seinen Leuten den Konsum um die Ohren haut. Es war schön, solche Ohrfeigen zu bekommen. Man konnte direkt süchtig werden.

Wir kauften von dem Geld, das man uns hier zur Begrüßung überreicht hatte, kiloweise Obst ein und besorgten Päckchen, um sie nach drüben ... das klang jetzt schon seltsam ... zu schicken.

Hoffentlich kamen Silvie und Claudel bald nach, damit wir Schillerlocken wieder eine richtige Familie waren.

Die Augen sprangen einem förmlich aus dem Gesicht. So viel Kleider, Schuhe, Möbel, Lebensmittel hatte ich noch nie auf einem Haufen gesehen. Und alles so hübsch dekoriert. Richtig nett und einladend. Mit leuchtenden, bunten Bildern. Dann das Spielzeugland. Ich stellte mir unsere Claudel mittendrin vor, wie sie wühlte und wühlte zwischen den Plüschtieren und den Puppen.

Oh ja, ich erlag ziemlich schnell den süßen Verlockungen des Kapitalismus. Dabei wurde ich nicht von der Gier gepackt, alles besitzen zu wollen, es war nur die Freude, so viele Dinge überhaupt zu sehen. Solche Auswahl zu haben. Ich begriff nicht, was daran schädlich sein sollte. Früher hatte ich auch geglaubt, daß der Überfluß die Leute träge und egoistisch macht, aber im Augenblick war ich froh, dies alles mit eigenen Augen erleben zu dürfen. Diesen Konsumrausch, der sicher nicht das Wichtigste im Leben war, aber zu den vielen schönen Nebensächlichkeiten gehört, deren Wert man nur zu schätzen weiß, wenn man darauf verzichten muß.

»Na, was meinst du nun?« hakte ich mich bei Rolf ein, der an einem Autogeschäft stehenblieb und sich die vielen Modelle ansah. Seine Augen leuchteten und blieben bei einem weißen Golf hängen.

»Ob wir uns jemals so etwas leisten können?« fragte er fast ein bißchen wehmütig.

»Klar«, sagte ich aufmunternd. »Vielleicht nicht neu, aber gebraucht bestimmt. In so was Glänzendes passen wir gar nicht rein!«

Rolf grinste. »Na!« stellte er sich aufrecht vor die Schaufensterscheibe. »So zerbeult und zerschunden sind wir nun auch nicht. Sag bloß, ich bin kein schöner Mann mehr«, lachte er noch breiter.

»Der Schönste«, foppte ich, »besonders, wenn wir alleine sind!«

»Na warte«, küßte er mich wie ein verliebter Pennäler mitten auf der Straße. »Ich hab' eine klasse Frau, das ist die Hauptsache.«

In einem Eiscafe schleckten wir beide einen Amarenabecher und beobachteten die Leute.

»Alles Deutsche, wie wir ... Mir geht das nicht in den Kopf, daß es zweimal Deutschland geben soll. Überleg mal. Zweimal Deutschland. Ist das verrückt? Mit einer Geschichte!«

»Wieso?« foppte Rolf. »Die wird auch aufgeteilt. Für die DDR den Goethe, für die BRD den Hitler.«

»Nee du, irgendwas läuft hier verkehrt. Sag du mir doch mal, was der Unterschied zwischen einem BRD-Deutschen und einem DDR-Deutschen ist?«

Rolf schlürfte den letzten Rest aus dem Amarenabecher.

»Keiner, ist doch klar. Deshalb braucht Honecker ja die Mauer!«

»Na siehste! Und die machen Städtepartnerschaften, Kulturaustauschprogramme, spielen sich gegenseitig die Hymnen vor, als hätten sie wirklich zwei Kulturen.«

»Quatsch! Das sind Systeme, Schubfächer, Machtblöcke!«

»Was ist denn wichtiger? Systeme oder Menschen? Kapitalismus ist eine Wirtschaftsform, Sozialismus eine Gesellschaftsform. Beides zusammen macht erst Sinn. Also wo sind die Probleme für ein vereintes Deutschland?«

Rolf mußte lachen.

»He, hast du in der Haft deine politische Ader entdeckt?«

»Das geht automatisch. Man hat so viel Zeit zum Nachdenken.

Es wäre alles so einfach. Drüben ein bißchen mehr Kapitalismus, hier ein bißchen mehr Sozialismus und fertig und die Mauer und die Grenzen könnten weg! Ist doch zu blöd, richtig kindisch. Zwei deutsche Staaten. Die sollten die Leute endlich mal wählen lassen. Vielleicht würde die SED mit einer großzügigen Geste der Öffnung nach außen und innen sogar ein paar Stimmen mehr abstauben, als sie es sich momentan selbst zutraut?«

»Weißt du was, Heidi«, seufzte Rolf schwerfällig, »du setzt dich nachher in aller Ruhe hin und schreibst dem Honecker und dem Kohl. Die werden sich sicher freuen. Endlich mal eine, die mitdenkt.«

»Hör doch auf!« wurde ich ärgerlich. Auf die Schippe nehmen konnte ich mich selbst.

»Schneckchen, jetzt sei nicht beleidigt, aber was sollen wir zwei Schnecken uns darüber den Kopf zerreißen. Wir sind hier, das ist die Hauptsache. Und wir müssen gucken, daß wir bald Arbeit finden. Geld verdienen, damit es Silvia und Claudia schön haben. Ich will dir was sagen. Politik ist mir scheißegal geworden. Unsere Familie ist mir wichtig und sonst nichts. Wer weiß, wie lange wir noch zu krabbeln haben, die Zeit will ich ausnutzen, sollen die drüben und hier machen, was sie wollen, die Honeckers und Kohls und alle, die sich mit

Macht besudeln wollen. Die Hauptsache, sie lassen in Zukunft Familie Schiller in Ruhe.«

Ich war da anderer Ansicht als Rolf. Mich hatte die Haft stärker politisch geprägt als das vorher der Fall war. Mir liefen Mauer, Stacheldraht und Grenze quer durchs Herz und spalteten mich in eine Vergangenheits-DDR-Deutsche und in eine Zukunfts-BRD-Deutsche. Das blieb nicht ohne Spuren. Hinterließ Identitätsschwächen, ja, teilweise Lücken. Wer war ich? Wo war meine wirkliche Heimat? Man konnte die Vergangenheit, das bisherige Leben nicht wegstecken, man mußte nach einer Erklärung suchen, weshalb man auf einmal ein BRD-Deutscher war und ob das alles so richtig war.

Jedenfalls hatte ich endlich das Gefühl, in einer angstfreien Zone leben zu können, trotz Demonstrationen, trotz Gezeter in den Medien, trotz der Vielfalt der Meinungen, - oder gerade deshalb?

Ich hatte das Gefühl, hier für meine Kinder an einer Zukunft basteln zu können, die mir mehr bot, als Essen, Trinken und Wohnen. Oder war alles nur eine Sinnestäuschung?

Nein, ich war mir dessen hundertprozentig sicher, fortan in einem freien Land zu leben und nur der, der die Unfreiheit in all ihren bitteren Zügen gekostet hat, weiß dies zu schätzen.

Die kommenden Tage waren damit ausgefüllt, Amtswege zu erledigen, diverse Formulare auszufüllen und bei der Sichtungsstelle anzutreten. Noch eingeschüchtert von Vogels Abschiedsrede erzählten wir niemandem von Dirk. Solange unsere Kinder nicht hier bei uns waren, wollten wir uns mit Äußerungen gegen die DDR zurückhalten. Viele schimpften, gaben der Presse bereitwillig Auskunft, aber wir sonderten uns ab.

Inzwischen war meine Cousine angereist, um uns zu holen. Wir sollten erst mal bei ihr wohnen, bis alles erledigt war.

»Ich kann's gar nicht glauben«, wiederholte Sabine mehrmals. »Ich hab schon geglaubt, das wird nie mehr was mit euch.«

»Wenn ihr euch nicht so intensiv für uns eingesetzt hättet, wär's bestimmt nicht so schnell gegangen, wenn überhaupt«, dankte ihr Rolf für das Schreiben an Amnesty International. Die britische Sektion dieser Organisation hatte sich tatkräftig für uns eingesetzt und unsere Haftentlassung beschleunigt.

Wir packten ein paar Sachen und fuhren los. Nach Salzgitter, wo Sabine und ihr Mann eine Vier-Zimmer Wohnung hatten.

Langsam wurden wir wieder Menschen.

Ich war beim Friseur gewesen, hatte die Haare blond färben lassen, Rolf hatte bereits nach vierzehn Tagen eine Stelle als LKW-Fahrer gefunden.

Wir sahen wieder richtig chic aus. Die Abmagerungskur in der Haft hatte wenigstens ein Gutes.

»Die neue Brigitte-Diät mit Stasi watchers«, scherzte Rolf. »Ein Jahr Haft in der DDR. Völlig umsonst!«

Für Rolf war der LKW-Dienst noch kein fester Job. Aber immerhin, wir verdienten unser erstes Geld. Denn auch ich hatte mich erfolgreich als Verkäuferin in einem Supermarkt gemeldet.

Jede Woche schickten wir ein Päckel in die DDR und bombardierten die Behörden mit Anfragen nach unseren Kindern. Wir wollten sie solange nerven, bis sie die Nase voll hatten und uns die Kinder schickten. Wir hatten nämlich erfahren, daß sich so etwas bis zu einem Jahr hinziehen kann. Und solange wollten wir nicht warten.

Es waren jetzt immerhin schon eineinhalb Jahre her, daß wir sie nicht gesehen hatten. Ich hatte ein bißchen Angst, daß Claudia uns gar nicht mehr erkennen würde.

Nach einem Monat suchten wir uns eine eigene Wohnung.

So lieb wir auch aufgenommen worden waren, es war kein Dauerzustand, mit Verwandten eine Wohnung zu teilen. Wir wollten auf eigenen Füßen stehen. Mit dem Aufbau so bald wie möglich beginnen. Unsere monatlichen Einkünfte halfen da sehr. Auch wenn sie nicht üppig waren, aber fürs erste reichte es.

Wir bekamen eine wunderschöne Drei-Zimmer-Wohnung mit Bad und Teppichböden sowie Zentralheizung. Für meine Begriffe eine Luxuswohnung.

Es gab viele Menschen, die uns alte Möbel schenkten, wofür wir ungeheuer dankbar waren. Denn mit hohen Krediten wollte ich nicht anfangen. Davor hatte ich einen Horror. Auch wenn es sich nicht ganz umgehen ließ. Denn bis alles einigermaßen gemütlich eingerichtet war, mußte der Geldbeutel ein paar mal umgedreht werden. Wir hatten auch so wenig Erfahrung und kauften vielleicht manchmal Dinge zu teuer ein. Zumindest Sabine vertrat diese Ansicht.

Alles in allem war es eine unglaublich glückliche Zeit. Rolf und ich wieder vereint in unserer Wohnung, die wir nach unserem persönlichen Geschmack gestalteten. Daß alles so schnell ging, hätten wir uns nie erträumt. Das war einfach zauberhaft. Haftträume gingen in Erfüllung und auch bezüglich der Kinder hatten wir positive Nachrichten. Meine Mutter schrieb mir, daß sich allerhand tue, was auf eine baldige Übersiedlung hinweise.

Werdet glücklich, ich drücke Euch beide Daumen und noch die Zehen, wenn's hilft, schrieb sie fast unter jeden Brief. Sie war ein Schatz! Und ich schämte mich immer noch, daß ich manches Mal früher so schlecht von ihr gedacht hatte.

Von Rolfs Mutter erhielten wir keine Post, obwohl wir sie benachrichtigt hatten. Sie hatte sich dem Stasi-Teufel verschrieben und durfte wohl nun nicht mehr zurück.

Es war ein grausames Spiel, das Spiel mit dem Haß, das dieses Regime säte und leider viel zu reichlich erntete. Aber bei Rolf und mir war die Saat nicht aufgegangen. Und darauf waren wir bannig stolz.

12.5.84

Endlich zusammen

Mit den letzten Groschen kauften wir Obst und Spielsachen, um unsere Kinder gebührend empfangen zu können.

Ich rannte wie ein aufgescheuchtes Huhn in der Wohnung herum, zupfte hier noch und da. Vor allem das Kinderzimmer sah jetzt richtig hübsch aus. Wir hatten Kieferregale geschenkt bekommen, zwei Couchbetten gekauft, einen Schrank und zwei Schreibtische. Mehr paßte auch nicht rein, wollten die beiden noch ein bißchen Platz zum Spielen haben. Meinen Tick für ausgefallene Gardinen hatte ich auch im Kinderzimmer umgesetzt. Es waren neue Stores und Überhänge, wunderschön bedruckt mit Miss-Susie-Modellen. Das würde den Mädchen sicher gut gefallen.

Was sie wohl fühlten? Nach so langer Zeit wieder bei den Eltern? Und dann in der neuen Umgebung. Ob es ihnen gefiel, oder ob sie traurig waren? Ein bißchen Bammel hatte ich schon vor ihrer Kritik. Aber die Freude überwiegte.

Ich hatte von einer Nachbarin mindestens drei Dutzend Donald-Duck-Bücher bekommen. Silie las doch so gerne. Und diese kleinen Bildergeschichten würden ihr sicher gefallen.

Für Claudia hatte ich eine Barbie-Familie gekauft. Mit Perücken, Lockenwicklern und Ausgehgarderobe.

Viel war ja noch nicht in unseren Stuben, vor allem in den Schränken. Es mangelte noch an Geschirr, Gläsern, Bett- und Tischwäsche.

Aber wir hatten schon so viel bekommen, daß uns dieser Mangel gar nicht weiter tragisch vorkam. In einem Jahr, wenn alles so blieb, hatten wir bestimmt Anschluß gefunden.

Gegen elf Uhr vormittags sollte der Interzonenzug in Helmstedt einfahren. Mit unseren Kindern in irgendeinem der Abteile.

Mutti hatte sie in Görlitz in den Zug gesetzt. Sie brauchten nicht umsteigen und wurden von einer Begleitperson der Bahn betreut.

Wieviele Tränen mochten wohl am Görlitzer Bahnsteig geflossen sein? Mutti hatte sich sicher auch schon an die Beiden gewöhnt. Schließlich waren es nicht nur 500 km, die uns trennten, sondern die deutsche Grenze. Die Entfernung zum Mond war leichter vorstellbar als das Durchdringen dieser von Menschenhand geschaffenen monströsen Grenze.

Es war schon zehn Uhr. Ich stellte schnell den Braten ab, füllte den heißen Vanillepudding zum Abkühlen in Schalen und dann ging's los.

Rolf hatte vor zwei Wochen eine alte Rostkarre für 800 Mark bekommen, einen hellgrünen VW-Käfer, der noch einigermaßen fahrtüchtig war. Immerhin konnten wir unsere Kinder mit dem eigenen Auto abholen.

Wir waren eine halbe Stunde zu früh am Bahnhof. Nervös liefen wir auf dem Bahnsteig hin und her, mit den Gedanken an überall und nirgends.

Plötzlich fuhr ein Zug ein! Bahnsteig 3! Elf Uhr!

Das mußte er sein! Wir sahen nicht die Anzeigentafel, hofften nur, hinter einem der Waggonfenster unsere Kinder zu sehen. Doch nirgends waren Claudel und Silie zu entdecken. Uns blieb fast das Herz stehen.

War irgendetwas dazwischen gekommen? In letzter Minute?

Von einem Bahnsteigbeamten erfuhren wir, daß dies nicht der Interzonenzug aus Görlitz sei. Der sollte angeblich erst in einer Stunde kommen.

Hatte sich meine Mutter in der Zeit vertan? Hatte sie auch wirklich die Kinder rechtzeitig zum Zug gebracht?

Ich war so ängstlich und das bange Warten tat sein übriges. Der dicke Zeiger auf der Bahnhofsuhr teilte die Zeit in lauter kleine Ewigkeiten ein.

Wir tranken in der Wartehalle einen Kaffee, der mich nur

noch zittriger werden ließ. In meinem Bauch krampfte es sich. Meine Brust verengte sich. Ich zerbiß mir die Finger vor Aufregung.

Endlich sollte der Interzonenzug einfahren!

Wir standen auf dem Bahnsteig und warteten, in Begleitung einer Rote-Kreuz-Schwester und eines Herrn vom Bundesgrenzschutz.

Der Mann vom Bundesgrenzschutz wollte den Zug nicht eher abfahren lassen, bevor nicht jeder Winkel nach unseren Kindern abgesucht war. Er war noch jung, so in unserem Alter, hatte ein gutmütiges, etwas rundliches Gesicht, erzählte uns, daß er selber zwei Töchter habe und verhielt sich auffallend rührend und hilfsbereit.

Die Rote-Kreuz-Schwester war an meiner Seite und fragte mich immer wieder, ob ich es auch schaffe.

Rolf kannte ja schon mein flatterndes Nervenkostüm.

Jetzt rollte der Zug ein und unsere Augen waren auf jedes Fenster gerichtet.

Da, in der Mitte des Zuges! Silvie hinter der Glasscheibe! Ich erkannte sie sofort, obwohl sie jetzt kurze Haare trug. Sie winkte mir zu. Claudel stand neben ihr und blickte sie ganz verstört an. Ihr war die Anspannung im Gesicht geschrieben. Meine Kinder! Wie lange hatte ich diesen Tag herbeigesehnt!

Ich rannte dem Waggon nach. Tränen der Erleichterung rannen mir über die Wangen. Meine Beiden! Vor neunzehn Monaten hatten wir uns das letzte Mal gesehen. Diese Gefühle, die in mir aufkamen, sind nicht in Worte zu kleiden. Es war eine Sinfonie der Freude, des Glücks.

Als der Zug endlich hielt, stand Silvia schon an der Waggontür, mit einem roten Köfferchen in der Hand. Claudel hatte einen Rucksack auf dem Rücken und einen Teddy unterm Arm. Unsere Kinder!

Ich schrie und heulte und herzte und küßte sie wie eine Irre. Mir waren die anderen auf dem Bahnsteig egal. Sollten sie doch denken, was sie wollten. Von diesem Stückchen deutsche

Wirklichkeit.

Ein Beamter reichte noch einen braunen Koffer heraus, in dem wohl Hab und Gut unserer Kinder verstaut waren.

Ich konnte mich einfach nicht beherrschen und beruhigen. All die Ungewißheit, die Plage, der Trennungsschmerz der letzten Monate lösten sich in mir.

»Mama, nicht weinen!« schniefte nun auch Silvia. »Wir sind doch wieder zusammen!«

Claudia sagte gar nichts. Was ich befürchtet hatte, war eingetreten. Sie verhielt sich uns gegenüber steif und ablehnend, suchte die Hand ihrer Schwester.

»Laß sie«, sagte ich zu Rolf, der versuchte, sie auf den Arm zu nehmen. »Es wird sich bald legen.«

Jetzt fühlte ich mich wohler. Ich hatte alles rausgeheult, war, wie Rolf mir sagte, mit roten Flecken an Gesicht und Hals übersät, aber ich konnte wieder frei und ohne Sorgen tief Luft holen. Kein schwarzer Punkt mehr würde unsere Seele belasten.

Nein, nicht ganz! Da war immer noch Dirk in meinem Herzen. Und das Gefühl, daß er irgendwo lebte. Und die Sehnsucht nach ihm.

Der Zug war schon längst wieder weitergefahren und wir standen immer noch, umgeben von der Rote-Kreuz-Schwester und dem Bundesgrenzschutzbeamten auf dem Bahnsteig. Sie boten uns nochmals ihre Hilfe an, doch wir wollten jetzt alleine sein, die Familie voll genießen. Claudel hatte tatsächlich Schwierigkeiten, uns zu erkennen.

Sie sagte nichts, sah uns nur mißtrauisch an.

Hübsch waren unsere beiden Mädels. Richtige kleine Dämchen. Beide trugen einen dunkelblauen Faltenrock, dazu weiße Blusen und pinkfarbene Blousons. Die Haare trugen sie kurz und stufig, am Nacken etwas länger.

Im Auto taute Claudia dann endlich auf. Erzählte von der Oma, vom Kinderhort, von den Hasen und von einem kleinen Puppenwagen, ihrem Lieblingsspielzeug, den sie im Koffer verstaut hatte. Rolf mußte ihn gleich rausholen, als wir ankamen.

Wir aßen gemeinsam zu Mittag, tobten herum, machten Fotos, und waren alle glücklich.

Es ging mir fast genauso wie damals, als Rolf wieder bei mir war. Schon am Abend kam mir alles, was wir die letzten Monate erlebt hatten, unwirklich vor. Waren wir wirklich so lange auseinander gewesen? Und wenn ja ... jetzt waren wir zusammen und konnten es auch bleiben. Niemand würde uns mehr hindern. Dessen waren wir uns sicher.

Wir brachten unsere beiden Schillerlocken ins Bett, die, von den Anstrengungen der Reise müde geworden, gleich einschliefen. Sie hatten, so schien es, ihr neues Zuhause voll akzeptiert. Uns fielen gleich mehrere Steine vom Herzen.

Dirk gehört zu uns

Wir hatten eine Woche Urlaub genommen und so schwebten alle im siebten Himmel. Schneller, als wir hoffen durften, hatten sich die Kinder eingelebt. Nur Silie kam mir verschlossener vor als früher, aber das konnte auch am Alter liegen.

Claudia war ein lebhaftes kleines Mädchen, das mir nicht mehr von der Seite wich. Eine süße, anhängliche Puppe. Ein bißchen pummelig, aber sehr lieb.

Sie hätte am liebsten alle Süßigkeiten des Westens eingekauft, sich mitten in den Schokoladenberg gesetzt und ohne Unterbrechung genascht. Nichts, was aussah wie Schokolade, war sicher vor ihr.

Es war wieder rundherum Leben in unserem Alltag.

Anfangs hatte Silvie Angst vor der neuen Schule, traute sich nicht als Fremde, als Neue, und dann auch noch als DDR-Umsiedler in die Klasse zu gehen. Doch sie wurde so herzlich aufgenommen, daß es ihr schon nach zwei Tagen Spaß machte und sich erste Freundschaften anbahnten.

»Monis Großeltern leben auch noch drüben«, erzählte sie mir eines Abends. »Die Moni wollte mich mal besuchen kommen, darf sie?«

»Na klar!« erlaubte ich ihr.

Ich war froh, daß unser großer Spatz so schnell Kontakt fand.

Auch wir hatten bald Familien kennengelernt, mit denen wir uns ab und zu trafen. Dann gab es die alten Haftkameraden, die über die ganze BRD verteilt waren. Interessiert verfolgten wir ihre Schicksale.

Jutta hatte es in die Nähe von Stuttgart verschlagen und auch Christa hatte es tatsächlich geschafft, auszureisen. Sie wollte ihren Traum von Australien wahr machen.

»Zu den Känguruhs!« schrieb sie auf einer Postkarte aus Hamburg, wo sie zur Zeit bei ihrer Tante wohnte.

Ich hatte meine Arbeitsstelle in einen Teilzeitjob umwandeln können, so daß viel Zeit für die Kinder blieb. Es waren zwar monatlich ein paar Groschen weniger, aber hatten wir nicht *alles* ?

Nein, nicht ganz!

Am 13. Juni, es war der erste richtige heiße Sommertag, man konnte draußen ärmellos spazierengehen, suchte ich im Album nach einem hübschen Bild von Dirk. Ich stellte es auf den Wohnzimmertisch und zündete eine Kerze an.

Claudia verstand nicht, worum es ging. Sie fand es nur lustig, daß mitten im Sommer eine Kerze brannte. Solche Stimmungen kannte sie nur von Advent und Weihnachten her.

Silie schlich ganz nah zu mir, faßte meine Hand und blickte mich mit ihren grünen großen Augen fragend an.

»Wo ist unser Dirk?« fragte sie ehrfurchtsvoll leise. »Wißt ihr's jetzt?«

Ich setzte mich und nahm die Beiden auf den Schoß.

»Nein!« schmiegte ich mich an meine Mäuschen. »Aber eins weiß ich! Wir dürfen ihn nie vergessen. Er gehört zu uns, ist euer Bruder. Heute hat er Geburtstag.«

Claudel lutschte am Daumen. Das tat sie immer, wenn sie angestrengt nachdachte.

»Wie alt ist er?« fragte Silvie mit großen offenen Augen.

Ich hatte das Gefühl, daß sie sich nicht mehr recht erinnern konnte. Ich mußte krampfhaft die Tränen runterschlucken, um zu vermeiden, daß die Kinder traurig wurden.

»Neun Jahre«, antwortete ich kurz.

»Und wieso ist er nicht da, wenn er unser Bruder ist?« platzte es plötzlich aus Claudel. Wie sollte sie begreifen, was sie nicht erlebt hatte?

»Hab ich dir doch schon erzählt«, fuhr Silie ungeduldig dazwischen, »weil er weggelaufen ist, deshalb will Papa immer,

302

daß du an der Hand bleibst.«

»Mach ich ja«, zog Claudel eine Flunsch und glich in diesem Augenblick Dirk, wenn er sein Böckchen hatte, aufs Haar.

Ich schwor mir an jenem Tag, mich weiterhin um das Schicksal meines vermißten Kindes zu kümmern. Jetzt waren Claudia und Silvia da, was konnte uns noch passieren?

Was zählte noch das uns unrechtmäßig von Dr. Vogel abgepreßte Versprechen über Dirks Schicksal zu schweigen?

Vielleicht konnten die zuständigen Behörden der Bundesrepublik mehr ausrichten! Ich nahm mir vor, alles dazu Notwendige in die Wege zu leiten.

Dirk vergessen, nein, das kann ich nicht!

Danach

Interview mit Heidi Schiller Juli 88

*Heidi, seit Eurer Haftentlassung sind vier Jahre vergangen.
Was habt Ihr unternommen, um etwas über Dirk zu erfahren?*
Wir haben hauptsächlich Briefe geschrieben. Ein Petitions-
schreiben an Herrn Honecker, dann an Rechtsanwalt Vogel in
die DDR, aber auch an die zuständigen Stellen hier in der
Bundesrepublik. Zum Beispiel ans Bundeskanzleramt, dann
an das Amt für »Innerdeutsche Beziehungen« und an die Organisation »Hilferufe von drüben«. Daneben haben wir bei
der Polizei eine Vermißtenanzeige aufgegeben. Auch beim
Deutschen Roten Kreuz ist Dirk weiterhin als vermißt gemeldet.
*Haben denn diese vielen Briefe und die Anzeige überhaupt
nichts bewirkt?*
Von Seiten der DDR haben wir nie eine Antwort bekommen. Und die Behörden der BRD haben nur pauschal geant-
wortet. Man wolle sich bemühen, aber konkrete Ergebnisse
gab's auch hier nicht. Lediglich die Polizei und die Staatsan-
waltschaft zeigten sich kooperativ. Sie haben uns aber wegen
der äußerst komplizierten Rechtslage auch nur wenig Hoffnung machen können.
*Genießt Dirk, obwohl in der DDR vermißt, den Rechtsschutz
der Bundesrepublik?*
Ja, Dirk ist ja noch minderjährig. Es gab bei der Polizei keine Schwierigkeiten, von Dirk eine Akte anlegen zu lassen. Er
ist unser Kind und da wir Bundesbürger sind, ist er es natürlich auch. Das Problem besteht nur darin, daß die DDR dies
nicht anerkennt und die Zusammenarbeit mit der hiesigen Po-

lizei verweigert. Ohne die Bereitschaft der DDR, die Akte zum Fall Dirk Schiller zur Einsicht freizugeben, können hier keine konstruktiven Ermittlungen durchgeführt werden. Außerdem gibt es kein Abkommen zwischen den beiden deutschen Staaten, sich bei Ermittlungen gegenseitig zu helfen. Auf diesem Gebiet herrscht noch vollkommene Blockade.

Welche Forderungen stellt Ihr?

In erster Linie, daß die Ermittlungen wieder aufgenommen werden. Damit geklärt werden kann, weshalb die Stasi uns einreden wollte, daß Dirk in dem kleinen, zugefrorenen Bach ertrunken sein soll. Diese absurde Behauptung steht nach wie vor im Raum und die DDR schweigt nach wie vor beharrlich auf diesbezügliche Anfragen.

Könnt Ihr Euch denn überhaupt nicht erklären, weshalb die Stasi behauptet, Dirk sei ertrunken?

Nein, zumal von Dirk keine Spur gefunden wurde. Weder irgendein Kleidungsstück, noch irgendein Hinweis auf einen Tod durch Ertrinken. Mit dieser Erklärung sollten wir davon überzeugt werden, daß es für uns keinen Sinn mehr habe, nach Dirk zu fragen.

Was erwartest Du Dir von einer Wiederaufnahme im Fall Dirk Schiller?

Der Wahrheit ein Stückchen näher zu kommen. Es sind zwar fast zehn Jahre her, seit Dirk verschwunden ist, aber ein vermißtes Kind kann nicht verjähren. Wenn ein Kind stirbt, ist man zunächst tief verletzt. Aber die Trauer hilft, das unausweichliche Schicksal zu akzeptieren. Die Zeit kann die Wunden heilen. Bei Dirk ist das anders. Ich weiß nicht, was mit ihm geschehen ist und die Gefühle der Angst, der Unsicherheit, der Sorge um ihn bleiben.

Heidi, glaubst Du, daß Dirk noch lebt?

Solange nicht das Gegenteil bewiesen ist, klammere ich mich an diesen Gedanken.

Hast Du wirklich die Hoffnung, Dirk jemals wiederzusehen?

Ich weiß natürlich, daß die Wahrscheinlichkeit, ihn zu finden, klein ist. Aber die Hoffnung schmälert das nicht. Ich habe dieses Gefühl in mir, nicht aufgeben zu dürfen. Eine ständige Unruhe, die mich geradezu antreibt, mich für Dirk einzusetzen. Ich habe nicht Monate hinter Gittern verbracht, um hier Dirk zu vergessen. Das hätten wir in der DDR bequemer haben können. Mit einer einzigen Unterschrift, die ihn zu einem Toten abstempelt.

Macht es nicht mutlos, wenn alle Bemühungen in der Sackgasse enden?

Doch, das frißt an den Nerven. Vor allem, weil ich immer noch die drohende Hand hinter mir spüre. Natürlich hat Vogels Bemerkung »unser Arm reicht weit«, was immer er damit sagen wollte, nicht seine Wirkung verfehlt. Wir haben die ganzen Jahre versucht, ohne die Öffentlichkeit etwas zu erreichen. Aber das ist ein vergeblicher Kampf. Da tritt man pausenlos auf derselben Stelle. Deshalb bin ich auch froh, daß jetzt dieses Buch zustande gekommen ist. Was bleibt einem denn noch übrig, als die Trommel zu schlagen?

Andererseits ist es auch wichtig zu erzählen, was drüben passieren kann. Ich habe hier, in Gesprächen mit den Leuten immer wieder erfahren, daß die DDR-Wirklichkeit den meisten fremd ist oder bewußt verdrängt wird. Wer sich in der Bundesrepublik mit Menschenrechtsverletzungen in der DDR beschäftigt, wird schnell ins rechte Lager gestoßen. Das ist ein Unding. Man muß wirklich weder rechts noch links sein, um den Unrechtsstaat DDR zu entlarven. Was dort im Namen des Sozialismus geschieht, hat weder etwas mit Ideologie noch mit den Spielregeln einer Gesellschaftsordnung zu tun, das ist die blanke Willkür zur Machterhaltung gegen das Volk und durch nichts zu rechtfertigen. Im Grunde genommen ein Verrat am Sozialismus.

Glaubst Du denn, daß sich das einmal ändert?

Solange Honecker und Leute, die von ihm beeinflußt sind, die politische Spitze bilden, sehe ich persönlich für die DDR keine Chance einer demokratischen Reform. Denn die Säulen der Demokratie wie Gewaltenteilung, Einhaltung der Menschenrechte, Pressefreiheit, freie Wahlen und Meinungsbildung, haben kein Fundament, geschweige denn einen Sockel.

Aber ich glaube, daß sich irgendwann auch die DDR an den Reformkurs der Sowjetunion anhängen muß. Dann besteht zumindest die Chance für einen Mauerabriß. Somit könnte es ironischerweise doch noch zu einer, von DDR-Bürgern wirklich gewollten, deutsch-sowjetischen Freundschaft kommen.

Auch in mir persönlich würde ein Regierungswechsel neue Hoffnungen wecken. Eine neue Mannschaft ist vielleicht eher bereit, Fehler aus der Vergangenheit zuzugeben und die Akte Dirk Schiller offenzulegen.

Empfindest Du manchmal Haß gegen die DDR?

Nein! Ich bin grundsätzlich ein Mensch, der nicht hassen will. Ich gebe zu, daß es in der Haftzeit Augenblicke gab, in denen sich solche üblen Gefühle gegen bestimmte Personen gerichtet haben, aber ich habe mich stets dagegen gewehrt. Habe versucht, auch wenn es noch so schwer fiel, eine Beziehung herzustellen, in der eine Basis für Verständigung möglich war. Ich will keine Rache, sondern Aufklärung.

Ihr seid jetzt schon einige Jahre in der Bundesrepublik, wie empfindet Ihr das Leben hier?

Was mir hier gefällt und für mich einen unschätzbaren Wert hat, ist die Offenheit der Bürger auf den Ämtern, in den Geschäften und überhaupt. Man kann die Sachen, die einen bewegen, beim Namen nennen. Dann natürlich das Warenangebot, das muß für jeden, der aus dem Osten kommt, beeindruckend sein. Aber der Konsum hat auch seinen Preis, und der ist nicht weniger beeindruckend, besonders, wenn man ganz von vorne anfangen muß. Aber mir war von Anfang an klar, daß auch im Westen geackert werden muß, bevor die Ernte eingefahren werden kann. Da haben wir uns nie irgendwelchen Illusionen hingegeben. Was mich am meisten enttäuscht hat, war das Mißtrauen der Leute. Natürlich nicht bei jedem. Aber es gab doch einige, die uns spüren ließen, daß wir sozusagen Fremddeutsche sind. Viele sehen in uns die armen DDR'ler, die gekommen sind, um im reichen Westen mitzunaschen. Nur wenige können abschätzen, was es heißt, alles zu verlieren, bei der Stunde Null anfangen zu müssen.

Aber man kann es den Leuten noch nicht mal übelnehmen. Die wenigsten wissen, was es heißt, unter politischem Druck zu stehen, vom Staat verfolgt zu werden. Ich habe es ja selbst jahrelang nicht gewußt und habe in der DDR gelebt.

Angenommen, die Mauer fällt, würdet Ihr wieder zurück nach Görlitz?

Das ist eine schwere Frage, weil ich darüber nie nachgedacht habe.

Es käme sicherlich darauf an, wie tief die Wurzeln sind, die wir inzwischen hier geschlagen haben. Natürlich ist es schwer, seine Heimat zu verlassen. Man spürt das auch erst in letzter Konsequenz, wenn man nicht mehr hin darf. Wir haben nie die Erlaubnis erhalten, unsere Verwandten in Görlitz zu besuchen. Mein Bruder hat vor kurzem geheiratet, das tat schon weh, nicht dabei sein zu dürfen. Andererseits ist der Alltag meist so präsent, daß man keine Zeit hat, in Erinnerungen zu wühlen.

Aber manchmal ist die Vergangenheit schon ein Tummelplatz für Sehnsüchte und verloren gegangene Illusionen.

Wie wird man mit solch einer Hypothek an nervlicher Belastung fertig? Wie haben sich die Haftzeit, die Integration in eine völlig neue Umgebung auf Euch ausgewirkt?

Eigentlich sehr. Man ist nervlich schneller am Ende, hat nicht mehr so viele Reserven. Das hat sich auch auf unsere Ehe ausgewirkt. Es läuft nicht alles so, wie wir uns das erhofft hatten. Haftträume über eine gemeinsame Zukunft und die Realität sind eben zweierlei. Leider! Aber man müßte noch ein Buch schreiben, um diesem Thema gerecht zu werden. Tatsache ist, daß wir, was Dirk angeht, gemeinsam kämpfen. Dirk ist unser Sohn und sein Schicksal ist unser Schicksal. Alles andere ist von zweitem Rang.

Im Spiegel der Geschichte
haben nackte Wahrheiten
mehr Glanz
als diplomatische Lügen